Ronso Kaigai
MYSTERY
210

十人の小さなインディアン

Ten Little Indians and Other Stories

Agatha Christie

アガサ・クリスティ

渕上痩平［編訳］

論創社

Ten Little Indians and Other Stories
2018
Edited by Sohei Fuchigami

目次

戯曲　十人の小さなインディアン

登場人物（登場順）

トム・ロジャーズ……………オーウェン家に雇われた召使
エセル・ロジャーズ…………オーウェンに雇われた召使で料理人、ロジャーズ夫人
フレッド・ナラコット………船頭
ヴェラ・エリザベス・クレイソーン……オーウェン家の秘書
フィリップ・ロンバード……元陸軍大尉
アントニー・ジェイムズ・マーストン……青年
ウィリアム・ヘンリー・ブロア……元警察官で現探偵
ジョン・ゴードン・マッケンジー……老将軍
エミリー・キャロライン・ブレント……オールドミス
ローレンス・ジョン・ウォーグレイヴ……元判事
エドワード・アームストロング……医師

第一幕

場面：場面はインディアン島にある邸の居間。とてもモダンな部屋で、調度も豪華。日差しの明るい夕方。舞台の背景の全体に、窓から海が見える。中央のフレンチ・ドアがバルコニーに出られるよう開いている。ちょうど海に向かって張り出す船の甲板のような印象を与えるべし。バルコニーの下手には椅子が一脚あり、邸に入るには、主にバルコニーの上手にある階段を上がっていく。バルコニーの下手にも階段があるが、邸は切り立った崖に接して建てられているので、それは桟橋から直接上がる階段ではなく、邸のうしろにまわって上がる階段である。フレンチ・ドアは横幅が広く、バルコニー越しに広々と外が眺められる。

上手手前には、玄関ホールに続くドア（ドア１）がある。このドアの前方に呼び鈴の紐がある。上手の窓の近くに、食堂に通じるドア（ドア２）がある。

下手奥には、書斎に通じるドア。その手前には、暖炉。その上の壁には、〈十人の小さなインディアン〉の童謡歌詞が掲げられている。マントルピースの上には、十個の陶器のインディアン人形が置いてある。正確な数が簡単にわからないように、スペースをあけずに固めて置いておく。

部屋にはモダンな家具がわずかにある。中央に二つのソファが離れて置いてある。上手奥には小さなテーブルと椅子。上手手前にはクラブチェアがあり、その右うしろ側に円い腰掛。その壁際には本棚がある。下手奥には窓腰掛があり、マントルピースの手前にはカクテル・キャビネット。下手手前に円い腰掛。暖炉の前には、頭の付いた大きな白い熊の毛皮の敷物。中央下手寄りには肘掛椅子と円い腰掛。暖炉の手前端には四角い足台。下手奥の窓の前には、左側にテーブルのあるソファ。

幕が上がると、ロジャーズがせわしなく、部屋を整える最後の仕上げをしている。下手手前に瓶を並べている。ロジャーズは有能な中年の使用人。執事ではなく、小間使い。仕事が早く手際がいい。見掛けに似合わず、ずる賢い。かもめの鳴き声がする。モーターボートの警笛が遠くから聞こえる。ロジャーズ夫人が上手奥のドア2から登場。夫人は痩せ形で、憂鬱そうで、おどおどした感じの女性。ナラコットがバルコニーの上手から中央に登場。包みのいっぱい入った買い物かごを手にしている。

ナラコット　最初の一行がジムのボートで着くね。次の一行も間もなく来るよ。（上手の夫人のもとに行く）

ロジャーズ夫人　こんばんは、フレッド。

ナラコット　こんばんは、ロジャーズ夫人。

ロジャーズ夫人　あれがそのボート？

ナラコット　そうさ。

ロジャーズ夫人　まあ、もう着いちゃうの？　みんな忘れずに持ってきてくれた？

ナラコット　（夫人にかごを渡し）と思うよ。レモン、カレイ、クリーム、卵、トマト、バター。これで全部だろ？

ロジャーズ夫人　そうね。やることがたくさんあって、何からはじめていいのやら。明日の朝にならないと女中は来ないのに、お客さんたちはみんな今日着くって言うんだから。
ロジャーズ　（マントルピースの前で）落ち着きなさい、エセル、準備万端整ったよ。見事なもんだろ、フレッド？
ナラコット　立派なもんだよ。がらんとしてるが、金持ち連中はがらんとした場所がお好きだろうしな。
ロジャーズ夫人　お金持ちって、変な人たちばかりよ。
ナラコット　あの方も、こんな所に邸《やしき》を建てるなんて、変わり者だったしな。こんな邸にたっぷりお金をかけて、飽きるとそっくり売りに出しちまうんだから。
ロジャーズ夫人　どうしてオーウェンご夫妻がこの邸を買って島に住もうなんて考えたのか、まるでわからないわ。
ロジャーズ　おいおい、よさないかエセル、食料品を台所に運んでしまいなさい。皆さん、いつ来られるかわからないぞ。
ロジャーズ夫人　あの険しい坂道をのぼって来たら、それをお酒の口実になさるんでしょうね。みんなそんなものよ。

モーターボートの警笛が遠くから聞こえる。

ナラコット　ありゃジムのやつだな、そろそろ行くよ。車で来る殿方も二人いるらしい。（バルコニ

ーに向かう)
ロジャーズ夫人　(ナラコットに呼びかけ)明日の朝は、せめてパン五個と牛乳八パイントほしいわ、よろしくね。
ナラコット　いいとも。

ロジャーズ夫人は上手奥の床にかごを置き、ドア1から玄関ホールへ退場。

ロジャーズ　(下手の窓へ慌てて向かう)発動機用のオイルも忘れないでくれ、フレッド。明日充電しないと、電灯がつかなくなっちまう。
ナラコット　(上手に去りながら)駅留めにしといたから、駅にある。明日一番で取りにいくよ。
ロジャーズ　あと、荷物を運ぶのを手伝ってくれるかい?
ナラコット　いいとも。
ロジャーズ夫人　(リストを持って登場)お客様のリストを渡すのを忘れてたわ、トム。
ロジャーズ　ありがとよ。(興味深げにリストを見る)ううむ、あまりご立派な人たちではなさそうだな。(リストに目を通す)ミス・クレイソーン。たぶん秘書だろう。
ロジャーズ夫人　秘書とはうまく付き合えないわ。病院のナースより始末が悪いし、態度が傲慢だし使用人を見下すもの。
ロジャーズ　おいおい、愚痴はよしとくれよ、エセル。さっさとピカピカで贅沢な台所に行っとくれ。
ロジャーズ夫人　(かごを持ち、ドア2から台所に向かいながら)なにもかも最新式すぎて、性に合わないんですけどね！

ヴェラとロンバードの声が舞台外から聞こえてくる。ロジャーズは出迎えのためにフレンチ・ドアの前に立つ。よく訓練された恭しい使用人になっている。ヴェラとロンバードがバルコニーの上手から登場。ヴェラは二十五歳の美しい娘。ロンバードは三十四歳の魅力的ですらりとした男。よく日焼けし、冒険家風の雰囲気がある。早くもかなりヴェラに惹かれている。

ロンバード　（部屋をじろじろ見ながら、興味深げに）ほう、なるほど！
ヴェラ　なんて素敵なのかしら！
ロジャーズ　ミス・クレイソーン？
ヴェラ　あなたは――ロジャーズ？
ロジャーズ　はい。こんばんは、ミス。
ヴェラ　こんばんは、ロジャーズ。私とロンバード大尉の荷物を運んでくださいます？
ロジャーズ　かしこまりました、ミス。（フレンチ・ドアを通り上手へ退場）
ヴェラ　（部屋の中央下手に行きながら、ロンバードに）以前もここにいらしたことがあります？
ロンバード　いや――ただ、この島のことは、以前から噂に聞いていたよ。
ヴェラ　オーウェンご夫妻から？
ロンバード　（上手手前へ歩きながら）いや、ジョニー・ブリュワーからだ。友人で、この家を建てたやつさ――哀しく痛ましい話でね。

ヴェラ　恋愛がらみの？
ロンバード　ああ――実に悲しい話なんだ。裕福なやつだったが、あの有名なリリー・ローガンと恋に落ちて――結婚して――この島を買って、彼女のためにこの家を建てたんだ。
ヴェラ　すごくロマンチックね。
ロンバード　気の毒なジョニー！　彼女を――通信手段の電話も置かずに――世間から隔離すれば、独り占めできると思ったのさ。
ヴェラ　でも、当然、美しいリリーは竜宮城生活に飽きてしまって――逃げちゃったのね？
ロンバード　まあね。ジョニーはウォール・ストリートに戻り、さらに数百万ドル儲けて、この家は売りに出されたってわけさ。
ヴェラ　で、私たちがここにいるというわけね。（ドア1から出ていこうと移動しながら）さあ、オーウェン夫人を見つけなきゃ。ほかの人たちもすぐに来られるわ。
ロンバード　（彼女を制止して）ぼく一人を残して行っちまうなんて、つれないな。
ヴェラ　あら、そう？　それにしても、夫人はどこにいるのかしら？
ロンバード　出番が来れば、いらっしゃるさ。待っているあいだに（下手手前のカクテル・キャビネットのほうに顎をしゃくり）一杯やってもいいかい？　ひどく喉が渇いてね。（ソファの前を通って下手手前で飲み物を作りはじめる）
ヴェラ　どうぞご自由に。
ロンバード　あの急な坂をのぼると、体が火照《ほて》っちまう。君も飲むかい？
ヴェラ　いいえ、けっこうよ。飲みたくないわけじゃないんだけど――仕事中ですから。（向かって中央

右手の肘掛椅子のうしろに行く）
ロンバード　優能な秘書は決して仕事を忘れないってわけか。
ヴェラ　そうよ。（部屋を見まわして）素晴らしいわね！（ソファの前を通って中央奥に進む）
ロンバード　何がだい？
ヴェラ　すべてがよ。海の香り――かもめ――浜辺、この素敵なお邸を楽しませてもらうわ。
ロンバード　（微笑んで、彼女のほうに近づきながら）きっと楽しめるよ、ぼくら二人ともね。（飲み物を掲げながら）乾杯――君は素敵だよ。

ロジャーズがスーツケースを持ってバルコニー上手から中央に登場し、中央左手手前に進む。

ヴェラ　（ロジャーズに）オーウェン夫人はどちらに？
ロジャーズ　オーウェン様ご夫妻は明日にならないとロンドンから来られません、ミス。ご存じかと思っておりましたが。
ヴェラ　明日ですって――でも――。
ロジャーズ　ご所望でしたら、ご滞在予定のお客様方のリストはございますよ。二艘目のボートがまもなく到着します。（リストを差し出す）
ヴェラ　ありがとう。（リストを受け取る。ロジャーズはドア1から玄関ホールへ退場）まあ大変――ねえ、お願い、手伝ってくださるわね。
ロンバード　君のそばから離れないよ。

ヴェラ　ありがとう。（リストに目を通す。二人は下手手前に移動する）最初のボートに私たち二人だけを乗せて、あとの人たちを二番目のボートに乗せるなんて、おかしなことをしたものね。

ロンバード　偶然じゃなくて、わざとそうしたのさ。

ヴェラ　わざとですって？　どういうこと？

ロンバード　これ以上の乗客を待つ必要はないって、ぼくが船頭に言ったんだ。そう言って五シリング渡したら、すぐにエンジンをかけたのさ。

ヴェラ　（笑いながら）まあ、そんなことしちゃいけないわ！

ロンバード　だって、ほかの乗客は、そう楽しそうな連中じゃなかっただろ？

ヴェラ　あの青年はけっこう感じのいい人だったけど。

ロンバード　青二才さ、ただの青二才だよ。それに若すぎる。

ヴェラ　男は三十代が魅力的だと思ってるみたいね。

ロンバード　思っているんじゃない——知ってるのさ。

マーストンがバルコニー上手から中央に登場。二十三歳くらいの感じのいい青年。金持ちでお坊ちゃま育ちだが、頭はさほどよくない。

マーストン　（下手手前の二人に近づきながら）素晴らしいお邸をお持ちですね。

女主人と勘違いしてヴェラに挨拶しようとする。ロンバードは主人のような顔をして彼女の隣に立つ。

ヴェラ　（握手する）オーウェン夫人の秘書です。オーウェン夫人はまだロンドンにおられて、明日にならないと来られません。
マーストン　（ぼんやりと）はあ、そりゃ残念です。
ヴェラ　ロンバード大尉をご紹介します。ええっと——その——。
マーストン　マーストン。アントニー・マーストンです。
ロンバード　一杯やるかい？
マーストン　ええ、ありがとう。

ブロアがバルコニー上手から登場。中年のでっぷり太った男。やや派手な服を着て、南米の金鉱王のような印象を醸し出している。すべてを記憶に刻もうとあちこちを見ている。

ロンバード　何か飲むかい？　ジン、ウィスキー、それともシェリー？
マーストン　ウィスキーを。

二人は下手手前のキャビネットに向かう。

ブロア　（中央下手にいるヴェラに近づき、ヴェラの手を取り、親しみをこめて握る）素晴らしいお邸をお持ちですな。
ヴェラ　私はオーウェン夫人の秘書です。オーウェン夫人はまだロンドンにおられて、明日にならないと来られません。
ロンバード　これくらいかい！
マーストン　ああ、それでけっこう！
ブロア　ごきげんよう。（カクテル・キャビネットに向かう）
ロンバード　ロンバードと申します。一杯いかがですか、ええっと――。
ブロア　デイヴィス。デイヴィスと申します。
ロンバード　デイヴィスさんですか――こちらはマーストンさんです！

ヴェラは下手のソファに座る。

ブロア　ごきげんよう、マーストンさん。はじめまして。ありがとう、ロンバードさん。いただきますよ。ここまで、けっこうな上り坂でした。（中央奥のバルコニーに出る）ほほう！　なんと素晴らしい眺め、この高さならではだ！　南アフリカを思い出させてくれる。（中央手前に戻ってくる）
ロンバード　（彼を見つめながら）ほう？　どちらを？
ブロア　その――ええと――ナタール州、ダーバンですよ。
ロンバード　（中央に進む）えっ？（飲み物を手渡す）
ブロア　やあ、乾杯。その――つまり――南アフリカをご存じですか？

ロンバード　ぼくが？　いや。
ブロア（自信を取り戻し）そこが私の出身地でして。我がナタール州というわけでね――ハ、ハ。
ロンバード　興味を惹かれるお国ですな。
ブロア　世界で最も美しい国ですよ。金、銀、ダイヤ、オレンジ、望む物はなんでもある。幸せ溢る土地についてお話ししましょう。（下手手前のカクテル・キャビネットに向かう）

マッケンジー将軍が上手からバルコニーに登場。背筋の伸びた軍人らしい老人。優しげだが疲れた顔。

マッケンジー（礼儀正しく、ためらいがちに）その――はじめまして。

ヴェラは立ち上がり、ソファのうしろであいさつする。

ヴェラ　マッケンジー将軍でいらっしゃいますね。私はオーウェン夫人の秘書です。オーウェン夫人はまだロンドンにおられて、明日にならないと来られません。ご紹介しますわ。あちらはロンバード大尉、マーストンさん、それと――。

マッケンジーは彼らのほうに向かう。

ブロア　（マッケンジーに近づきながら）デイヴィス。デイヴィスと申します。（握手する）
ロンバード　ウィスキー・ソーダはいかがです？
マッケンジー　ああ、ありがとう。（下手手前に行き、ロンバードをじろじろと見る）軍に所属しておられたことは？
ロンバード　以前、英国アフリカ・ライフル銃隊におりました。平時は退屈すぎたので、辞めてしまったんですよ。
マッケンジー　残念ですな。（ロンバードがソーダを注いでいると）それくらいで。

ミス・エミリ・ブレントがバルコニー上手から中央に登場。背の高い、痩せ型のオールドミス。気難しく疑り深そうな顔。

エミリ　（ヴェラに向かってきつい口調で）オグデン夫人はどこかしら？（上手のソファにスーツケースを置く）
ヴェラ　ミス・ブレントでいらっしゃいますね。私はオーウェン夫人の秘書です。オーウェン夫人はまだロンドンにおられます。

ロンバードはエミリの右手に行く。

ロンバードとヴェラ　明日にならないと来られません。（二人のセリフはやや戸惑いながら尻すぼみにな

る）

エミリ　まあ。妙ですわ。列車に乗り遅れたのかしら？

ヴェラ　おそらく。何かお飲みになります？　ご紹介します。ロンバード大尉、マッケンジー将軍、マーストンさん。ボートですでにお会いになっておられますよね。それと――。

ブロア　デイヴィス。デイヴィスと申します。スーツケースをお持ちしましょうか？（エミリに近づき、彼女の背後をまわって下手へ）

ロンバード　飲み物をお作りしましょうか？　ドライ・マティーニはどうです？　シェリー酒は？　それともウィスキー・ソーダ？

エミリ　（冷やかな口調で）お酒は飲んだことございません。

ロンバード　酒を飲んだことがない！

エミリ　（スーツケースを持ち、ソファの前を通って上手へ）あなた、埠頭で私たちを置き去りになさったわね？

ヴェラ　ミス・ブレント、それは私のせいなんです。私が――。

エミリ　オグデン夫人が客の出迎えもしないなんて、ほんとに妙ね。

ヴェラ　（苦笑しながら）列車に乗り遅れるのも仕方ないような方なのかも。

ブロア　（笑う）私もそう思うよ。

エミリ　そんなはずないわ。オグデン夫人は絶対にそんな方じゃありません。

ロンバード　（さりげなく）ご亭主のせいなのかも。

エミリ　（きつい口調で）ご亭主などおられません。

ヴェラは目をみはる。ロジャーズがドア2から登場。

エミリ　部屋に案内してちょうだい。

ヴェラ　もちろんですわ。ご案内いたします。

ロジャーズ　（ヴェラに）家内が二階におりますよ。家内が部屋にご案内します。

ヴェラとエミリがドア1から退場。続いてロジャーズがドア1から退場。ウォーグレイヴがバルコニー上手から中央に登場し、手前に進む。

ロンバード　（前に進み出る）残念ながら我らがホストご夫妻はまだご到着ではありませんよ。私はロンバードと申します。

ウォーグレイヴ　私はウォーグレイヴだ。はじめまして。

ロンバード　はじめまして。一杯どうです？

ウォーグレイヴ　ええ、ぜひ。ウィスキーを。

ブロア　（ウォーグレイヴに近づく）はじめまして。デイヴィス、デイヴィスと申します。

ロンバードが飲み物を取りに行く。ブロアはウォーグレイヴに愛想よく。

ブロア　いや、ご夫妻は素晴らしいお邸をお持ちですな。世の中に二つとないでしょう。
ウォーグレイヴ　おっしゃるとおり――二つとないでしょうな。
ブロア　お飲み物をどうぞ。

ウォーグレイヴは上手のソファに上着を置き、飲み物をもらい、上手奥の椅子に座る。そこから成り行きを見守る。

マーストン　（ロンバードに）バジャー・バークリーは、まだ来てないのかな？
ロンバード　誰だって？
マーストン　バジャー・バークリーさ。あいつに誘われたんだ。いつ来るんだろう？
ロンバード　来そうにないね。バークリーという名前はリストにない。
マーストン　（呆気にとられる）薄汚い裏切り野郎め！　ぼくをはめたな。まあ、ここは実に素晴らしい島だ。あの秘書もけっこう素敵な娘だし。少しは英気を養わせてくれるかな。さて、ディナー用に着替えるとしますか――それとも、まだ時間があるかな？
ロンバード　邸内を見てまわらないか。
マーストン　ほう、そりゃ素晴らしい！
ロンバード　オーウェン夫妻が現れないんで、ちょっと混乱してるな。
マーストン　困ったもんだよね。まあ、休暇にはおあつらえ向きの所じゃないか。

マーストンとロンバードはドア1から退場。ブロアはバルコニーにふらふらと出て、部屋のほうを鋭い目で睨み、やがてバルコニーの下手から退場。それと同時に、マッケンジー将軍とウォーグレイヴが言葉を交わす。ウォーグレイヴは仏像のように座り続ける。彼は、下手中央でなにやら途方に暮れて、ぼんやりと口ひげを撫でるマッケンジーを観察する。マッケンジーは狩猟ステッキ（上部が開いて腰掛けになるステッキ）を持ち、もの思わしげに開いたり、閉じたりする。

ウォーグレイヴ　お掛けになりませんか？

マッケンジー　いや、実を申しますと、あなたは私の椅子に座っておられるんだが。

ウォーグレイヴ　これは申し訳ない。あなたがオーウェン家の方とは存じませんでした。

マッケンジー　いや、別にそういうわけでは。実は、ここに来たのは初めてなのです。ただ、ベントン・クラブに住んでましてな——かれこれ十年になる。私の椅子はちょうどそこらへんにあるんですよ。ほかの場所に座る気になれないので。

ウォーグレイヴ　ちょっとした習慣というわけですな。（立ち上がり、下手に慌ただしく移動）

マッケンジー　ええ、そうなんです。ありがとう——（上手奥の椅子に座る）ふむ、クラブの椅子ほどじゃないが、座り心地のいい椅子だ。（打ち明けるように）実を言いますと、招待状を受け取ったときは、少々驚いたのですよ。もう四年はそんなものを受け取ったことがなかったので。素敵なご夫妻だなと思いました。

ロジャーズ　（ドア1から登場。ウォーグレイヴの上着をソファから取り上げ）キーをお預かりしてよろしいですか？

ウォーグレイヴ　レディー・コンスタンス・カルミントンはいつ来られるのかね？（キーを渡す）
ロジャーズ　（驚いて）レディー・コンスタンス・カルミントンですって？　いいえ。オーウェン様ご夫妻と一緒に来られるのなら話は別ですが。
ウォーグレイヴ　ほう。
ロジャーズ　お預かりします。（マッケンジー将軍の上着を受け取る）キーをお預かりしてよろしいでしょうか？
マッケンジー　（立ち上がり、上手手前へ歩きながら）いや、いい。自分で荷解きするから。
ロジャーズ　ディナーは八時でございます。お部屋にご案内いたしましょう。
マッケンジー　ああ。

マッケンジーがドア1に向かうと、ロジャーズがドアを開け、マッケンジー退場。ウォーグレイヴはゆっくりとあとに続き、納得がいかないように部屋を見まわす。ロジャーズは彼らに続いて退場。かもめの鳴き声がすると、アームストロング医師が上手からバルコニーに登場、そのあとにナラコットがスーツケースを持って続く。アームストロングは四十四歳の気難しげだが顔立ちのいい男。やや疲れているようだ。

ナラコット　さあどうぞ。ロジャーズを呼んでまいります。（ドア1から退場）

アームストロングはあたりを見まわし、納得したように頷くと、海のほうを見る。ナラコットが戻ってくる。アームストロングが彼にチップをやる。ナラコットがフレンチ・ドアを抜け上手に退場。アームストロングは下手奥のソファに座る。ブロアがバルコニー下手から登場。アームストロングの姿を認めて立ち止まる。

ブロア　（ソファのうしろへ向かい）はじめまして。デイヴィス、デイヴィスと申します。
アームストロング　アームストロングです。（立ち上がる）
ブロア　アームストロング医師ですな。
アームストロング　ええ。
ブロア　だと思いました。忘れられないお顔ですから。
アームストロング　患者の顔を忘れたのかとはおっしゃらんでください！
ブロア　いやいや、そうじゃなくて、専門家として裁判所で証言しておられたのを拝見したことがあるんですよ。
アームストロング　ほう？　裁判にご興味がおありで？
ブロア　まあ、私は南アフリカ出身でしてね。当然ながら、植民地住民として、この国の司法手続きにはおのずと興味を惹かれるわけです。
アームストロング　なるほど、それはそうですな。
ブロア　（下手手前へ歩きながら）一杯いかがです？
アームストロング　いや、けっこう。酒は飲まんのです。
ブロア　私が飲んでもよろしいですかな？　グラスが空でして。

アームストロング　かまいませんよ。
ブロア　（自分用に酒を注ぐ）島を見てまわりましたが、素晴らしい所ですな。
アームストロング　（中央へ歩きながら）素晴らしいですな。本土から渡ってくるとき、ここは安らぎに満ちた避難所だと思いましたよ。
ブロア　（アームストロングのほうに向かい、顔を相手の顔に近づけながら）人によっては平和すぎるかもしれませんな。
アームストロング　（上手に移動する）とても落ち着いた場所です。神経も静めてくれる。私は神経科医でして。
ブロア　ええ、存じてますよ。列車でいらっしゃったんですか？（アームストロングのほうに近づく）
アームストロング　（上手奥の窓辺へ向かう）いえ、車でまいりました。途中で患者の所に寄りましたので。患者の具合はとてもよくなっておりました――反応もよくて。
ブロア　（アームストロングのほうへ向かい）二百マイル四方の最良の場所ですな。ここまでどれくらいかかりました？
アームストロング　（中央下手奥へ）急ぎませんでしたので。決して急がないんです。神経にもよくないですから。ある無作法な若者のせいで、エイムズベリーの近くで、あやうく溝にはまりそうになりましてね。時速八十マイル近くで追い越していきましたよ、荒っぽい運転で。ナンバーを控えておけばよかった。
ブロア　（アームストロングのほうへ向かい）ええ。その手の暴走族の若造どものナンバーを控える人がもっとおればと思いますよ。

アームストロング　そうですね。失礼させていただきます、オーウェン氏にご挨拶しなくてはなりませんので。（ドア1からあたふたと退場）

ブロア　（あとに続いて上手手前へ歩きながら）ああ、だが――オーウェン氏はまだ来られていないんだ――。

ブロアはドア1の前方にある呼び鈴を鳴らす。飲み終えたグラスを上手のソファに置く。ロジャーズがドア1から間をあけずに登場。

ロジャーズ　お呼びになりましたか？

ブロア　ああ。帽子を預かってくれるかね？（帽子を手渡す）夕食は何時だ？

ロジャーズ　ディナーは八時でございます。（間を置いて）十五分後です。今夜は、服装はご自由かと。

ブロア　（親しげに）いい職場を得たね。

ロジャーズ　（やや堅苦しく背筋を伸ばす）はい、ありがとうございます。

ブロア　ここは長いのかい？

ロジャーズ　ちょうど一週間になります。

ブロア　たった？（間を置いて）じゃあ、ここにいる人たちのことは、あまり知らんわけだね？

ロジャーズ　はい。

ブロア　オーウェン家の古くからの友人たちなのかい？

ロジャーズ　よく存じません。

ブロア　ほう、では――いや、ロジャーズ――。
ロジャーズ　なんでございましょう？
ブロア　ロジャーズ、今夜、私の部屋にサンドイッチとビールを持ってきてくれるかい？　この海からの空気のおかげで食欲が出そうだ。
ロジャーズ　かしこまりました。
ブロア　ロジャーズ――チップははずむよ。私の部屋はどこだい？
ロジャーズ　ご案内いたします。
ブロア　（出て行きながら）ありがとう。風呂に入って身支度を整えるよ。（ロジャーズとともにドア1から退場）

ロジャーズ夫人がドア2から登場。ソファと上手奥のテーブルからグラスを取り上げ、下手手前に運ぶ。ロジャーズがグラスが八個載った盆を持って登場。

ロジャーズ夫人　（夫人は盆からグラスを取り上げ、ロジャーズは使用済のグラスを盆に載せる）あら、あなたなの、ロジャーズ。その使ったグラスはあなたが洗ってよ。汚れ仕事はいつも私に押し付けるんだから。四コースものディナーの準備を一人でしてるんだし、手伝ってくれる人は誰もいないのよ。盛り付けを手伝ってくださいね。（上手のソファのうしろにまわり）それはそうと、誰と話してたの？
ロジャーズ　デイヴィス、南アフリカ出身の紳士さ。おれの見るところ、ありゃ役立たずだ――金もなさそうだし。

ロジャーズ夫人　（ソファの右手をまわり中央へ）どうにも気に食わない――ああいう手合いは嫌いなの。下宿屋で働いてた頃の連中と一緒だもの。

ロジャーズ　デイヴィスは大金持ちのように言ってるが。やつの下着を見てみろよ！　連中と同じくらいの安物だ。

ロジャーズ夫人　だから言ったでしょ、私たちのことなんか気遣ってくれないって。お客がみんな今日着くのに、女中たちは明日にならないと来ないなんて。私たちをなんだと思ってるのかしら？

ロジャーズ　そりゃそうだが――なんにしても、給金はけっこうな額だ。

ロジャーズ夫人　当たり前よ！　給金がよくなかったら、使用人仕事なんて二度とやらなかったわよ。

ロジャーズ　（中央へ向かう）まあ、確かに給金はいいがな。それで、どうしようってんだ？

ロジャーズ夫人　そう、こういうことよ、ロジャーズ。面倒くさい所になんかいるつもりはないの。料理が私の仕事なのよ！　腕のいい料理人なんだもの――。

ロジャーズ　（なだめながら）第一級だよ、おまえは。

ロジャーズ夫人　だから、台所が私の居場所で、家事は私の仕事じゃないわ。あの客たちときたら！　帽子と上着を付けて、すぐにここを出て、さっさとプリマスに帰るわよ。

ロジャーズ　（にやにやしながら）そうはいかないよ、おまえ。

ロジャーズ夫人　（喧嘩腰で）どうしてそんな風に言うの？　理由を言ってちょうだい。

ロジャーズ　だって、島にいるんだぜ。忘れたのかい？

ロジャーズ夫人　そうね、島になんかいたくないわ。

ロジャーズ　それを言うなら、おれだって同じさ。パブにも寄れないし、映画も観に行けない。まあ、不便な分、給金は倍だがな。それに、邸にはビールもしこたまある。

ロジャーズ夫人　考えることといったら――ビールのことだけなのね。

ロジャーズ　まあまあ、そうこぼすなよ。台所に戻らないと、ディナーが台なしだぜ。

ロジャーズ夫人　どうせ台なしよ。みんな遅れてくるもの。どのみち徒労よ。スフレを作らなくてよかった。

ヴェラがドア1から登場。ロジャーズ夫人はドア2に向かう。

ロジャーズ夫人　あら、ディナーはすぐご用意できますわ、ミス。あとはお皿を並べるだけですので。（ドア2から退場）

ヴェラ　（上手のソファのうしろへ）大丈夫、ロジャーズ？　お二人でやれるの？

ロジャーズ　（上手奥へと歩きながら）ええ、ありがとうございます、ミス。家内はいろいろ言ってますが、やることはやりますので。（ドア2から退場）

ヴェラは下手の窓に向かう。エミリがドア1から登場。服は着替えている。

ヴェラ　素敵な夜ね！

エミリ　ええ、ほんとに。天気もよくなってきたし。（中央の窓に向かう）

ヴェラ　（下手手前に来る）波の音がよく聞こえること。
エミリ　心地よい音ね。（中央手前に来る）
ヴェラ　風も凪いでるし――とても暖かくて英国じゃないみたい。
エミリ　その服じゃ、ちょっと着心地悪いんじゃないかしら。
ヴェラ　（意味を解さず）そんなことありませんわ。
エミリ　（意地悪く）ちょっときつくない？
ヴェラ　（気さくに）あら、そんなことありませんわ。
エミリ　（上手のソファに座り、グレーの編み物を手に取る）ぶしつけなこと申しますけど、あなたはお若いし、自分で生計を――。
ヴェラ　それで？
エミリ　育ちのいい女性は、自分の秘書が派手なのを好まないものよ。なのに、あなたの格好は異性の関心を引こうとしているみたいじゃない。
ヴェラ　（中央下手へ歩きながら）私が異性をそそのかそうとしているとでも？
エミリ　そういうことじゃないの。男の関心をことさら引こうとする女は、仕事も長続きしないってこと。
ヴェラ　（笑いながら彼女に向かって）あら！　それは誰のために仕事をしているかにもよるんじゃない？
エミリ　まさか、ミス・クレイソーン！
ヴェラ　ちょっと失礼じゃありませんこと？

エミリ　（意地悪く）近頃の若い人たちの立ち居振る舞いたるや、ほんとに鼻につくのよ。
ヴェラ　鼻につくですって？
エミリ　（調子に乗って）そうよ。背中のぱっくりあいたイヴニングドレスとか、浜辺に半裸で寝そべったりとか。日光浴なんてみんなそう。不埒な振る舞いの言い逃れでしかないわ。無遠慮もいいところ！　ファースト・ネームで呼びあったり、カクテルを飲んだり！　近頃の若い男たちをご覧なさい、退廃しきってるわ！　あのマーストンという青年も、どんな取り柄があって？　それから、あのロンバード大尉！
ヴェラ　ロンバード大尉の何がお気に召さないんですか？　波瀾万丈の面白い人生を送ってきた人だと思いますけど。
エミリ　冒険家ね。あの世代の若者はだめ、まるでだめよ。
ヴェラ　（不意に下手へ行く）若者がお嫌いなの——そういうことね。
エミリ　（きつく）どういう意味？
ヴェラ　若者が嫌いなのね、って言っただけよ。
エミリ　（立ち上がり、下手奥に移動する）嫌いな理由があるとでも？
ヴェラ　いえ、そうじゃないけど——（間を置いて）でも、あなたはほんとにいろんなことを見落しているようよ。
エミリ　無礼な人ね。
ヴェラ　（穏やかに）ごめんなさい。でも、正直に言っただけなの。
エミリ　無作法さを根絶しないかぎり、この世はよくならないわね。

ヴェラ　（ひとりごちて）ほんとに病的だわ。（下手手前へ行く）
エミリ　（きつく）今なんて？
ヴェラ　何も。

エミリは上手奥の椅子に座る。アームストロングとロンバードがドア1から話しながら登場。下手奥に向かう。

ロンバード　あのご老体をどう思う――。
アームストロング　亀みたいだな。そう思わないかね？
ロンバード　判事はみんな亀なのさ。頭を出したり引っ込めたりする鼻持ちならぬ連中だよ。ウォーグレイヴ判事殿も例外じゃあるまい。
アームストロング　彼が判事とは知らなかったよ。
ロンバード　ああ、そうなのさ。（楽しげに）たぶん、英国で誰よりも無実の人間をたくさん死に追いやった男だろうよ。

ウォーグレイヴが登場し、ロンバードのほうを見る。

ロンバード　やあ。（ヴェラに）君らはもう自己紹介はすんだのかな？　こちらはアームストロング氏、こちらはミス・クレイソーン。アームストロングと話してたんだが、あのご老体は――。

ヴェラ　ええ、聞こえたわ。たぶん、あの方にもね。

ウォーグレイヴがエミリのほうに向かう。エミリはウォーグレイヴが近づいてくるのを見て立ち上がる。

エミリ　あら、ローレンス卿。

ウォーグレイヴ　ミス・ブレントですな？

エミリ　お聞きしたいことがあるの。（バルコニーで話したいという身振りをする）あちらへまいりませ
ん？

ウォーグレイヴ　（二人で歩きながら）なかなか素敵な夜ですな！（フレンチ・ドアから外に出る）

ロンバードは中央奥に。マーストンがブロアとともに話をしながらドア1から登場。

マーストン　ほんとに最高の車さ——馬力を高めたスポーツ・ムラッティ・カーロッタはさ。一般道じゃそんなに見ないけど。あの車は時速百マイルは出るんだ。

ヴェラが下手のソファに座る。

ブロア　ロンドンから来たのかね？

マーストン　ええ、二百八マイルを四時間ちょっとで。

アームストロングが振り返って彼のほうを見る。

マーストン　もっとも、一般道には速度制限を守る車が多すぎてね。ソールズベリー平原なら九十マイルは出せる。悪くないだろ？
アームストロング　どうやら私を追い越したのは君のようだな。
マーストン　へえ、そうかな？
アームストロング　君のせいであやうく溝にはまるところだったぞ。
マーストン　（平然と）ぼくのせいで？　そりゃすみませんでした。（上手のソファのうしろへ）
アームストロング　ナンバーを見ていたら、警察に通報したところだ。
マーストン　でも、あなたは道路の真ん中でふらふら走ってただろ。
アームストロング　ふらふら走ってただと？　この私が？
ブロア　（雰囲気を和らげようと）まあまあ、一杯どうかね？
マーストン　いいね。（ブロアとマーストンは下手手前のカクテル・キャビネットに移動する）一杯どうだい、ミス・クレイソーン？

ロンバードはヴェラのほうに向かう。

ヴェラ　いえ、けっこうよ。
ロンバード　（ヴェラの横に座る）こんばんは、オーウェン夫人。
ヴェラ　オーウェン夫人ですって？
ロンバード　金持ちの実業家が相手なら、実に魅力的な妻になられたでしょうに。
ヴェラ　いつもそんなひどいお戯れをおっしゃるの？
ロンバード　いつもさ。
ヴェラ　まあ！　これでわかったわ。（微笑みながら少しそっぽを向く）
ロンバード　ねえ、ミス・ブレントは判事と何を話してるのかな？　二階で何か話そうとしてたけど。
ヴェラ　知らないわ。変なの――彼女、オーウェン氏なんていないって確信してるみたいなの。
ロンバード　まさか、オーウェン夫人には――つまり、夫がいないとでも――ほんとは――？
ヴェラ　なによ、つまり、結婚してないとでも？

ロジャーズがドア２から登場。照明をつけ、カーテンを引き、下手奥の書斎に退場。マーストンが上手のソファの右手に来る。ロンバードが立ち上がって座っていたソファの左手に移動する。

マーストン　お互いに知り合いじゃなかったのは実に残念だったね。ここまで乗せてきてあげられたのに。
ヴェラ　ええ、それなら素敵だったわ。

マーストン　ソールズベリー平原でどれくらい走れるか見せてあげたいよ。話しただけじゃ――そうだ、帰りは一緒に乗ってかないか？

ウォーグレイヴとエミリがフレンチ・ドアから登場。マッケンジーが登場し、上手手前のクラブチェアに座る。

ロンバード　すまんがマーストン、ミス・クレイソーンのロンドンに帰る段取はもうすんでいるのさ。
ヴェラ　（驚いて）え、そんな――（立ち上がり）
マーストン　そんな馬鹿な。あいてる車があるのに。
ロンバード　ああ、だが、彼女は一人で帰りたいんだろうし――。
ヴェラ　（暖炉に向かう）見て！　素敵じゃない？　あの十個の陶器の小さなインディアン人形。

マーストンとロンバードは睨みあう。

ヴェラ　あら、古い童謡が貼ってあるわ。
ロンバード　なんだい？　人形？　童謡だって？
ヴェラ　（人形と童謡を指さしながら読み上げる）「十人のインディアンの少年が食事に出かけた。一人が喉を詰まらせ、九人になった――」

ロジャーズが下手奥から登場し、上手へ行く。ヴェラは童謡を読み続ける。ブロアが彼女の前に進む。エミリがヴェラのうしろに向かう。

ヴェラ　「九人のインディアンの少年が夜更かしした。一人が寝過ごして八人になった」

ヴェラは上手へ。

ブロア　「八人のインディアンの少年がデヴォン州に出かけた。一人が取り残され、七人になった――」

声　（非常にゆっくりと明瞭な声。下手奥のほうから聞こえる）紳士淑女の諸君、静粛に！（全員が立ち上がる。皆話すのをやめ、互いを見つめたり、壁のほうを見つめる。それぞれ名前を呼ばれると、その人間は不意に体を動かしたり、身振りで反応する）諸君はこれから述べる罪状で告発されている。諸君はそれぞれ、次なる罪を犯した。エドワード・アームストロング、君はルイーザ・メアリ・クリーズを死に至らしめた。ウィリアム・ヘンリー・ブロア、君はジェイムズ・スティーヴン・ランダーに死をもたらした。エミリ・キャロライン・ブレント、君はビアトリス・テイラーの死に責任がある。ヴェラ・エリザベス・クレイソーン、君はピーター・オギルヴィー・ハミルトンを殺した。（ヴェラは上手のソファに座る）フィリップ・ロンバード、君は東アフリカの部族民二十一人の死について有罪だ。ジョン・ゴードン・マッケンジー、君は妻の愛人アーサー・リッチモンドを死地に送り込んだ。（マッケンジーは上手手前のクラブチェアに座る）アントニー・ジェイムズ・マーストン、君はコームズ家のジョンとルーシーの殺人について有罪だ。トーマス・ロジャーズとエセル・ロジャーズ、君たちはジェニファー・ブレイディに死をもたらした。ローレンス・ジョン・ウォーグレイヴ、君はエドワード・セトンの殺人について有罪だ。被告席の諸君、弁護のために申し立てることはあるか？

しばし皆は放心し、沈黙が続く。そののち、ドア2の外から叫び声がする。ロンバードが素早く部屋を横切ってドア2に向かう。皆が最初のショックから立ち直るにつれ、怒りのつぶやきが広がっていく。ドア2が開くと、うずくまって倒れているロジャーズ夫人の姿が見える。マーストンも素早くドアに向かう。二人はロジャーズ夫人を下手のソファに運ぶ。アームストロングが彼女のもとに向かう。

アームストロング　大丈夫だ、気を失っただけだよ。すぐに回復する。ブランデーを――。

ブロア　ロジャーズ、ブランデーを。

ロジャーズはガタガタ震えながら、ドア2から退場。

ヴェラ　今のは誰？　まるで――。

マッケンジー　（上手のソファのうしろにまわる。手を震わせながら口髭を撫でる）何をしてるんだ？　なんという悪ふざけだ？

ブロアはハンカチで顔を拭う。ウォーグレイヴは部屋の中央、ソファのそばに立ち、考え込むように顎を撫でながら、一人ひとりを疑わしげに見つめる。

ロンバード　いったい、あの声はどこから？

彼らは周囲を見まわす。ロンバードは下手奥の書斎に向かう。

ロンバード　これだな。

声　諸君はこれから述べる罪状で――。

ヴェラ　やめて！　やめてちょうだい！　恐ろしいわ！

ロンバードがスイッチを切る。ロジャーズ夫人が呻き声をあげる。

アームストロング　実に下品でふとどきな悪ふざけだ。

ウォーグレイヴ　（重々しく）では、悪ふざけだと思うのかね？

アームストロング　違うとでも？

エミリは下手手前の円腰掛に座る。

ウォーグレイヴ　（重々しく）今は何も言うつもりはない。

ロジャーズがドア2からブランデーとグラスを盆に載せて登場。上手奥のテーブルに置く。

マーストン　だが、いったいスイッチを入れたのは誰だ？　これを再生したのは？

ウォーグレイヴ　調べてみなくては。（意味ありげにロジャーズを見る）

ロンバードが下手奥からレコードを持って登場。下手中央の肘掛椅子に置く。ロジャーズ夫人がもぞもぞと体をよじらせる。

ロジャーズ夫人　ああ、なんてこと！　こんなことが！

ほかの者たちは下手のソファに向かい、ブランデーが置いてあるテーブルが隠れる。ロジャーズ夫人に視線が集まる。

ロジャーズ　（ソファのうしろに行く）いえ、私が。（アームストロングに）お願いです、私から話を――エセル――エセル――。（口調は切羽詰まって緊張に満ちて）大丈夫だ、大丈夫だよ。聞こえるかい？　しっかりするんだ。

ロジャーズ夫人が息をのみ、呻き声をあげはじめる。体を起こそうとする。恐怖に満ちた目で部屋の中を見まわす。

アームストロング　（脈をとりながら）大丈夫ですよ、ロジャーズさん。ひどい目にあいましたね。

ブロアが上手奥でブランデーをグラスに注ぐ。

ロジャーズ夫人　気を失っていたの？

アームストロング　ああ。

ロジャーズ夫人　あの声よ——恐ろしい声——判決文みたいな——。

ロジャーズはそわそわとする。ロジャーズ夫人のまぶたがひきつり、再び失神しそうである。

アームストロング　ブランデーはどこだ？（少しうしろに下がり、ブランデーを見つける）

ブロアがグラスをヴェラに渡し、ヴェラはアームストロングに渡す。ヴェラは上手ソファの左端に座り、ロジャーズ夫人の頭の下にクッションを差し入れる。

アームストロング　お飲みなさい、ロジャーズさん。
ロジャーズ夫人　（少しゴクンと飲み、元気づくと、再び体を起こして座る）もう大丈夫です。ちょっと――気が動転しただけですから。
ロジャーズ　（すぐに）そうだろう。私もびっくりしたよ。とんでもない嘘だ！　いったい誰が――。

ウォーグレイヴが中央で聞こえよがしに咳払いをする。ロジャーズは口を閉ざし、そわそわと彼のほうを見る。ウォーグレイヴは再び咳払いをし、ロジャーズをじっと見つめる。

ウォーグレイヴ　レコードをかけたのは誰だ？　君か、ロジャーズ？
ロジャーズ　ご指示に従っただけです。
ウォーグレイヴ　誰の指示だと？
ロジャーズ　オーウェン様です。
ウォーグレイヴ　その点をはっきりさせておきたい。オーウェン氏の指示とは――正確にはどういうものだ？
ロジャーズ　書斎のプレーヤーでレコードをかけろと。書斎の引き出しにレコードが何枚かありました。そのレコードをかけるように、とのことでしたので、音楽だとばかり思っておりました。
ウォーグレイヴ　（疑わしげに）実に興味深い話だな。
ロジャーズ　（ヒステリックに）本当でございます。天地神明に誓って、どういうものか知りませんでした――まったく。レコードには曲名も書いてありました。ただの音楽だと思ったのです。

ウォーグレイヴがロンバードのほうを見ると、ロンバードはレコードを調べている。

ウォーグレイヴ　曲名はなんだね？

ロンバード　（にやりとしながら）曲名ですか？　そう、「白鳥の歌」と。

ロンバードは面白がるが、何人かはそわそわとする。

マッケンジー　なにもかもがばかげてる——ばかげてるぞ！　こんなふうに告発を浴びせられるとは。何か手を打たなくては。このオーウェンという男が誰かは知らんが——（上手奥に移動する）

エミリ　問題はそれよ、誰なの？

ウォーグレイヴ　（威厳をもって）それこそまさに慎重に調べなくては。奥さんを寝室に連れて行きたまえ、ロジャーズ。そしたら戻ってきてくれ。

ロジャーズ　承知いたしました。

アームストロング　手を貸すよ。

ヴェラ　（立ち上がり）彼女、大丈夫かしら、先生？

アームストロング　ああ、大丈夫さ。

アームストロングとロジャーズはロジャーズ夫人をかかえ起こし、ドア1から連れ出す。

マーストン　（ウォーグレイヴに）あなたはどうか知らないけど、ぼくはもう一杯飲みたい。
ウォーグレイヴ　私もいただくよ。
マーストン　取ってくるよ。（下手手前に行く）
マッケンジー　（怒ったようにつぶやきながら）ばかげてる――まったく――ばかげてるぞ。（上手奥の椅子に座る）
マーストン　ウィスキーがよろしいですか、ローレンス卿？
エミリ　（下手のソファに座る）私はお水がほしいわ。
ヴェラ　わかりました。私も少しウィスキーがほしいわ。（下手手前へ向かう）

ヴェラは水のグラスをエミリに渡すと、自分の飲み物を持って、中央下手の肘掛椅子に座る。彼らは黙ったまま飲み物をすすっているが、目はお互いを見ている。アームストロングがドア1から登場。

アームストロング　彼女は大丈夫だ。鎮静剤を飲ませたから。
ブロア　（上手手前へ行く）先生、あなたも飲み物をいかがですかな。
アームストロング　いや、けっこう。下戸なもので。（上手手前のクラブチェアに座る）
ブロア　ああ、そうおっしゃってましたな。飲み物はいかがです、将軍？（上手奥のマッケンジーに聞く）

マーストンとロンバードは再び自分たちのグラスに注ぐ。ロジャーズがドア1から登場。ウォーグレイヴが進み出る。ロジャーズがドア1の戸口近くに立ってそわそわしている。全員が彼を見る。

ウォーグレイヴ　（二つのソファのうしろの中央へ）さて、ロジャーズ、事態をはっきりさせなくては。オーウェン氏について知っていることを話してくれ。

ロジャーズ　この邸の主《あるじ》でございます。

ウォーグレイヴ　それはわかってる。教えてもらいたいのは、君が、その男について何を知ってるのかということだ。

ロジャーズ　何も存じません。その、お会いしたことがないのです。

かすかにざわつく。

マッケンジー　どういうことだ、会ったことがないのか？

ロジャーズ　ここに来てまだ一週間です。私も家内も。周旋屋を通じて書面で雇われたのです。プリマスのリジャイナ周旋所でございます。

ブロア　そりゃ一流の事業所だ。確かめることもできるはずだ。

ウォーグレイヴ　その書面は持ってるかね？

ロジャーズ　雇用の書面ですか？　もちろん。

探し出してウォーグレイヴに手渡すと、判事は目を通す。

ウォーグレイヴ　話を続けてくれたまえ。

ロジャーズ　その書面のとおり、ここに到着したのは四日です。準備はすべて整っていて、食料品も充分貯蔵され、万端抜かりはありませんでした。拭き掃除が必要だった程度でございます。

ウォーグレイヴ　それから？

ロジャーズ　特には。ハウス・パーティー用に部屋を整えるよう指示をいただきました——八時開始と。それから昨日、朝の郵便で、オーウェン様ご夫妻の到着が遅れる、というもう一つ手紙を受け取り、できる限りのことをして、夕食の用意をし、レコードをかけるようにとの指示がありました。これでございます。（中央にいるウォーグレイヴに手紙を手渡すと、中央奥に下がる）

ウォーグレイヴ　ううむ。レターヘッドはリッツ・ホテルで、タイプで打ってある。

ブロアが近づき、ウォーグレイヴから手紙を取り上げる。マーストンはブロアの左手に行く。マッケンジーが立ち上がり、ウォーグレイヴの肩越しに覗き込む。

ブロア　コロネーション機の第五番だ、新型だよ。不備もない、刻印入りの紙——ごく普通の用紙だ。たいしたことはわからないな。指紋が遺っているか調べてみてもいいが、多くの手に触れすぎている。

ロンバード　なかなかの名探偵さんだな。

ウォーグレイヴが振り向き、ブロアを鋭い目で見る。ブロアの態度が今までとはすっかり変わり、口調も変わっている。マッケンジーが上手奥の椅子に再び座る。ロンバードは上手のソファに座る。

間。

マーストン　（手紙を取り上げ、下手手前に移動しながら）妙な名前を付けたものじゃないか？　ユリック・ノーマン・オーウェン。まったく言いにくい。

ウォーグレイヴ　（マーストンから手紙を取り上げ、上手のソファの前に行く）君のおかげだよ、マーストン君。奇妙で意味深長な点に気づかせてくれた。（法廷風のしぐさで周囲を見まわす）みんなで情報を集約すべき時が来たのだ。我らが謎の招待主について、持っている情報をすべて出しあったほうがいい。我々は皆彼の招待客だ。一人ひとり、ここへ来た経緯を正確に説明するのがいいだろう。

エミリ　（立ち上がり）なんだか、どうにもおかしなところがあるの。私は、読みづらいサインのある手紙を受け取った。二、三年前に、とある避暑地で会ったという女性からだった。名前はオグデンだったと思う。オーウェンなんて名前の人とは、会ったこともなければ、親しくなったこともないのは確かよ。

ウォーグレイヴ　その手紙は持ってるかね、ミス・ブレント？

エミリ　ええ。持ってくるわ。（ドア1から退場）

ウォーグレイヴ　（ヴェラの左側に近づき）ミス・クレイソーンは？

ヴェラ　（立ち上がる）オーウェン夫人に会ったことはありません。休暇がてらの仕事を探して秘書周旋代理店に問い合わせたの。ロンドンのミス・グレンフェルの代理店よ。この仕事を紹介されたので受けたのよ。

ウォーグレイヴ　雇い主の面接は受けなかったんだね？

ヴェラ　ええ。これがその手紙よ。（ウォーグレイヴに手渡す。中央下手の肘掛椅子に再び座る）

ウォーグレイヴ　（読みながら）「デヴォン州、スティックルヘイヴン、インディアン島。ミス・グレンフェルの代理店からお名前を伺いました。あなたのことは彼女もよくご存じだと。ご希望の給与をお支払いしますので、八月八日から仕事をはじめていただきたく存じます。パディントン発十二時十分の列車に乗っていただき、オークブリッジ駅で降りていただければ迎えを出します。必要経費として五ポンド同封します。敬具。ユナ・ナンシー・オーウェン」

マーストンが下手奥に行こうとする。

ウォーグレイヴ　マーストン君は？

マーストン　オーウェン夫妻のことは知らないよ。友人のバジャー・バークリーから電報をもらってね、この島に来いって。あいつはノルウェーに行ったとばかり思ってたから、ちょっとびっくりしたんだけど。電報はとっておかなかったな。（下手の窓辺へ）

ウォーグレイヴ　ありがとう。アームストロング先生は？

アームストロング　（間を置いて立ち、中央上手へ歩きながら）こうなっては、私がこの島に来たのは仕事のためだと認めなくてはなるまい。オーウェン氏の手紙によると、奥さんの健康に問題があるそうで――正確に言えば、神経過敏症なようだと。奥さんに気づかれずに診断してもらいたいとのことだった。ですから、私はあくまで普通の招待客としてふるまってくれとのことでね。

ウォーグレイヴ　ご夫妻にお会いしたことはないのですね？

アームストロング　ええ。

ウォーグレイヴ　なのに、呼び出しにはためらいもなく応じたとでも？

アームストロング　同僚の名にもふれていたし、実に気前のいい報酬の提示もあってね。どのみち休暇をとる予定だったたし。（マントルピースにあるたばこを取りに下手に向かう）

エミリが再び登場し、ウォーグレイヴに手紙を渡すと、彼はすぐに読む。エミリは上手手前のクラブチェアに座る。

ウォーグレイヴ　「拝啓　ブレント様。憶えておいででしょうか。数年前の八月にベル・ヘイヴンのゲストハウスでご一緒させていただき、意気投合しましたね。デヴォン州の沖にある島にゲストハウスを開く予定です。正真正銘の英国のお料理と、素敵な昔気質《かたぎ》の人たちの集うオープニングとなるでしょう。ヌードを披露するとか、夜半までレコードをがんがん鳴らすなんてことはありません。あなたにも夏の休暇をインディアン島で過ごしていただけたらと――もちろん招待客としてです。八月八日、パディントン発十二時四十分発の列車でオークブリッジまでお越しください。敬具。U・N・――」

ロンバード　（立ち上がり、ヴェラのほうに向かい、彼女の横に立つ）ヌード披露って趣向はいいな！ふむ、なるほど、サインは少しわかりにくいが。

ウォーグレイヴ　（二つのソファのうしろへまわり、ポケットから手紙を取り出す）私が釣られた手紙はこれだ。旧友のレディー・コンスタンス・カルミントンからの手紙でね。いつもの曖昧でとりとめもない手紙で、この島で合流しようと私に持ちかけ、招待主夫妻についても曖昧に触れている。

ウォーグレイヴの右手にアームストロングが、その右手にマーストンが来て、手紙を見る。マッケンジーがウォーグレイヴの左手に来る。

ロンバード　（不意に興奮して、ブロアを見つめ）そうだ、思いついたことがある――。

ウォーグレイヴ　ちょっと待ちたまえ。

ロンバード　でも――。

ウォーグレイヴ　一つずつ確認していこうじゃないか、ロンバード大尉。マッケンジー将軍はどうかね？

ブロアが上手のソファの右端に座る。

マッケンジー　（ややとりとめもなく口髭を撫でながら）そのオーウェンという人物から手紙を受け取った――クラブで顔をあわせたことのある相手だと思ったのだ――旧友たちもこの島に集まると書いてあったし、非公式な招待を受け入れてほしいとも。すまんが、手紙はとっておかなかった。

（上手奥の椅子に座る）

ウォーグレイヴ　君は、ロンバード大尉？

ロンバード　同じさ。共通の友人の名前があった招待状だった。ぼくも手紙はとってない。

間。ウォーグレイヴはブロアに目を向け、しばらく彼のほうを見つめる。声は柔らかいが訝しげに話しはじめる。

ウォーグレイヴ　たった今、我々は実にやっかいな状況に遭遇した。姿を見せない声が我々の名前を呼び、一人ひとりの告発文をはっきりと読み上げたのだ。告発の内容はあとで論じるとして、ちょっと気にかかる点がある。出てきた名前の中に、ウィリアム・ヘンリー・ブロアという名があった。だが、我々の知るかぎり、この中にブロアという名の人物はいない。デイヴィスという名も出てこなかった。その点についてご意見は？　デイヴィスさん。

ブロア　（立ち上がる）ばれたようだね。私の名はデイヴィスじゃないと認めなくてはなるまい。

ウォーグレイヴ　あなたがウィリアム・ヘンリー・ブロアですか？

ブロア　そうです。

ロンバード （ブロアの右側に近づき）ぼくからも言わせてもらうよ。偽名を使ってるだけじゃないだろ、ブロアさん。ほかにも今夜、あんたがとんだ嘘つきだと気づいたことがある。南アフリカのナタール州出身だと言ってたね。南アフリカもナタール州も、ぼくはよく知ってるし、賭けてもいいが、あんたはそんなところに行ったことはあるまい。

全員がブロアのほうを向く。アームストロングが下手の窓辺へ行く。

ブロア 誤解だよ、皆さん。私は元犯罪捜査課の警察官だ。
ロンバード ああ、サツか！
ブロア 身分証もある。今はプリマスで探偵事務所を開いていて、この仕事を依頼されたんだ。
ウォーグレイヴ 誰からかね？
ブロア むろん、オーウェン氏さ。必要経費としてけっこうな郵便為替を送ってくれて、招待客のようなふりをしてハウス・パーティーに参加してくれとのことだった。皆さんのリストも送ってきて、目を光らせてほしいとのことだったよ。
ウォーグレイヴ 理由は？
ブロア オーウェン夫人が貴重な宝石を持っているとのことだった。（間を置いて）オーウェン夫人だって、ばかばかしい！　そんな人物がいるとは信じられん。（下手手前のカクテル・キャビネットに向かう）
ウォーグレイヴ （上手のソファに座る）そのとおりだ。（手紙に目を落とす）ユリック・ノーマン・オーウェン。ユナ・ナンシー・オーウェン。どちらもすなわちU・N・オーウェンだ。つまり、ちょっと想像を働かせればわかる、謎の人物《アンノウン》というわけだ。

ヴェラ　なによ、そんなのばかげてる！　狂ってるわ！

ウォーグレイヴ　（立ち上がり、穏やかに）いや、まったくだ。こんなふうに我々を招いたのは明らかに狂人だ――おそらく、危険極まりない殺人狂だろう。

ぞっとするような沈黙が続く。

ロジャーズ　ああ、なんてことだ！

ウォーグレイヴ　（上手のソファのうしろへまわり）我々をこの島へ誘い込んだ者が誰かはわからないが、その人物は我々のことを手を尽くして調べてある。（間を置いて）実にいろんなことをな。我々についての情報を仕入れて、一人ひとりに明確な告発を行なったのだ。

それぞれが一斉に言葉を発する。

ブロア　（一斉に）告発ぐらいならまだしも。

マッケンジー　（一斉に）とんでもない嘘だらけだ！　中傷だ！

ヴェラ　（一斉に）たちが悪いわ！　卑劣よ！

ロジャーズ　（一斉に）嘘――卑劣な嘘だ――私も家内もそんなことはやってない――。

マーストン　（一斉に）わからないな。その間抜けが何を狙ってるのか――。

ウォーグレイヴ　（静粛を求めて片手を挙げ、上手のソファに座る）申し上げておきたいことがある。我らが謎の友人は、エドワード・セトンなる人物の殺害で私を告発している。セトンのことはよく憶えているよ。一九三〇年六月の法廷で、私の前に立ったのだ。老女の殺人で起訴されていた。有能な弁護士がついていたし、証言台で陪審員団に与えた印象もよかった。だが、証拠に基づいて、当然のことながら有罪判決を受けたのだ。私は証拠に即して説示を行ない、陪審員団は有罪の評決を答申した。死刑を宣告するにあたって、私は陪審員団の評決を全面的に支持した。上訴されたが、誤った根拠に基づいていたので棄却され、その男は然るべく刑の執行を受けた。（間を置いて）皆さんの前で申し上げたいが、この件については私の良心に一点の曇りもない。私は職責を果たしただけだ。正当な評決を受けた殺人犯に刑を宣告しただけなのだ。

間。

アームストロング　（ウォーグレイヴのうしろへまわる）そもそもセトンのことは知っていたのかね？　つまり、個人的にということだが。

ウォーグレイヴ　（アームストロングを見て、一瞬ためらう）裁判まで、セトンのことは何も知らなかったよ。

ロンバード　（ヴェラの耳元で）あの爺さんは嘘つきだ。間違いなく嘘をついてる。

アームストロングが下手手前へ行く。

マッケンジー　（立ち上がる）あいつは狂っている。間違いなく狂人だよ。頭がおかしいのだ。とんだ思い違いさ。（ウォーグレイヴに）あんなのは相手にしないのが一番だよ。とはいえ、言っておくが、嘘ばかりだ——あいつが言ったことは嘘ばかりなんだ。その——アーサー・リッチモンド君のことだが、リッチモンドは部下の将校だった。一九一七年に私が偵察に派遣して、戦死した。それと——実に腹立たしいことだが——私の家内を中傷している。家内は亡くなってずいぶん経つ。最高の女性だった。本当に——非の打ちどころのない妻だったよ。（再び座る）

マーストン　（中央下手へ）いま考えたんだけど——コームズ家のジョンとルーシーのことさ。ケンブリッジ近郊で轢き殺しちゃった子どもだよ。まったく不運なことだったんだ。

ウォーグレイヴ　（辛辣に）子どもらにとってかね、それとも、君にとって？

マーストン　まあ、そうだな——ぼくにとってさ。だが、もちろん、おっしゃる意味もわかりますよ。子どもらにとっては本当に不運だった。もちろん、ただの事故だ。コテージかどこかから突然飛び出してきたんだ。一年、免許停止をくらったよ、困ったもんさ。

アームストロング　そりゃあスピード違反は罪だ——まぎれもない罪だよ。君のような若者は社会の害悪だ。

マーストン　（半分くらい入った自分のグラスを手に下手の窓辺へふらふらと向かい）でも、どうしようもなかったのさ。ただの事故だよ。

ロジャーズ　申し上げてもよろしいですか？

ロンバード　話したまえ、ロジャーズ。

ロジャーズ　私と家内のことも言っておりましたね。それと、ミス・ジェニファー・ブレイディのことも。何一つ事実じゃありません。ミス・ブレイディが亡くなられたとき、私どもは一緒におりました。お仕えするようになった当初から、ずっと健康がすぐれなかったのでございます。あの方が亡くなったのは嵐の晩でした。電話が通じなくて、お医者様をお呼びできなかったのです。歩いて呼びに出かけましたが、お医者様が来られたときにはもう手遅れで。できる限りのことはいたしましたよ。あの方には献身的にお仕えいたしました。どなたに聞いていただいてもそうおっしゃられると思います。私どもを責める方など誰もおりませんでした、どなたもです。

ブロア　（意地悪な言い方で）彼女が死んで、ちょっとした遺産にありついたんじゃないかね？

ロジャーズ　（下手手前へとブロアに近づく。ぎこちなく）ミス・ブレイディは、私どもの誠意ある奉仕をお認めいただき、遺産を残してくださったのです。それがいけないことだとでも？

ロンバード　（中央下手寄りへ。意味ありげに）あんたはどうなんだい、ブロアさん？

ブロア　私がなんだと？

ロンバード　あんたの名前も挙がっていたが。

ブロア　わかってるさ。ランダーのことか？　あれはロンドン・アンド・コマーシャル・バンク強盗事件だった。

ウォーグレイヴ　（下手のソファの前を通り、マントルピースに向かう。パイプに火をつける）その名には聞き憶えがあるよ。私が扱った裁判ではないがね。ランダーは君の証言に基づいて有罪判決を受けた。君は事件担当の警察官だったな。

ブロア　（彼に向かって）そうです。
ウォーグレイヴ　ランダーは無期懲役となり、一年後にダートムア刑務所で死んだ。病弱な男だった。
ブロア　やつは悪党でしたよ。やつは夜警を殺したんです。事件は最初から明白だった。
ウォーグレイヴ　（ゆっくりと）見事に事件を処理した功績で賞賛を受けたんだろうね。
ブロア　昇進しましたよ。（間を置いて）職務を果たしただけです。
ロンバード　（下手のソファに座る）都合のいい言葉だな――職務というのは。

全員が怪しい動きをする。ヴェラは立ち上がって上手へ行こうとし、エミリを見て、すぐに背を向ける。再び下手中央の椅子に座る。ウォーグレイヴは窓敷居に向かう。アームストロングは中央の窓に。

ロンバード　あなたはどうですか、先生？
アームストロング　（機嫌よく頭を横に振る）さっぱりわからんよ。あの名前にはまるきり見当がつかない――なんだっけ？　クローズ？　クリーズか？　そんな名前の患者を診た憶えはない――死んだこともね。まったくちんぷんかんぷんだよ。むろん、遠い昔に（間を置いて）執刀した手術かもしれないが。手遅れになってから来るのさ、多くの患者がね。それで、患者が亡くなると、悪いのはいつも医者というわけだ。
ロンバード　それで、神経症を扱うことにして、手術はやめたというわけか。もちろん、飲酒を断念する者もいるしね。

アームストロング　聞き捨てならんな。そんな嫌味を言う権利などないぞ。酒など手にしたこともない。
ロンバード　あなたがそうだとは言ってませんよ。いずれにしても、すべてを知っているのはアンノウン氏だけというわけだ。

ウォーグレイヴはヴェラの左手に行き、ブロアはヴェラの右手に行く。

ウォーグレイヴ　ミス・クレイソーンはどうかね？
ヴェラ　（椅子に座ったまま話しはじめる。前方を見つめ、平然と感情を交えずに話す）私はピーター・ハミルトンの保母兼家庭教師でした。夏季休暇でコーンウォール州にいた時です。あの子は遠くまで泳がないよう言われていました。ある日、私が目を離した隙に泳ぎに出て――事態に気づいて、私もすぐ泳いであとを追いました。でも間に合わなかったの――。
ウォーグレイヴ　検死審問は開かれたのかね？
ヴェラ　（同じ折り目正しい声で）ええ。検死官は私を罪に問いませんでした。あの子の母親も私を責めなかったわ。
ウォーグレイヴ　ありがとう。（上手に行く）ミス・ブレントは？
エミリ　話すことはないわ。
ウォーグレイヴ　ない？
エミリ　ないわよ。

ウォーグレイヴ　弁解はしないと？

エミリ　（鋭い口調で）弁解する必要はないわ。私はいつも自分の良心に従って行動してきたもの。

（立ち上がり、上手奥に移動する）

ブロアは暖炉に向かう。

ロンバード　みんなは実に善良な市民というわけだ！　ぼくは例外だがね――。

ウォーグレイヴ　我々は君の話を待っているんだよ、ロンバード大尉。

ロンバード　話すことなどない。

ウォーグレイヴ　（鋭い口調で）どういうことかね？

ロンバード　（にやりとし、いかにも楽しそうに）がっかりさせて申し訳ないが、ぼくは罪を認めるよ。まったくあいつの話のとおりさ。ぼくはあの原住民たちを密林に置き去りにした。自分の身を守るためだった。

彼の言葉はセンセーションを引き起こす。ヴェラは信じられないという顔で彼を見る。

マッケンジー　（立ち上がり、厳しい口調で）部下を見捨てたのか？

エミリは下手奥の窓敷居に向かう。

ロンバード　（冷やかに）そのとおり紳士《ブッカ・サヒブ》たるもののやることじゃない。だが、そもそも自分の身を守るのは人間の第一の義務だ。原住民たちは死ぬのをなんとも思わない。ヨーロッパ人とは受け止め方が違うのさ――。（下手に行き、暖炉の格子に腰をおろす）

間。ロンバードは愉快そうに全員を見渡す。ウォーグレイヴはむっとして咳払いをする。

ウォーグレイヴ　調査はここでひとまず休止だ。

ロジャーズはドア1に向かう。

ウォーグレイヴ　さてロジャーズ、この島には我々と君ら夫婦のほかに誰がいる？
ロジャーズ　誰もおりません。ほかには誰も。
ウォーグレイヴ　間違いないかね？
ロジャーズ　間違いございません。
ウォーグレイヴ　ありがとう。（ロジャーズは出ていこうとする）待ってくれ、ロジャーズ。（全員に向かって）我々をこの島に集めた謎の招待主の目的はまだよくわからない。だが、私の見るところ、常識的に見て正気とは思えない。危険な男かもしれない。私としては、全員、ただちにこの島から出るのが得策だと思う。今夜にも島を出ようじゃないか。

全員が賛意を示す。マッケンジーが上手奥の椅子に座る。

ロジャーズ　お言葉ではございますが、この島にはボートはございません。
ウォーグレイヴ　一艘もないのかね？
ロジャーズ　ございません。
ウォーグレイヴ　本土に電話をかけてはどうかね？
ロジャーズ　電話はございません。フレッド・ナラコットが毎朝やってまいります。牛乳とパン、郵便物と新聞を持ってきて、こちらの注文を受け取って戻ります。
ウォーグレイヴ　では、明日の朝、ナラコットのボートが着いたら、全員すぐに出発することにしよう。

「それがいい」「まったくだ」「それしかあるまい」という合唱。

マーストン　（下手の窓敷居に置いたグラスを取り、声をあげながら下手のソファの前に向かう）ちょっとスポーツ精神に反しないかな？　出発する前にこの謎を明らかにすべきじゃないか。まるで推理小説みたいだ、実にスリリングだよ。
ウォーグレイヴ　（辛辣に）この歳でスリルなどいらんよ。（上手手前のクラブチェアに座る）

ブロアは下手のソファの左端に向かう。マーストンはにやりとし、脚を伸ばす。

幕が閉じる予兆。

マーストン　法曹の人は視野が狭い。ぼくは犯罪に大賛成さ。（グラスを掲げる）犯罪に乾杯。（ひと口で飲み干し、むせてあえいだのち激しく痙攣し、ソファに倒れ込む。グラスが手から落ちる）

アームストロング　（彼に駆け寄り、かがんで脈を取り、まぶたを持ち上げる）なんてことだ、死んでいる！

マッケンジーはソファの左端に向かう。ほかの者たちは信じられない様子。アームストロングは唇の匂いを嗅ぎ、グラスの匂いを嗅ぎ、頷く。

マッケンジー　死んだだと？　むせただけで――死んだのか？

アームストロング　むせたと思うのなら、そうだが。まさに窒息死だ。

マッケンジー　そんなことで死んだやつなど知らないぞ――むせたくらいで。

エミリ　（意味ありげに）生のさなかにも我ら死のうちにあり（グレゴリオ聖歌の一節）。（霊感に打たれたように言う）

アームストロング　むせただけで死ぬ者はいないよ、マッケンジー将軍。マーストンの死は、いわゆる自然死ではない。

ヴェラ　ウィスキーに何か入っていたとでも？

アームストロング　ああ。匂いからして、青酸だ。おそらく青酸カリだろう。効果はてきめんで即死だ。

ロンバード　じゃあ、自分でグラスに入れたに違いない。

ブロア　自殺だと？　おかしな話だ。

ヴェラ　この人が自殺するなんて考えられない。とても元気だったのに。人生を楽しんでたし。

エミリが手前に進み、下手中央の肘掛椅子のうしろに落ちているインディアン人形の破片を拾い上げる。

エミリ　まあ！　見て——小さなインディアン人形が一つ、マントルピースから落ちて——壊れてる。

（それをかざす）

幕。

第二幕

第一場

同じ場所。翌日の朝。

窓は開き、部屋は片付いている。晴れた朝。マントルピースにはインディアン人形が八個。スーツケースがバルコニーに積み上げてある。全員ボートの来るのを待っている。マッケンジーは上手奥で、明らかにちょっと妙な様子で座っている。エミリは中央下手で、帽子をかぶり、上着をはおり、編み物をしながら肘掛椅子に座っている。ウォーグレイヴは下手奥の窓敷居の近くで、考え込みながら座っている。彼は場面を通じて常に法曹らしくふるまう。ヴェラはフレンチ・ドアの辺りでそわそわしている。彼女は何か言おうとして部屋の中に入ってくるが、誰も気に留めないため、上手手前のクラブチェアに座る。

アームストロングとブロアがバルコニーの下手奥から登場。

アームストロング　ずっとここで見てるんだが、ボートの姿は見えん。

ヴェラ　まだ早朝よ。
ブロア　ああ、わかってるさ。だが、そいつは牛乳とかパンとかを持ってくるんだろ。とうに来ていてもおかしくないと思うが。（ドア2を開け、覗き込む）朝食もまだ用意されてない――ロジャーズはどこだ？
ヴェラ　まあまあ、朝食のことなんか気にしなくても――。
ウォーグレイヴ　天気はどうだね？
ブロア　（フレンチ・ドアから）風は少しやわらいだな。空はサバ雲だが。昨日、列車で会ったお年寄りの話だと、天気は荒れるとさ。はずれても不思議じゃないが――。
アームストロング　（中央奥へ。そわそわと）ボートが来てくれればいいが。この島から早く出ていくに越したことはない。島にボートが置いてないとはばかげてるな。
ブロア　適当な港がないから、風が南東から吹くと、ボートは岩にぶつかって砕けてしまう。
エミリ　でも、ボートならいつだって本土から私たちを迎えに来れるでしょうに？
ブロア　（エミリの左側に近づき）いや、ミス・ブレント――そううまくはいくかな。
エミリ　つまり、ここに隔離されちゃうの？
ブロア　ああ。強風が吹きやむまでは、コンデンスミルクも、ライ麦パンも、缶詰もだめなのさ。だが、心配はいらんよ。今はちょっと波が立ってるだけだから。
エミリ　島で生活する楽しみって、おおげさに評価されすぎだわね。
アームストロング　（そわそわと）あのボート、本当に来るのか。崖に寄りそうように邸を建てたとは困ったものだな。島の頂上まで行かないと本土が見えないし。（ブロアに）また行ってみるかい？

ブロア　（苦笑しながら）無駄だよ、先生。鍋を見つめていても煮えたりしない。いま頂上に行っても、ボートは見えないよ。
アームストロング　（下手手前へ）ナラコットってやつは何をしてるんだい？
ブロア　（訳知り顔に）デヴォン州ではいつだってこんなもんさ。誰も急いだりしない。
アームストロング　それに、ロジャーズはどこだ？　仕事しなきゃならんのに。
ブロア　そう言えば、ロジャーズの旦那は昨夜、ひどく震えあがってた。
アームストロング　知ってるよ。（身震いする）ぞっとする――なにもかも。
ブロア　うまくやったもんだよな。賭けてもいいが、あの男と女房は例のご婦人を始末したのさ。
ウォーグレイヴ　（信じられないという様子で）本当にそう思うかね？
ブロア　ああ、あんなに怯えた男は見たことがない。間違いなく有罪さ。
アームストロング　狂ってる――なにもかもが狂ってるよ。
ブロア　さては、さっさとずらかっちまったか？
アームストロング　誰が？　ロジャーズが？　だが、逃げ道はあるまい。島にボートはない、そう言ってたじゃないか。
ブロア　ああ。だが、考えてみたんだ。それはロジャーズがそう言ってただけだと。ボートが一艘あって、あいつが真っ先に乗って行っちまったとしたら。
マッケンジー　何！　まさか。この島を出ることなどできないよ。（その口調は奇妙で、彼らはマッケンジーを見つめる）
ブロア　よく眠れましたか、将軍？（マッケンジーの右手に向かう）

マッケンジー　夢を見たよ――そう、夢をね。
ブロア　無理もありませんな。
マッケンジー　レスリーの夢を見たんだ――そう、妻の。
ブロア　（まごついたように）何――ああ――そうか――。ナラコットが来ればいいが。（踵を返してフレンチ・ドアに向かう）
マッケンジー　ナラコットとは誰だね？
ブロア　昨日の午後、我々をここに連れてきたやつですよ。
マッケンジー　あれはまだ昨日のことだったのか。
ブロア　（中央手前に進む。努めて明るく）ええ、おんなじ気持ちですよ。頭のいかれたレコード――自殺――耐えがたいことばかりだ。言っておきますが、インディアン島が見納めになっても残念とは思いませんよ。
マッケンジー　すると、あなたにはわからないのか。なんてことだ！
ブロア　なんのことですか、将軍？

マッケンジーは静かに頷く。ブロアは問いかけるようにアームストロングを見て、意味ありげに自分の額を軽くたたく。

アームストロング　どうも様子が変だな。
ブロア　マーストン君の自殺がよほどショックだったんだろう。一気に老け込んだようだな。

アームストロング　あの気の毒な青年は今どこに？
ブロア　書斎ですよ――私が運んでおいた。
ヴェラ　アームストロング先生、あれは自殺だったんでしょ？
アームストロング　（鋭い口調で）違うとでも？
ヴェラ　（立ち上がり、移動して下手のソファに座る）わからない。でも、自殺なら――。（頭を横に振る）
ブロア　（上手のソファのうしろに行く）昨夜は実に妙な気持ちだった。もし、例の――謎のオーウェン氏がこの島にいるとしたら。ロジャーズが知らないだけで。（間を置いて）それとも、彼がロジャーズにそう言えと指示したのか。（アームストロングを見つめる）ひどい話じゃないですか。
アームストロング　だが、マーストンの飲み物を気づかれずに細工できた者などいますか？
ブロア　そりゃ、あそこにグラスを置いたままだったから。その気になれば、誰でもちょいと青酸を入れられたただろう。
アームストロング　だが、それなら――。
ロジャーズ　（バルコニーの下手から走ってくる。息を切らしている。まっすぐアームストロングに向かう）ああ、こちらでしたか。先ほどから探しておりましたよ。家内を診ていただけませんか？
アームストロング　ああ、もちろん。（ドア1に向かう）まだ具合が悪いのかね？
ロジャーズ　家内は――家内は――。（体を震わせながら言葉を飲み込む。ドア1から退場）
アームストロング　私がいないと島から出られないんじゃないか？

ロジャーズとアームストロングはドア1から退場。

ヴェラ　（立ち上がり、上手の窓に向かう）ボートは来てくれないのかしら。この島はもういや。

ウォーグレイヴ　ああ。警察に早く連絡するに越したことはあるまい。

ヴェラ　警察ですって？

ウォーグレイヴ　自殺なら警察に通報しなくてはならんのさ、ミス・クレイソーン。

ヴェラ　ああ、そうね――もちろん。（下手奥、書斎のドアのほうを見て身震いする）

ブロア　（ドア2を開けながら）どうなってるんだ？　朝食の気配もないぞ。

ヴェラ　空腹でいらっしゃいます、将軍？（マッケンジーは答えない。彼女はもっと大声で言う）朝食をお摂《と》りになりたいですか？

マッケンジー　（素早く振り向く）レスリー――レスリー――、君か。

ヴェラ　あら、違います――私はヴェラ・クレイソーンよ。

マッケンジー　（手で目をこする）むろんだ。お許しください、妻と勘違いしました。

ヴェラ　まあ！

マッケンジー　妻を待っていたのですよ。

ヴェラ　でも、奥様は亡くなったのでは――ずいぶん前に。

マッケンジー　ええ、私もそう思っていました。でも、そうじゃなかった。妻はここにいる。この島に。

ロンバード　（ドア1から登場）おはよう。

ヴェラは上手のソファのうしろに行く。

ブロア　（上手手前に進み）おはよう、ロンバード大尉。
ロンバード　おはよう。寝過ごしてしまったようだけど、ボートはまだ来てないのか？
ブロア　ああ。
ロンバード　ちょっと遅くないか？
ブロア　そうだな。
ロンバード　（ヴェラに）おはよう。朝食前に一緒に泳げただろうにね、なにもかも間が悪い。
ヴェラ　あなたも寝過ごしたのは間が悪いわ。
ブロア　よく眠れるとは、たいした神経だな。
ロンバード　ぼくの眠りを妨げられるものなんかないのさ。

ヴェラはマントルピースに向かう。

ブロア　ところで、アフリカの原住民の夢は見なかったのかね？
ロンバード　いや。あんたはダートムアの受刑者の夢を見たのか？
ブロア　（腹を立てて）おい、洒落になってないぞ、ロンバード大尉。
ロンバード　ふん、言い出したのはあんただろ。腹が減ったな、朝食はどうなったんだい？（上手の

ソファに座る）

ブロア　使用人がそろってストライキを起こしちまったみたいだな。
ロンバード　まあ、いつだって自分で探せるがね。
ヴェラ　（インディアンの人形を触りながら）あら、変ね。
ロンバード　どうしたんだい？
ヴェラ　夕べ、この小さな人形が一個、毀れたのを憶えてる？
ロンバード　ああ――九個残ってるはずだね。
ヴェラ　九個残ってるはずなのよ。到着したときには、確かにここに十個あったわ。
ロンバード　それで？
ヴェラ　今は八個しかない。
ロンバード　（見ながら）そのようだね。（マントルピースに向かう）

彼らは互いに顔を見合わせる。

ヴェラ　変だと思わない？
ロンバード　たぶん、最初から九個しかなかったんだ。童謡のせいで、十個あると思い込んだのさ。

アームストロングがドア1から登場。気が動転しているが、努めて冷静にふるまおうとしている。ドアを閉め、その前に立つ。

ロンバード　やあ、アームストロング、どうかしましたか？
アームストロング　ロジャーズ夫人が死んだ。

ウォーグレイヴが立ち上がる。

ブロアとヴェラ　まさか？　どうして？

ヴェラは上手のソファの右端に向かう。

アームストロング　眠ったまま死んでいたんだ。ロジャーズは、私の出した睡眠薬が効いて奥さんが眠っていると思い、起こさずに降りてきて、台所とこの部屋に火をくべた。それでも、奥さんが姿を見せないものだから、二階に上がり、奥さんの様子がおかしいのに気づいて私を探しに来たようだ。（間を置いて）死後五時間とみていい。（上手手前のクラブチェアに座る。ヴェラは上手のソファに座る）
ブロア　死因は？　心臓かね？
アームストロング　なんとも言えない。心臓かもしれない。
ブロア　なにしろ、昨夜はひどいショックを受けてたからな。
アームストロング　ええ。

ウォーグレイヴ　（下手のソファの左端に来る）毒殺されたとは考えられないかね、先生？
アームストロング　あり得る。
ウォーグレイヴ　マーストン君と同じ毒で？
アームストロング　いいや、青酸じゃない。麻酔薬か睡眠薬だろう。精神安定剤の一種か泡水クロラールだ。その類《たぐい》の薬だよ。
ブロア　昨夜、睡眠薬を渡したのはあんただろ？
アームストロング　（立ち上がり、水を飲もうと下手のカクテル・キャビネットに向かう）ええ、ルミナールを少し渡しましたよ。
ブロア　過量に渡していたんじゃないのか？
アームストロング　あり得ない。何が言いたいんだ？
ブロア　わかった――まあ、怒らないでくれ。ただ、思ったのは、彼女が心臓の弱い人だったら――。
アームストロング　渡した量は、相手が誰だろうと無害だ。
ロンバード　じゃあ、何があったっていうんだ？
アームストロング　検死解剖をしてみないとなんとも言えない。
ウォーグレイヴ　仮に、あなたの患者がこんなふうに死んだ時は、どんな手続きをしますか？
アームストロング　（上手手前のクラブチェアに戻って座る）その女性の健康状態をあらかじめ知っていなければ死亡診断書は出せない。
ヴェラ　彼女、とても神経質そうな人だったわ。夕べはひどく怯えていたし。心臓発作かしら。
アームストロング　確かに心臓は止まった――だが、どうして止まったのか？

エミリ　（きっぱりと力強く）良心の呵責のせいよ。

皆びっくりし、エミリを見る。ウォーグレイヴは下手に行く。

アームストロング　いったい何が言いたいのかね、ミス・ブレント？

エミリ　みんな聞いてたじゃない――彼女は告発されたのよ、夫と一緒に。前の雇い主――老婦人を故意に殺害した罪を。

ブロア　あれをほんとに信じてるのか、ミス・ブレント？

エミリ　もちろんよ。昨夜の彼女を見たでしょ。すっかり打ちのめされて、気を失ったじゃない。自分の悪行を突き付けられたショックに耐えられなかったの。文字どおり恐怖のせいで死んだのよ。

アームストロング　（疑わしげに）あり得ることだ。だが健康状態がもっと正確にわからないと、受け入れられないがね。隠れた心疾患があったら――。

エミリ　言ってみれば、神罰よ。

全員、ぎょっとする。

ブロア　おいおい、ミス・ブレント。（上手奥に移動する）

ロンバードは窓辺に行く。

エミリ　（力強く）罪ある者が神の怒りに触れて命を失うなんてあり得ないと思ってるでしょ。私は違うと思う。

ウォーグレイヴ　（下手手前に向かいながら、顎を撫で、皮肉を込めて）言っておくが、犯罪を扱ってきた私の経験からすると、神は有罪判決と懲罰をこの世の我々にお委ねになったのだ――その過程はしばしば困難を伴う。近道などはないよ。

ブロア　現実に目を向けようじゃないか。夫人は寝る前に何を飲み食いしたんだ？

アームストロング　何も。

ブロア　まったくか？　お茶の一杯も？　水も？　お茶くらいは飲んだだろう。普通ならそうするはずだ。

アームストロング　ロジャーズの話では確かに何も摂らなかったと。

ブロア　あいつならそう言うかもな。

ロンバード　それが君の意見か？

ブロア　ほう、いけないかね？　みんな、昨夜の告発は耳にしたはずだ。あれがほんとだとしたら？まず、ミス・ブレントはそう考えてる。ロジャーズ夫妻は老婦人を片付けた。自分たちは安泰で幸せだと思っていて――。

ヴェラ　幸せですって？

ブロア　（上手のソファに座る）そうさな――差し迫った危険はないとわかってはいる。そこへ昨夜、どこかの狂人が秘密をばらしてしまった。そこで何が起きる？　頭がおかしくなるのは女のほうだ。

精神的にまいってしまう。夫人が意識を取り戻そうとしてたとき、あいつがそばでおろおろしてたのを見たろ？　夫らしい気遣いだけじゃあるまい？　仲睦まじいだけでもないだろ。まるで焼けたレンガの上を歩く猫みたいだった。その結果がこれだ。あの二人は人を殺し、罪を免れた。だが、あらためてほじくり返されれば、女のほうが口を割っちまう。鉄面皮にふるまうほどの図太さはない。夫にしてみれば、危険な存在そのものさ。自分のほうは――しっかりしてる。自分は永遠にしらばっくれるつもりでも、妻は心もとない。ではどうするか？　お茶のカップに薬を仕込み、妻が飲むと、カップとソーサーを洗って、医者には妻は何も摂らなかったと言う。

ヴェラ　そんな、あり得ないわ。男はそんなことをしない――妻にそんなことを。（立ち上がり、上手奥に向かう）

ブロア　驚くだろうがね、ミス・クレイソーン、そんなことをやる夫もいるのさ。（立ち上がる）

ロジャーズ　（ドア2から登場。真っ青な顔で、自動人形のように話す。訓練された使用人のように、ヴェラに）失礼いたします、ミス。朝食のご用意をしようと思いますが、私は料理に不慣れでございまして。心配なのは昼食でございます。コールタンとガランティーヌでよろしゅうございますでしょうか？　それと、フライド・ポテトならなんとかできます。あとは、果物の缶詰とチーズとビスケットでございます。

ヴェラ　充分よ、ロジャーズ。

ブロア　昼食？　昼食だと？　昼食までここにいないぞ！　いったいボートはいつ来るんだ？

エミリ　ブロアさん！（自分のスーツケースを手にし、下手の窓敷居につかつかと進み、腰をおろす）

ブロア　なんだね？

ロジャーズ　（あきらめたように）恐縮ではございますが、ボートはまいりません。
ブロア　なんだと？
ロジャーズ　フレッド・ナラコットはいつもなら八時前にまいります。（間を置いて）ほかにお入り用のものは、ミス？
ヴェラ　いいえ、ないわ、ロジャーズ。

ロジャーズはドア2から出ていく。

ブロア　ロジャーズとは思えんな！　妻が死んで二階で横たわってるのに、自分は朝食を調理して、昼食のことを淡々と話すなんて！　今のあいつの話じゃ、ボートは来ないだと。どうやって知ったんだろう？
エミリ　ブロアさん！
ブロア　なんだね？
ヴェラ　（上手手前に向かいながら）あら、わからないの？　呆然としてるのよ。無意識なままよき使用人として仕事を続けているの。とても――とても気の毒なことよ。
ブロア　言わせてもらうなら、人目を欺いてるのさ。
ウォーグレイヴ　むしろ重要なのはボートが来ないということだ。つまり、我々は意図的に支援を断ち切られたのだ。
マッケンジー　時間がない――時間がないいんだ――。

ブロア　どうしたんだね、将軍？

マッケンジー　（立ち上がり）時間がないんだ。どうでもいいおしゃべりで時間を無駄にはできない。

マッケンジーは窓のほうへ振り返る。全員、再び話しはじめる前に彼のほうを訝しげに見る。

ロンバード　（ウォーグレイヴの下手手前へ）どうしてナラコットがやって来ないと思うんだい？

ウォーグレイヴ　どこかで常に目を光らせているオーウェン氏が指示を出したんだろう。

ロンバード　つまり、いたずらか何かだとナラコットに言ったとでも？

ブロア　そんなものに引っかかったりせんだろ？

ロンバード　どうして？　インディアン島は乱痴気パーティーをする連中で知られた島だ。またぞろけったいなアイデアか、で終わりさ。ナラコットは食べ物も飲み物も島にたっぷりあるのを知ってる。たぶん、なにもかも大げさなジョークだと思うだろうよ。

ヴェラ　島の頂上でかがり火を焚けないかしら？　それなら目につくんじゃない？

ロンバード　たぶん、そんなのはあらかじめ手を打ってあるさ。どんな合図も無視するように、ってね。ものの見事に隔離されたんだ。

ヴェラ　（苛立たしげに）でも、何か手は打てないの？

ロンバード　そうだな、何か手は打てる。このつまらんいたずらを演出したおかしな紳士、謎のオーウェン氏を見つけることだ。賭けてもいいが、そいつはこの島のどこかにいるし、早く捕まえるに越したことはない。ぼくの見るところ、そいつは頭が狂ってるし、ガラガラヘビみたいに危険なやつだ。
ウォーグレイヴ　うまいたとえとは言えんな、ロンバード大尉。ガラガラヘビは少なくとも近づいてくるときに警告を発する。
ロンバード　警告だって？　ああ、確かに！（童謡を指さし）あれが我々への警告さ。（読み上げる）
「十人のインディアンの少年が――」
ナラコットが行ってしまったあと、我々は十人だったね？
「十人のインディアンの少年が食事に出かけた。一人が喉を詰まらせ――」
マーストンは喉を詰まらせたじゃないか。それから――。
「九人のインディアンの少年が夜更かしした。一人が寝過ごして――」
寝過ごして――。最後の歌詞はロジャーズ夫人に当てはまらないかい？
ヴェラ　まさか？　つまり、私たち全員を殺そうとしてるってこと？
ロンバード　ああ、だと思う。
ヴェラ　それも、一人ひとり童謡に合わせて！
アームストロング　いや、あり得ない。ただの偶然だよ。偶然に決まっている。
ロンバード　ここにはインディアン少年の人形は八個しかない。これも偶然だろうか。どう思う、ブロア？
ブロア　気に入らないな。
アームストロング　だが、この島にはほかに誰もいない。
ブロア　断言はできまい。

アームストロング　ぞっとする話だな。
マッケンジー　誰一人、この島から出させないつもりだ。
ブロア　その野郎を捕まえられないのか？
ロンバード　どう思われます、ローレンス卿？
ウォーグレイヴ　（ゆっくりと）これまでのことを考えると――君の言うとおりだな。
ロンバード　ならば、すぐにとりかかったほうがいい。来てくれ、アームストロング。ブロアもだ。一緒のほうが事は早い。
ブロア　いいとも。ところで、リボルバーを持ってる者はいないか？　期待しても無理かもしれんが。
ロンバード　持ってるよ。（ポケットから取り出す）
ブロア　（ブロアは大きく目を見開く。なにか――嫌味なことを思いついた様子）いつも持ち歩いているのかね？
ロンバード　たいていはね。厳しい環境で過ごしてきたもので。
ブロア　ふん、たぶん今ほど厳しい環境はないだろうがな。この島に殺人狂が潜んでいるのなら、ありとあらゆる凶器を持っているだろうし――実際使うだろう。
アームストロング　その点は見当違いだな、ブロア。殺人狂の多くは、とても穏やかで謙虚な連中だよ。
ウォーグレイヴ　なんと素敵な連中だ！
アームストロング　連中におかしな点があるなどとは想像もつくまい。
ブロア　オーウェン氏がその手のやつだとわかったら、あとはあなたにお任せしますよ、先生。さて、はじめようか。ロンバード大尉には邸内を調べてもらい、我々は屋外を調べる。

ロンバード　いいだろう。邸を調べるのは簡単だ。スライドする羽目板も秘密のドアもないだろう。

（下手奥に進み、書斎に向かう）

ブロア　やつを捕まえる前に、殺《や》られてしまわんようにな！

ロンバード　ご心配なく。だが、お二人とも決して離れないよう行動されたほうがいい――ほら、「一人が取り残されて」

ブロア　行こう、アームストロング。

彼らは連れだって下手奥から退場。

ウォーグレイヴ　（立ち上がる）実に精力的な若者だな、ロンバード大尉は。

ヴェラ　（上手奥へ向かい）あの人の言うとおりだと思いますか？　誰かがこの島に隠れているのなら、必ず見つかるはずよ。ほとんど岩ばかりの島ですもの。

ウォーグレイヴ　この問題を解決するには頭脳が必要だな、筋力よりも。（バルコニーのほうに向かう）

ヴェラ　どちらへ？

ウォーグレイヴ　日差しのもとで座るのさ――そして考えるんだよ、君。（バルコニーの下手へ退場）

エミリ　ウールの糸玉はどこに置いたかしら？（立ち上がり、下手手前に来る）

ヴェラ　二階に置いてきたんじゃない？　探してきましょうか？

エミリ　いいえ、自分で行くわ。どこにあるのかだいたいわかるから。（ドア1から退場）

ヴェラ　ロンバード大尉がリボルバーを持っていてよかった。
マッケンジー　みんな時間の無駄――無駄だよ。
ヴェラ　そう思います？
マッケンジー　ああ、静かに座って――待つほうがいい。
ヴェラ　待つって、何を？（上手のソファに座る）
マッケンジー　もちろん、最期の時をさ。（間。立ち上がり、上手のドアを二つとも開けて閉める）レスリーを見つけられたら――。
ヴェラ　奥さんのこと？
マッケンジー　（下手奥へと戻ってきて下手のソファの前へ）ああ、家内のことをご存じならよかったんだが。とても愛らしく――明るい妻だった――。
ヴェラ　そうなの？
マッケンジー　心から愛していた。もちろん、私のほうがずっと年上だった。そう、彼女はまだ二十七歳だったよ。（間を置いて）アーサー・リッチモンドは二十六。私の副官だった。（間を置いて）レスリーは彼を気に入っていた。二人で音楽について語ったり、一緒に演奏したりして、家内は彼をからかったり、ひやかしたりしていた。私は面白がっていた。家内が少年に対する母親みたいな関心を持っていると思っていたんだ。（不意にヴェラのほうを向き、打ち明けるように）愚かだった。そうだろ？　老いぼれの愚か者ほど愚かな者はいない。（長い間を置いて）気づいたのは、まさに小説みたいな話でね、私がフランスにいたときだ。家内は我々二人に手紙を出した。封筒を間違えて手紙を入れてしまったのさ。（彼は頷く）それでわかってしまった――。

ヴェラ　（気の毒そうに）まあ、なんてこと。

マッケンジー　（下手のソファに座る）もういいんだ。昔のことさ。だが、妻を愛していたし――信じてもいた。彼には何も言わなかったよ――胸にしまった――ここに（胸を叩く）。じわじわと激しい殺意が――あの偽善者の若造めが――あの若者を気に入っていたし信頼してもいたのに――。

ヴェラ　（呪縛を解こうと）ほかの人たちは何をしてるのかしら？

マッケンジー　彼を死地に送り込んだのだ――。

ヴェラ　まあ――。

マッケンジー　実に簡単だった。ミスはいつだって起きる。私が少し臆病風に吹かれて判断を誤り、優秀な部下を一人犠牲にしたと誰しもが思うだろう。そう、実に簡単だったのだ――。（間を置いて）レスリーが知ることはなかった。私が知り得たことは、妻には話さなかった。それまでどおり生活したよ――だが、もはや何も真実味を持たなかった。妻は肺炎で世を去った。（間を置いて）ハート形の顔、グレーの目、茶色の巻き毛をした妻だった。

ヴェラ　ああ、やめて。

マッケンジー　（立ち上がる）そう、ある意味殺人と言えるだろう。奇妙な殺人だ――私はいつも法を順守してきたのに。あのときは殺人とは思わなかった。「当然の報いだ！」と思っただけだ。だが、あとになって――。（間を置いて）わかるかね？

ヴェラ　（まごついて）どういう意味ですか？

マッケンジー　（戸惑ったように彼女を見つめる）理解しておらんようだね――わかってくれると思ったのだが。君も喜んで最期の訪れを受け入れると――。

ヴェラ　（あとじさり、警戒の色を浮かべる。立ち上がり、上手手前に退く）私は――。（用心しながら彼を見る）
マッケンジー　（彼女のあとに続く。打ち明けるように）我々はみな死ぬのだよ。
ヴェラ　（助けを求めて周囲を見まわしながら）どういうことか――わからないわ。
マッケンジー　（ヴェラに向かって憑《つ》かれたように）君は若い――まだ死ぬことはないさ。安心したまえ！　最期の時を迎え、もはや重荷を負うこともないと知ったときこそ、真の安心が得られるのだ。
（下手奥に移動する）
ヴェラ　（彼のあとを少し追い）将軍――。
マッケンジー　そんな言い方はよしてくれ。わかっていないね。ここに座って待とうと思う――レスリーが迎えに来るのを。（バルコニーに出て、椅子に座る。後頭部が肩のほうにガクンと下がるのが窓越しに見える。彼はそのあとずっと動かない）
ヴェラ　（マッケンジーのほうを見つめる。彼女は落ち着きを失う。上手のソファに座る）怖い――ああ！　怖いわ――。

ロンバードが下手奥から登場。

ロンバード　（上手へ）なにもかも思ったとおりだ。秘密の通路はなく――死体が一つ。
ヴェラ　（体をこわばらせて）やめて！
ロンバード　元気がなさそうだね。気分を落ち着けるために飲み物でもどうだい？

ヴェラ　（立ち上がり、かっと怒りながら）飲み物ですって！　朝の九時なのに、この邸には死体が二つあるっていうのに、言うことときたら「飲み物でも」ですって！　頭がおかしいんじゃないの――「飲み物でも」だなんて！　十人が殺人の告発を受けた――どうってことはない――さあ、飲み物でも。飲んでさえいれば、万事めでたしなのね。

ロンバード　まあまあ、わかったよ。――飲まずにおこう。（ドア2に向かう）

ヴェラ　あなたって人は――ただのろくでなしのごろつきなのね、うんざりだわ。（暖炉に向かう）

ロンバード　（彼女に近づきながら）なあ、興奮してるようだが、どうしたってんだい、お嬢ちゃん？

ヴェラ　お嬢ちゃんなんて呼ばないで。

ロンバード　すまない。そのくらい親しくなれたかと。

ヴェラ　あら、考え直したほうがよろしいわ。

ロンバード　おいおい――君だってそんなふうには思ってないだろ。君とぼくには相通ずるものがある。悪党と殺人犯は仲間割れしたりはしないのさ。（ヴェラの手を取るが、彼女は振りほどく）

ヴェラ　悪党と殺人犯ですって！

ロンバード　わかったよ。君は悪党や殺人犯の仲間になりたくないし――酒も飲まないと。さて、捜索をすませてしまうよ――。（ドア1から退場）

エミリがドア1から登場。ヴェラは窓辺に移動する。

エミリ　いやらしい男ね！　あんなの見たことない。（ヴェラの顔を見る）どうしたの？（上手のソフ

ァのうしろに行く）

ヴェラ　（声を低くして）将軍のことが心配なの。ほんとに病気じゃないかしら。

エミリ　（ヴェラからマッケンジーに視線を移すと、バルコニーに出て、彼のうしろに立つ。大きな明るい声で、馬鹿な子どもに向かって話しかけるように）ボートがいつ来るか、見てらっしゃるんですか、将軍？（ヴェラは上手手前へ歩く。マッケンジーは答えない。エミリは少し間を置き、ゆっくりと中に入ってくる。調子よく）その罪は身に及ぶ（旧約聖書「民数記」第三十二章二十三節）。

ヴェラ　（怒りながら）もう、やめて。

エミリ　現実に向き合わないと。

ヴェラ　私たちの中で石を投げることができる者がいるの？（新約聖書「ヨハネによる福音書」第八章三節〜十一節「あなたたちの中で罪を犯したことのない者が、まず、この女に石を投げなさい」より）

エミリ　（中央手前に進み、下手のソファに座る）仮に奥さんが貞節じゃなくて堕落した女だったとしても――あの人が自からの手で裁きを下す権利なんかないわ。

ヴェラ　（冷やかに怒りつつ）じゃあ――ビアトリス・テイラーはどうなの？

エミリ　誰ですって？

ヴェラ　そういう名前だったでしょ？（挑むように彼女を見る）

エミリ　私に対するあのばかげた告発のこと？

ヴェラ　そうよ。

エミリ　今は私たちだけだから、あの事件のことを話してもかまわないけど――。むしろ、聞いてほしいの。（ヴェラは上手のソファに座る）男の方たちの前で話すことじゃないの――だから当然、昨夜はひと言も言わなかった。あの子、ビアトリス・テイラーは私が面倒を見ていたの。あの子にはほんとに騙されたわ。行儀もいいし、きれい好きで意欲的だった。私も気に入ってたの。もちろん、全部ただのまやかしだった。節操のないふしだらな娘だったの。最低よ！　あの子が「厄介事」を抱えているのに気づくのにそうはかからなかった。（間を置いて）とてもショックだったわ。ご両親はきちんとした人たちだったし、厳格に育てられたのに。ご両親はきっと、娘のふるまいを許しはしなかったはずよ。

ヴェラ　何があったの？

エミリ　（独善的に）もちろん、あの子をあれ以上同じ屋根の下に置いておくわけにいかなかった。私が不道徳を許したなんて、誰にも言わせない。

ヴェラ　海に身を投げて死んだとか？

エミリ　そうよ。

ヴェラ　（立ち上がって上手へ向かう）いくつだったの？

エミリ　十七歳。

ヴェラ　まだ十七歳だったの。

エミリ　（ぞっとするほどの熱狂ぶりで）身の振り方ぐらいわかって当たり前の歳よ。どれほど堕落しているのか、本人に言ってやったわ。常軌を逸していたし、まっとうな人間なら自分の家に入れたりしないと言ってやったの。生まれてくる子どもは罪の子だし、終生その烙印を押される――相手の男もあんたと結婚しようと思うはずがないって。あんたを家に受け入れて、私は汚された気分だと――。

ヴェラ　（身震いしながら）十七歳の娘にそんなことを？
エミリ　ええ、とことん打ちのめしてやったのよ。
ヴェラ　気の毒な子。
エミリ　あんな罪ある行為に耽るなんて我慢ならないわ。
ヴェラ　（上手奥に移動し、上手のソファのうしろにまわる）それで、家から追い払ったわけね？
エミリ　当然よ。
ヴェラ　でも、彼女は自分の家に戻らなかった――。（下手手前から中央へ）身投げして死んだと知って、どう思ったの？
エミリ　（まごついて）どう思ったって？
ヴェラ　そうよ。自分を責めなかったわけ？
エミリ　責めるわけないわ。私が責められる点などないもの。
ヴェラ　そうね――きっとそう思ってるんでしょう。だから、よけい恐ろしい。（右手に顔をそむけ、バルコニーに向かう）
エミリ　あの子は情緒不安定だった。（バッグを開け、小型の聖書を取り出す。ささやくような声で読みはじめる）「異邦の民は自ら掘った穴に落ち――」。（口を閉ざし、頷く）「隠して張った網に足をとられる」（旧約聖書「詩編」第九編第十六節）。（ロジャーズがドア2から登場。エミリは口を閉ざし、歓迎するように微笑む）「主が現れて裁きをされるとき、逆らう者は、自分の手が仕掛けた罠にかかり」
ロジャーズ　（エミリを胡散臭そうに見る）朝食の用意ができました。
エミリ　「神に逆らう者、神を忘れる者、異邦の民はことごとく、陰府に退く」（素早くロジャーズに顔を向け）静かにしてちょうだい。

ロジャーズ　皆様、どこにおられるかご存じですか、ミス？　朝食の用意ができておりますが。（上手のソファのうしろに行く）

ヴェラ　ローレンス・ウォーグレイヴ卿は、日なたで座っておられるわ。アームストロング先生とブロアさんは島内を捜索中よ。あの方たちのことなんかかまってられない。（室内に戻る）

ロジャーズはバルコニーに出る。

エミリ　「お前の中で、倒れた者が呻き、虐殺が行われるとき、町の倒れ落ちる響きで、島々は揺れ動かないだろうか」（旧約聖書「エゼキエル書」第二十六章第十五節）

ヴェラ　（上手へ向かう。一、二分、待って冷やかに）行きましょうか。

エミリ　食欲がないわ。

ロジャーズ　（マッケンジーに）朝食のご用意ができました。（バルコニーの下手に向かう）

エミリ　（再び聖書を開く）「海の支配者たちは、皆その座から降り、礼服を取り去り、美しく織った衣服を脱ぐ」（ブロアが下手奥から登場）「彼らは恐怖を身にまとい、地に座り、絶え間なく震えながらお前を見て驚きあきれる」（顔を上げてブロアを見るが、目はほとんどうつろ）

ブロア　（すぐに話すが、新たな興味を覚えて彼女を見る）音読しているのかね、ミス・ブレント？

エミリ　聖書を読むのが日課なのよ。

ブロア　なかなかよい習慣だね。（下手手前へ）

アームストロングが下手奥から登場し、バルコニーに出る。

ヴェラ　何か見つかった?

アームストロング　島に隠れる場所はない。洞穴もない。どこにも隠れることはできないよ。

幕が閉じる予兆。

ブロア　そのとおりだ。（ロンバードがドア2から登場）邸のほうはどうだった、ロンバード?

ロンバード　誰もいない。賭けてもいいが、この邸にはぼくら以外誰もいないよ。屋根裏から地下蔵まで調べた。

ロジャーズがバルコニーから登場。ウォーグレイヴが下手奥から登場し、ゆっくりとバルコニーに向かい、下手の窓に行く。

ロジャーズ　朝食が冷めてしまいますが。

エミリはまだ聖書を読んでいる。

ロンバード　（荒々しく）朝食か！　行こうよ、ブロア。あんたは起きてからずっと、朝食のことで大騒ぎしてる。食べたり飲んだりしようではないか。どうせ明日は死ぬ身ではないか（新約聖書「コリントの信徒への手紙一」第十五章第三十二節）。それに、今日だってどうなるか、わかるもんか！

ヴェラとアームストロングはドア２へ向かう。

エミリ　（立ち上がり、編み物を落とす。ブロアがそれを拾い上げる）そんな不謹慎なことを口にするなんて、恥を知りなさいな、ロンバード大尉。（下手へ向かう）
ロンバード　（同じ調子で、意を決して）さあ、将軍、もう我慢できないよ。（呼びかける）つまり、朝食のことだけど――。（バルコニーに出て、マッケンジーに近づく。立ち止まり――かがみ込み――ゆっくりと戻ってきて、フレンチ・ドアの戸口に立つ。強張り、険しい顔をしている）なんてことだ！「一人が取り残されて――」マッケンジーの背中にナイフが突き刺さっている。
アームストロング　（マッケンジーのもとに行く）死んでる――死んでるよ。
ブロア　だが、そんなばかな――誰にそんなことができた？　島には我々しかいないんだぞ。
ウォーグレイヴ　そのとおりだ。気づかないかね？　このずる賢い犯罪者は、いつも余裕で我々より先手を打っていることに。我々が次に何をするか知っていて、それにしたがって計画を立てているんだ。そう、殺人者が首尾よく事を成し遂げ、うまく身を隠し、見つからないでいられる最適な場所といったら、一つしかない。
ブロア　一つしかない？――どこかね？

ウォーグレイヴ　まさにこの部屋だ――オーウェン氏は我々の中の誰かなのだ！

幕。

第二場

同日の午後。
嵐が来ている。部屋はひどく暗い――閉じた窓に雨風が打ちつけている。
ウォーグレイヴがドア2から入ってくる。ブロアが続いて入ってくる。

ブロア　ローレンス卿？
ウォーグレイヴ　（中央へ進む）何かね、ブロアさん？
ブロア　二人だけで話したいのですが。（食堂のほうを振り返って）今朝お話しされたことはごもっともです。忌々しい殺人犯は我々の中にいるはずだ。誰なのかわかってるつもりですよ。
ウォーグレイヴ　ほう？
ブロア　リジー・ボーデン事件をご存じですか？　アメリカで起きた事件です。老夫婦が朝方、斧で殺された。殺《や》れた人間は娘だけで、品行方正な中年の独身女性だった。信じがたかった。信じられないから、彼女は無罪になった。だが、それ以外の説明は見当たらなかった。
ウォーグレイヴ　では、この問題に対する君の答えは、ミス・エミリ・ブレントなのかね？
ブロア　あの女は気が狂ってる。宗教狂いですよ――犯人は彼女だ。彼女を見張らなくては。
ウォーグレイヴ　ほう？　君は別の方向に疑いの目を向けていたと思っていたが。
ブロア　ええ――。だが、考えが変わりました。わけを話しましょう――彼女は怯えていないし、怯えていないのは彼女だけだ。どうしてか？　自分に危険はないとよくわかっているからです。シーッ――。

ウォーグレイヴは下手奥へ行く。ヴェラとエミリがドア2から登場。ヴェラはコーヒーの盆を持っている。エミリはフレンチ・ドアのほうへ行く。

ヴェラ　コーヒーをお淹れしたわ。（中央下手の円腰掛に盆を置く。ブロアは円腰掛へ近づく）ふう――この部屋は寒いわね。
ブロア　今朝あんなにいい天気だったとは、信じられないね。
ヴェラ　ロンバード大尉とロジャーズはまだ外にいるの？
ブロア　ああ。この天気ではボートは出ないし――どのみち、この島には来ない。
ヴェラ　ミス・ブレントに。（コーヒーカップをブロアに手渡す）

エミリは手前に進み、上手のソファに座る。

ウォーグレイヴ　お渡ししよう。（カップを受け取り、エミリに手渡す）
ヴェラ　（ウォーグレイヴに）おっしゃっていたとおり、昼食を摂ることになりそうね――ブランデーも少しいただくわ。元気が出るし。
ウォーグレイヴ　（コーヒー盆に戻り自分のコーヒーを持ち、マントルピースのそばに立つ）法廷も昼食休廷はするのさ。

ヴェラ　それにしても、これは悪夢ね。現実とは思えない。いったい――どうしたらいいのかしら？

ブロアは中央下手の肘掛椅子に座る。

ウォーグレイヴ　非公式の査問委員会を開かなくてはなるまい。少なくとも、無実の人間を何人か除外することはできるかもしれない。

ブロア　女の勘は働かないかね、ミス・クレイソーン？

ウォーグレイヴ　ミス・クレイソーンが我々三人のうちの誰かを疑っていると言うなら、それはちょっとぶしつけな質問だろう。

ヴェラ　あなた方じゃないのは確かよ。誰を疑っているのかと聞かれたら、アームストロング先生ね。

ブロア　アームストロングだと？

ヴェラ　ええ。だってそうじゃない。ロジャーズ夫人を殺す機会が誰よりもあったのはあの人よ。医者だから、睡眠薬を適量以上に与えるのはいとも簡単なことよ。

ブロア　そのとおりだ。だが、ブランデーを渡したのは別人だよ。

エミリは上手奥に向かい、椅子に座る。

ウォーグレイヴ　薬を仕込む機会は夫のほうがあった。

ブロア　ロジャーズじゃないだろう。こんな離れ業を演じる頭があるとは思えんし――金もあるまい。それに、あんなに怯えてるじゃないか。

雨合羽を着たロジャーズとロンバードがバルコニーの下手奥に登場し、窓外に姿を見せる。ブロアが彼らを中に入れてやりに行く。彼がフレンチ・ドアを開けると、渦巻くような風と雨が音を立てて入ってくる。エミリがかすかな叫び声をあげ、背を向ける。

ロンバード　ふう、まるで嵐だぜ。
エミリ　あら、なあんだ、あなただったの――。
ヴェラ　誰だと思ったわけ？（間を置いて）ビアトリス・テイラーだとでも？
エミリ　（怒って）なんですって？
ロンバード　こいつが収まるまで、救助の見込みはないな。それ、コーヒーかい？　ありがたい。
（ヴェラに）コーヒーが癖になりそうだよ。
ヴェラ　（カップを彼に渡す）危険を前にして、そんなふうに落ち着いてるなんて、たいした胆の据わりようね。
ウォーグレイヴ　（上手手前に行き、クラブチェアに座る）私はむろん、天候の推移を読むのは得意じゃないが、二十四時間以内にボートが来る見込みはあるまい。たとえ我々の苦境を知っていたとしてもね。風がやんでも、海は当面荒れているだろう。

ロンバードは上手のソファに座る。ロジャーズが靴を脱がせてやる。

ヴェラ　ずぶ濡れね。

ブロア　泳げるやつはいるか？　本土まで泳いでいけないだろうか？

ヴェラ　一マイル以上あるし――この海じゃ、岩にぶつかって溺れてしまうわ。

エミリ　（トランス状態になったように話す）溺れる――溺れる――池で――。（編み物を落とす）

ウォーグレイヴ　（立ち上がり、ぎょっとしてエミリのほうに向かう）失敬するよ、ミス・ブレント。

（編み物を拾ってやる）

ブロア　食事をとったから、うとうとしているのかな。

またもや激しい風と雨。

ヴェラ　ここはひどく寒いわ。（下手に行き、炉格子に腰をおろす）

ロジャーズ　よろしければ、暖炉に火をくべますが？

ヴェラ　そうね。

ロンバード　（下手へ歩きながら）気が利くな、ロジャーズ。（炉格子に腰をおろし、靴を履く）

ロジャーズ　（ドア1に向かう。いったんドアを出るが、戻ってきて尋ねる）失礼ですが、二階の浴室のカーテンについてご存じの方はおられますか？

ロンバード　おいおいロジャーズ、君まで頭がおかしくなったのか？

ブロア　（ポカンとして）浴室のカーテンだって？
ロジャーズ　ええ、真っ赤なオイルシルクのカーテンです。見当らないんです。

彼らは互いに顔を見合わせる。

ロンバード　誰か、真っ赤なオイルシルクのカーテンを見た者は？　残念だがいないようだ、ロジャーズ。
ロジャーズ　おおごとではございませんが、妙だなと思ったので。
ロンバード　この島ではなにもかもが妙なのさ。
ロジャーズ　薪と石炭を少々持ってきて、火をくべましょう。（ドア2から退場）
ヴェラ　温かいコーヒーでも差し上げましょうか。びしょ濡れだし。（「ロジャーズ」と呼びかけ、あとを追って走りながら退場）
ロンバード　アームストロングはどうした？
ウォーグレイヴ　部屋へ休みに行ったよ。
ロンバード　たぶん、今頃は誰かにぶん殴られてるだろう！
ウォーグレイヴ　ドアに閂《かんぬき》をかける分別くらいあるだろう。
ブロア　今はみんな身構えてるから、そう簡単にはいかんだろう。（マントルピースの前でたばこに火をつける）

多少気まずい沈黙。

ウォーグレイヴ　言っとくがね、ブロアさん、高をくくらないほうがいい。とりあえず、安全対策を提案したいし、全員受け入れてほしいと思う。

ロンバード　誰に対しての安全対策かな？

ウォーグレイヴ　（中央奥に立ち）お互いに対してだ。我々は全員、深刻な危機にある。この島に来た十人のうち、三人は見事に消された。残りは我々七人——七人のインディアンの少年だ。

ロンバード　そのうち一人は、偽物のインディアンの少年さ。

ウォーグレイヴ　そのとおり。

ブロア　（中央下手へ行く）ミス・クレイソーンの意見に逆らうようですがね、私に言わせれば、ローレンス卿、あなたとアームストロング先生を疑うのは無理だ。彼は有名な医師だし、あなたは英国中で知られている。

ウォーグレイヴ　（口をはさんで）ブロアさん、そんなものはなんの裏づけにもならないよ。これまでにも頭のおかしくなった判事は何人もいる。医師だってそうだ。（間を置いて）警察官もね。

ロンバード　ほうほう！

ヴェラがドア2から登場。

ロンバード　で、彼はコーヒーをご所望かい？

ヴェラ　（下手へと横切り、下手中央の円腰掛に向かう。軽い口調で）自分でお茶を淹れるそうよ！　アームストロング先生はどうなのかしら？　コーヒーを持っていって差し上げたほうがいい？
ウォーグレイヴ　なんなら私が持っていくが。
ロンバード　ぼくが持っていくよ、服も着替えたいし。
ヴェラ　そのほうがいいわ。風邪ひいちゃうもの。
ウォーグレイヴ　（皮肉っぽい笑みを浮かべながら）アームストロング先生は、私のほうが抵抗がないだろう。君を部屋に入れたくないんじゃないかな、ロンバード大尉。君のリボルバーを嫌がるかもしれない。
ブロア　ああ、あのリボルバーか。（意味ありげに）そのことでちょっと聞きたいんだが――。
ヴェラ　（ロンバードに）着替えに行ったら。

ウォーグレイヴはヴェラからコーヒーを受け取り、そのうしろを通ってドア2から退場。

ロンバード　（中央下手のブロアに近づき）何を言おうとしていたんだ？
ブロア　ちょっとしたお付き合いの訪問なのに、リボルバーを持参したのはなぜなのか聞きたかったのさ。
ロンバード　ほう、そんなことを聞きたかったのか？（ちょっと間を置いて）まあ、冒険的な生活を送ってきたからな。リボルバーを持つ習慣が身についちまったのさ。窮地に陥ったことも一、二度あるしね。（微笑む）手近に銃があると安心できるのさ。（ブロアに）そう思わないか？

アームストロングがドア1から登場。上手手前に立つ。

ブロア　そんなものは普通持たないぞ。さあ、その銃について正直に――。

ロンバード　疑り深いやつだな、ブロア！

ブロア　胡散臭い話はすぐわかるんだ。

アームストロング　リボルバーの件なら、私も説明を聞きたい。

ロンバード　（上手手前に向かいながら）そうだな。オーウェン夫妻からの招待で、この島に来てほしいという手紙を受け取った――、面白そうだと思ってね。手紙によると、どたん場に強い男だというぼくの評判を耳にした、危険なこともあるかもしれないが、目を光らせてくれれば大丈夫だと。

ブロア　私なら、そんな話に乗ったりしないぞ。

ロンバード　ふん、ぼくは乗ったのさ。退屈してたんだ。まあ、この単調な国で、退屈さがぶり返しちまってね。興味をそそるご提案だと思うじゃないか。

ブロア　私にすれば、あまりに漠然とした招待で気にくわんが。

ロンバード　ぼくには魅力に溢れていたのさ。好奇心をそそられたよ。

ブロア　好奇心は身を誤る、というものだ。

ロンバード　（苦笑しながら）いや、まったく。

ヴェラ　もう、さっさと着替えに行ってちょうだい！

ロンバード　はいはい、行きますよ、お嬢ちゃん。母親みたいだね。

ヴェラ　馬鹿なこと言わないで――。

ヴェラは上手奥に行き、エミリのカップを回収すると、それを持って下手手前に向かう。ロンバードはドア1から退場。

ブロア　（上手手前に行く）眉唾な話だな。ほんとだと言うなら、どうして昨夜話さなかったんだ？
アームストロング　これぞ想定していた緊急事態だと思ったのかもしれんが。
ヴェラ　かもね。
アームストロング　（中央下手へ。円腰掛にカップを置き、下手に行く）そうは思えないな。あの手紙は、我々と同様、彼を罠にはめるためにオーウェン氏が用意したチーズだぞ。好奇心で釣られる男だと確信していたのだ。
ブロア　それがほんとなら、あの男はとんだ食わせ者だ。少しも信用できない。
ヴェラ　（中央奥に行き）ほんとかどうか、確かな自信があるの？

ウォーグレイヴがドア1から登場。

アームストロング　（突然、怒りを爆発させて）この島から出なければ――手遅れになる前に。（激しく体を震わせる）

ブロアは上手手前のクラブチェアに座る。

ウォーグレイヴ　冷静さだけは失ってはいかん。（上手のソファのうしろの右側に向かう）

アームストロング　（炉格子に腰をおろす）すまない。（微笑もうとする）「医者よ、自分自身を治せ」（新約聖書「ルカによる福音書」第四章第二十三節）といったところだな。だが、このところ働きづめで、疲れきっていてね。

ウォーグレイヴ　よく眠れないのかね？

アームストロング　ええ。ずっと夢に見るんです。病院――手術――自分の喉にメスを――。（体が震えている）

ウォーグレイヴ　まさに悪夢ですな。

アームストロング　まったく。（興味深げに）法廷にいる夢を見たりしないのですか？――死刑の宣告をする。

ウォーグレイヴ　（上手のソファに座る。苦笑しながら）エドワード・セトンという男のことを言ってるのかね？　はっきり言っておくが、エドワード・セトンを死刑にしたことで眠れなかったことなどない。実に残酷で、血も涙もない殺人犯だった。陪審員団は、あの男に好意を持っていたが。放免してやりたいのが見てとれたよ。だが――（穏やかな凄みを見せて）セトンの思惑を潰してやったのさ。

全員がかすかに身震いする。

ブロア　ブルル！　この部屋は寒くないか？（立ち上がり、中央へ）
ヴェラ　（下手の窓へ行く）ロジャーズったら、早くしてくれないかしら。
ブロア　そう、ロジャーズはどこだ？　手間取ってるな。
ヴェラ　薪を取ってくるって言ってたのに。
ブロア　（その言葉にはっとして）薪？　薪だと？　ああ、薪か！
アームストロング　そうか！（立ち上がり、マントルピースを見て）
ブロア　また一つ消えたのか？　六個しかないのか？
アームストロング　（戸惑いながら）五個しかない。
ヴェラ　五個ですって？

彼らは互いに顔を見合わせる。

ウォーグレイヴ　ロジャーズとロンバードが？（立ち上がる）
ヴェラ　（泣きながら）ああまさか、フィリップが！

ロンバードがドア1から登場。「ロジャーズ」と呼びながらドア1から走り去ろうとするブロアと鉢合わせする。

ロンバード　ブロアときたら、まるで気が狂ったみたいに、どこへ行こうというんだい？

ヴェラ　（中央上手に立つロンバードのもとへ走りながら）ああ、フィリップ、もしやと――。

幕が閉じる予兆。

ウォーグレイヴ　（下手奥へ行く）ロジャーズを見なかったかね？
ロンバード　いや、どうしてぼくが？
アームストロング　またインディアン人形が二個なくなってる。
ロンバード　二個だって？
ヴェラ　てっきりあなただと――。

ブロアがドア1から恐ろしい形相で登場。

アームストロング　おや、どうしんだ？
ブロア　（なんとか口を開く。自分の声ではないように）食器洗い場で――。
ヴェラ　まさか――？
ブロア　ああ、そうなんだ、死んでる――。
ヴェラ　どうやって？
ブロア　斧だ。木箱に身をかがめているところを、誰かがうしろから近づいたんだろう。
ヴェラ　（激しく）「一人が自分を真っ二つにして――六人になった」（ヒステリックに笑いだす）

ロンバード　やめろ、ヴェラ――。やめるんだ！（上手のソファに彼女を座らせ、顔をひっぱたく。ほかの者に向かって）彼女は大丈夫だよ。次はなんだ？　蜂か？　この島では養蜂でもしているのか？（ほかの者は訳がわからないという様子でロンバードを見る。彼は努めて冷静な態度を保つ。中央へ移動する）ほら、次の歌詞はこうだろ。「六人のインディアンの少年が蜂の巣で遊ぶ。一人を熊蜂が刺して、五人になった」（部屋の中を歩きまわる）

アームストロング　そうか！　そのとおりだ。五人しかいない。

ロンバード　熊蜂が一人を刺して――。ぼくらはみんな元気だし、ぴんぴんしている。（エミリに目を向ける）ああ、まさか――。（彼女のほうにゆっくりと近づき、かがみ込んで彼女に触れる。皮下注射器を取り上げ、ほかの者を見る）皮下注射器だ。

ウォーグレイヴ　近代的な蜂の一刺しか。

ヴェラ　（口ごもりながら）そこに座っているあいだに――私たちの一人が。

ウォーグレイヴ　我々の中の一人だ。

彼らは互いの顔を見合わせる。

アームストロング　誰なんだ？

幕。

第三幕

第一場

同日の夜。数時間後。

カーテンが引かれ、部屋の照明は三本のろうそくで。ウォーグレイヴ、ヴェラ、ブロア、ロンバード、汚れて髭も剃っていないアームストロングは、口もきかず座っている。ロンバードは下手中央の肘掛椅子、アームストロングは下手のソファ、ウォーグレイヴは上手のソファ、ヴェラは炉格子に腰をおろし、ブロアは上手手前のクラブチェアに座っている。彼らは時おり素早く互いを盗み見る。ヴェラはアームストロングを、ブロアはロンバードを、ロンバードはウォーグレイヴを見、アームストロングはブロアとロンバードを交互に見る。ウォーグレイヴは各人を順に見るが、特にヴェラをじっくり考え込むように見つめる。しばらく沈黙が続く。すると、ロンバードが不意に大声で嘲るような声をあげ、皆びくっとする。

ロンバード　「五人のインディアンの少年が並んで座っている。お互いを監視し、殴りかかってくる

のを待っている」新しい歌詞に改訂だ！（耳障りな笑い声をあげる）

アームストロング　ふざけてる場合じゃないと思うが。

ロンバード　暗い雰囲気を変えなきゃね。（立ち上がり、下手のソファのうしろへ）自家発電装置がダウンしちまったのは忌々しいな。みんなで楽しくゲームをしよう。「疑惑」ってゲームを考えたんだが、どうだい？　ＡはＢを疑い、ＢはＣを疑う――てなぐあいさ。ブロアからはじめるとしよう、ブロアが誰を疑っているかは想像に難くない。火を見るより明らかだ。ぼくだろ、ブロア？

ブロア　否定するつもりはない。

ロンバード　（数歩、上手に行く）君の見当違いさ。漠然とした裁きなんて、ぼくの趣味じゃない。ぼくが殺人を犯すとすれば、何か自分の利益にならなきゃね。

ブロア　私に言えるのは、君のふるまいが最初から怪しかったというだけだ。君は違う説明を二つした。リボルバーを持参してこの島に来た。今度はそれを失くしたと言ってる。

ロンバード　実際、失くしたんだ。

ブロア　ありがちな話というわけか！

ロンバード　ぼくがリボルバーで何かしたとでも？　なんなら身体検査してもらってもいいが。

ブロア　ふん！　持っているわけがない。そのくらいは頭が回るだろ。だが、どこにあるかは知ってるな。

ロンバード　次に使うために隠したとでも？

ブロア　だとしても驚かないよ。

ロンバード　（下手に戻る）どうして頭を使わないんだ、ブロア？　そうしたかったら、今頃はとうに、君らを片っ端から撃ってたさ。パン、パン、パン、パン、パン、てね。

ブロア　ああ、だが、それじゃ趣向にならない。（童謡を指して）

ロンバード　（中央下手の元の椅子に座る）狂人のやり口だから？　おいおい、ぼくはいたって正気だぜ！

ブロア　先生の話じゃ、狂ってる自覚のない狂人もいる。（全員の顔を見まわす）そのとおりだろうな。

アームストロング　（不意に話しだす）我々は――手をこまぬいて座しているわけにいかん！　手立てがあるはずだ――きっと、きっと何か手立てがあるんじゃないか？　たき火を焚けば――。

ブロア　この天候でか？（窓のほうに顎をしゃくる）

ウォーグレイヴ　時間と辛抱の問題だと思うが。いずれ晴れるだろう。そうしたら手立てはある。たき火を焚いたり、日光反射信号、遭難信号とかね。

アームストロング　（立ち上がり、下手奥へ向かう）時間――時間の問題だと？（気が動転した調子で笑う）時間などない、みんな死んでしまう。

ウォーグレイヴ　これまでの予防対策で充分だと思うが。

アームストロング　言っとくが――みんな死んでしまうんだ。一人を除いて――。そいつはまた何か考える――今も考えているんだ――。（下手のソファに戻り座る）

ロンバード　気の毒なルイーザ――なんて名だったかな？――クリーズか。彼女を殺してしまったのは神経過敏のせいだったのか、先生？

アームストロング　（ほぼ反射的に）いや、酒だ。私は大酒飲みだった。情けないことだが、手術の際に酔っていたのだ――。実に簡単な手術だったのに。手がずっと震えて――。（両手で顔を覆う）今でも思い浮かぶ――大柄で太った、田舎の女だった。殺してしまったんだ！

ロンバード　（立ち上がり、下手のヴェラのうしろへまわる）やっぱりそうか――そんな経緯《いきさつ》だったのか？

アームストロング　看護婦長はもちろん知っていたが、私に――というより、病院に忠実な人だった。酒はやめたよ――完全に。そして、神経疾患の研究に携わるようになったんだ。

ウォーグレイヴ　そして成功したわけだ。（立ち上がり、中央奥に向かう）

アームストロング　多少幸運にも恵まれたよ。大立者の女性患者に一、二度良好な治療成果を収めた。その友人たちに話が伝わってね。ここ一、二年、とても忙しかった。登りつめた感があったよ。

ロンバード　謎のオーウェン氏が登場するまではね――そして、揺りかごも医者もみな落っこちる（マザー・グースの歌のもじり）というわけだ。

アームストロング　（立ち上がる）その腹立たしい嫌みや冗談はやめてくれんかね。

ウォーグレイヴ　（下手手前、アームストロングとロンバードの間に行く）おいおい、諸君、頼むよ、言い争っている場合じゃない。

ロンバード　わかったよ、すまない。

アームストロング　神経に障るのは、こうやってただ手をこまぬいていることだ。（下手のソファに再び座る）

ウォーグレイヴ　（上手のソファに戻り座る）我々は間違いなく、唯一可能な手立てを取っている。我々が一緒にいて、全員が目の届く所にいる限り、これまでのような悲劇は起こり得ないし――起こしてはならない。全員、身体検査を受けた。したがって、誰も銃器やナイフを所持していないのはわかっている。青酸や薬も持ってはいない。だから、このままここにいれば、何も起こるはずはない。
アームストロング　だが、いつまでもこうしてはいられない——食べ物も要るし、睡眠も——。
ブロア　まったくだ。
ウォーグレイヴ　明らかに、殺人犯にとって唯一のチャンスは、我々の一人をほかの者から引き離すことにある。そうさせない限り、我々は安全だ。
アームストロング　安全ですと——？
ロンバード　ずいぶんとおとなしいな、ヴェラ？
ヴェラ　言うことなんてないわ——。

間を置いて。ウォーグレイヴが立ち上がり、中央奥に向かう。

ヴェラ　今何時かしら。こんなふうに、これが最後って感じながら時間が経つのを待つのは——我慢ならないの。何時なの？
ロンバード　八時半だ。
ヴェラ　まだ？
ロンバード　ずいぶんと明るいけど、ろうそくはどれくらいもつんだい？
ブロア　まるまるひと箱ある。嵐も少し収まってきたようだが、どうでしょうか？（立ち上がり、窓辺に向かう）

ウォーグレイヴ　かもしれないが、楽観視できるわけじゃあるまい。
アームストロング　殺人犯はすべてを味方につけてる。天候も計画のうちのようだ。

ウォーグレイヴは上手のソファに戻り座る。長い間。

ブロア　何か食べ物はないのかな?
ヴェラ　（立ち上がり、上手奥へ）よろしければ、牛タンの缶詰を開けて、コーヒーを淹れてきますけど。皆さんはこちらにいらしてください。（ウォーグレイヴに）よろしいかしら?
ウォーグレイヴ　どうかな。ミス・クレイソーン、我々の目に触れない所で調理したものを飲み食いするのは気がすすまない。
ヴェラ　まあ！（ゆっくりと）私のことがお嫌いのようね。
ウォーグレイヴ　好きとか嫌いという問題ではないよ。

ヴェラは上手手前のクラブチェアに座る。

ロンバード　あなたの目を逃れる企みなどまずありませんよ、ローレンス卿。非礼を顧みず言わせてもらえば、ぼくの考えるホシはあなただ。
ウォーグレイヴ　（いかにも法廷における立ち居振る舞いで、眼鏡の奥からロンバードを冷やかに見、立ち上がって上手に向かう）誰であろうと、平気で非礼を働いて戯れている場合じゃないよ、ロンバード大尉。

ロンバード　（中央下手奥）ブロアは違うだろう。（ブロアに）ぼくの見当違いかもしれないが、こんな真似をするには、君は想像力が欠けているんじゃないかな。君が犯罪者だったら、実に見事な演技だとシャッポを脱ぐばかりだけど。

ブロア　ありがたいことだ。どうでもいいが。（上手のソファに座る）

ロンバード　（間を置いて。アームストロングを見る）先生だとも思えない。そんな度胸はないでしょう。（上手に立つヴェラを見る）君なら立派に度胸はあるな、ヴェラ。もっとも、とても分別がありそうだから、よっぽどの動機がないと、殺人を犯すことはないだろう。

ヴェラ　（皮肉たっぷりに）ありがとう。

アームストロング　（立ち上がる）ちょっと思ったんだが。

ロンバード　素晴らしい。さて、いったいなんのことかな？

アームストロング　その男は（ブロアを指さす）警察官だったと言うが、その証拠は何もない。レコードで名前が明らかになったあと、そう言っただけだ。それ以前は、南アフリカの大金持ちを装っていた。警察官というのも、何かの隠れ蓑なのかもしれない。彼のことなど何がわかる？　何もわからないんだ。

ロンバード　確かに警官だよ。足を見りゃわかる。

ブロア　（立ち上がり、再び座る）もういいよ、ロンバードさん。

アームストロングは下手中央の肘掛椅子に座る。

ロンバード　さて、ぼくらの今の状況もわかった。それはそうと、ミス・クレイソーンはあなたを疑ってますよ、先生。いや、ほんとに。彼女が時おり疑わしげな視線を投げかけているのに気づかれませんでしたか？　まったく見事なもんだ。ぼくはローレンス卿を疑い、ブロアはぼくを疑い、アームストロングはブロアを疑っている。（ウォーグレイヴに）あなたはどうですか？

ウォーグレイヴ　今朝、ある結論に達したよ。起きたことのすべては、明らかに一人の人物を示しているように思える。（間を置いて。前方をまっすぐ見る）その意見は今も変わらない。（上手のソファのうしろへ戻ってくる）

ヴェラ　誰なの？

ウォーグレイヴ　そう――いや、今の時点でその人物の名を口にするのはまずかろう。

ロンバード　皆のためにもまずいのですか？

ウォーグレイヴ　そのとおりだ。

全員が互いを見つめあう。

ブロア　食事はどうする？

アームストロング　いや、だめだ、ここにいよう。ここなら安全だ。

ヴェラ　おなかは減ってないけど。

ロンバード　ぼくは別にほしくはない。食べたければ食べに行ったらいいさ、ブロア。

ブロア　なら言うが、ビスケットの缶を取りに行くってのはどうだ？（立ち上がって、ドア２へ）
ロンバード　そりゃいい。

ブロアは去ろうとする。

ロンバード　ちょっと、ブロア。
ブロア　なんだね？
ロンバード　開けてない缶をね、ブロア。

本棚からろうそくを取り、ブロアはドア２から退場。間があく。全員がドアを見つめる。一陣の風が吹き、カーテンがはためく。ヴェラが立ち上がる。ウォーグレイヴは再び上手のソファに座る。

ロンバード　ただの風だよ――カーテンをはためかせたのはね。
ヴェラ　（中央奥へ）浴室のカーテンはどうなったのかしら？　ロジャーズが失くしたやつよ。
ロンバード　どう考えても、殺人狂が真っ赤なオイルシルクのカーテンをほしがるとは思えないな。
ヴェラ　物がなくなるみたいね。ミス・ブレントはウールの編み物を失くしたし。
ロンバード　すると殺人犯は、男か女か知らないが、盗癖もあるわけだ。
ヴェラ　どんな関係が？　「五人のインディアンの少年が――」

ロンバード　「法律を学ぶ。一人が訴訟で追い詰められ――」
ヴェラ　訴訟で追い詰められって、どうあてはめるの？　もちろん、一人だけ――。（ウォーグレイヴを見る）
ウォーグレイヴ　まさにね、お嬢さん。だからこそ、ここに座っているのさ。
ロンバード　ほう！　でもぼくがあなたに割り当てた役は殺人犯だ――被害者じゃない。
ウォーグレイヴ　追い詰められるという言葉は、ボクサーにもあてはまる。
ロンバード　（ヴェラに）乱闘をおっぱじめるってことかな。となると、君は除外されそうだね。
ヴェラ　ぞっとする童謡だわ。いつまでも頭の中で唄い続けて、死ぬまで忘れられそうにない。（自分の言ったことに気づき、ほかの人たちを見まわす。間）ブロアさん遅いわね。
ロンバード　悪いオオカミさんに捕まっちまったんだろう。
ウォーグレイヴ　さっき、そのおかしなユーモアのセンスを控えるように言わなかったかね、ロンバード大尉。
ロンバード　すまない。神経質になってるんだな。

ブロアがビスケットの缶を持ってドア2から登場。ヴェラは中央下手の肘掛椅子のうしろへ。ウォーグレイヴは立ち上がり、中央上手で、缶を受け取って開ける。

ウォーグレイヴ　手を上げたまえ、身体検査を。

アームストロングとロンバードが上手中央に向かい、ブロアの身体検査する。アームストロングはビスケットをヴェラに差し出す。

ヴェラ　（中央下手の肘掛椅子に座る）いいえ、けっこうよ。

ブロアは上手手前のクラブチェアに座る。

ロンバード　おいおい――君は夕食を摂ってなかっただろ。（中央下手のヴェラのうしろへ）
ヴェラ　何も食べたくないの。
ロンバード　言っとくが――ブロアがみんな食っちまうぞ。
ブロア　どうしてそんなにふざける必要があるんだ。腹を空かせてはなにもならない。（悲しげに）たばこはあるかね？
ロンバード　（シガレットケースを取り出して開ける。残念そうにため息をつく）一本もないんだ。
アームストロング　私も持ってない。
ウォーグレイヴ　さいわい、私はパイプ党でね。
ヴェラ　（勢いよく立ち上がり、上手手前へ歩きながら）私のスーツケースにまるまるひと箱あるわ。取ってきましょう。私もたばこがほしいし。（ドアの前で立ち止まる）皆さんは、そのままここにいてちょうだい。（本棚からろうそくを取り、ドア1から退場）

ウォーグレイヴは彼女の後姿を見て、ソファに缶を置き、ドア1に向かう。

ブロア　（立ち上がり、ソファから缶を取る。ぱくぱく食べながら上手中央へ）悪くないな、このビスケット。

ロンバード　どんなビスケットだい、チーズ味か？

ブロア　チーズ味とセロリ味だ。

ロンバード　あの娘も何か食べるべきだな。（上手へ向かう）

アームストロング　彼女、神経がまいってるよ。

ウォーグレイヴ　（上手のソファのうしろへまわる）その点はご意見に賛同しかねるね、先生。ミス・クレイソーンは実に冷静で機転の利く女性のようだ――目覚ましいほどにね。

ロンバード　（ウォーグレイヴを興味深げに見ながら中央上手へ）そう思いますか？　彼女が黒幕だと？

アームストロング　まさか――女なのに！

ウォーグレイヴ　あなたと私とでは、女を見る目が少し違うようだね、先生。

ブロア　（下手手前へ歩きながら）軽くウィスキーでもどうかね？

ロンバード　いいね。まだ開けてない瓶があるなら。

恐怖で血も凍るようなぞっとする叫び声が二階から聞こえ、ドスンという音がする。四人の男は全員びくっとする。ロンバードとブロアは慌ててろうそくを手にする。ブロアはマントルピースから、ロンバードはソファからろうそくを取る。四人全員でドア1に突進し、ロンバード、ブロア、アームストロング、ウォーグレイヴの順で出ていく。ウォーグレイヴは歳のせいで動きがのろい。ロンバードとブロアがドアから出て、ウォーグレイヴがドアにたどり着く前に、舞台はすっかり暗くなる。舞台外から混乱したノイズが聞こえる。舞台では、ウォーグレイヴの「誰だ?」という声がする。銃声がする。舞台上では混乱した動きがある。舞台外からも声がする。かすかだが——声が近づいてくる。ドア2が開く。そしてドア1も開く。ブロアが舞台外で悪態をついている。アームストロングの声もする。

ヴェラ (ドア2をよろめきながら入ってきて) フィリップ、フィリップ、どこ? わからないわ。
ロンバード (ドア1から入ってくる) ここだよ。
ヴェラ どうして暗いの? 暗いと怖いわ。自分がどこにいるかも、誰がどこにいるかもわからない。
(上手のソファに座る)
ロンバード 階段から風が吹き抜けてきて——ろうそくを全部吹き消しちまったのさ。ライターがあるよ。(自分と彼女のろうそくに火をつける。ヴェラの横に座る)
ヴェラ アームストロング先生はどこ?
アームストロング (玄関ホールから) マッチを探してるんだ。
ロンバード マッチはいいよ——もっとろうそくを。
ヴェラ 怖くて仕方なかったわ——喉のあたりを触られたの——。
ロンバード 何がだ?
ヴェラ 部屋の窓が開いてたの。ドアを開けたとたん、ろうそくが風で吹き消されて。そうしたら、長い海草が喉に触れて。暗かったから、濡れた手で首を絞められたのかと――。

上手の舞台外からささやき声がする。

ロンバード　だから叫び声を上げたのか。
ヴェラ　あの海草を吊るしたのは誰かしら？
ロンバード　わからない。だが、見つけたら、心底後悔させてやる。

アームストロングがドア1から静かに入ってくる。

ヴェラ　（鋭い声で）誰？　（幕が閉じる予兆）
アームストロング　大丈夫だよ、ミス・クレイソーン。私だ。
ブロア　（玄関ホールで）さあ、戻ったぞ。（ろうそくをつけ、ドアからかすかな光がもれる。ろうそくを持って入ってくる。下手へ）銃を撃ったのは誰だ？

ヴェラは立ち上がり、上手中央に移動し、振り返り叫び声を上げる。光が、窓敷居を背に座っているウォーグレイヴの姿をあらわにする。真っ赤なオイルシルクのカーテンを肩にまとっている。グレーの毛糸で編まれたかつらが頭に載っている。額の中央には、丸く黒っぽい印があり、そこから赤いものが滴っている。男たちは呆然と立ちつくす。ヴェラは金切り声をあげる。

アームストロングは気を取り直し、手振りでほかの者たちをうしろに下がらせ、ウォーグレイヴに歩み寄る。かがみ込み、体を起こして。

アームストロング　死んでる――。頭を撃ち抜かれて――。

ヴェラ　（上手奥の窓にもたれて）「一人が訴訟で追い詰められ――四人になった――」。

アームストロング　ミス・クレイソーン。

ロンバード　ヴェラ。

ヴェラ　私を追い払ったのはあなたたちよ。たばこを取りに二階に行かせたのはあなたたち。あの海草を仕掛けて――。あのよるべないお年寄りを暗闇で殺したのよ――みんな――頭がおかしいわ――狂ってる。（声は低く、恐怖に満ちている）だから、赤いカーテンとウールの編み物が必要だったのね――。すべて計画どおり――最初から――このために――。ああ、なんてこと、この島から出して――。（ドア1にじりじりと近づき、走り出る。それと同時に――）

幕。

第二場

翌日の朝。

陽光が降り注ぐ。部屋は前夜と同じ。

ブロア、ロンバード、ヴェラは上手のソファに座り、観客に背を向け、盆に載った缶詰の牛タンを食べている。

ロンバード　「三人のインディアンの少年／並んで座る／がつがつ食べながら考える／次は誰だ？」

ヴェラ　まあ、フィリップ！

ブロア　気にしなさんな、ミス・クレイソーン。腹さえふくれりゃ、冗談など気にならない。

ヴェラ　確かにおなかはすいていたけど、二度と牛タンを食べたいとは思わないわ。

ブロア　この食事は願ったり叶ったりだよ！　生き返った気分だ。

ロンバード　ほぼ丸一日、食事抜きだったからな。士気が下がっちまう。

ヴェラ　それにしても、明るいと、なにもかもが違って見えるわね。

ロンバード　忘れちゃいけないぜ。この島のどこかに、危険な殺人狂が野放しになってるってことを。

ヴェラ　なのにどうして誰もピリピリしてないのかしら？

ロンバード　そいつが誰かは、もう疑問の余地なくわかってるからさ。だろ、ブロア？

ブロア　そうだな。

ロンバード　今まではははっきりしなかった——お互い、誰だろうと思いあぐねていた。
ヴェラ　私はずっと、アームストロング先生だって思ってたわ。
ロンバード　そう、お嬢ちゃん、確かにね。もちろん、君がすっかり混乱して、ぼくらみんなを疑うまでは。
ヴェラ　（立ち上がって、マントルピースに向かう。箱からたばこを三本取る）明るいと、なんだかばかげて聞こえるわね。
ロンバード　まったくばかげてるよ。
ブロア　アームストロングだとしても、彼はどうなったんだ？
ロンバード　自分がどうなったと思ってほしいかはわかるよ。
ヴェラ　（中央に行き、ブロアとロンバードにたばこを渡す）いったい、何を見つけたの？
ロンバード　靴が一足——一足だけが崖っぷちにこれ見よがしに置いてあった。そこから推測すれば——アームストロング先生は、なにもかも投げ出して自殺を図った。
ブロア　（立ち上がる）しかし、ただの状況証拠だ——向こうの戸口で陶器のインディアンの少年の人形が一個、壊れていたのも。
ヴェラ　ちょっとやりすぎのように見えるわね。海に身を投げて死のうという人が、そんなこと考えるとは思えないわ。
ロンバード　まったくだ。だが、海に身を投げて死んだとは思えない。たぶん計画に従って、七番目の犠牲者のふりをしなくてはならなかったのさ。
ヴェラ　ほんとに死んだとしたら？

ロンバード　死体がないんじゃ、死んだとはちょっと信じられないね。
ヴェラ　死体が近くに五体もあると知りながら缶詰の牛タンを食べるなんて、ほんとどうかしてる。
ロンバード　麗しきご令嬢は事実を無視しているね――死体は六体で、近くにあるのが全部じゃない。
ブロア　いやいや、彼女の言うとおりだ。五体だけだよ。
ロンバード　ロジャーズ夫人は？
ブロア　数に入れたよ。彼女が五人目だ。
ロンバード　（立ち上がり、少しぷりぷりしながら）よく考えろよ。マーストンで一、ロジャーズ夫人で二、マッケンジー将軍で三、ロジャーズで四、エミリ・ブレントで五、ウォーグレイヴで六だ。

ヴェラは盆を上手奥のテーブルに持っていく。

ブロア　（自分たちを数え上げながら）七、八、九――アームストロングで十だ。そうだな、すまない。
（再び上手のソファに座る）
ロンバード　（ブロアの横に座る）ロジャーズ夫人の死体を一階に運んで、安置場所に加えちゃどうかな？
ブロア　私は探偵で、葬儀屋じゃない。
ヴェラ　（中央下手の肘掛椅子に座る）お願いだから、死体の話はやめてちょうだい。肝心なことは、彼らを殺したのはアームストロングだってことよ。
ロンバード　アームストロングだと早くに気づくべきだったな。

ブロア　アームストロングがどうやって君のリボルバーをくすねたのかね？
ロンバード　さっぱりわからんね。
ヴェラ　いったい、夕べ何があったのか教えてちょうだい。
ロンバード　まあ、君がヒステリーの発作を起こして、自分の部屋に閉じこもっちまったあと、みんな寝たほうがいいってことになったのさ。
ブロア　それで、みんな寝室に引きあげて――自分の部屋に閉じこもったんだ。
ロンバード　一時間ほどあとに、部屋の前を誰か通り過ぎるのが聞こえた。部屋から出て、ブロアの部屋のドアをノックした。ブロアは確かに部屋にいたから、アームストロングの部屋に行った。誰もいなかったよ。君の部屋をノックして、じっとしてるんだ――何が起きても、と言ったのはそのときさ。それから下に降りると、バルコニーの窓が開いていて――ぼくのリボルバーがすぐそばに落ちていた。
ブロア　だが、アームストロングはどうして、そのリボルバーを放り投げていったんだ？
ロンバード　ぼくに聞かないでくれ――うっかりか、頭がおかしかったのさ。
ヴェラ　彼、どこにいるのかしら？
ロンバード　どこかに潜んでいるんだろう。ぼくらの一人を襲おうと待ち構えてね。
ヴェラ　邸内を探すべきよ。
ブロア　なんだと――待ち伏せしてる所に、のこのこ出向けと？
ヴェラ　（立ち上がる）まあ――そこまで考えなかったわ。
ロンバード　ぼくらが出ていったあと、誰かが動きまわってる音は聞かなかったんだね？

ヴェラ　（下手のソファのうしろへ）あら、ありとあらゆることを想像したけど——邸に火を付けられでもしなきゃ、部屋のドアの鍵は開けなかったわ。
ロンバード　なるほど——そこまで猜疑心にとらわれてたわけか。
ブロア　（立ち上がって、下手へ向かう）こんなおしゃべりをしてなんの意味があるんだ？　どうするつもりだ？
ロンバード　それは——何もしないことさ。じっとして、リスクは冒さない。
ブロア　いや、私としては、あいつを追跡したい。
ロンバード　まったく頑固なやつだな、ブロア。それはそうと、友人として率直に話してほしいが、例の偽証の件はほんとなのか？

ヴェラは下手のソファの左端に座る。

ブロア　（中央下手の肘掛椅子に座り、ためらいながら）今となってはたいした違いはないだろうが、ランダーは確かに無実だった。私はギャングに買収されていて、やつを永遠に片付けちまおうってなったのさ。認めるつもりはなかったよ。もしこんなことにならなかったら——。
ロンバード　みんな同じ穴の貉《むじな》だと思ってるのかい？
ブロア　ウォーグレイヴ判事さんの前で、そんなことが認められると言うのかい？
ロンバード　まあ、無理だな。
ブロア　（立ち上がる）あのセトンというやつは、無実だったと思うかね？

ロンバード　間違いない。ウォーグレイヴは、そいつを厄介払いしたい理由があったに違いない。なあブロア、君がお高くとまるのをやめてくれてよかったよ。それでけっこう儲けたんだろ？

ブロア　（傷ついた様子で）予想とは程遠かったさ。あいつらは卑劣なんだ。あのベニー・ギャング団はな。もっとも、昇進は果たしたがね。

ロンバード　それで、ランダーは無期懲役になり、獄死したわけだ。

ブロア　獄死するなんて、知るわけないだろ？

ロンバード　まあね、君もついてなかったな。

ブロア　あいつは、だろ。

ロンバード　君もさ。だって、その報いで、まもなく君も、不本意ながらも命を縮めることになるかもしれない。

ブロア　どうして私が？　アームストロングの手でか？　気をつけるさ。

ロンバード　そうしたまえ。インディアン人形はあと三個しかないことをお忘れなく。

ブロア　じゃあ、君はどうなんだ？

ロンバード　ぼくは大丈夫さ、お生憎《あいにく》さま。今まで何度も危ない目に遭ったけど、大丈夫だった。今回も大丈夫さ。（間を置いて）それに、リボルバーもあるし。

ブロア　（下手のソファの右端）そう――そのリボルバーだ。まあ聞きたまえ。君の話では、そこに落ちてたそうだが。君がずっと持っていなかったと証明できるものがあるのかね？

ロンバード　古レコードみたいに同じことばかり繰り返して！　一度に一つ以上のことは考えられないのか？

ブロア　ああ、だが、もっともな考えだ。
ロンバード　まだそんな考えに執着してるのか。
ブロア　私なら、もっとましな話を考えるがな。
ロンバード　警官の頭でも理解できる単純な話がほしかっただけさ。
ブロア　警察の何が悪い？
ロンバード　何も――もう警察はやめたんだろ。
ブロア　（下手のソファのうしろへまわり）なあ、ロンバード大尉、君が見かけどおり正直な男なら――。
ロンバード　おいおい、ブロア、ぼくらの中に正直なやつなんていないさ。
ブロア　君が一度くらい正直になるつもりなら、公明正大に、そのリボルバーをいい加減手放したまえ。
ロンバード　馬鹿なことを言うな。
ブロア　私はアームストロングを探しに邸内を見てまわるつもりだと言っただろ？　私が進んでそうすると言ったら、そのリボルバーを貸してもらえるかね？
ロンバード　（立ち上がり、中央手前へ）冗談じゃない。このリボルバーはぼくのものだ。ぼくのリボルバーだし、手放すつもりはない。
ブロア　（腹を立てて）とすれば、私にどんな考えが浮かぶか、わかるかね？
ロンバード　今になって浮かんだ考えじゃないだろ、この唐変木。昨夜浮かんだ、元の考えに戻っただけさ。謎のU・N・オーウェン氏は、ほかならぬぼくだとね、そうだろ？

ブロア　反論するつもりはない。

ロンバード　ふん、好きに考えるがいいさ。だが、言っとくけど――。

ヴェラ　（鋭い声で）二人とも、まるで子どもね。

　　二人ともややばつが悪そうに彼女を見る。

ロンバード　すまないね、先生。

ヴェラ　（ばかにしたようにブロアに）もちろん、ロンバード大尉は謎の男じゃないわ。謎のオーウェンは、アームストロングよ――はっきりした証拠を教えてあげる。

ブロア　ほう、何かね？

ヴェラ　童謡を考えてみて。「四人のインディアンの少年が――海に出かける。赤いニシンが一人を飲み込んで、三人になった」その巧妙さに気づかない？　赤い燻製のニシン（偽の手がかりを意味する）よ？　アームストロングは自殺したふりをしているけれど、それはただの偽の手がかり――本当は死んでないのよ！

ブロア　なかなかうまいな。

ヴェラ　私には間違いない証拠と思えるわ。おかしなことばかりだけど、それも、アームストロングが狂ってるからよ。童謡にこだわって、それに合わせた状況を作り上げるなんて、奇妙で、子どもじみて、おかしな楽しみに耽って。判事に正装させたり、ロジャーズを薪割りしてるときに殺したり、薬を盛ればいいものを、ミス・ブレントに皮下注射器を打ったり。みんなわざわざ童謡にあてはめているのよ。

ブロア　それは手がかりになるかもな。次は何が起こるのか？（マントルピースに向かい、読み上げる）「三人のインディアンの少年が動物園に行く。一人を大きな熊が抱きしめて、二人になった」（笑う）こいつは手間のかかることだ。この島に動物園はないぞ！（自分が乗っている大きな熊の敷物を見たとたん、笑いを止める。敷物から離れ、ロンバードを見る）

ブロア　ロンバード大尉、うまいビールでも一杯やらんかね？

ロンバード　飲み食いのことばかり考えるのはいい加減にしたらどうだ、ブロア。そうやってがつがつしてると、なにもできないぞ。

ブロア　だが、台所にはビールがたっぷりある。

ロンバード　ああ。君を片付けたいと思う者が致命的な毒を盛るとすれば、まずはビール瓶だろうな。

外からモーターボートの汽笛が聞こえる。

ブロア　あれはなんだ？　ボート！　ボートだ！

全員、走ってバルコニーの上手に向かう。ブロアがひと足早くバルコニーに走り出る。叫び声が聞こえ、何かがぶつかり、ドサッと倒れる音。

ヴェラ　まあ！（目を手で覆う）

ロンバードはリボルバーを手にして、フレンチ・ドアに走り寄り、外を覗き、ゆっくりと部屋に戻る。ヴェラは上手手前のクラブチェアに座る。

ロンバード　ブロアがやられちまった。

ヴェラ　どうやって？

ロンバード　間抜け落としさ――用意してあったんだ。ドアにワイヤを張って、それを頭上の物と結んで。

ヴェラ　ブロアは……？

ロンバード　ああ。一撃だ。頭が陥没してる。踊り場にあった、時計がはめ込まれた大きなブロンズの熊だ――。

ヴェラ　熊ですって？　まあ、なんて恐ろしい！　あまりに子どもじみてるわ！

ロンバード　まったくね。やれやれ、ブロアも馬鹿なやつだ！

ヴェラ　これで二人きりね。

ロンバード　（上手手前へ進む）ああ、これからは自分の身は自分で守らなくちゃ。

ヴェラ　無理よ。私たちも殺《や》られるわ。この島からは逃げられないのよ！

ロンバード　いや、逃げてみせるさ。まだあきらめないぞ。

ヴェラ　わからないの？――今――この部屋に――誰かいて――私たちを見てるのが。監視して待ち構えているのよ。

ロンバード　神経過敏なだけさ。
ヴェラ　じゃあ、あなたにはわかるの？
ロンバード　（激しく）いや、わかるわけないだろ。
ヴェラ　（立ち上がり、中央へ向かう）お願いフィリップ、とにかく――この邸から出ましょう。ボートが来てるのなら、私たちを見つけてくれるかもしれないわ。
ロンバード　よし。島の頂上に行って、救助が来るのを待とう。島の反対側は崖だし、誰かが邸から近づいてくればわかる。
ヴェラ　ここにじっとしているよりましよ。
ロンバード　その服装じゃ、寒くないかい？
ヴェラ　死んでしまったら、もっと冷たくなっちゃうわ。
ロンバード　かもね。（フレンチ・ドアに向かう）すぐに偵察に行こう。
ヴェラ　気をつけて、フィリップ――ほんとに！（あとを追ってフレンチ・ドアへ）
ロンバード　ぼくはブロアと違う。頭上に窓はないよ。（バルコニーに出て、下を見下ろす。目に入ったものに釘付けになる）ああ、何かが岩に打ち上げられている。
ヴェラ　何？（一緒に下を見る）死体みたい。
ロンバード　（いつになく奇妙な声で）君はここにいたまえ、ぼくが見てくるよ。

ロンバードはバルコニーの上手から退場。ヴェラは部屋に戻る。彼女の顔には葛藤する感情があらわに。

ヴェラ　アームストロングよ――アームストロングの死体だわ――。
ロンバード　（ゆっくりと部屋に入ってくる）アームストロングの溺死体だ――。満潮で岸に打ち上げられたんだ。
ヴェラ　それじゃ、島には誰もいない――誰も。私たち二人のほかには。
ロンバード　そう、ヴェラ。これでぼくらの立場もわかったね。
ヴェラ　私たちの立場もわかったですって？
ロンバード　君も実に巧妙な罠を仕掛けたものだ。あのワイヤといい、実に手際がいい。ウォーグレイヴ爺さんも、君が怪しいとずっとにらんでたし。
ヴェラ　まさか――。
ロンバード　やっぱり、君はあの子どもを溺れさせたんだな。
ヴェラ　私はやってないわ！　それは違うのよ。信じて、私の話を聞いてちょうだい！
ロンバード　（上手手前へ歩きながら）聞いてるさ。もっとましな作り話をしたほうがいい。
ヴェラ　（下手のソファのうしろへまわり）作り話じゃないわ。ほんとのことよ。あの子を殺したりなんかしてない。やったのは別の人よ。
ロンバード　誰だい？
ヴェラ　男よ、ピーターの叔父。私はヒューを愛してたの。
ロンバード　実に面白い話だな。
ヴェラ　からかわないで。地獄だった。ほんとに地獄だったわ。ピーターは父親が亡くなってから生まれたの。女の子だったら、ヒューが全財産を手に入れてたはずなのよ。

ロンバード　あくどい叔父という、よく聞く話だ。

ヴェラ　ええ――あくどい人だった――気づかなかったの。私を愛してるけど、お金がなくて結婚できないと言われたわ。ピーターがいつも沖の岩まで泳ぎたがってたの。もちろん、泳がせたりしなかった。危険だったもの。一緒に海辺にいたある日、忘れ物をして家に戻らなくちゃいけなくなって、海のほうに戻ったら、ピーターが岩に向かって泳ぐのが見えた。助かりっこないって気づいたわ。もう潮に流されてしまっていたから。慌てて海辺に走っていったけど、ヒューに引き止められて、「ばかなことをするな」って言われた。「あの間抜けに、おまえなら泳いで行けると言ったんだ」って。

ロンバード　続けろよ、面白い話だ。

ヴェラ　彼を押しのけて――止められたけど、振り払って駆け下りていったの。海に飛び込んで、ピーターを追って泳いだけど、追いつく前に姿が見えなくなったわ。

ロンバード　それで、検死審問は問題なかったわけだ。みんな、君のことを勇敢な娘だと言い、君は、ヒューの演じた役割のことはしれっと口を拭ってね。

ヴェラ　言ったところで信じてもらえたとでも？　それに、言えるわけないわ！　彼のこと、愛してたんだもの。

ロンバード　まあ、よくできた話だな。それで、ヒューに失望してしまったのか？

ヴェラ　また彼の顔を見たいと思うとでも？

ロンバード　君は確かに鉄面皮な嘘つきだよ、ヴェラ。

ヴェラ　これでも信じられないっていうの？
ロンバード　ブロアを殺した罠を仕掛けたのは誰だ？　ぼくじゃない——そして、アームストロングはすでに死んでいた。ぼくは人生でモーセの十戒などほとんど破ってきたし、聖人君子じゃない。だが、ぼくが絶対にやらないことが一つだけある、殺人さ。
ヴェラ　殺人はやらないですって。アフリカで置き去りにして死に至らしめた原住民たちはどうなの？
ロンバード　あれはまったく馬鹿げた話でね——。そんなことはやってない。
ヴェラ　どういうこと？
ロンバード　一度だけ——そう、たった一度だけ、ぼくはヒーローを演じた。部下の命を救うために、自分の命を危険にさらしたんだ。ライフル、弾薬、それに手元にあった食べ物もすべて彼らに残して——一か八か、密林をかき分けていった。僥倖に恵まれて、うまく虎口を脱したけど——部下を救うのには間に合わなかった。それで、ぼくが部下を見殺しにしたという噂が広まった。命あっての物種というわけさ！
ヴェラ　そんなことを信じろって言うの？　あなただって、すっかり認めてたじゃない。
ロンバード　わかってる。みんなの顔つきを見て楽しんでたのさ。
ヴェラ　そんなばかげた嘘に騙されたりしないわ。
ロンバード　（怒りだして）いい加減にしろ！
ヴェラ　（下手の窓へ行く）どうしてもっと早く見抜けなかったのかしら。あなたの顔に書いてあったのに——人殺しの顔だと。

ロンバード　君こそ、これ以上ぼくを騙せないぞ。
ヴェラ　まあ——。（ヴェラはふらっと前に倒れる。ロンバードは彼女を支えようと走り寄る。彼女は彼からリボルバーをもぎ取る）離れなさい！
ロンバード　（上手手前にあとじさりながら）ずる賢い女め！
ヴェラ　一歩でも近づいたら撃つわよ。
ロンバード　君って人は——若くてかわいいのに、ほんとに頭がどうかしてる。

ロンバードはヴェラににじり寄る。彼女は引き金を引く。彼は上手手前で倒れる。彼女は彼に近づき、自分のやったことに気づいて目に恐怖を湛える。リボルバーが手から落ちる。不意に書斎のほうから低い笑い声が聞こえてくる。その方向にゆっくりと顔を向ける。笑い声は次第に大きくなり、下手のドアがゆっくりと開き、ウォーグレイヴが登場。手にロープを持っている。

ウォーグレイヴ　これですべて実現した。我が〈十人の小さなインディアン〉計画——私の童謡——我が童謡が——。
ヴェラ　まあ！（抑えた叫び声をあげる）
ウォーグレイヴ　（腹を立てて）法廷では静粛に！（疑わしげに周囲を見まわす）これ以上雑音を立てたら、退廷を命じるぞ。（中央下手へ歩く）よろしい。それでいい。恐れることはない。ここは法廷なのだ。君はここで裁きを受ける。（上手へ。上手の二つのドアに鍵をかける。ヴェラは下手へ行く。親しげに語りかける）私を幽霊と思ったかね。死んだはずだと。（下手のソファのうしろへまわる）私が死んだと言ったのはアームストロングだ。そこが私の計画の巧妙なところでね。殺人犯に罠をかけるために、私が死んだことにして、犯人を自由に監視できるようにしようと示し合わせたのだ。いい計画だと思ってもらえてね——あの夜、なんの疑いも持たず、私に会いに崖にやって来た。ひと押しで突き落としてやったよ——実に簡単にね。私の燻製のニシンを見事に飲んでくれたのだ。（ヴェラは恐怖で凍りつく。親しげに語りかける）そう、ヴェラ・クレイソーン、私は生まれてからずっと、人の命を奪いたいと願ってきた——そう、命を奪うことをだ。罪人に死刑を宣告することで得られる喜びで満足するしかなかったが。（ヴェラはリボルバーに近づく）それをずっと楽しんできたが——充分な満足は得られなかった。私はそれ以上のものを求めた——みずからの手で命を奪うことを——。（ウォーグレイヴはヴェラのあとに続いて上手へ向かう。ヴェラはドア1にもたれかかる。ウォーグレイヴは不意に興奮を抑え、重々しい威厳をもって語る）だが、私は高等法院の判事だ。正義感を有するのだ。（こだまに耳を傾けるように）我らが主君たる国王と被告人のあいだに立つ者として——正しき判決を下す——。陛下、有罪であります。そう。（頷く）有罪だ。君たちはみな有罪だが、法は君たちを裁けなかった。だから、この手で執行しなければならなかったのだ。（喜びに溢れて両手を上げる）この我が手で！　法廷では静粛に！（ヴェラはドア1を激しく叩く。ウォーグレイヴは彼女の腕をつかみ、上手のソファのうしろ右手に引っ張っていく）最初はアントニー・マーストン、次にブランデーに入れたバルビタール睡眠剤でロジャーズ夫人、マッケンジーは——刺殺だ。ロジャーズは、薪を割っているときに斧で殺《や》った。エミリ・ブレントには、コーヒーに薬を盛ったから、注射器の痛みも感じなかっただろう。ブロアには間抜け落としだ。（親しげに）ブロアは馬鹿だった。ブロアを殺すのは簡単だとわかっていた。あのリボルバーを返したのは、うまいやり方だったよ。面白い結果になった。君ら二人がお互いを疑うだろうとわかっていたのだ。問題は、どちらが生き残るか、だった。私は君だと踏んでいたよ。女とはそういうものだ。それに、生き残るのは女のほうが面白いに決まっている。（ウォーグレイヴはソファの上に乗り、ヴェラは床にくずおれる）被告人、刑を免除すべき理由について申し立てたいことはあるかね？　ヴェラ・エリザベス・クレイソーン、私は君に死刑を宣告――。（幕が閉じる予兆）

ヴェラ　（不意に抗議して）やめて！　やめてちょうだい！　私は無実よ！　無実なのよ！

ウォーグレイヴ　ふん、誰もがそう言うのだ。罪状は否認するものだ。むろん、君が心神喪失の評決を勝ち取ろうというのなら別だが。しかし、君は正気だ。（分別臭く）私は正気じゃない。だが、君は正気だ。

ヴェラ　でも、私は無実なの‼　本当よ！　あの子を殺したりしてない。殺したいと思ったこともないわ。あなたは判事でしょ、有罪か無罪かくらいわかるはずよ。誓って本当のことを言ってるのよ。

ウォーグレイヴ　すると、君は結局、あの少年を溺れさせていないのか？　実に面白い。だが、今となってはどうでもいいことだな。

ヴェラ　なんですって――。（かすかな音を立てながら、ロープが目の前で揺れる）

ウォーグレイヴ　愛する童謡を乱すわけにはいかん。我が十人のインディアンの少年たちよ、君は最後の一人なのだ。インディアンの少年が一人だけ残った。少年は出ていき、首をくくったのだ。絞首刑は執行せねば――私が宣告した絞首刑を。

ロンバードがゆっくりとリボルバーに近づき、取り上げて撃つ。ウォーグレイヴはソファのうしろに倒れて落ちる。

ヴェラ　フィリップ――フィリップ――。

二人はソファの前の床にへたり込む。

ロンバード　大丈夫だよ、ダーリン。安心したまえ。

ヴェラ　死んだと思ったのに、殺してしまったと。

ロンバード　ありがたいことに、女はまっすぐ狙って撃てないものさ。少なくとも、ピタリとはいかない。

ヴェラ　こんなこと、絶対に忘れられないわ。

ロンバード　ああ、だろうね。知ってるだろ。〈十人の小さなインディアン〉の童謡には、もう一つの結末があることを。「インディアンの少年が一人だけ残った。ぼくらは結婚して――誰もいなくなった！」

ロープを取り、首吊り縄に自分の首を入れ、彼女にキスをする。

モーターボートの汽笛の音が聞こえる。

幕。

舞台配置図

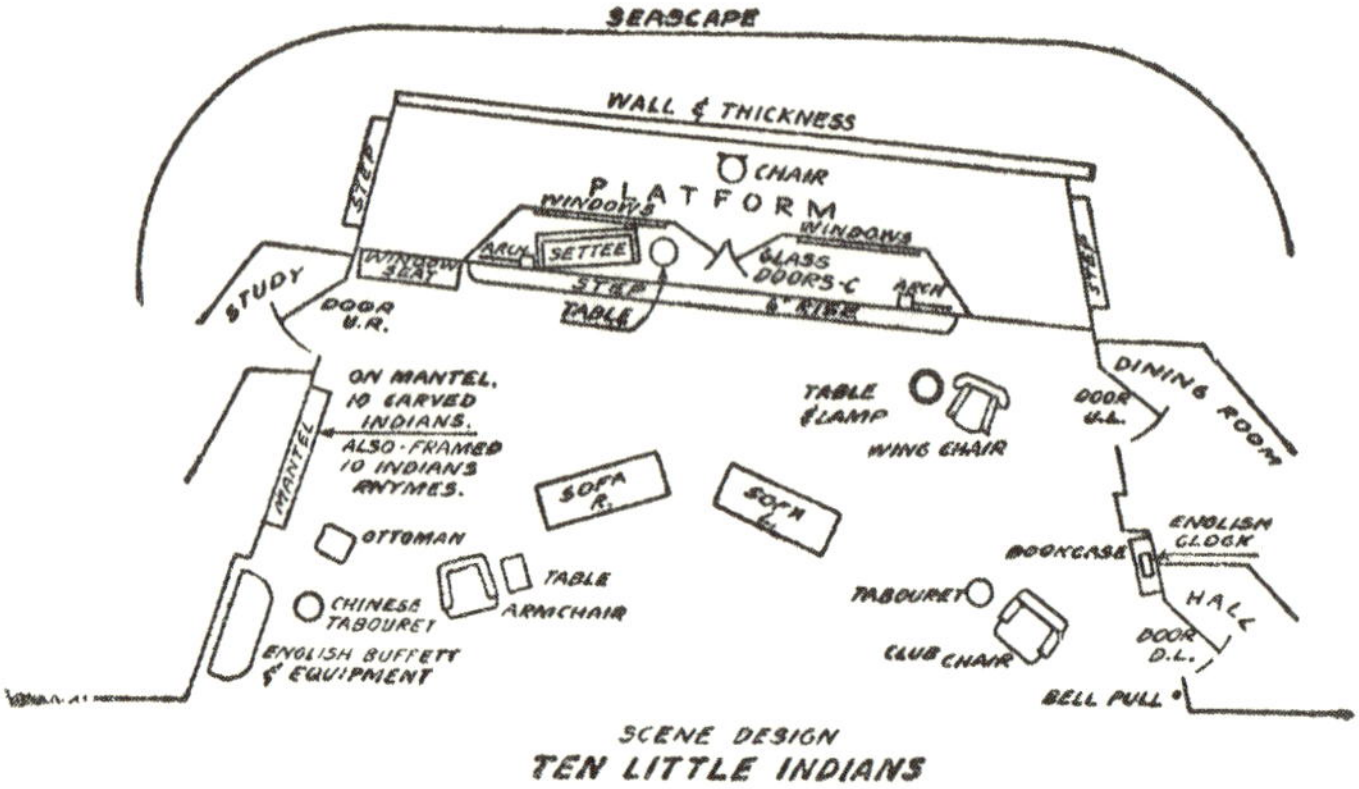

『十人の小さな黒人』（英公演時）

場面の概要

英国デヴォン州の沖、インディアン島にある邸の居間。

第一幕　八月の夏の夕方

第二幕

第一場　翌日の朝

第二場　同日の午後

第三幕

第一場　同日の夜

第二場　翌日の朝

英国初演のプログラム

『十人の小さな黒人』

於：セント・ジェームズ・シアター（ロンドン）一九四三年

配役（登場順）

ロジャーズ　ウィリアム・マーレイ

ナラコット　レジナルド・バーロウ

ロジャーズ夫人	ヒルダ・ブルース＝ポッター
ヴェラ・クレイソーン	リンデン・トラヴァース
フィリップ・ロンバード	テレンス・デ・マーニー
アントニー・マーストン	マイケル・ブレイク
ウィリアム・ブロア	パーシー・ウォルシュ
マッケンジー将軍	エリック・カウリー
エミリ・ブレント	ヘンリエッタ・ワトスン
ローレンス・ウォーグレイヴ卿	アラン・ジェイズ
アームストロング医師	グウィン・ニコロズ
監督	アイリーン・ヘンチェル
舞台装置	クリフォード・ペンバー

米国初演のプログラム

『十人の小さなインディアン』

※シューバート兄弟とアルバート・デコーヴィルによる上演

於：ブロードハースト・シアター（ニューヨーク）一九四四年

配役（登場順）

ロジャーズ	ニール・フィッツジェラルド

ロジャーズ夫人
フレッド・ナラコット
ヴェラ・クレイソーン
フィリップ・ロンバード
アントニー・マーストン
ウィリアム・ブロア
マッケンジー将軍
エミリ・ブレント
ローレンス・ウォーグレイヴ卿
アームストロング医師
監督
舞台装置

ジョージア・ハーヴェイ
パトリック・オコンナー
クローディア・モーガン
マイケル・ウォーレン
アンソニー・ケンブル・クーパー
J・パット・オマリー
ニコラス・ジョイ
エステル・ウィンウッド
ハリエル・ホッブズ
ハリー・ワース
デコーヴィル
ハワード・ベイ

小道具のリスト

前掲『十人の小さなインディアン』より

ソファ　2

ウィングチェア　1

クラブチェア　1

円背の安楽椅子　1

縦長の本棚（本がぎっしり並んでいる）　1

二十インチのエンドテーブル　2

楕円の標準サイズのテーブル　1

十八インチの丸テーブル　1

覆い付きの長椅子　1

十八インチの円腰掛　1

アンティークの引き出し　1

籐製の肘掛椅子（バルコニー）　1

マントルピース　1

〈十人の小さなインディアンの童謡〉の入った大きな額縁　1

九インチのインディアンの陶器の人形　10

シガレット・ボックス　5

灰皿　5

三十二口径のリボルバーと黒い薬莢　2

ろうそくの付いた三叉のろうそく立て　3

マッチ（テーブル、マントルピース、引き出し、本棚の上に）

たばこ

銀の盆　1

金属の盆　1

熊の敷物　1

薪載せ台　1

暖炉の衝立　1

小さなソファ　1

ブロンズの胸像　2

階段の青いカーペット　1

六×十フィートのカーペット　1

七×四・五フィートのカーペット　1

六×三・五フィートのカーペット　1

雷用のドラム　1

ウィンド・マシーン　1

ビュッフェ用の掛け布　1

波の効果音装置　1
雨の効果音装置　1
医師のかばん　1
スーツケース（一つは女性用の小型のもの）　6
買い物かご（小道具を詰めた袋の詰まったもの）
　1
旧式の置時計（本棚の上に）　1
中身の入ったデカンター　2
中身の入ったブランデーの瓶　1
中身の入ったその他の酒の瓶　複数
ハイボールのグラス　24
水の入ったガラスのピッチャー　1
「ホワイト・ロック」の瓶　1
栓抜き　1
洗顔用タオル（白）　1
観葉植物の鉢　2
水のグラス　1
ブランデーのグラス　1
小さなハイボールのグラス　1
ろうそくで照らす強風用ランタン　1

英国風の狩猟ステッキ　1
気付け剤
鍵束　1
銀の盆　1
陶器のコーヒーセット　3
コーヒーポット（中味はコカ・コーラ）　1
デミタスとソーサー　6
小さなスプーンとナプキン　6
ソファ用のクッション　2
暖炉の衝立　1
鼈甲縁の眼鏡　1
窓にはすべてカーテン
窓の外壁にはツタ
皮下注射器　1
持ち運べる首吊り縄　1
カクテル・シェイカー　1
聖書　1
編み物袋　1
鋼の編針　2
男物のハンカチ　6

春用のコートと帽子（駱駝毛） 1
ショルダー・ホルスター 1
ダンヒルのライター 1
じょうろ（舞台外で雨合羽を濡らすため） 1
防水布 1
壁の引き紐 1
つりあい重り（体が倒れる際の効果のため） 2
絞首用ロープ（首吊り縄をつなぐ） 1
花瓶 1
六フィートの厚板 1
床に落とす効果用の金属 2

効果音のレコード
サミュエル・フレンチ社が提供可――四ドル五十セント

戯曲　死との約束

登場人物（登場順）

エイダ・キャロライン・ボイントン
ジネヴラ・ボイントン……………………夫人の養女
レノックス・ボイントン…………………夫人の養子
ナディーン・ボイントン…………………レノックスの妻
ホテルの係員
イタリア人の娘
ヒッグス……………………………………市参事会員
アブドゥラ…………………………………アラブ人のボーイ
レディー・アレトゥーサ・ウェストホルム……政治家
ミス・アマベル・プライス
テオドル・ジェラール……………………医師
サラ・キング………………………………医師
ジェファースン・コープ
レイモンド・ボイントン…………………レノックスの弟
アイッサ／マホメッド……………………通訳ガイド
カーベリー…………………………………大佐

演出上の注意

エレベーター昇降の効果は、エレベーターの扉にガーゼで窓を設け、その背後にシャッターを付け、エレベーターが下降してくる時には上げ、上昇する時には下ろすようにすれば、容易につくることができます。エレベーター内には、笠付きの照明を吊り下げ、常時点灯しているのが観客から見えるようにしてください。

登場人物は、人物や国籍に見合った亜熱帯向きの服を着用してください。登場人物は全員明るい色の服を着用し、ボイントン夫人のみ一貫して漆黒の服を着用すれば効果的でしょう。ホテルの係員は、グレーのフロックコートとタープーシュ（イスラム教徒男性がかぶる、縁なしの赤いフェルト帽）を着用します。通訳ガイドは、ホテルでは白いアラブ服と赤いタープーシュを着用し、キャンプの場面では茶色の服に着替えます。アラブ人のボーイも同様です。カーベリー大佐は、パレスチナ警察のカーキ色の制服、すなわちチュニックと半ズボンを着用し、青い官帽をかぶります。

第一幕

場面：エルサレム、キング・ソロモン・ホテルのラウンジ。午後。

中央背後に、三つのアーチ門があり、その中央のアーチ門は、バルコニーの手すりがあるテラスに通じている。その向こうには広々とした青空が見える。下手奥のアーチ門は正面入口に通じ、下手手前と上手奥のアーチ門はホテルのほかの部分に通じている。上手手前には、引き戸式の扉のエレベーターがある。上手奥のフロントには四分円のカウンターがある。小さなテーブルが中央にあり、まわりに五脚の椅子が置いてある。下手手前に背の低いテーブルが一つあり、そのうしろに椅子が一脚ある。ほかに小卓が幾つか壁ぎわに並んでいる。テラスには、椅子が二脚と、サンシェード付きのテーブルがある。（二〇六頁の舞台平面図と写真を参照）

幕が上がると、ボイントン夫人が中央テーブルの奥に座っている。大柄で太った女性。なにやら異教の偶像のようで、顔は無表情。頭と目は動くが、体は動かさない。ステッキが夫人の椅子の傍らにある。夫人の家族が、女王にかしずく廷臣のように夫人の周囲に集まっている。ジネヴラ・ボイントンは夫人の娘。ボイントン夫人の右側に座っている。十九歳のかわいい娘だが、気の抜けたぼんやりした表情で虚空を見つめ、時おり独り言を話すように唇を動かしている。指でハンカチを細かく裂いている。その様子はテーブルの陰に一部隠れている。ナディーン・ボイントンは夫人の息子の嫁。夫人の左側に座っている。二十八歳の物静かな女性で、編み物をしている。レノックス・ボイントンは夫人の長男で、ナディーンの夫。ナディーンの左側に座っている。本を上下さかさまに持ち、見ためは読んでいるように見える。ホテルの係員がフロントの中にいる。魅力的なイタリア人の娘が下手奥から登場し、フロントに向かう。

娘　（係員に）私のキーをちょうだい《ラ・ミーア・キアーヴェ、ペル・ファヴォーレ》。

係員　（戸惑いながら）もう一度おっしゃっていただけますか？

娘　（力を込めながら）キーよ《キアーヴェ》。あら、わからないのね。わたしの、キーを、ちょうだい。

係員　ああ、もちろんです。シニョリーナ。（キーを手渡す）

娘　ありがとう《グラツィエ》、シニョール。（エレベーターに向かう）

エレベーターの扉が開く。ヒッグス市参事会員（市議会議員の互選で選ばれる長老議員）がエレベーターから出てくる。恰幅のいい中年男で、ランカシャーなまり丸出し。帽子をちょいと上げて会釈しながら、娘に道を譲る。

娘　（ヒッグスの礼儀ににっこり微笑んで応える）シニョール。

娘がエレベーターに乗り込む。扉が閉まり、エレベーターが上昇する。ヒッグスは、興味深げにボイントン家の人々をちらりと見る。彼らの身動きしない様子に少し目を引かれる。下手奥のアーチ門に足早に向かうが、立ち止まると、踵を返してフロントに行く。

ヒッグス （係員に）わし宛の手紙は来とらんかね？　名前はイッグスだ。

係員 手紙でしたら、ホールのコンシェルジュ室にお問い合わせください。

ヒッグス コンシュウルジェだと？　そんなおしゃれな名前で呼ばにゃいかんのかね？「ポーター」ではいかんのか？

係員 （かまわず）お好きなようにお呼びください。

ヒッグス ここは一日五ポンドも取るが、わしはどうもこのホテルが気に入らん。（周囲を見まわす）マンチェスターの「ミッドランド」紙を寄こしたまえ。面白い論説もたいして載っとらんがな。（下手奥のアーチ門に向かうが、立ち止まり、一、二歩、引き返す）なあ、君。トーマス・クック旅行代理店から手配した通訳ガイドがわしを探しに来たら、戻ってくるまで待っているよう伝えといてくれるかね？

ヒッグスは踵を返して、下手奥へ退場。静かになる。ボイントン家の人々が話しはじめるのではないかと期待させるが、やはり誰も話さない。ナディーンがはさみを落とす。拾い上げると、ボイントン夫人が振り向いて彼女を見るが、やはり何も話さない。ジネヴラが唇を動かし、にっこり笑い、指を動かして、かすかなささやき声を発する。ボイントン夫人は、ジネヴラのほうに注意を向け、しばらく黙って彼女を観察する。それから低い声で話しはじめる。

ボイントン夫人　ジニー！

ジネヴラがびくりとし、ボイントン夫人を見て、何か言おうと口を開けるが、やはり何も言わない。到着したバスの音と現地人のざわめく声が下手奥の舞台外から聞こえる。ボイントン夫人とナディーンは、下手奥のアーチ門のほうを見るが、ジネヴラとレノックスはまるで反応を示さない。

アラブ人のボーイが、手荷物を持ち下手奥から登場し、フロントに向かう。ボーイは係員から指示を受け、手荷物を持ったまま上手奥へ退場。

レディー・ウェストホルム、ミス・アマベル・プライス、ジェラール医師が下手奥から登場し、フロントに向かう。レディー・ウェストホルムは、ツイードの服を着た、尊大な感じの女性で、いかにも英国の片田舎の出身。ミス・プライスは、典型的なハイミス。大きな防暑帽をかぶり、たくさんのビーズのネックレスとスカーフを身に着けている。ジェラール医師は、ハンサムな中年のフランス人。新聞を手にしている。

レディー・ウェストホルム　（思わせぶりに）私がレディー・ウェストホルムよ。

係員　（積んである宿泊用紙を示しながら）ご記入をお願いします。

レディー・ウェストホルム　カイロから打った電報は受け取ってくれた？

係員　もちろんです、レディー・ウェストホルム。お部屋のご予約は承ってございます。三階の一一八号室と一一九号室になります。

レディー・ウェストホルム　二階のほうがいいんだけど。

係員　申し訳ございませんが、二階のお部屋は空いておりません。

アラブ人のボーイが上手奥から登場。

レディー・ウェストホルム　（高圧的に）高等弁務官のお宅に泊まるかわりに、このホテルに泊まることにしたのよ。それなりの対応をしてもらわなくっちゃ。二階の部屋が空いてないのなら、誰かをほかの部屋に移しなさい。わかった？

係員　（根負けして）奥様、とりあえず三階の部屋にお出でいただいて、夜までになんとかいたします。パスポートをお見せいただけますか？（宿泊用紙を示す）ご氏名と国籍をご記入ください。

レディー・ウェストホルムは用紙に記入する。

レディー・ウェストホルム　（声に出して記入する）英国人。

ジェラール　（こっそりと）確かに。

係員　（アラブ人のボーイに）頼むよ。（ボーイにキーを渡す）

アラブ人のボーイはエレベーターに向かう。レディー・ウェストホルムがそのあとに続く。ボイントン夫人がレディー・ウェストホルムを目で追う。ミス・プライスが宿泊用紙と格闘している。

ミス・プライス　ふう、うまく記入できればいいけど。いつもこの手の書類には、ほんとに手を焼くのよ。

ジェラール　（ミス・プライスを助けながら）ここが国籍を記入する箇所です。あなたも英国人なんですね。

アラブ人のボーイはエレベーターの呼び鈴を鳴らし、フロントに戻ってくる。レディー・ウェストホルムがイライラしながら待っている。

ミス・プライス　ええと――そう、もちろん――確かに――なんというか――（ひそひそと）私、実はウェールズ人なんです――でも、まあ、おんなじことよね。（ハンドバッグを落とす）

ジェラール　（ハンドバッグを拾い上げながら）拾いましょう。

ミス・プライス　（バッグを受け取りながら）あら、ありがとうございます。（係員に）ちょっと――その――部屋を押さえてくれたと思うんだけど――お願いしたのは死海が見える部屋よ。

係員　お名前は？

ミス・プライス　あら、私としたことが。プライスよ。ミス・プライス。ミス・アマベル・プライスですわ。

エレベーターが降りてきて、ドアが開く。レディー・ウェストホルムがエレベーターに乗り込む。

係員　（アラブ人のボーイに）四八四号室にご案内してくれ。（ボーイにキーを渡す）

アラブ人のボーイがエレベーターに向かう。ミス・プライスがハンドバッグを落とし、ジェラールが拾い上げる。

ミス・プライス　私としたことが。（バッグを受け取る）ほんとにありがとうございます。

アラブ人のボーイがエレベーターに乗り込む。

ミス・プライス　（エレベーターに向かって急ぐ）待って！　待ってちょうだい！（エレベーターに乗り込む。扉が閉まり、エレベーターが上昇する）

ジェラール　（係員に）医師のテオドル・ジェラールだ。（用紙に書き込む）

係員　ええ、もちろん、ジェラール先生ですね。一八四号室でございます。（キーを渡す）

ジェラールはエレベーターに向かい、来るのを待っている。ジネヴラがジェラールのほうを見る。エレベーターが降りてきて、扉が開く。

サラ・キングがエレベーターから出てくる。魅力的で、意志の強そうな二十三歳の娘。ジェラールとすれ違うとき、ちょっと足を止め、彼に笑顔を向ける。ジェラールは会釈する。

ジェラール　こんにちは。

サラ　お会いできて嬉しいですわ。あの晩、カイロの駅で手を貸していただいたのに、お礼も申し上げてませんでしたわね。

ジェラール　とんでもない――どういたしまして。エルサレムを満喫なさってますか、ミス――ええっと……?

サラ　キング――医師のサラ・キングです。

ジェラール　(嬉しそうに)おや、ではご同業ですな。(ポケットから名刺を出して渡す)医師のジェラールです。

サラ　ご同業ですって?(名刺を見る)テオドル・ジェラール医師。あら。(恭しく)あなたが、あのジェラール先生ですか?　そう、確かにそうなのね。

ジェラール　医師のテオドル・ジェラールですよ。だから、申し上げたとおり、我々はご同業というわけです。

サラ　ええ。でも、あなたは有名な方ですし、私のほうはまだ駆け出しですけど。

ジェラール　（微笑みながら）まあ、あなたのお国のことわざが当たらないことを祈りますよ――ええと、あれは、そう、（ゆっくりと）「医者が替われば、患者が死ぬ」ですな。

サラ　よくご存じですわね！　でも今は、どちらも患者は抱えてませんけど。午後の列車で来られたんですか？

ジェラール　ええ。とても偉い英国の奥方とご一緒にね。（顔をしかめる）レディー・ウェストホルムですよ。神にふさわしいホテルはエルサレムにないものだから、あの方は仕方なくキング・ソロモンのホテルで我慢しているようです。

サラ　（笑いながら）レディー・ウェストホルムは政界の大物ですもの。少なくともご自分ではそう思っているようです。いつも住宅問題や女性の賃金平等化の問題で政府を突き上げていました。次官かなにかの職にあったはずだけど――前の選挙で落選したのよ。

ジェラール　あなたの興味を引くタイプの女性じゃないようですね？

サラ　ええ――でも――（声を落として、ジェラールを上手奥のほうに引き寄せながら）興味を引く人なら、あそこにおりますわ。いきなり見ないで。アメリカ人の一家なの。昨日、列車で一緒になったのよ。息子さんと話をしたんだけど。

ジェラールはレノックスのほうを見る。

サラ　あの人じゃないの――弟のほうです。なかなか素敵な方でした。異様な感じのお婆さんがいますでしょ？　あの家族は、彼女にひたすら服従してるみたいなの。

ジェラール　（声を低めて）たぶん、彼女と一緒にいるのも長くはないとわかってるからでしょう。病気の徴候に気づかれましたか？
サラ　余命はどれほどと思われます？
ジェラール　おそらく六か月かな――はっきりとは申せませんが。飲み物でもいかがですか？
サラ　今はよしておきます。（腕時計をちらりと見る）小包を受け取りに行かなきゃいけないの。急がなくちゃ。（親しみをこめてうなずく）また今度。

サラは下手奥へと足早に退場。ジェラールはしばらく彼女を目で追うと、係員のほうを向く。

ジェラール　チンザノの水割りを。（上手手前に行くと、今度はゆっくりと中央のテーブルの前を通って下手に向かい、すれ違いざまに、レノックスが手にしている本をちらりと見る。下手手前の椅子に座り、新聞を開き、こっそりとボイントン一家をうかがう）

係員が手を叩く。
アラブ人のボーイが上手奥から登場。係員がジェラールの注文票をボーイに手渡す。アラブ人のボーイが上手奥へ退場。ジネヴラが顔を上げ、ジェラールを見つめる。彼女は指で、ハンカチを引き裂く。

ボイントン夫人　（不意に、低い声で）ジネヴラ、疲れてるわね。

ジネヴラは飛び上がる。

ボイントン夫人　部屋に戻って休んだほうがいいわ。
ジネヴラ　疲れてないわ、母さん。本当よ。
ボイントン夫人　いいえ、疲れてるわ。私にははっきりわかるのよ。そうね――（一息つく）明日の観光はあなたには無理ね。

エレベーターの扉が閉まり、エレベーターが上昇する。

ジネヴラ　ええっ、でも行きたいわ。（激しく）私、大丈夫よ。
ボイントン夫人　いや、だめだよ。（ゆっくり説き伏せるように）あんたは病気になりかかってるのよ。
ジネヴラ　（立ち上がり、ヒステリックに）違うもの。そんなことない。
ボイントン夫人　部屋に行って、お休みなさい。
ジネヴラ　病気になんかならない。なりたくもない。
ボイントン夫人　私にはちゃんとわかるのよ。
ナディーン　部屋までついていってあげるわ、ジニー。
ボイントン夫人　いいえ、一人で行かせなさい。
ジネヴラ　ナディーンに来てほしい。（ハンカチが手から離れ、床に落ちる）

ナディーン （テーブルに編み物を置き）じゃあわかった、一緒に行きましょう。（立ち上がる）

ボイントン夫人 この子は一人で行きたいのよ。（ジネヴラをじっと見据える）そうでしょ、ジニー?

ジネヴラ （一瞬間を置いて、反射的に）はい――一人で行きます。ありがとう、ナディーン。（ゆっくりとエレベーターに向かう）

ボイントン夫人がジネヴラを目で追う。ナディーンは再び椅子に座り、編み物を手に取る。エレベーターが降りてきて、扉が開く。

イタリア人の娘がエレベーターから出てくる。肌の露出が多いサンスーツに着替えていて、雑誌と火のついていないたばこの付いた長いパイプを手にしている。

ジネヴラが娘とすれ違い、エレベーターに乗り込む。扉が閉まり、エレベーターが上昇する。

娘はフロントに行き、係員にたばこの火をつけてもらう。

娘 （係員に）テラスにマティーニを持ってきてくれる?（テラスに行き、サンシェード付きのテーブルの右手に座る）

アラブ人のボーイが上手奥から登場。ジェラールが注文した飲み物を載せた盆を持っている。中央のテーブルのうしろを通り、ジェラールの手前にあるテーブルにグラスを置く。ボーイはフロントに戻り、係員から娘の注文票を受け取って、上手奥へ退場。

ジェファースン・コープが下手奥から颯爽と登場。およそ四十五歳。感じが良く、ごく普通だ

　が、やや昔かたぎなアメリカ人。

コープ　（中央のテーブルの右側に近づきながら）皆さんをずっと捜してたんです。（全員と握手して、テーブルの右手に立つ）お加減はいかがですか、ボイントン夫人？　カイロからの旅でお疲れでなければいいのですが。

ボイントン夫人　（いきなり丁重になり）ええ、ありがとうございます。ご存じのように、私の健康状態はよくありませんの……。

コープ　いや、ほんとに。（同情を込めて）まったく、おつらいことです。

ボイントン夫人　でも、悪くはなってませんわ。（ナディーンのほうを見る）ナディーンがよく世話をしてくれてますので。そうでしょ、ナディーン？

ナディーン　（表情を出さず）できるだけのことはしておりますわ。

コープ　（心を込めて）おお、もちろん、そうでしょうとも。さて、レノックス、ダビデ王の町（エルサレムのこと）の感想はいかがかね？

　レノックスは本に目を向けたまま、答えない。

ボイントン夫人　レノックス。レノックス！

レノックス　（もの思いから目覚めたように）ごめんなさい――なんておっしゃったんですか、コープ？

コープ　（テーブルのうしろを通って中央左手に行きながら）ダビデ王の町の感想は、と聞いたのさ。

レノックス　ああ――なんとも言えないな。

コープ　どうやら期待はずれだったようだね。実は私も、最初はそんな印象を受けたよ。だが、まだそれほど見ていないいんだろう？

レノックス　母さんもいるので、そんなには。

ボイントン夫人　二時間の観光が私の限度ですの。

コープ　ご自分の行動をきちんと管理できるのはけっこうですな、ボイントン夫人。

ボイントン夫人　肉体の要求に屈したりはしませんわ。大事なのは精神ですから――（ひそかに情熱を込めて）そう、精神です。

レイモンド・ボイントンが下手奥から登場し、テーブルの右側に向かう。二十四歳のハンサムな青年。にっこり笑い、嬉しそうな様子。薬瓶の包みを持っている。

コープ　やあ、レイ。ホテルに着いたとき、君を見かけたよ――だが、忙しそうで私が目に入らなかったようだね。（笑い声を上げる）

ボイントン夫人　忙しい？（ゆっくりとレイモンドのほうに顔を向ける）

レイモンドの笑顔が消える。

ボイントン夫人　薬局で私の薬をもらってきたかい？

レイモンド　はい、母さん、どうぞ。（母親の視線を避けながら、包みを手渡す）

コープ　きれいなお嬢さんと話をしてたね、レイ。

ボイントン夫人　お嬢さんだって？　どこの娘だい？（包みをテーブルに置く）

レイモンド　（そわそわと）あの子は……夕べ、列車で一緒になったんだ。荷物を持つのを手伝ってあげて――ちょっと重たかったから。

ボイントン夫人　（レイモンドをじっと見据えて）そうかい。

レイモンド　（途方に暮れたようにコープのほうを見て）もう見るべき場所はみんな見てまわられたんでしょう。

アラブ人のボーイが上手奥から登場。娘が注文した飲み物を載せた盆を持っている。テラスに行き、テーブルにグラスを置くと、上手奥へ退場。

コープ　まあ、エルサレムは、あと二日もあれば充分見てまわれるだろうし、次はペトラを見学しようと思うんだ。バラ色の都市ペトラさ――人里離れた、実に素晴らしい自然の造形だよ。

ボイントン夫人　「時の刻みと同じくらい古い――バラ色の都市」ね（英国の詩人ジョン・ウィリアム・バーゴンの詩「ペトラ」より）。

レイモンド　素敵そうですね。

コープ　確かに見る価値があるよ。（ためらいつつ、上手に向かうが、ボイントン夫人の左手に戻って来る）なんなら、皆さんも一緒に行きませんか？　もちろん、あなたは無理でしょうがね、ボイントン夫人。まあ、ご家族のなかには、あなたと残りたい人もいるでしょう――そのう、二手に分かれることができるのなら……。（みんなの顔をかわるがわる見て、最後にボイントン夫人を見る）

ボイントン夫人　（無表情に）二手に分かれたいとは誰も思いませんよ。私たちはよくまとまった家族なんです。（ひと息つく）お前たち、どう思う？

レノックス　（一斉に）無理です、母さん。

レイモンド　（一斉に）とんでもない。

ボイントン夫人　おわかりでしょ。みんな、私を残しては行けないのよ。あなたはどう、ナディーン？　何も言わなかったけど。

ナディーン　遠慮しますわ。レノックスが行きたいというなら別ですけど。

ボイントン夫人　さあ、レノックス、どうなんだい？　ナディーンと一緒に行ったらいいじゃないか？　彼女は行きたいようだし。

レノックス　（そわそわと）ぼくは――その――いえ――みんなと一緒にいたいです。

コープ　そうですか――献身的なご家族ですな。

コープはレイモンドと目配せして笑みを交わすと、テーブルから雑誌を手に取る。
サラが下手奥から登場。小包を持っている。テラスに向かい、テラスを通って下手へと退場。
レイモンドはサラを見つめ、ボイントン夫人はレイモンドを見つめている。

ボイントン夫人　（コープに）私たちは、身内だけでおれば満足なんですよ。（レイモンドに）お前が話をしたという娘はあの人かい？

レイモンド　はい――あの――そうです。

ボイントン夫人　どういう人だい？

レイモンド　名前はキング。彼女は――医者です。

ボイントン夫人　そう。女医というやつだね。（息子のほうにゆっくりと顔を向け）私たちは彼女とかかわりを持とうとは思わないよ、いいね。（立ち上がる）じゃあ、部屋に行こうかね。（薬を手に取る）

ナディーンは急いで編み物をかき集めて立ち上がると、ボイントン夫人のステッキを取り、夫人に手渡す。レノックスが立ち上がる。

ボイントン夫人　（コープに）ナディーンがいないと、どうしていいかわからないんですよ。

コープはボイントン夫人の右手に行き、中央のテーブルに雑誌を置く。ナディーンはボイントン夫人の左手に立つ。

ボイントン夫人　ほんとによく世話を焼いてくれますよ。（エレベーターに向かう）

コープ、ナディーン、レノックス、レイモンドは、ボイントン夫人とともにエレベーターに向かう。まるで王室のパレードのよう。コープがエレベーターの呼び鈴を鳴らす。ジェラールが彼らを見つめている。

ボイントン夫人　でも、彼女もときには退屈でしょう。コープさんと一緒に観光にお行きなさいな、ナディーン。

コープ　（熱を込めてナディーンに）それならとても嬉しいですな。日時を決めてもよろしいですか？

ナディーン　そうね――明日考えましょう。

エレベーターが降りてきて、扉が開く。

ボイントン夫人、ナディーン、レノックス、レイモンドがエレベーターに乗り込む。扉が閉まり、エレベーターが上昇する。コープは少しうろうろしたのち、ジェラールのもとに行く。

コープ　失礼ですが――テオドル・ジェラール医師ですね？

ジェラール　ええ。（立ち上がり）失礼ですが……。

コープ　そりゃ、私のことは憶えておられんでしょう。でも、昨年、ハーヴァード大学でなさった講義を聴講して、そのあと、あなたにご紹介いただいたんですよ。（控えめな態度で）まあ、私は五十人ほどいた聴講者の一人にすぎません。もちろん、大変面白い講義でしたよ。精神医学についてのね。

ジェラール　これはどうも。

コープ　エルサレムには実にたくさんの名士がおられますな。一杯やりましょう。何をお飲みになりますか？
ジェラール　ありがとうございます。チンザノの水割りを。
コープ　（フロントに向かいながら）ちなみに、私はコープと申します。（係員に）チンザノの水割りと、ライ・ウィスキーをストレートで。（中央テーブルの左手に向かう）

係員が手を叩く。
アラブ人のボーイが上手奥から登場し、係員から飲み物の注文票を受け取り、上手奥へ退場。

ジェラール　（中央テーブルの右手に向かいながら）教えていただけますか――ちょっと興味がありまして。あなたが話をしておられた方たちは、よくあるアメリカ人の一家なのですか？
コープ　いやいや、よくあるとはちょっと言えんでしょうな。
ジェラール　彼らは――とても献身的なご家族のようでしたが。
コープ　つまり、彼らがみな、あの老夫人を取り巻いているように見えると？　そのとおりでしょうな。実に驚くべき女性ですよ。
ジェラール　ほう？　夫人のことを教えてくださいますか。（中央テーブルの右手の椅子に座る）
コープ　あの家族のことは、ここのところ、とても気にかけてましてね。ほら、若いほうのボイントン夫人、つまり、レノックス・ボイントンの夫人ですがね、彼女は私の古くからの友人なんですよ。
ジェラール　ああ、あのとても魅力的なご婦人ですね？

コープ　そう、ナディーンです。彼女は、レノックス・ボイントンと結婚する前からの知り合いでして。病院でナースの研修を受けてました。その後、休暇でボイントン家に滞在して──彼らは遠い親戚でして──それから、彼女はレノックスと結婚したんです。

ジェラール　それから結婚ですか──幸せな結婚なんですかね?

コープ　(間を置いて、中央上手奥へ少し歩きながら)そう──なんと言っていいかわかりませんな。

ジェラール　何か気がかりなことでも?

コープ　ええ。(中央テーブルの左手にある椅子のうしろにまわり、椅子の背から身を乗り出して)ご意見をお聞かせいただければと思いまして──もちろん、お嫌でなければですが。

ジェラール　嫌なはずありませんよ。人間を扱うのは私の専門です。彼らはいつだって興味の対象ですよ。あのボイントン一家のことをお聞かせください。

コープ　そう、故エルモア・ボイントンは大金持ちでした。あのボイントン夫人は、彼の二番目の妻なんです。

ジェラール　ということは、子どもたちの継母《ままはは》だと?

コープ　ええ。ただ、結婚したときは子どもらもまだ幼かったし、ずっと本当の母親のように従ってきたんです。お気づきになったでしょうが、彼らは母親に実に献身的ですよ。

ジェラール　気づきましたよ──(ひと息つく)献身的ね──確かに。

コープ　エルモア・ボイントンは、二番目の妻を大事にしていました。死に際して、彼は全財産を彼女に遺したのです──夫人はビジネスにかけては類《たぐい》まれな才能を持っています。夫の死後、彼女は子どもたちに身も心も捧げました。外の世界との接触を絶ち切って。ただ、それが本当に健全なことだったかはよくわかりませんが。
ジェラール　精神の発達にとって、それ以上に有害なことはありませんよ。
コープ　（はっとして）そう、それこそが私が感じていることなんです。子どもたちに献身してはいますが、子どもたちを決して外部の人々と接触させようとしません。その結果、彼らは、なんというか――（ひと息つく）神経過敏な大人になってしまったのです。見知らぬ相手とは親しくなれないんですよ。
ジェラール　全員で同じ家に住んでいるのですか？　息子たちは仕事をしていないとでも？　一度も職に携わったことがないのですか？
コープ　ありません――だって、お金ならいくらでもありますからね。
ジェラール　でも、それでは、経済面で継母に頼りきってるわけじゃないですか？
コープ　そのとおりです。彼女は子どもたちに一緒に住むよう勧め、職探しに出ないようにさせているんです。

アラブ人のボーイが、飲み物を二つ載せた盆を持って上手奥から登場。コープとジェラールに飲み物を渡すと、上手奥へ退場。

コープ　彼らはゴルフもしないし、カントリークラブにも入らないし、ダンスに出かけもしない。ほかの若者と交流することもありません。
ジェラール　じゃあ、彼らは何をしてるんですか？

コープ　そう、ただ――ぶらぶらしてるんですよ。あなたも今日、彼らをご覧になったでしょう。
ジェラール　あなたには承服しがたいわけですね？
コープ　（熱を込めて）子どもはいつまでも母親の言いなりになっていてはいけません。思いきって独り立ちすべきです。
ジェラール　でも、それができないとすれば？
コープ　どういう意味ですか――できないとは？
ジェラール　コープさん、人の成長を妨げる方法は、二通りあるんですよ。
コープ　（ジェラールを見つめながら）とても健康で、よく成長した子どもたちなんですよ。
ジェラール　心も体と同じように、発育不全になることがあるのです。
コープ　心ですと？
ジェラール　私の言わんとすることを理解しておられないようですね。

コープはジェラールをじっと見つめる。

ジェラール　だが、話を続けてください。
コープ　（中央左手へ歩きながら）私が思うに、レノックス・ボイントンはいい加減、何もしないでぶらぶらするのはやめるべきだ。そんなことをしている男が女性から尊敬を勝ち取れると思いますか？
ジェラール　（フランス人らしく目をきらめかせ）ほほう――なるほど――あなたは彼の奥さんのこと

を考えてるわけですね。（グラスをテーブルに置く）

コープ　彼女に好意を抱いていることを恥じるつもりはありません。彼女をとても大切に思っていますよ。私はただ、彼女の幸福を望んでいるだけです。彼女がレノックスと一緒にいて幸せなら、私は身を引いて、彼らの前から姿を消しますよ。

ジェラール　（立ち上がり、コープの右手に行きながら）騎士道精神は、今ではアメリカ国民にのみ息づいているようですな。

コープ　笑いたければどうぞ、ジェラール先生。たぶん、私の言ってることは空想的で時代遅れに聞こえるでしょうが、あの青年は私をイライラさせるのです。ああやって、ただ座って本を読み、妻はもちろん、他の誰のことも気に留めようともしない。

ジェラール　（中央テーブルのうしろを通って、その右手に移動しながら）でも、彼は本など読んでいませんでしたよ。

コープ　（戸惑いながら）読んでいなかったですと――でも、本を手にしていたのに……。（グラスをテーブルに置く）

ジェラール　彼は本を逆さまに持っていました。奇妙じゃないですか。（ジネヴラが床に落とした、引き裂いたハンカチを見る）ここにも妙な物があります。（ハンカチを拾い上げる）細かく引き裂かれたハンカチ――それも、娘の手で。

コープ　（テーブルの前を通って、ジェラールの左手にまわり）そう、これは――実に異常だ。

ジェラール　ええ、異常ですよ。（下手手前の椅子に座る）実に興味深いとも言えます。

コープ　まあ、子どもへの献身は大いに敬意を表するが、やりすぎだと思う。（中央下手に向かう）閉まる前にアメリカン・エキスプレスに行かなきゃならんので。ではまた。

ジェラール　ではまた《ア・トゥート・ア・ルール》。

コープは下手奥へ退場。

ジェラール　（ハンカチを見ながら）子どもへの献身だって？　どうかな。

ジネヴラが上手奥から登場し、立ち止まって周りを見まわすと、興奮した様子で足早にジェラールに近づく。

ジネヴラ　あの、お願いです——お話があるの。

ジェラールは驚いた様子でジネヴラを見ると、立ち上がる。

ジェラール　ミス・ボイントンですね？

ジネヴラ　（大仰に）彼らに連れ去られてしまうんです。私を殺そうとしてるの——そう、黙らせようとしてるのよ。（ジェラールの腕をつかみ、激しく揺する）助けてください——助けてくださらなきゃ。（訴えるようにジェラールの顔をじっと見つめる）

ジェラール　これはあなたのハンカチですね？

ジネヴラ　ええ。（興味なさそうにハンカチを受け取る）聞いてください――実を言うと、私は彼らの家族じゃありません。私の名前は、ほんとはボイントンじゃないんです。私は――私は――（姿勢を正して）王室の一員なんです。

ジェラールはジネヴラを注意深く観察する。

ジェラール　ほう、そうですか。

ジネヴラ　あなたは信頼できる方でしょう。そう、私の周囲は敵だらけなの。彼らは私の食べ物に毒を盛ろうとする――手段を選ばないの――誰とも話をさせてくれないし。あなたが逃げるのを手伝ってくださるのなら……。（はっとして、周囲を見まわす）彼らが来るわ。私は監視されてるの――いつもそうよ。（足早に上手奥に向かう）あなたとお話ししたことを知られちゃいけないの。

ジネヴラは上手奥へ退場。

ジェラール　（中央へ歩き、ジネヴラを目で追いながら）くそっ、なんてこった《ノム・ダン・ノム・ダン・ノム》！

サラが中央奥からテラスに登場し、屋内に入ってくる。

サラ　（ジェラールの右手へ歩きながら）なにか驚くようなことでも、ジェラール先生？

ジェラール　ええ、呆れ返ってますよ。なんという話《ケル・イストワール》だ！　王室の血筋、迫害、食べ物に毒、周囲は敵ときたもんだ。

エレベーターが降りてきて、扉が開く。

レディー・ウェストホルム、ミス・プライス、通訳ガイドがエレベーターから出てくる。レディー・ウェストホルムは「タイムズ」紙を手にし、ミス・プライスはハンドバッグを持っている。

サラ　でも、それって……。（急に口をつぐみ、下手手前に行く）

ジェラールは中央下手手前に進む。

レディー・ウェストホルム　（ジェラールの左側に近づきながら）あら——ジェラール先生。探してましたのよ。

通訳ガイドがレディー・ウェストホルムの左手に進む。ミス・プライスはフロントに行く。

レディー・ウェストホルム　ペトラ観光の手配は万事整いましたわ。火曜日に出発して、夜はアンマンに泊まって、次の日にペトラに行きますの。道中はファーストクラスのツーリングカーよ。（通訳ガイドを指さし）この人が私たちの通訳ガイドで――マホメッドと言います。

通訳ガイド　私の名前、マホメッド、違う、奥様。私の名前、アイッサ。

レディー・ウェストホルム　通訳ガイドはいつもマホメッドと呼ぶことにしてるのよ。

通訳ガイド　私、キリスト教徒の通訳ガイド。名前、アイッサ。イエス様と同じ。

レディー・ウェストホルム　ちっとも似合わないわ。あなたのことはマホメッドと呼びます。だから、文句言わないでちょうだい。

通訳ガイド　お好きなように、奥様。いつも満足いただけるよう心がける。（レディー・ウェストホルムのうしろを通り、彼女とジェラールの間に立つ）ほら――（汚くて破れた何通かのはがきを取り出して）これが推薦状。これは英国人の奥様から――あなたと同じ伯爵夫人。これは位《くらい》の高い聖職者から――司教様です――ゲートルと変な帽子、身に着けてた。これはミス・コーラル・ベルから。ステージで演じたり、踊ったりする女性。みな同じこと言う――アイッサはとてもきれい――とても信心深い――聖書の物語もよく知ってる……。

レディー・ウェストホルム　（顔をしかめて）きれいだといいんだけど。その推薦状はすごく汚く見えるわ。

通訳ガイド　いえ、いえ、奥様――はがき、汚くない。いかがわしくない。みな信心深いキリスト教徒――アイッサと同じ。（自分の胸を軽くたたき）アイッサ、とてもきれい。とても清潔。

ミス・プライスが中央上手手前に進む。

レディー・ウェストホルム　（ジェラールに）申し上げましたように、火曜日に出発します。私たち四人ですよ――マホメッドと、あなたと――ええっと、四人目は誰だったかしら？

ミス・プライスがレディー・ウェストホルムの左側に近寄り、弁解がましく軽く咳払いをする。

レディー・ウェストホルム　ああ、そうね、もちろん、ミス・プライスですわ。
ミス・プライス　どうもご親切に。ほんと、素晴らしい体験になりそう。ちょっときついかもしれないけど。
レディー・ウェストホルム　（相手の話を遮り）私が疲れることはありませんわ。
ミス・プライス　それはけっこうですわね――なにをなさっても疲れないなんて。
レディー・ウェストホルム　私はいつも、困難な仕事をいい刺激と思ってまいりましたから。

ミス・プライスは中央テーブルの左手の椅子に座る。

レディー・ウェストホルム　さっき言いそびれましたけどね、ジェラール先生、車にはまだスペースがありますの。もちろん、マホメッドは助手席に座るでしょうから。
通訳ガイド　私、車、停めて、振り向いて、目に入るもの、みんな解説する。
レディー・ウェストホルム　そこが私の気がかりなところなのよ。

通訳ガイドはテラスに行き、イタリア人の娘に骨董品を売ろうとしてしくじり、フロントに行って、係員と一言二言、言葉を交わす。

レディー・ウェストホルム　先生が誰か一緒に行けそうな人を知っておられたら、出費が減ると思うんですけど。無用な浪費は大嫌いなものですから。（サラのほうに鋭く目を向ける）

ジェラール　ミス・キングですか？　確か、あなたもペトラに行きたいとおっしゃってましたよね。ミス・キング――いいえ、キング医師をご紹介します。こちらはレディー・ウェストホルム。

サラはジェラールの右手に近づく。

レディー・ウェストホルム　（お高くとまりながら）職に就いて独り立ちなさっている若い女性にお会いするのは、いつも嬉しいことですわ。

ミス・プライス　ええ、近頃の女性はそういうすごいことをしますものね。

レディー・ウェストホルム　ばかなこと言わないで、ミス・プライス。マホメッドと一緒に薬局へ蚤取り粉を買いに行ってくれるかしら。きっと必要になるでしょうから。

通訳ガイド　（ミス・プライスの左手に向かい）いや、いや――虫いない――蚤いない。みんな大丈夫――とてもきれい。

レディー・ウェストホルム　蚤取り粉を買ってきて。

ミス・プライス　（立ち上がり）はい、はい、もちろんですわ、レディー・ウェストホルム。（バッグ

を落とす）

通訳ガイドがミス・プライスのバッグを拾い、彼女に渡す。ミス・プライスは下手奥のアーチ門に向かう。通訳ガイドがそのあとに続く。彼女は、買いたいものなんてないのに、と文句を言いながら歩調を速め、最後に二人は走り去るように退場。

通訳ガイド　（歩きながら）私、骨董店にも、連れていく。ロザリオ、ペーパーナイフ、インクスタンド。みなオリーヴ山のオリーヴの木でできてる。とても素敵なお土産。うち持って帰る。みんな本物——ガラクタ違う。

ミス・プライスと通訳ガイドが下手奥へ退場。

レディー・ウェストホルム　彼女、いい人だけど、でも、さほど偉い人でもないのよ。だから、自分は偉いなんて思わせたら駄目。お高くとまった態度は大嫌いですもの。それはそうと、ミス・キング、私たちと一緒に来てくださらない。でも、荷物は少なめにね。軽装備で旅行したいものですから。

サラ　少し考えさせていただきますわ。

レディー・ウェストホルム　（鷹揚に）ジェラール先生と話し合われたらいいわ。（ジェラールに）今晩、高等弁務官のお宅の夕食会でまたお会いできますでしょ？

ジェラール　楽しみにしております。

レディー・ウェストホルムは下手手前の椅子に座り、新聞を読む。

ジェラールとサラは中央奥からテラスに出る。

ジェラール　（歩きながら）テラスからの風景はご覧になりましたか——とても素敵ですよ。

ジェラールとサラはテラスを抜けて下手へ退場。

ヒッグスが登場し、エレベーターに向かう。

係員　（ヒッグスに）申し訳ないのですが、お客様、お部屋を変えさせていただきたいのですが。

ヒッグスは立ち止まり、中央上手奥に立つ。

係員　申し訳ないことにミスがありまして……。

ヒッグス　なに——ミスだと？　部屋を変える気などないぞ。（中央テーブルのうしろに行く）

係員　申し訳ございませんが、あちらの部屋はレディー・ウェストホルム様がご予約された部屋だったのです。三階の部屋にお移りいただくことになります。

ヒッグス　誰だと？

係員　レディー・ウェストホルムです。
ヒッグス　レディー・ウェストホルムだと！（クスクス笑う）そいつは面白い。レディー・ウェストホルム！　彼女はどこにいるのかね？
レディー・ウェストホルム　（立ち上がって、ヒッグスに近づきながら）私がレディー・ウェストホルムですわ。
ヒッグス　ほう！　では、あんたがレディー・ウェストホルムですか。お会いできて嬉しいですな。（礼儀として帽子を持ち上げる）ずっとあんたにお目にかかりたいと思っとった。
レディー・ウェストホルム　私に？
ヒッグス　そう、あんたにだ。
レディー・ウェストホルム　私に会うって――なんのためにですの？
ヒッグス　わしの名はイッグスだ。
レディー・ウェストホルム　イッグスですって？
ヒッグス　違う、イッグスじゃない――イッグスだ。
レディー・ウェストホルム　はあ？
ヒッグス　イッグス――イッグス市参事会員だ。
レディー・ウェストホルム　はあ？
ヒッグス　（クスクス笑いながら）わしはランカシャーから来たのさ――あんたと同じだ。だが、あんたはわしを知らんようだな。
レディー・ウェストホルム　イッグス――ヒッグス市参事会員とおっしゃいましたね。

ヒッグス　ああ、だが、そう聞いても、なにもわからんのか？
レディー・ウェストホルム　わからなきゃいけないのかしら？
ヒッグス　おやおや、なんと、もちろんさ。だが、わけがわからんというなら――教えるつもりもないな。もう一つ言わせてもらうが――わしは部屋を変えるつもりはないぞ。
レディー・ウェストホルム　でも、その部屋は私が予約した部屋よ。

エレベーターの扉が閉まり、エレベーターが上昇する。

ヒッグス　わしがそれほど間抜けとでも思っとるのかね？　わしゃ、このホテルに四日も滞在しとる。なのに、あんたがこのホテルに来たとたん、わしは間違った部屋に泊まっとることになったわけだ。だが、そんなわきゃあない――おわかりかな？　そこでだ、あんたがわしの部屋を特にご所望で、丁重に頼むんなら――譲るとまでは言わんが、まだそれなりに考えんでもない、わかるかね？　こはキング・ソロモン・ホテルかもしれんが、あんたはシェバの女王ではないんだぞ。（シェバの女王は、ソロモンの名声を聞き、その知恵を試そうとして来訪した、現在のエチオピアかイエメンにあったとされる王国の女王）（中央奥に進む）
レディー・ウェストホルム　（ヒッグスを無視することに決め、係員に）今晩までに二階の部屋に移れないのなら、この問題を高等弁務官に報告しますわよ。
係員　でも、奥様、それは……。
レディー・ウェストホルム　交渉する気はないわ。

レディー・ウェストホルムは踵を返し、下手奥へ退場。

ヒッグス　（係員に）それから、部屋のひどい歯ブラシをすぐに代えてくれんのなら、わしは一ペニーたりとも払わんぞ。

ヒッグスはテラスを通って上手へ退場。
サラとジェラールが下手からテラスを抜け、中央下手に立つ。

サラ　（登場しながら）もちろんペトラは観たいけど——一人で行くのは無理だわ。

エレベーターが降りてきて、扉が開く。
レイモンドがエレベーターから出てくる。扉が閉まり、エレベーターが上昇する。

ジェラール　じゃあ、一緒に行けますね？

サラ　（レイモンドのほうを振り向き）私——どうしよう……。

ジェラールは顔をほころばせ、下手奥へ退場。

レイモンド　（興奮して）あの——君にどうしても話があるんだけど。

サラ　（中央テーブルの右手へ歩きながら、面白そうに）あら、別にかまわないけど。
レイモンド　（中央テーブルの左手へ歩きながら）君は知らないかもしれないけど、話というのは……。
（口をつぐむ）
サラ　どうかしたの？
レイモンド　母さんがこのテーブルに眼鏡を忘れていかなかったか、探しに来たんだ。その──ぐずぐずしてられないんだよ。
サラ　そんなに急ぐことなの？
レイモンド　だって、母は──（ひと息つく）君は母を知らないだろ。
サラ　夕べ、列車でお母様をお見かけしたわ。今日の午後も、ここに座っておられるのを見たけど。
レイモンド　そう──母は体が思わしくなくて。心臓が悪いんだ。ぼくたちは──母の世話をしなくちゃいけないんだ。
サラ　とても献身的なご家族のようね。
レイモンド　（中央上手を離れながら）そう、ぼくたちはとても献身的な家族だよ。
サラ　だったら、そんなにしょげた言い方をしなくても。とても素敵なことだと思うわ。
レイモンド　（中央テーブルの左手に行きながら）ああ、その、つまり……なんと言っていいかわからない。（途方に暮れて）時間がないんだ。こんなふうに話す機会も、もうないかもしれない。
サラ　どうして？　すぐにエルサレムを発つわけじゃないでしょ？
レイモンド　いや、ただ──母は、ぼくたちが家族以外の人間と話をするのを好まない。
サラ　えっ、そんなばかなこと。

レイモンド　うん、確かにそうだよね――まったくばかげてる。
サラ　失礼を申し上げたのならごめんなさい。親は時として、子どもたちの成長に気づけないこともあると思うの――それにもちろん、お母さんの体が思わしくないというなら……。（口ごもる）でも、それで諦めるのはもったいないわよ。自分の権利のために立ち上がらないと。
レイモンド　君はわかってない。
サラ　どんなに相手に酷いと思われても、人は自分の人生を自由に生きるべきだわ。
レイモンド　自由だって？　ぼくたちが自由になることは絶対にないよ。
サラ　どういうこと？
レイモンド　ぼくたちは自由じゃないんだ。
サラ　家を出ればいいじゃない。
レイモンド　だって、どこへ行けばいいか、何をしたらいいかもわからないんだ。そう、君はわかってないんだ。ぼくたちは誰も家を出たことがない。学校にも行ってないし、友人を持ったこともないし、お金もない。

エレベーターが降りてきて、扉が開く。

サラ　お金なら稼げると思うけど。
レイモンド　どうやって？

ナディーンがエレベーターから出てくる。扉が閉まり、エレベーターが上昇する。サラとレイモンドがナディーンを見ていると、彼女はレイモンドの左側に近づいてくる。

ナディーン　お母さまが呼んでるわよ、レイ。

レイモンド　（そわそわしながら）いま行くよ。

ナディーン　私を紹介してくださらないの？

レイモンド　（サラに）兄嫁の――ナディーンです。

ナディーン　（サラに）昨夜、同じ列車に乗っておられましたわね。

サラ　ええ。

レイモンド　（レイモンドに）散歩に出かけようとしていたのよ。一緒に行かない？

レイモンド　えっ――一緒にかい？

ナディーン　それがいいわ、レイ。

レイモンド　そう。じゃあ、行くよ。

サラとレイモンドは下手奥へ退場。

コープが下手奥から登場し、彼らとすれ違う。

コープ　（横切って、中央のテーブルの右手手前に立ち）おや、ナディーン、君一人かい？

ナディーン　（中央テーブルの前に進みながら）義母《はは》の眼鏡を取りに来たの。（中央テーブルから眼鏡を取り上げる）あったわ。（踵を返して出て行こうとする）

コープ　すぐに持ってかなきゃならないのかい？
ナディーン　（彼のほうを向き）ええ——義母が待っていますので。
コープ　（ナディーンの右側に近づきながら）ねえ君、君はもっと自分のことを考えなきゃ。ボイントン夫人は必ずしもわかってないんじゃないかと……。（口をつぐむ）
ナディーン　（苦笑いを浮かべて）義母が必ずしもわかってないって、何をですか？
コープ　つまり、君たちにも——自分の人生があるということをさ。
ナディーン　（苦々しく）自分の人生ですって！
コープ　（心配そうに）君は——私の言う意味がわかっているのかい？
ナディーン　（突然優しげに）あなたってほんとにいい人ね。

エレベーターが降りてきて、扉が開く。

コープ　そう、私はいつだって——君のためならどんなことでもするよ。（ナディーンの手を取る）

レノックスがエレベーターから出てきて、立ちどまって見つめる。

コープ　（レノックスを見ると、ナディーンの手を離し、彼女から離れる。慌てて）失礼しました。もう部屋に戻りますよ。

コープは横切って、エレベーターに乗り込む。扉が閉まり、エレベーターが上昇する。

レノックス　（ナディーンの左側に近づきながら）ナディーン、なにをぐずぐずしてるんだい？　レイモンドは？　母さんが気をもんでるよ。

ナディーン　（彼の前を通って中央上手に向かいながら）お母さまが？

レノックス　そうさ。（そわそわと）頼むよ、ナディーン――母のところに行ってやってくれ。

ナディーン　いま参りますわ。

レノックス　ところで、レイはどこに？

ナディーン　レイは散歩に行ったわ。

レノックス　（驚いて）散歩だって！　一人でか？

ナディーン　いいえ、女性とよ。

レノックス　女性とだって？

ナディーン　（苦々しく）そんなに驚くことなの？（レノックスの左側に近づき）もう忘れたの？　あなたが以前、家からこっそり抜け出して、ファウンテン・スプリングスに行ったことを――ロードハウスに行ったでしょ。忘れたの、レノックス？

レノックス　そりゃ、もちろん――それより、ぼくたちは母さんのところに行かなくちゃ。

ナディーン　（突然激しく）レノックス――出ていきましょう。

レノックス　どういう意味だい？

ナディーン　私は自分の人生を生きたいの――私たちの――二人の人生よ。

レノックス　君が何を言ってるのかわからない。（そわそわとエレベーターのほうを見る）母さんもきっと気にしだすよ。
ナディーン　エレベーターを見るのはやめて。お母さまのことを考えるのもやめてちょうだい。私と一緒に家を出てほしいのよ。まだ間に合うわ。
レノックス　（彼女を見ず、悲しみと恐れにとらわれて）お願いだ、ナディーン。こんな話はやめにしよう。（ナディーンの前を通って左手へ歩き）またこんな話を蒸し返さなきゃいけないのかい？
ナディーン　（彼のあとを追いながら）二人で出ていきましょう、レノックス、二人で。
レノックス　どうやって？　ぼくたちにはお金もないのに。
ナディーン　お金なら稼げるわ。
レノックス　どうやって稼ぐんだ？　ぼくは研修を受けたこともないし——資格もない。
ナディーン　私なら二人分稼ぐこともできます。
レノックス　（声がうわずる）できないよ——無理だ——（声が尻すぼみになり）望みはないよ。
ナディーン　（中央上手へ歩きながら、苦々しく）望みがないのは、私たちの今の人生じゃないの。
レノックス　何を言ってるのかわからない。母さんはぼくたちにとてもよくしてくれているのに。ほしいものだってなんでも買ってくれるし。
ナディーン　自由を別にしてね。
レノックス　母さんが年老りで、具合が悪いことを忘れないでくれよ。母さんが亡くなれば、父さんのお金はぼくたちのものになる。
ナディーン　（途方に暮れて）お母さまが亡くなるときじゃ手遅れかもしれないわ。

レノックス　何が手遅れなんだ？
ナディーン　幸せを手にするには手遅れだってこと。（訴えるように）レノックス、今もあなたを愛してるわ。まだ間に合う。私の願いを聞いてくれないの？
レノックス　ぼくは——できない。無理だよ。

ナディーンはあとじさる。彼女の態度が変わり、いつもの落ち着いた様子に戻る。

ナディーン　わかった。だったら、決めるのは私のほうね。私の願いも——私自身の人生も。（テラスへ向かう）

レノックスはナディーンのあとに続き、彼女のうしろに立つ。
レディー・ウェストホルムと通訳ガイドが下手奥から登場。ガイドは骨董品を彼女の目につくように差し出す。レディー・ウェストホルムは中央手前へ進む。

通訳ガイド　（レディー・ウェストホルムの右手に行きながら）こんな掘り出し物持ってくる、通訳ガイド、ほかにいない。すごくお安い——素晴らしい英国の奥様のため、特別価格にする。持ち主、私の友人。だから、安く手に入る。
レディー・ウェストホルム　ねえ、わかってちょうだいな、マホメッド。（強い口調で）私はガラクタなんぞ買いませんよ。

通訳ガイド　（顔をしかめてわめきながら）ガラクタ？（錆び茶色の長い爪をかざす）これ、本物のバラムのロバの爪（旧約聖書「民数記」第二十二章）。

ナディーンはテラスへ向かい、その下手へ。レノックスがあとに続く。

レディー・ウェストホルム　ガラクタじゃないの。買いたいものがあったら、ちゃんと言うし、それなりの手数料も払います。はっきり言って、あなたは観光客になんでも押しつけすぎなの。私は観光客じゃないし、物の価値についてはちゃんとした目を持ってるのよ。

通訳ガイド　（不意に愛想よさそうな笑みを浮かべ）あなた、とても賢い、英国の偉い奥様。安いガラクタ、ほしくない。楽しみたいし、観光したい。ジリ・ジリ族の男たちに会いたい？　どこからでも、ニワトリ、出してくる。（真似をしてみせる）袖からも、帽子からも、靴からも――どこからでも。（彼女のスカートをつまんで持ち上げる）

レディー・ウェストホルム　（たたんだ新聞で彼の手を叩き）冗談じゃないわ。（下手手前の椅子に座り、新聞を読みはじめる）

通訳ガイドは横切って、上手奥へ退場。
サラとレイモンドが下手奥から登場。レイモンドは小さな包みを手にしている。

レイモンド　（登場しながら）ほら、月が出てるよ。昨夜も列車の中から見えたね。

ナディーンがレノックスから離れ、彼に背を向けて立っている。

サラ　ほんとになんて素敵なのかしら。あのくねくねと曲がった道、ロバたちのいる門。

レノックスがテラスの中央に行く。

レイモンド　（無頓着に）やあ、レン。（サラに）兄のレノックスです。（エレベーターに向かう）

サラ　（レノックスをさほど気に留めず）はじめまして。（レイモンドに続いてエレベーターに向かう）

イタリア人の娘が立ち上がり、テラスを抜け下手へ退場。

サラ　モスクの中庭に行かない？　それとも夜は閉まってるかしら？

レイモンド　（エレベーターの呼び鈴を鳴らす）すぐにわかるさ。

サラ　カメラを持ってこなきゃ――でも、明かりは充分かしら？

エレベーターが降りてきて、扉が開く。

ボイントン夫人がステッキを頼りにエレベーターから出てくる。レイモンドは呆然と突っ立ち、サラはぎょっとする。

レイモンド　ぼくは――その……。（口をつぐむ）
サラ　（しっかりした大声で）お母さまにご紹介いただける？
ボイントン夫人　どこに行ってたんだい、レイモンド？
レイモンド　ぼくは――出かけてました……。
サラ　私を紹介してくださらない、レイモンド？
レイモンド　こちらはミス・キングです、母さん。
サラ　はじめまして。
ボイントン夫人　はじめまして。エレベーターに乗られるのね？（脇にどく）

サラは、ボイントン夫人のぶしつけな態度にレイモンドが腹を立てているか、確かめるように彼を一瞥し、ゆっくりとエレベーターに乗り込む。レイモンドはボイントン夫人を見つめている。扉が閉まり、エレベーターが上昇する。

ボイントン夫人　（中央テーブルのうしろの椅子へ向かいながら）あの娘は誰だい、レイ？
レイモンド　その――さっきも言ったけど、サラ・キングです。
ボイントン夫人　ああ、昨日の夜、列車の中で話していた娘だね。（椅子に座る）

レイモンドはボイントン夫人の左手に行く。

ヒッグスが上手からテラスに登場し、サンシェード付きのテーブルの右手に座る。

ボイントン夫人　あの娘とまた会う約束でもしたのかい？

レイモンドは被告席の囚人のように突っ立ち、自動人形のように話す。

レイモンド　はい、夕食後に一緒に出かける約束をしました。

ボイントン夫人　（レイモンドを見つめながら）いいかい、あの娘は私たちとは合わないよ。私たちは身内だけでいいんだ。それが一番なのよ。（ひと息つき）わかったかい、レイ？

ナディーンは踵を返し、少し移動して二人を見つめる。レノックスは完全にぼんやりした様子で。

レイモンド　（反射的に）はい。

ボイントン夫人　（威厳をもって）今夜は、あの娘には会わないね。

レイモンド　はい――会いません……。

ボイントン夫人　それで決まりだ。いいね？

レイモンド　はい。

ボイントン夫人　あの娘とはもうかかわらないんだね？

レイモンド　はい。

ボイントン夫人　それでこそ私の子だ——おまえを信じてるよ。

エレベーターが降りてきて、扉が開く。

サラがエレベーターから出てきて、レイモンドのもとへ。

サラ　小包を忘れたの。あら、あなたが持っててくれたのね。

レイモンドは目を落として、小包を見つめ、サラのほうを見ずに手渡す。

サラ　（踵を返して行こうとし、明るく）じゃあ、またあとで。

ボイントン夫人　ミス・キングにちゃんと説明しなさい、レイモンド。

サラは立ち止まって振り返る。

レイモンド　（手を握り締め、こわばったように）ごめんよ、ミス・キング。今晩は出かけられないんだ。

サラはボイントン夫人を一瞥する。

サラ　（挑むように）どうして？

レイモンドは話そうと口を開くが、頭を横に振るだけ。

ボイントン夫人　息子は家族と一緒にいたいのよ。
サラ　息子さんは、自分でものも言えないんですか？
ボイントン夫人　彼女に言っておやり、おまえ。
レイモンド　ぼくは――家族と――一緒にいたいんだ。
サラ　（怒ったように）そうなの？　なんて献身的なのかしら！（レイモンドをばかにしたように見ると、中央テーブルの前を通って、レディー・ウェストホルムのもとに向かう）皆さんのグループと一緒にペトラ見学に誘ってくださって感謝しますわ、レディー・ウェストホルム。ぜひそうさせてください。
レディー・ウェストホルム　よかったわ。

ボイントン夫人は振り向き、レディー・ウェストホルムとサラを見つめる。夫人の顔は無表情のまま。

レディー・ウェストホルム　火曜日の、そうね、十時に出発しましょう。一緒に来ていただけて嬉しいですわ、ミス・キング。

サラはエレベーターに向かい、足早に乗り込む。扉が閉まり、エレベーターが上昇する。レディー・ウェストホルムが立ち上がり、サラに続いてエレベーターに乗ろうとするが、たどり着いたとたん、扉が閉まる。腹を立てて呼び鈴を鳴らす。ボイントン夫人はレディー・ウェストホルムをじっと見つめ続ける。ヒッグスが立ち上がり、フロントに向かう。

レノックス　（中央上手へ歩きながら）部屋に行きますか、母さん？

ボイントン夫人　なんですって？

レノックス　部屋に行きますか？

ボイントン夫人　今はだめ。あなたはレイと行きなさい。私は眼鏡を探してるのよ。二人で行きなさい。ナディーンと私はあとで行くから。

レノックスとレイモンドはエレベーターへ向かう。エレベーターが降りてきて、扉が開く。レディー・ウェストホルム、レノックス、レイモンドがエレベーターに乗り込む。扉が閉まり、エレベーターが上昇する。ボイントン夫人は一人笑みを浮かべ、振り向いてナディーンを見る。

ヒッグス　（係員に）おい！　あの奥方は何階に向かったのかね？

係員　三階でございます。

ヒッグス　へえ！　も一つ聞くが、わしもペトラへ行くんだが、車の席はまだあるかね？

係員　ええ。お席は押さえてございますよ。
ヒッグス　ほう！　で、あの奥方も来るんだな？
係員　はい。
ヒッグス　ほう！　そうかい、わしはルーフに乗るつもりはないからな。

ヒッグスは下手奥へ退場。

ボイントン夫人　ナディーン。
ナディーン　（ボイントン夫人の右手に行きながら）はい、お母さま？
ボイントン夫人　私の眼鏡は。

エレベーターが降りてきて、扉が開く。
コープがエレベーターから出てきて、フロントに向かう。

ナディーン　（眼鏡を差し出しながら）テーブルにありました。
ボイントン夫人　今は要らないから、二階に持っていってちょうだい。それと、ジニーにホットミルクを飲ませてやってくれるかしら？
ナディーン　あの子、ホットミルクは好きじゃありませんわ。
ボイントン夫人　あの子にはいいのよ。もう行っていいわ。私は、あなたのお友だちのコープさんとちょっとお話があるから。

ナディーンがエレベーターに乗り込む。扉が閉まり、エレベーターが上昇する。

コープ　ええ、まったく。あなたがどれほど彼女を頼りにしてるか、承知してますよ。

ボイントン夫人　あの子は私の大切な娘なの――本当の娘も同然なんです。ナディーンがいないと、どうしていいかわからないほどです。

コープ　（中央上手へ行きながら）これはどうも、ボイントン夫人。

係員が上手奥へ退場。

ボイントン夫人　私たちはとても献身的な家族なんです。

コープ　ええ――よくわかってます……。

ボイントン夫人　（コープを鋭く見つめながら）何を考えてらっしゃるの？

コープ　はあ――別に何も……。

ボイントン夫人　遠慮なさらず、おっしゃりなさいな。

コープ　そうですか――こう申し上げると、僭越かもしれませんが……。

ボイントン夫人　私は率直なのが好きなんです。

コープ　ほう、率直ね。じゃあ、言わせていただくとしますか。まあ、誤解なさらんでほしいのですが――つまり――そう――人はときとして、相手を外の世界から隔ててしまいすぎることがある。

ボイントン夫人　つまり――（笑みを浮かべる）私が子どもたちを愛しすぎているとでも？

コープ　しいて言えば――つまり――あなたは彼らをかまいすぎてる。彼らは――いいですか、いずれは独り立ちすることを学ばなければなりません。（中央テーブルの左手にある椅子に座る）

ボイントン夫人　たぶん、おっしゃるとおりでしょう。だからこそ、こうして彼らを海外旅行に連れてきたんです。土地に縛られてほしくないと思いましたしね。旅は知性を広げるとも言いますから。

コープ　ええ、ええ、そうですとも。

ボイントン夫人　とても退屈でしたから。（思い返すように）来る日も来る日も――味気ないことばかり。そう、退屈でした。（クスクス笑う）ここは退屈ではありませんね。

コープ　そう、エルサレムは実に面白い場所です。

ボイントン夫人　ところで、先ほどあなたがおっしゃったことを考えてましたの――ペトラのことですけど。

コープ　と言いますと？

ボイントン夫人　つまり――子どもたちにもペトラ観光に行かせてはと。

コープ　（立ち上がり）ああ、そりゃあいい。私の提案どおり、二手に分かれるわけですね。もちろん、誰かがここに残って、あなたの世話をしなくてはいけませんからな。

ボイントン夫人　いいえ、私もペトラに行きますわ。

コープ　ええっ、でも、ボイントン夫人、かなり大変ですよ。人里離れたところなんです。車で丸二日はかかるし――最後の行程は馬かラバに乗らなきゃいけません。

ボイントン夫人　私は老人ですし、体にいろいろと不具合がありますけど、そんなことで私は――（ひと息つき）楽しみをあきらめはしません。こういうことは――お金さえ惜しまなければ、なんとかなるものですわ。最後の行程は、椅子を人足に担がせるか、担い籠を用意すればすむことです。

コープ　実に大がかりですな。

ボイントン夫人　そう――大がかりね。

コープ　とはいっても、それは賢明とは思えませんな。あなたの健康状態は決してよくない。あなたの心臓は……。

ボイントン夫人　みんなのために楽しいツアーを計画しているのに、私の心臓のことなど気にしていられません。自分のことばかり考えても、よい計画にはなりませんしね。みんなのことを考えなくては。では、これで決まりですね？

コープ　いやはや、あなたには頭が下がりますよ、ボイントン夫人。実に思いやりのある方だ。いつもお子さんたちのことを考えておられる。

ボイントン夫人　私が一緒でないと子どもたちも困るでしょう。あなたも一緒にいらしてくださいますね？

コープ　ええ、もちろん、喜んで。

ボイントン夫人　ナディーンもきっと喜ぶわ。ナディーンのことがお好きなようね？

コープ　（上手手前に少し移動しながら、まごついたように）いや、その……。

ボイントン夫人　手配はあなたがしてくださるわね？

コープ　（下手奥に行きながら）もちろんです。今すぐ問い合わせてきますよ。

コープが下手奥へ退場。ボイントン夫人が一人残る。やがて夫人は笑いはじめる。小刻みに体を震わす、静かな笑い方。表情は意地悪く、喜びに満ちている。それと同時に――。

幕。

第一幕　舞台配置図

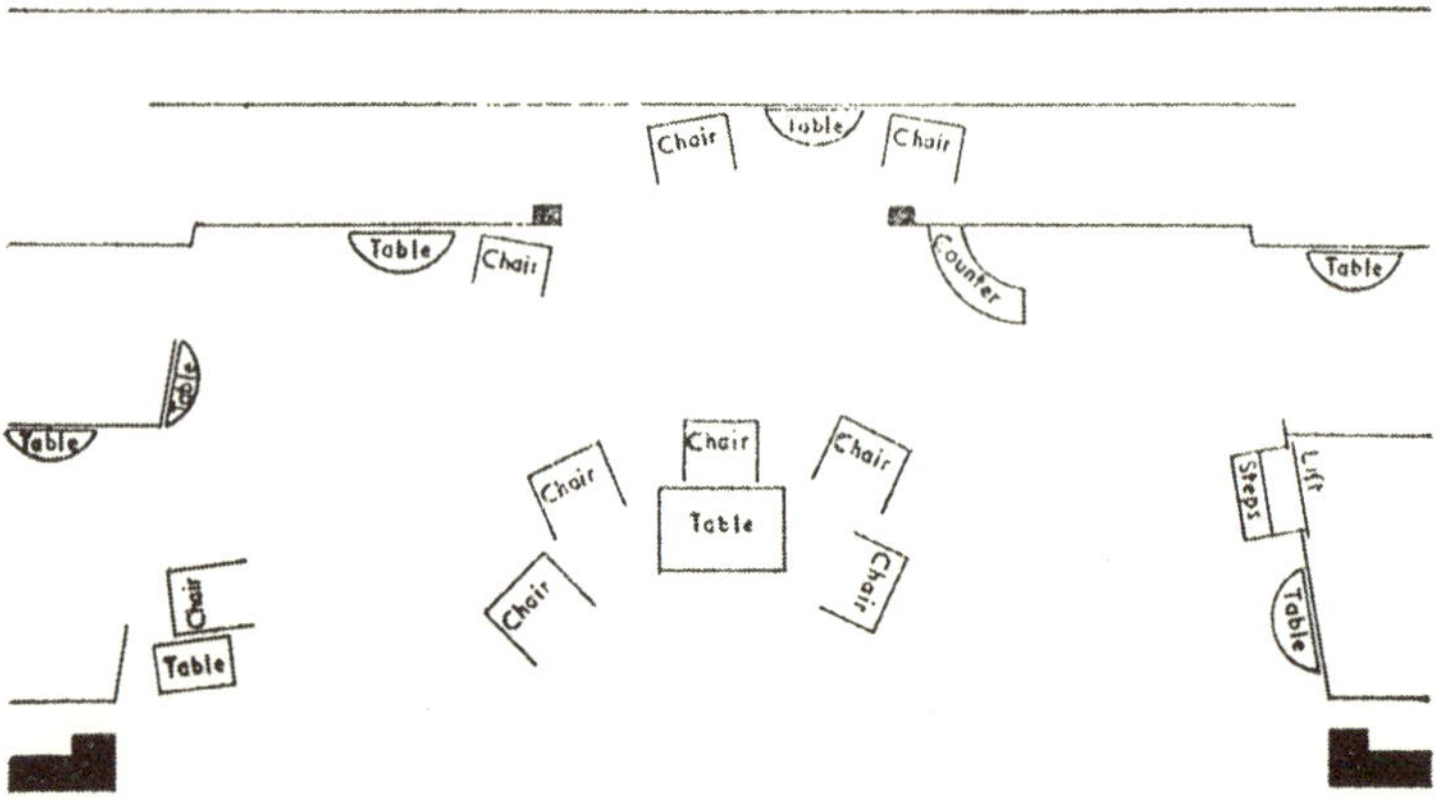
Table
Chair
Chair
Table
Chair
Counter
Table
Table
Table
Chair
Chair
Chair
Table
Chair
Steps
Lift
Chair
Chair
Chair
Table
Table

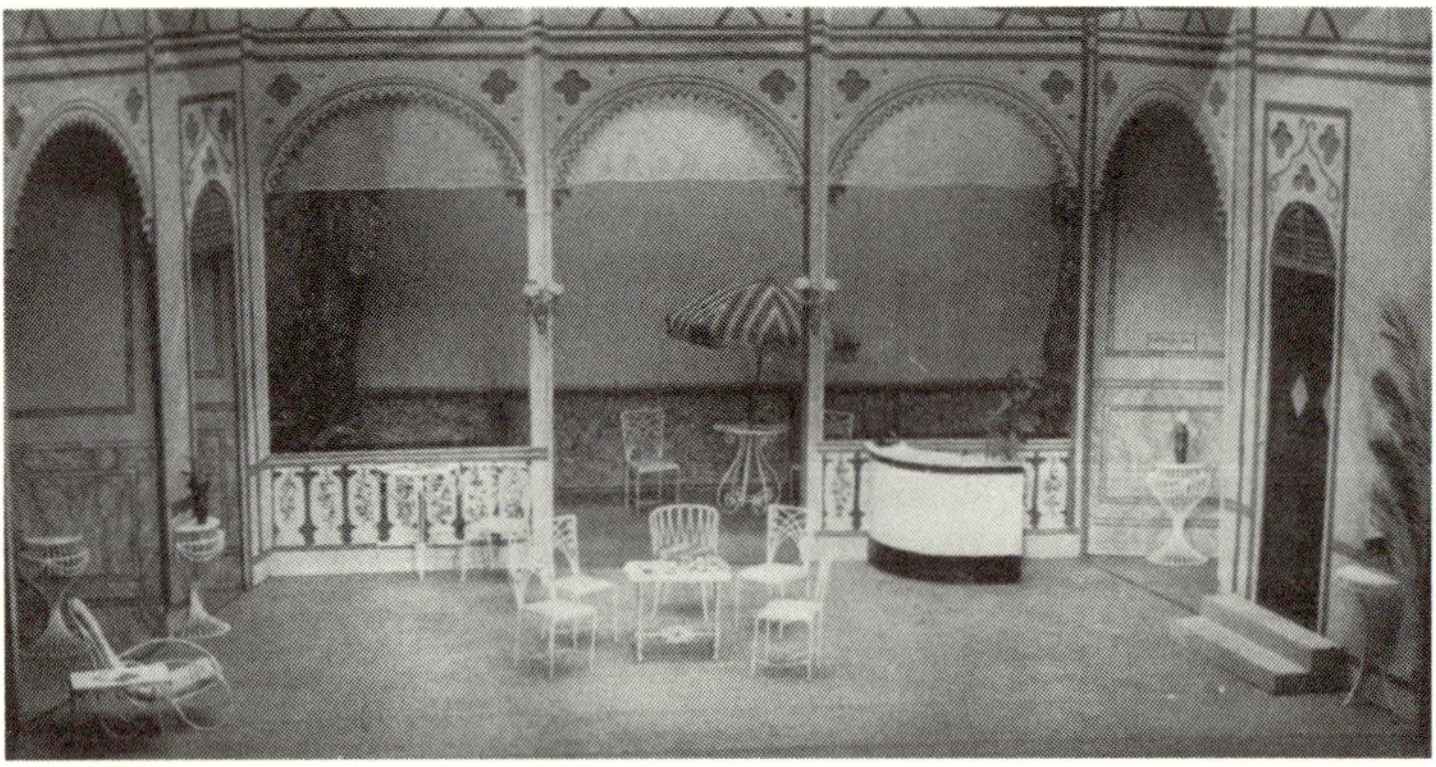

第二幕

第一場

場面：ペトラの旅行者キャンプ場。一週間後。午後の早い時間。

幻想的な深紅の岩が一面に盛り上がり、舞台はひな壇式観覧席があるような形になっている。下手奥の上段に岩に隠れて小道があり、洞窟に通じている。下手中央の出入口は宿泊テントに通じている。上手奥の岩の斜面は、キャンプ場への道に通じている。上手手前には、大天幕の食事用テントの入口がある。キャンプ用テーブルと椅子三脚が中央上手に置かれ、上手手前にキャンプ用の肘掛椅子、その背後に茶箱がある。下手手前にはデッキチェアが置いてある。下手奥の岩の上、洞窟の手前には、キャンプ用スツールが二つ置いてある。（二六四頁の舞台平面図と写真を参照）

幕が上がると、レイモンドが下手手前のデッキチェアにじっと考え込みながら座っている。ボイントン夫人が、下手奥の岩の上、洞窟の前のスツールに座っている。ステッキを傍らに置き、本を読んでいる。夫人は、壁の壁龕《へきがん》に置かれた恐ろしい異教の偶像のように見える。通訳ガイドが優しげな顔で中央に立っている。レディー・ウェストホルム、ミス・プライス、ジェラールが上手の大天幕から登場。レディー・ウェストホルムが中央上手にあるテーブルから『ベデカー旅行ガイド』を手に取り、中央右寄りへ歩く。ミス・プライスが中央上手に立つ。ジェラールは上手手前に進む。

通訳ガイド　おいしい昼食、食べましたか？　今朝の大変な探検のあと、休みましたか？

ミス・プライス　ええ、ありがとう。とても面白かったわ。

通訳ガイド　私、ババテシュの建築、みな説明した。古代史——説明した。ペトラ、とても面白い場所。高き所、案内した。犠牲を捧げた場所。

レディー・ウェストホルム　もう一回聞く必要はないわ。いくつか間違ってたわよ。ちょうど『ベデカー』で調べてたところなの。

通訳ガイド　いいえ、いいえ、奥様。本を、すべて、信じてはだめ。アイッサ、信じる。アイッサ、ミッション・スクールで習った。真実話すよう教わった。私の話すこと、みなほんと。聖書と同じ。

サラが大天幕から登場。レイモンドの姿を見ると、急に背を向けて、また中に戻る。

レディー・ウェストホルム　ミッション・スクールで教育を受けたの？

通訳ガイド　はい、奥様、アメリカのミッション・スクール。

レディー・ウェストホルム　へえ、アメリカの！
通訳ガイド　私、詩を学んだ――とても美しい詩。（早口で、ひどい抑揚で）「よっ、きみ、ようきなようせい、きみはとりじゃないよっ」
ジェラール　なんだって？
通訳ガイド　（繰り返しながら）「よっ、きみ、ようきなようせい、きみはとりじゃないよっ」（にっこり微笑む）
ミス・プライス　（間を置いて）シェリーの「ひばり」じゃないかしら。
通訳ガイド　（微笑みながら）そう、奥様。パーシー・ビッシュ・シェリー。ウィリヤム・ワードワートも知ってる。「くものようにい、ひとりさまよい……」（ウィリアム・ワーズワースの「水仙」より）
ジェラール　もういい《アセ、アセ》よ。
通訳ガイド　私、教養いっぱい、高等教育受けた。
ジェラール　文明社会は大いに責任を果たしているわけだ。
レディー・ウェストホルム　マホメッド、大事なのは、ただ暗記するだけじゃなくて、学んだことを自分のものにすることですよ。
通訳ガイド　私のこと、マホメッド、呼ばない、奥様。それ、イスラム教徒の名前。「アイッサ」嫌いなら、私のこと、エイブラハムと呼ぶ。父祖アブラハムと同じ、私の胸、とてもきれい、雪のよう。（チュニックを開く）毎日、きれいな服、着る。
ジェラール　（レディー・ウェストホルムに）アブラハムも、ここまではしなかったろうね。
通訳ガイド　（ミス・プライスに近づき、胸を見せながら）アブラハムの胸と同じ、とてもきれい。

ミス・プライス　（まごついて）はいはい、ほんとね。よくわかったわよ。

通訳ガイド　午後、何したいか？　また探検、それとも休憩？　奥様や旦那様、たいてい、犠牲捧げる場所、すごい探検した日、休憩したがる。

ミス・プライス　確かに疲れたわ。あんな険しい上り坂だものねえ。でも、たぶん……。（レディー・ウェストホルムのほうを訝しげに見る）

レディー・ウェストホルム　私は疲れたりしません。でも、もう一つ探検しようとは思わないわね。まあ、あとでぶらぶら歩こうかしら。

通訳ガイド　お茶のあと、すてきな散歩するか？　クシャクシャシダ、奥様に見せる。

レディー・ウェストホルム　あとでね。そのときまたお願いするわ。

通訳ガイド　わかった。（下手奥へ向かう）エイブラハム必要なとき、ただエイブラハムと呼べばいい。私、すぐ来る。

通訳ガイドは下手奥へ退場。

ミス・プライス　なかなか世話好きじゃない。

レディー・ウェストホルム　しゃべりすぎだわ。

ミス・プライス　私、ちょっと横になりたいの。日差しがとても強くて。

レディー・ウェストホルム　私もテントに行きますけど、休むつもりはありません。手紙を書きます。（下手へ）

ミス・プライス　（下手へ歩きながら）ほんとにエネルギッシュな方ね、レディー・ウェストホルム。
レディー・ウェストホルム　日ごろの訓練の問題にすぎないわよ。

レディー・ウェストホルムとミス・プライスは下手へ退場。ジェラールがレイモンドのほうへつかつかと歩いてくる。

ジェラール　なにやらずいぶんと考え込んでおられますね。
レイモンド　ここまでの旅路のことを考えてたんです。文字通りの地獄へ降りていく感じでしたよ。あの狭い峡谷をくねくねと通り抜けながら、心の中でこう考えていました。「死の谷へと進む」（テニスンの詩「竜騎兵の突撃」より）ってね――（ひと息つく）「死の谷へ……」
ジェラール　そんなふうに感じましたか。でも、旅路の終わりに見出したのは、死ではなかった。
レイモンド　（再びごく自然に）ええ――とても快適なキャンプでしたし、望んでいたとおりのテントや洞窟、素晴らしい夕食でした。
ジェラール　それに、あなたを歓迎する友好的な人たち。
レイモンド　そう言えば、確か――キング・ソロモン・ホテルでお会いしましたね。あなたのことはコープが教えてくれました。
ジェラール　私が言いたいのは、ミス・キングのことですよ。彼女のことはご存じですよね？
レイモンド　（慌てて）ええ――まあ。彼女もこの探検に来てくれたらよかったんだけど。彼女は――急に尻込みしてしまって。

ジェラール　（中央へ歩きながら）若い女性は心変わりしやすいものです。でも、彼女はいろんな興味深い光景を見逃しましたよ。

サラが大天幕から登場。皮下注射器の入った小さな金属ケースを携えている。レイモンドが立ち上がり、中央下手へ。

サラ　ジェラール先生――ベドゥインの一人が……。（レイモンドが近づくと、彼女は口をつぐむ）
ジェラール　どうしたんだい？
サラ　（レイモンドのほうを見ずに、そっけなく）ガイドの一人がひどいマラリアに罹ってしまって。キニーネを持ってらっしゃいますか？　私、うっかりエルサレムに置いてきたみたいなの。皮下注射器なら、ここにあるんですけど――（ケースを示す）キニーネを投与する静脈注射でお使いになるようでしたら。
ジェラール　携帯用の医薬品ケースを持ってきているよ。取ってきましょう。

ジェラールは下手へ足早に退場。サラはテーブルのうしろにまわり、そこにケースを置く。レイモンドはひどくそわそわしている。

レイモンド　サラ。（口をつぐむ）

サラはレイモンドを無視する。

レイモンド　（テーブルの右手へ）ぼくのこと、軽蔑してるだろうね？　無理もないよ。ぼくも自分を嫌悪してる。

サラ　なんのお話か、わからないわ。

レイモンド　ここに来てから——君がいるのに気づいたときは夢かと思った。はじめは幻かと思った。だって、君のことばかり考えてたから。（彼女の右側に近づく）愛してる。それだけはわかってほしい。ぼくはまともじゃなかった——あの日、キング・ソロモン・ホテルでひどい態度をとったときはね。今でも自分の態度をうまく説明できない。（そわそわと手を握ったり、開いたりしている）ぼくは度胸がないんだ。度胸を示せない。母があしろと言うと、ぼくはそうしてしまう。ぼくにはどうにもできない。君に理解してもらえないのもわかってる。ぼくに必要なのは勇気——勇気なんだ。でも、ぼくには勇気が持てない。

ジェラールが下手から登場。医薬品ケースを持っている。ちょっと立ち止まり、サラとレイモンドをじっと見る。

レイモンドは慌ててサラから離れ、下手へ退場。

ジェラール　（テーブルに向かいながら）お邪魔だったかね。（ケースをテーブルに置き、開ける）

サラ　（努めてなんでもないように）どうってことありませんわ。

ジェラール　あの青年にちょっと厳しすぎやしないかい？

サラ　母親にべったりの男は我慢できないんです。

ジェラール　おお、ラ、ラ、そこが問題なわけだ。（ケースからキニーネを取り出し、自分の皮下注射器に充塡する）結局のところ、あなたもただの英国風おぼこ娘ですな。そんなんで自分を心理学者の卵と言えるのかね？　あの青年を見て、心理学的な問題があるのに気づかないのかい？

サラ　あの老夫人のことですか？　（ボイントン夫人を見上げる）いやらしい仏像みたい――私たちをじっと見下ろして。ふう！　あの人たちが、揃ってあんなにも彼女に献身的なのが、さっぱりわからない。ほんとに不健全だわ。（テーブルの左手にある椅子に座る）

ジェラール　それは違う。彼らは母親に献身的なわけじゃない。彼女も――彼らに献身的じゃない。ここに来てからというもの、あなたは自分を見失っている。そうでなければいろいろと気づけたはずだ。

サラ　レディー・ウェストホルムやミス・プライスと一緒に旅行していると、神経に障るのよ。

ジェラール　（テーブルの下手へ）そりゃそうだろう。レディー・ウェストホルムは自分のやりたいように行動するし、そんな生き方をとても楽しんでいる。ミス・プライスは、外国旅行という人生の夢を実現している。どちらも自分の求めるものを手に入れているけれど、あなたのほうは、自分の求めるものをまだ手に入れていない。

サラ　私が何を求めていると？

ジェラール　いま立ち去った青年ですよ。

サラ　まあ、ジェラール先生、とんでもないわ。

ジェラール　英国風のおぼこ娘だな。
サラ　私、英国風のおぼこ娘なんかじゃありません。（立ち上がり、左手手前に歩く）
ジェラール　でも、あなたはまさにそれだよ。（彼女の右側に近づく）あなたは性の問題や性生活についてなら、学識豊かに説明なさるでしょうな。だが、実際に存在する青年の話になると、まるで自分の曽祖母の世代のように、言い返したり、恥じらったりする。まあ、お互い、同僚としてお話ししましょう。確かに、あの青年は母親に完全に支配されている。彼女は、実に不健全としか言いようのない権力を彼にふるっているね。さて、我々は彼を救えるのか、それとも救えないのか？
サラ　救えるとでも？
ジェラール　（しばし彼女の手を取り）おそらく、あなたならできるでしょう。さて——患者はどこですかな？
サラ　大天幕の中ですわ。ご案内します。

サラとジェラールは大天幕へ退場。
ナディーンが上手の斜面から登場。とても疲れきって降りてくる。テーブルで、開いたままのケースを見つける。
アラブ人のボーイが下手から盆を持って登場。

ボーイ　（テーブルに来ながら）こんにちは、奥様。
ナディーン　こんにちは、アブドゥラ。

アラブ人のボーイは、テーブルの使用済みのグラスを集め、下手へ退場。ナディーンは、ジェラールのケースから瓶を幾つか取り出し、また元に戻す。好奇心もあるが、何をしているのかよくわかっていない様子。

コープが上手の斜面を降りてくる。ナディーンははっとして、テーブルから離れる。

コープ　やあ、ここにいたのかい。（中央右手へ）私を避けてたね、ナディーン。

ナディーン　なぜそう思うわけ？

コープ　ナディーン、いつまでもこのままじゃいけない。君に話があるんだ。

ナディーン　（コープのほうに向かいながら）ああ、お願い、ジェフ、許してちょうだい。

コープ　（ナディーンを自分のほうに向かせて）いや、聞いてくれ。ずっと君を愛していた。君もわかっているはずだ。君を幸せにしてやりたいんだ。

ナディーン　幸せなんて、きっとどこにもないわ。

コープ　ばかなことを。君だってわかってるはずだ。君はレノックスの忠実な妻を務めてきた——君はあいつのために、あり得ない我慢をして暮らしてきたし、それでも不平の一つも口にしたことはない。でも、自分のことを考えるべき時が来たんだよ。君に絵空事めいた献身など期待していない——それに、君だって、少しは私に好意を持ってくれてるんだろ？

ナディーン　あなたのことは大好きよ。

コープ　君が一緒にいてはレノックスのためにならない。彼とは別れて、私と結婚してくれ。

サラが大天幕から登場。

コープ　（下手に向かう）あとで一緒に散歩にでも行こうじゃないか——日差しが弱くなったらね。
ナディーン　ええ。

コープは下手へ退場。サラはナディーンを見ると、テーブルの左手の椅子に座る。

ナディーン　ミス・キング。
サラ　なあに？
ナディーン　お話ししてもよろしい？
サラ　ええ、もちろん。
ナディーン　（テーブルの右手へ歩きながら）さっき、義弟《おとうと》とお話ししてるところを見ましたけど。
サラ　あら、そう？
ナディーン　できれば、彼を助けてほしいんです。
サラ　どうして私に助けることができるの？
ナディーン　あなたにできなければ、誰にもできませんわ。
サラ　その気になれば、自分で立ち直れるはずです。
ナディーン　そこがあなたの間違ってるところなのよ。私たちは特殊な家族なの。彼にそんなことはできないわ。
サラ　あなたたちはとても献身的な家族よ――よくわかる。お姑さんがそうおっしゃってたし。
ナディーン　いえ、違うんです。私たちはそんなのと全然違うのよ。

サラは驚いてナディーンを見る。

ナディーン　（サラに近づき、ひそひそ声で）ご存じかしら？　あの人が――（ボイントン夫人を身ぶりで指し示す）義父《ちち》と結婚する前に、何をしていたか。
サラ　何をしてたの？
ナディーン　刑務所の女看守だったの。（ひと息つく）義父は刑務所長でした。幼い三人の子を持つ男やもめだったんです。一番小さかったジニーは、まだ六か月でした。
サラ　（ボイントン夫人を見ながら）そう――看守というのならわかるわ。
ナディーン　彼女は今でもそうなのよ――レノックス、レイモンド、ジニーは囚人なんです。あの人たちは刑務所の壁の外で生きることを知らないのよ。
サラ　今でも――この――外国でも？
ナディーン　ええ。彼女は刑務所の壁をいつも持ち歩いているのよ。彼女は、子どもたちに友人をつくるのも許さない。外部と接触することも、自分の考えや関心を持つことも。みんな見せかけの気遣いや献身のもとでされてきたんだけど、献身なんかじゃないのよ。
サラ　じゃあ、なんだって言うの？

ナディーン　恐ろしいこと、残酷なことなのよ。自ら権力を握ることに喜びを感じ、ほくそ笑む……。

ボイントン夫人が動きだし、本を下に置いて、前方を覗き見る。

ボイントン夫人　(呼びかける) ナディーン。こっちに来て手を貸してちょうだい。
ナディーン　(サラに、急いで伝える) レノックスと結婚したときにはわからなかったの――手遅れになってしまったわ。夫はもう救いようがないの。でも、レイモンドは違う。あなたなら戦えるわ。
ボイントン夫人　(呼びかける) ナディーン。
ナディーン　今行きますわ、お義母《かあ》さま。(岩の上へ登り、ボイントン夫人のもとに行く)

アラブ人のボーイが大天幕から登場。

ボーイ　(サラに) セルンの具合、悪い。すぐ来て、先生。
サラ　(立ち上がり) わかったわ。

サラとアラブ人のボーイは大天幕へ退場。
レイモンドが下手から登場し、テーブルに向かう。ナディーンがケースから出したままにした瓶を、最初は何気なく、それからいきなりはっと気づいたように、手に取ってじっと見つめる。
ナディーンは、ボイントン夫人が立つのに手を貸す。

レイモンド　（ケースを見ながら）ジェラール先生のだ。（テーブルから一、二歩離れ、手に持った瓶をじっと見つめる）

ボイントン夫人とナディーンが中央手前に歩いてくる。

ボイントン夫人　ちょっと座るわ。

レイモンドは驚き、瓶を落として振り返る。

ボイントン夫人　（テーブルの右手にある椅子を指し示し）そこに。
ナディーン　日が当たるから、暑すぎませんか？
ボイントン夫人　日差しは気にならないわ。岩の所のほうが、光の反射でかなり暑かったのよ。こっちのほうがずっと快適だわ。（椅子に座る。レイモンドに）あの娘と話をしていたね、おまえ。
レイモンド　（おびえながら）ぼくは、その……。（必死で）うん、彼女と話してたよ。いいじゃないですか。
ボイントン夫人　そうね、もちろん。だって、あなたたちはまだ若いんだもの。午後は二人で散歩にでも出かけたらどう。
レイモンド　出かける――散歩に？　ほんとにいいんですか？

ボイントン夫人　若い人たちは楽しまなくては。
ナディーン　猫とネズミだわ。
ボイントン夫人　おかしなことを言うわね、ナディーン。
ナディーン　そうですか？
ボイントン夫人　（レイモンドに）あなたの友だちはあっちへ行ったわよ。（ステッキで大天幕を指し示す）

レイモンドは訝しげな様子で大天幕へ退場。ナディーンはボイントン夫人を見る。

ボイントン夫人　（静かにクスクス笑う）そう、若い人たちは楽しまなくては――若者らしいやり方でね。
ナディーン　（ボイントン夫人のうしろをまわり、テーブルのうしろに立ち）そして、年寄りは年寄りなりのやり方で。
ボイントン夫人　あら、ナディーン、それはどういう意味かしら？
ナディーン　まさに、猫とネズミよ。
ボイントン夫人　ずいぶんと謎めいてるのね。あなたも散歩に出かけたほうがいいわ、ナディーン、あの素敵なお友だち――コープさんと。
ナディーン　私たちが話してたのをご覧になってたのね？
ボイントン夫人　そうよ。あの方、あなたがお好きなようね。

ナディーン　（テーブルの左手へ歩きながら）知ってます。

ボイントン夫人　申し訳ないけど、あなたは自分にふさわしい幸福を得てないもの。病気の婆さんに奉仕するなんて、うんざりする生活ですものね。それに、レノックス、あの子もずいぶん変わったわ——そう、変わってしまった。

ナディーン　（上手手前へ歩きながら）夫は決して幸せじゃありません。

ボイントン夫人　幸せなはずよ。あなたのように魅力的できれいな娘さんと結婚して。時おり申し訳なく思うのは、あの子が、あなたのことをきちんと認めていないってこと。

ナディーン　ジェファースン・コープなら、私のことをきちんと認めてくれるとでも？

ボイントン夫人　あの人はあなたを愛しているようね。

ナディーン　それじゃ、レノックスと別れて、コープさんと出ていけと、どうして？

ボイントン夫人　（淡々と、少し意地悪く面白がって）あら、ナディーン、私がそんなことを言った？

そんなこと言ってませんよ。

ナディーン　でも、そういう意味だわ。（ゆっくりと）ここへ来たのも、それが目的の一つなのね。

ボイントン夫人　とんでもないことを言うのね、ナディーンったら。そりゃ、あなたには幸せになってほしいわ。でも、息子と別れろなんて、言ったりしてませんよ。そんなことをするのは間違ったことですもの。

ナディーンは黙ってボイントン夫人をしばらく見つめる。

ナディーン　（テーブルの左手奥へ歩きながら）どうしてそんなに私たちを憎むの？
ボイントン夫人　（面白そうに）まあ、あなた、なんてことを！
ナディーン　（なおも夫人を見つめながら）人を傷つけるのがお好きなのね、そうでしょ？　あなたは権力を握ってるのが好きなのよ。それは、あなたが女看守だったからなのかと思うこともあった。でも、それだけじゃない、むしろ、権力を握ることこそがあなたが看守になった理由だったのよ。

ボイントン夫人は穏やかに微笑む。

ナディーン　そんな仕事に我慢できない人は多い。でも、あなたは――（ボイントン夫人を見つめながら、真実を明らかにするように、次第にゆっくりと話す）その仕事を愛していた。あなたは結婚して、その仕事を失った。でも、子どもたちに慰めを見出した――三人の無力な子どもたちに。あなたは新しい権力を得たのよ。子どもたちに対して。
ボイントン夫人　おやおや、なんてたくましい想像力なの、ナディーンったら。
ナディーン　あなたは、肉体的な虐待を加えたりはしない。精神的な娯楽だからよ。あなたは、ジニーがぎりぎりに追い詰められるまで、邪魔をしたり、苦しめてきた。レノックスに何をしたか、あなたが一番よくご存じでしょ。私には、もうあの人を救えない。彼も、今ではあなたにたいした娯楽を与えてくれない。でしょ？　でも、レイモンドは違う。レイモンドなら、まだ反抗する力がある。だから、レイモンドに楽しみを見出してるのよ。そうでしょ？
ボイントン夫人　おかしなこと考えるじゃないの、ナディーン。

ナディーン　あなたが外国旅行に来た理由もそれよ。退屈になったんでしょ？　動物たちは飼い慣らしてしまった。みんな、あなたが命じるままにジャンプして輪をくぐる。それがあなたには退屈だったのよ。だから、みんなを外国に連れだして――そうすれば、反抗するだろうと見越して――苦しめられると思った。みんなを傷つけ、もだえ苦しんでもがくのを見て、新鮮な楽しみを味わえると。（問いただす）あなたには哀れみというものがないの？

ボイントン夫人　（無表情の顔を彼女に向けて）何を言いたいのかわからないわ。

ナディーン　（テーブルのうしろを通って中央下手へ歩きながら）なぜ人を傷つけるのが好きなの？　そんなの意味ないじゃない。

ボイントン夫人　（不明瞭な声で）そうかしら？

ナディーン　あら、そうなのね――やっぱりあなたはそういう人なのよ。

ボイントン夫人　（あらん限りに嘲る）お馬鹿さんね。

ナディーン　（夫人のほうを向き）馬鹿なのはあなたよ。自分のしていることが危険だと思ったことはないの？

ボイントン夫人　危険ですって？

ナディーン　そう、危険よ。あなたは人を追いつめすぎる。

ボイントン夫人　そんなのどうってことないわ。

ナディーン　あなたは――死ぬかも。

ボイントン夫人　そうすぐに死んだりしないわ、ナディーン。私は健康じゃないけど、楽しみを得られる力があるのよ――（気味悪くクスクス笑う）楽しみを得る大きな力がね。

ナディーン　あなたは狂ってる。
ボイントン夫人　いえ、法的な意味では正常ですよ。

ジネヴラが下手から登場し、立ち聞きしている。

ボイントン夫人　私が狂ってるなんて証明できっこないわ。（ナディーンを見つめて笑う）私よりも先に狂ってると証明されそうな人ならいるけど。
ナディーン　（息を飲みながら）つまり、ジニーね？
ボイントン夫人　（淡々と）かわいそうな子。

ジネヴラが下手へ走り退場。

ナディーン　ジェラール先生がジニーの具合をとても気になさってるわ。
ボイントン夫人　（唸るように）あの医師にはなんの関係もないよ。
ナディーン　治療さえすれば、ジニーは必ずよくなると言ってくれたわ。先生のご意見に従うべきだと思います。
ボイントン夫人　ジニーは未成年なのよ。それに、ナディーン、あなたがどう考えようと関係ないわ。決めるのは私なんだから。
ナディーン　そう――私たちは皆、あなたの権力のもとにある。でも、ジニーの病状が悪化したら……。

ボイントン夫人　ジニーが暴れだすとでもいうのなら――（淡々と）もちろん、そうなったら、病院に収容させなきゃいけないだろうね。

ナディーン　これではっきりしたわ。お黙りなさい。（体を震わす）それこそ、あなたが望んでいることなのよ。あなたのことがわかりはじめた――やっと。

ボイントン夫人　気の毒だけど、たいした嫁ね。でも、あなたにはどうすることもできない。

ナディーン　（抑えた声で）いいえ、きっとできるわ。

ボイントン夫人　レノックスに現実がわからなくても、まだあの子に尽くそうっていうの？　ジェファースン・コープも、いつまでも待ってはくれないでしょうに。

ナディーン　（テーブルの前を通って左手へ歩きながら）レノックスが私を必要とするかぎり、あの人から離れません。

ボイントン夫人　レノックスのほうは、そこまであなたを必要としてるのかしら？

ナディーンはたじろぐ。

ボイントン夫人　現実と向き合わなくてはね。

ナディーン　あなたはどうするつもりなの？　もしレイモンドがあなたから逃げたら。（夫人のほうを向く）

ボイントン夫人　レイモンドなら、ちゃんと手なづけられるわ。

ナディーン　でも、サラ・キングを手なづけることはできないでしょう。彼女のほうがあなたより強いことを思い知るわ。
ボイントン夫人　あの女は馬鹿だから！
ナディーン　サラは馬鹿じゃないわ。
ボイントン夫人　さっき、レノックスに一緒に出ていこうと言ってたわね？　自分の思いどおりにはいかないでしょ？

ナディーンは顔をそむける。

ボイントン夫人　かわいいレノックス。あの子はいつだって、ああやって従順で、献身的な息子なのよ。（声を出して笑う）

コープが下手から登場。

コープ　（中央下手に向かいながら）ご機嫌よさそうですね、ボイントン夫人。結構なことです。この旅行ですっかりまいってしまうかと心配していましたが。
ボイントン夫人　楽しんでますわ。大いに楽しんでます。
コープ　素晴らしい所ですね、いやほんとに。（ナディーンに）散歩にでも行かないかい？　（ボイントン夫人のほうを見る）でも、そうは言っても……。

ボイントン夫人　あら、私のことならかまわないでちょうだい。ナディーンは今朝、探検に行かなかったのよ。ちょっと体を動かしたほうがいいわ。

コープ　いつも思いやり深いですな、ボイントン夫人。（ナディーンに）行きましょうか？（上手の斜面へ向かう）

ボイントン夫人　（ナディーンに）その前に薬をくれるかしら。

ナディーン　取ってきます。

ナディーンが大天幕へ退場。

ボイントン夫人　心臓が弱ってますの。それで心も疲れているのね。絶えず活を入れなくては。諍いを起こしてもいいことはありません。人への思いやりが大切ですわ――自分のことばかりじゃなくて。

ナディーンが大天幕から登場し、薬の入ったグラスを持ってくる。

ナディーン　（ボイントン夫人のもとに行き）どうぞ。

ボイントン夫人　（グラスを受け取り、薬を飲む）いつもよりちょっと強くない？（グラスをテーブルに置く）

ナディーン　そんなことありません。

コープ　じゃあ、行きましょうか？
ナディーン　（上手の斜面に向かいながら）ええ、行きましょう。

コープは斜面を登って退場。

ナディーン　（斜面を二、三歩登ると、立ち止まる）さよなら、お義母さま。
ボイントン夫人　さようなら。

ナディーンは斜面を登って退場。一人残されたボイントン夫人は、軽くクスクス笑う。ジェラールのケースの中身を調べると、瓶を一つか二つ取り出して眺める。レノックスが下手から登場し、大天幕に向かう。本を手に、夢遊病のような歩き。

ボイントン夫人　レノックス。

レノックスには聞こえない。

ボイントン夫人　（さらに大きな声で）レノックス、こっちへ来なさい。

レノックスはボイントン夫人の右側に行く。

ボイントン夫人　何をしてたんだい、おまえ？

レノックスは、終始、声は聞こえているのに理解に長い時間を要するような反応をする。

レノックス　本を読んでました。
ボイントン夫人　何を読んでたんだい？
レノックス　憶えていません。ナディーンはここにいたの？
ボイントン夫人　ええ、コープさんと散歩に出かけましたよ。
レノックス　えっ。

ボイントン夫人はしばらくレノックスを見つめる。

ボイントン夫人　自分の嫁がジェファースン・コープといい仲になってることに、気づいてたかい？
レノックス　（多少早く）ナディーンが、コープといい仲に？
ボイントン夫人　あの男は、確かに彼女を愛してるよ。覚悟しとかなくちゃいけないね、おまえ。ナディーンがおまえと別れるかもしれないから。
レノックス　ぼくと別れる――ナディーンが？
ボイントン夫人　いいかい、あの男は実に魅力的な男だし、二人は以前から親しかったんだよ――それに、ナディーンの人生は味気なかった。言いにくいけど、おまえは彼女のよき伴侶ではなかったんだよ。

レノックス　ナディーン。ぼくは——ナディーンなしじゃ生きていけない。（下手手前に向かう）

ボイントン夫人　悪いけど、彼女なしで生きていかなきゃならないだろうよ、いやおうなしにね。

レノックス　出ていきたい、とは言ってたけど……。（口をつぐむ）彼女はぼくに……何を求めてたんだろう？

ボイントン夫人　私の知ったことじゃないよ。

レノックス　でも、ぼくにはできない。だって、ぼくはどこに行けばいい？　どうやって生きていけばいいんだ？

ボイントン夫人　おまえじゃ、一人で身を立てることはできないよ。

レノックスはテーブルの左手にまわる。様子が明らかにおかしくなる。

レノックス　ぼくを拘束しているのは母さんじゃないか。ぼくを自由にしてくれないのかい？　お願いだから自由にしておくれよ。

ボイントン夫人　おまえは自由にはなれないよ。（息子をじっと見つめる）できないよ、レノックス。おまえには無理さ。きっと不幸になるだけだよ。

レノックス　（つぶやきながら）不幸だって。（テーブルの左手の椅子に座り、レイモンドが落とした瓶を踏んでしまう）

ボイントン夫人　その瓶を拾ってくれるかい。

レノックスは瓶を拾い、じっと見つめる。

ボイントン夫人　ナディーンがいなくなれば、きっととても静かになるよ――とても静かで、孤独にね。

レノックス　まだやれることがある、心をしっかり持ちさえすれば。（立ち上がり、瓶を見つめる）きっと簡単なことなんだ。（不意にボイントン夫人を見る）母さんはぼくの敵なの？

ボイントン夫人　なにをおかしなことを言ってるんだい、おまえ。

話し声が下手の舞台外から聞こえる。

ボイントン夫人　その瓶をお寄こし。ここにあったものなんだよ。

レノックスはボイントン夫人に瓶を渡すと、大天幕へ退場。ボイントン夫人は瓶を見つめ、テーブルに置く。

ヒッグスが下手から登場。あとに続くミス・プライスは、なにやらスカーフをつかみ、立ち止まる。

ミス・プライス　やれやれだわ。
ヒッグス　首が締まるのかね？　つまりその、きついのかね？　（ミス・プライスに近寄り、スカーフを外してやる）
ミス・プライス　ありがとうございます。とても楽になりましたわ。（中央下手に向かう）

レディー・ウェストホルムが下手から登場。

レディー・ウェストホルム　マホメッドはどこなの？　（大天幕に向かう）あの男ときたら、必要なときには絶対にいないんだから。

レディー・ウェストホルムが大天幕へ退場。

ヒッグス　（中央へ歩きながら）あの男の名前はなんだっけな？　マホメッドか、それともエイブラハムだっけ？
ミス・プライス　レディー・ウェストホルムは、自分の通訳ガイドをいつもマホメッドと呼ぶことにしてるのよ。
ヒッグス　なに、本当の名前でないのにか？
ミス・プライス　そうみたい。
ヒッグス　なんと！　よくまあ、そんなのに我慢できるな。わしならとても無理だ。

ミス・プライス　まあ、あなたって、ご大層なのね、ヒッグスさん。
ヒッグス　そうさ。わしは自分の権利を心得とるし、そのためにはいつだって戦うつもりさ。
ミス・プライス　わかりますわ。
ヒッグス　わしの権利は、わけのわからん、いい加減なものじゃないぞ。
ミス・プライス　彼は、とてもいい人なのよ。それに、とても清潔だし。（ひそひそと）きっと、毎日シャツを替えてるのよ。
ヒッグス　この気候じゃ、そうせざるを得んだろう。わしだって今朝は、汗ダラダラどころじゃなかったわい。
ミス・プライス　（とがめるように）ヒッグスさんったら！
ヒッグス　外国人にはどうも我慢ならん。外国人と船で同部屋になったことがあったが、ある朝、わしの歯ブラシを使ってるところをつかまえたことがあってな。
ミス・プライス　それは嫌ですわね。
ヒッグス　そいつがなんて言ったかわかるかね？「船に備え付けの歯ブラシだと思ったもので——私たち共有の」だと。（豪快に笑う）

ミス・プライスはたじろぐ。

レディー・ウェストホルム　（舞台外で、呼びかける）マホメッド。
ヒッグス　（呼びかけに応え）たぶん三階にいるんじゃないか、レディー・ブレストボーン。

レディー・ウェストホルムが大天幕の入口に姿を見せる。

レディー・ウェストホルム　（憤然として）なんておっしゃいました、ヒッグスさん？

ヒッグス　彼なら三階にいるかも、と言ったのさ、レディー・フィッシュボーン。

レディー・ウェストホルム　ちょっと、いいかげん、私の名前がウェストホルムだって覚えていただきたいわね。

ヒッグス　ほう。それなら、彼の名前もマホメッドじゃないぞ。

レディー・ウェストホルムは身を翻して大天幕に戻り、再び、挑むように呼んでいるのが聞こえる。

レディー・ウェストホルム　（舞台外で、呼びかける）マ・ホ・メッド。

ヒッグス　（クスクス笑いながら）やれやれ！　まるで選挙運動のような張り上げ声だな。あの女なら拡声器付きの車は要らんだろうよ。

ミス・プライス　使用人たちはみんな寝てるはずよ。

レディー・ウェストホルム　（舞台外で、呼びかける）マホメッド。

ヒッグス　（クスクス笑いながら）あれじゃ、反応はあるまい。

ミス・プライス　（再びひそひそ声で）ここが安全ならいいんですけど。あの使用人たちはとても粗野で乱暴そうですわ。彼らなら、一晩のうちに私たちを皆殺ししてしまうこともできそう。
ヒッグス　あの奥方を殺すというならわかるがね——だが、わしらが何をしたと？
ミス・プライス　彼らなら、盗みを働くかもしれません。
ヒッグス　まあ、連中なら、わしらを殺さんでも、とっくに盗みぐらいやってるさ。（意地悪く不安をかき立てるように）もちろん、わしらを誘拐して身代金を要求することもできるだろうよ。

通訳ガイドが下手から音をたてずに登場。

ミス・プライス　私たちを誘拐！　なんて恐ろしい。
通訳ガイド　（不意にミス・プライスとヒッグスの間に割り込み、にっこり微笑んで）素敵な散歩、行く用意、できたか、奥様、旦那様？
ミス・プライス　（驚いて）きゃっ！
レディー・ウェストホルム　（舞台外で、呼びかける）マホメッド。

レディー・ウェストホルムが大天幕から登場。

レディー・ウェストホルム　見つけたわ。（テーブルの前に来る）呼んでるのが聞こえなかったの？
通訳ガイド　エイブラハムは、誰かが、「マホメッド」と呼んでるの、聞こえた。
ヒッグス　（中央上手のレディー・ウェストホルムに近づきながら）つまり、望遠鏡を耳に突っ込んでふさいでたのさ。

サラとレイモンドが下手から登場し、下手手前に立つ。レディー・ウェストホルムはヒッグスを無視して、彼の前を横切って、中央に行く。

レディー・ウェストホルム　使用人たちはみんなどこにいるの？

通訳ガイド　（レディー・ウェストホルムの右側に近づきながら）今は、ベドゥイン、みな寝ている。あとで起きて、夕食つくる。でも、エイブラハムはキリスト教徒。エイブラハムは、キリスト教徒の奥様と旦那様、午後に刺激的な散歩して、そのあと、午後のお茶飲む、好きなの知ってる。今行きますか？

ヒッグス　ああ、行くとも。さあ、ご婦人方、誘拐されようじゃないか。

ミス・プライス　ヒッグスさんったら。そんな恐ろしいことおっしゃらないで。

レディー・ウェストホルム　（下手へ歩きながら）私たちと一緒に来られるおつもりでしたらね、ヒッグスさん、その軽薄な言動を自重して、あなたよりはましな教育を受けてきた人たちに、この土地の考古学的・歴史的な面白さを楽しめるようにしていただきたいものですわ。

レディー・ウェストホルムは下手へとどすどすと退場。ミス・プライスもそのあとに続いて退場。ヒッグスはしばらく突っ立ったまま、戸惑いながら頭を掻く。どう反撃していいかわからない。クスクス笑って、頭を振る。

ヒッグス　いやはや、こりゃ一本とられたわい。

ヒッグスは下手へ退場。通訳ガイドもそのあとに続いて退場。

サラ　にぎやかだこと！　ふう！　何か飲みたいわ。（レイモンドに）飲み物はないかしら？

レイモンドが横切って大天幕へと退場。そのあいだ会話が途切れ、サラはボイントン夫人の右側に近づく。

サラ　ほんとに素敵な所ですわね。

ボイントン夫人は答えない。

サラ　（ボイントン夫人を見て微笑み、肩をすくめる）息子さんと楽しい散歩をしてきましたわ。

ボイントン夫人はステッキで地面をトントンたたくが、答えない。
レイモンドがライム・ジュースのグラスを持って大天幕から登場し、サラに渡す。

サラ　ありがとう。

サラは飲み物を持って下手へ退場。レイモンドは一、二歩離れてあとに続く。

ボイントン夫人　レイ、だめだよ。
レイモンド　（中央で立ち止まり、振り向きながら）何がだめなの？
ボイントン夫人　あの娘だよ。今日の午後は、自分の良識に逆らって、あえて彼女と一緒に散歩に行くよう勧めはしたけど——あの娘は気に食わない。おまえにつきまとう態度がね。私がおまえなら、今後は、彼女に対しては丁重にふるまって、それ以上相手にしないね。
レイモンド　そんなの無理だよ。
ボイントン夫人　無理じゃない、レイモンド。言うとおりにするんだ。
レイモンド　（中央下手へ歩きながら）だって、無理だよ。サラとぼくは——友だちなのに。
ボイントン夫人　（少し動いて、彼をしかと見据えながら）私がだめだと言ったら、おまえたちは友だちじゃないんだよ。
レイモンド　でも、ぼくは友だちになる——なりたいんです。
ボイントン夫人　私がだめだと言ったら、友だちにはなれないのさ。
レイモンド　（上手手前へ歩きながら）そんな——母さんにそんなことはできない。
ボイントン夫人　馬鹿言うんじゃないよ！　おまえはいつだって私の言うとおりにしてきた。（きっぱりと）これからもそうするんだ。おまえにはどうしようもないんだよ。

レイモンド　でも、サラなら――違うと……。
ボイントン夫人　違いやしない。サラのことはあきらめなさい。
レイモンド　いやだ。
ボイントン夫人　サラのことはあきらめるんだよ。
レイモンド　（テーブルの左手へ歩きながら、甲高く、ヒステリックな声で）いや――いやだ――できない。
ボイントン夫人　おまえにとって何がいいのかは、私が一番よく知ってるんだ。（高圧的に）今後はあの女に近づくんじゃないよ。
レイモンド　いやだ。ぼくは……。
ボイントン夫人　近づくんじゃないよ。あの女には冷たくするんだ。
レイモンド　いやだ……。
ボイントン夫人　（激しく）私の言うとおりにするんだよ。
レイモンド　ぼく――ぼくは……。
ボイントン夫人　私の言うとおりにするんだ。
レイモンド　（間を置いて、鈍い反応で）はい。わかりました。（テーブルの左手にある椅子に座る）

サラが下手から登場。

ボイントン夫人　サラ・キングとは手を切るんだよ。

レイモンド　サラ・キングとは手を切ります。
ボイントン夫人　それで決まりだ。わかったね？　サラ・キングのことはあきらめるんだ。
レイモンド　サラ・キングのことはあきらめます。（顔を手で覆う）
サラ　（横切って、テーブルのうしろに立ち）なんて面白いこと。話を聞けてよかったわ。しっかりするのよ、レイ。私はあなたをあきらめたりしない。
ボイントン夫人　あっちへ行くようにお言い。
レイモンド　あの……あっちへ行ってください。
サラ　行かないわ。
ボイントン夫人　ほうっておいてくれとお言い。
レイモンド　ぼくを……その――ほうっておいてくれないかな。
サラ　お母さまと二人で話したいわ。
レイモンド　ぼくは……。（ボイントン夫人の顔をうかがう）
ボイントン夫人　あっちへお行き、レイモンド。
サラ　そうよ、行ってちょうだい、レイ。

レイモンドは立ち上がり、ゆっくりと大天幕へと退場。サラとボイントン夫人はにらみあう。

サラ　あなたときたら、なんて役立たずで愚かな婆さんなのかしら。

ボイントン夫人は身震いする。

サラ　そう、そんなこと考えてもみなかったでしょ。でも、そのとおりなのよ。（テーブルの左手に行く）ご自分を怪物にしたいみたいね。まったく、あなたって滑稽な人だわ――哀れなほどよ。こんなばかげたサディストみたいなこと、やめたらどうなの？

ボイントン夫人　よくもそんな口を私に向かってきけたものだね？

サラ　今こそ誰かが言うべきなのよ。自分が何者なのか、あなたに教えてあげる。権力を実感していたいのね――人を傷つけたり、苦しめたりして楽しんでるんでしょ？　そうやって、自分が偉大で大層な存在だと感じてるわけね。でも、あなたは家の中のちっぽけな独裁者でしかないわ。あなたは家族に対して、それなりに催眠術的な力をふるってきた。でも、その効果もいつかは破られるのよ。

ボイントン夫人　誰が破るというんだい？

サラ　私よ。

ボイントン夫人　レイモンドを自分のものにするつもりなのかい？　あんたみたいな娘のことは知ってる――男狂いだ。専門医のような顔をして、いつもいろんな男のあとを追っかけてる女なのよ。

サラ　（テーブルの左手の椅子に座りながら、穏やかに）そんなこと言っても、私は動揺したりしないわよ。私はあなたと戦うわ、ボイントン夫人。

ボイントン夫人　あんたの負けよ。

サラ　いえ、勝ってみせるわ。

ボイントン夫人　ばかな小娘。レイモンドは私のものなの――あの子たちはみんな、私のものなんだ。こんなふうにね。（親指でジェスチャーをする）

レノックスが下手から登場し、下手手前のデッキチェアに座る。

サラ　まったく驚く人ね――医学の教科書に出てきそうだわ。私は必ず勝つ。私には強力な武器が二つあるの。
ボイントン夫人　なんのことだい？
サラ　若さと女性としての魅力よ。
ボイントン夫人　恥ずかしげもなく、よくそんなことをお言いだね。
サラ　私はレイモンドを愛してる。私は持てる武器をすべて使って、彼のために戦うわ。
ボイントン夫人　私はあんたより強いよ。私には経験というものがある――長年にわたる経験がね。（力強く）私は人の心を動かせるのだから。
サラ　そう、あなたには知識があるわ――いろんな悪しき知識が。でも、いつまでもそんなものを使うことはできはしない。
ボイントン夫人　どういうこと？
サラ　私にはもう一つ武器があるの――時間よ。（立ち上がる）
ボイントン夫人　時間ですって？
サラ　私は医者よ。わかるから言ってるの。（ゆっくりと）あなたの命はもう長くない。私の見るところ――せいぜい――六か月よ。

ボイントン夫人　（ひどく動揺して）六か月だって？　ばかばかしい！

サラ　嘘だと思うのなら、ジェラール先生に聞いてごらんなさい。

ボイントン夫人　（打ちのめされたように）六か月……。

サラ　本当よ。あなたは約束されてるのよ――守らなければいけない約束なの――死との約束よ。あなたが死ねば、家族は自由になる。そう、生と同じく、死も私の味方なの。

ボイントン夫人　（怒りでひきつりながら）私の前から消えるがいい。あっちへお行き。

サラ　人を憎むのをやめられないの？　そのことなら、まだ手遅れじゃないのに。

ボイントン夫人　あっちへお行き！　行け！　行きなさい！（テーブルをステッキで叩く）

サラはボイントン夫人を見つめ、頭を振り、肩をすくめると、大天幕へと退場。コープとナディーンが上手の斜面から登場し、コープが先に立って降りてくる。

ナディーン　（登場しながら）暑すぎて遠出は無理ね。（上手手前に行く）

コープは大天幕の入口に向かう。ボイントン夫人は何も言わない。座ったまま、前方をにらみながら、怒りで震えている。

レノックス　ナディーン。

ナディーン　はい？（コープに立ち去るよう合図する）

コープは大天幕へと退場。

レノックス　（立ち上がり）ナディーン。

ナディーンはゆっくりとレノックスのところに向かう。ボイントン夫人はテーブルの瓶をもてあそんでいる。

レノックス　ここを出て、コープと一緒になるって――ほんとうかい？

ナディーン　そうよ。

ナディーンはレノックスを見つめると、踵を返して大天幕へと退場。少し間があく。アラブ人のボーイが大天幕から登場。カップと受け皿を載せた盆を持っている。

ボーイ　（ボイントン夫人のもとに向かいながら）お茶、お持ちしました、奥様。お茶です。

ボイントン夫人はステッキでテーブルを叩く。

ボーイ　（悲鳴を上げ、盆を地面に落とし、大天幕の入口へ走り去る）アラー・ケリム！　恐ろしい悪魔。とても恐ろしい……。

アラブ人のボーイが大天幕に走りながら退場。

レイモンドが大天幕から登場し、ボイントン夫人を見ると、レノックスのもとに行く。

レノックス　（静かに）そうだ。ぼくたちの誰かがあの女を殺さなくては。

ボイントン夫人　（同時に）レイモンド。こっちに来て、立つのに手を貸してちょうだい。

レノックス　（同時に）ぼくたちの一人があの女を殺さなくては。

レイモンドはレノックスを見つめると、ボイントン夫人のもとに行く。夫人は立ち上がり、下手奥の岩の上に行く。レイモンドは夫人に手を貸し、洞窟の外のスツールに座らせる。レノックスは前方を見つめている。レイモンドは下に降りて、レノックスの少しうしろに立つ。

レイモンド　なんて言ったんだい？

幕。

第二場

場面：同じ場所。三時間後。

幕が上がると、日没直前になっている。ボイントン夫人は、下手奥の洞窟の入口に座っているが、洞窟はすっかり暗くなっている。ジネヴラが大天幕から用心深く出てきて、下手舞台外から聞こえる話し声に耳を澄まし、再びそっと戻る。通訳ガイド、ヒッグス、レディー・ウェストホルムが縦一列になって下手から登場。彼らは暑さで疲れ、不機嫌になっている。ヒッグスは横切って、テーブルの左手にある椅子にどさりと座り込む。レディー・ウェストホルムは横切って、テーブルの右手にある椅子に座る。通訳ガイドは中央に立つ。

ヒッグス　（額の汗を拭いながら）ふう、晩飯をちょうだいする分の汗はかいたぞ。ミス・プライスは頭痛で引き返したが、正解だったな。わしゃへとへとだよ、まったく。

レディー・ウェストホルム　私は疲れなど感じませんわ。

ヒッグス　なるほど――あんたは馬並みに強靭なわけだ。

通訳ガイド　そう。奥様、とても強い。あっちこっち歩きまわって――まるで山羊みたい。

レディー・ウェストホルム　（憤然として）マホメッド！

ヒッグス　（笑いながら）おお、まさにそれだ、エイブラハム、山羊みたいだな。

レディー・ウェストホルムは身をこわばらせ、ものすごい顔つきでにらむ。

ヒッグス　（額を拭う）いやはや、わしは汗ダラダラだよ。
レディー・ウェストホルム　（ようやく言うべき言葉を見つけて）あなたのユーモアのセンスは、その言葉と同じくらい貧弱ね、ヒッグスさん。「汗ダラダラ」こそ、牛馬にふさわしいわ。
ヒッグス　いま思ったんだが、あんたは山羊より馬に似とるな。（通訳ガイドに）テントからビールの大瓶を持ってきてくれんか、エイブラハム。おお、それと、奥様にも同じものをな。料金はわしにつけといてくれ。それで機嫌を直してもらえるだろう。
レディー・ウェストホルム　ありがたいけど、私はお茶のほうがいいわ。
通訳ガイド　お茶いれるには遅すぎ、奥様。今は夕食の時間。
レディー・ウェストホルム　ばか言わないで。やかんで沸かせばいいのよ。
通訳ガイド　いいえ、奥様、やかん、いま沸かせない。
ヒッグス　（立ち上がり）ビールが一番さ。湯を沸かさんでもいいよ。今日の午後はたいしたものは見学できなかった――いや、なんにもだ。
通訳ガイド　（ヒッグスのもとに行き）おや、それなら、ほら、クシャクシャシダ、垂れてるの見る。
ヒッグス　ああ、我が家の温室にも垂れとるがな。そいつが垂れとるのを見にはるばる異教の国まで来たわけじゃない。

通訳ガイド　わかったよ。ビール、取ってくる。

通訳ガイドが大天幕へと退場。ヒッグスは中央右手に行く。

ヒッグス　（ボイントン夫人を見上げながら）異教の偶像がわしらと一緒にいるようだな。世界を睥睨《へいげい》しながら、あそこに座っとるわけだ。旧約聖書に出てくるやつみたいにな。モロク神だったかな？　人々が子どもを生け贄に捧げたやつだ。親がそんなことに熱狂したとは信じられんよ。まあ、連中は頭がおかしかったんだろうが。

レディー・ウェストホルム　未開の迷信時代だったのよ。現代では……。

ヒッグス　現代でも、生け贄を捧げるのが続いとるようだ。ここに来てから、わしはしっかり目を開いて見ておるぞ。言っとくが、あの女の子どもたちを思うと、わしの胸は張り裂けんばかりさ。あそこにいる古ぼけた彫像は、子どもたちをしっかり犠牲に供させようと見守っとるじゃないか。あの女は、精神なんとか学者がサディストとか呼んどるやつそのものさ。

レディー・ウェストホルム　（立ち上がり）ヒッグスさん――なんてことを！

レディー・ウェストホルムは、まめのできた足を引きずりながら下手へ退場。

ヒッグス　（鼻をくんくんさせながら）ほう、動物を犠牲に献げるいい匂いがするな。ほんとに生け贄に供して焼いとるんでなきゃいいが。

ヒッグスは下手へ退場。

ジネヴラが大天幕から用心深く登場し、中央奥に来る。手に長く鋭いナイフを持っている。舞台外からジェラールの声が聞こえ、思わず立ち止まる。急ぎ足でテーブルに向かい、ジェラールの医薬品ケースの下にナイフを隠すと、テーブルを片付けるようなふりをしてサラの注射器のケースを手に持つ。

ジェラールが大天幕から登場。ジネヴラは急いで中央に行く。

ジェラール　（彼女が慌てているのに目を止めながら）そこで何を手に入れたんだい？　（ジネヴラの左側に近づく）

ジネヴラ　なんでもないわ。

ジェラール　それを寄こしなさい。（ジネヴラからケースを取り上げ、開く）注射器で何してたんだい？

ジネヴラ　知らないわ。触ってもいないわよ。

ジェラールは顔をしかめ、テーブルに向かい、サラのケースを置くと、自分のケースを開けようとして、ナイフを見つける。

ジェラール　（ナイフを手に取り）おや！　（テーブルの右手手前に行く）

ジネヴラが前に飛び出し、ナイフを取り返そうとする。

ジェラール　なんだい、これは？

ジネヴラ　返してちょうだい。必要なの。

ジェラール　どこでこんなものを？

ジネヴラ　（大天幕を指さしながら）あそこからよ。必要なの、自分を守るために——あの人たちから。

ジェラール　聞きなさい、きみ《モナンファン》、こんな妄想は捨てなさい。（ナイフをテーブルに置く）

ジネヴラ　だって——ほんとの事だって知ってるはずよ。（ジェラールに近づく）ここまで私を追ってきたんでしょ、エルサレムから。私を守るためにここに来たのはわかってるのよ。

ジェラール　（ジネヴラの手を取りながら）聞きなさい、ジネヴラ。君を助けたいんだ……。

ジネヴラ　わかってるわ——前から知ってた。（愛らしく）私を愛してるのね？

ジェラール　私は君の父親ほどの歳なんだよ。

ジネヴラ　でも、私はあなたが大好きよ。（ジェラールに微笑む）ジェラール先生、私、死にたくない。（怒ったように）信じてちょうだい——お願い。（ひそひそと）聞いて、昨日のことよ。あの人たち、私の食べ物に毒を盛ったの。

ジェラール　（厳しく）いや、君の食べ物はまったく安全だったさ。

ジネヴラ　先生——私が本当は彼らの家族じゃないって知ってる？　それが本当のことだって知ってるわよね。わかるでしょ？　私が彼らと違うって。

ジェラール　人は皆、違った存在になりたがるものだ。
ジネヴラ　私が誰なのか、先生には言えないの。約束したのよ。（大げさに）口止めされてるの。
ジェラール　（厳しく）君はジネヴラ・ボイントンだ。
ジネヴラ　あなたなんて嫌いよ。大嫌い。（テーブルの右手の椅子に座り、泣きだす）
ジェラール　（彼女のうしろにまわり）わからないのか、ジネヴラ。君は危ない橋を渡ろうとしているんだよ。君が思いついた逃げ道は、本当の逃げ道じゃないんだ。君は現実と向きあわなきゃいけない。妄想の世界に迷い込んでちゃいけないんだ。
ジネヴラ　逃げるのを手伝ってくれると思ったのに。
ジェラール　それこそ私の望んでいることだよ。（テーブルの左手に行く）
ジネヴラ　私を連れて行ってくれる？　フランスに、パリに。
ジェラール　フランスに連れて行きたいね。（ジネヴラの左隣の椅子に座る）
ジネヴラ　フランスに家があるの？

ジェラールはうなずく。

ジネヴラ　お城？
ジェラール　（微笑みながら）いや、ただの診療所さ。
ジネヴラ　（訝しげに）まあ。（好奇心を見せて）私、そこが気に入るかしら？
ジェラール　ああ、君は現実の物事を考えるようになるさ。そして、非現実的なことにはいずれ興味を持たなくなる。

ジネヴラ　現実の物事ですって。私がずっと病気だったと言うつもりなの？

ジェラール　いや、君は病気なんかじゃないからさ。

ジネヴラ　（身ぶりでボイントン夫人を示し）母さんが、私は病気だって。母さんは、私が病気ならいいと思ってる。母さんが私を病気にしているのよ。母さんはこう言うの。彼らは私の口をふさごうとしているって――（声を高め）私の口をふさごうとしてるのよ。（立ち上がって、中央下手寄りへ行く）

ジェラール　（立ち上がり、テーブルのうしろを通って、中央へ歩きながら）だめだよ、落ち着かないと。

ジネヴラ　あなたと一緒に行きたい。

ジェラール　わかってる。

ジネヴラ　行っちゃいけない？　母さんが行かせてくれないから？

ジェラール　とりあえずは、そのとおりだね。

ジネヴラ　母さんは私を行かせてはくれないわね。

ジェラールはジネヴラのもとに行き、彼女の肩に手を置く。

ジェラール　待とう、ジニー――待つんだ。わかるかい？　待ちさえすればいい。たぶん、それほど長く待つことはない。

ジネヴラ　（あとじさりながら、強い口調で）母さんが死ねば、行けるって言うのね。そういうことじゃない？　母さんが死ねばいいのね。母さんが死ねば、みんな解放される。
ジェラール　そんな言い方をしちゃいけない。
ジネヴラ　いいじゃない。（上手に向かう）あの人たち、そう言ってたわ。
ジェラール　誰が言ってたって？

ジネヴラはジェラールを横目に見て笑う。

ジネヴラ　あの人たちが話してるのを聞いたの。私がそこにいるのに気づかなかったのよ。母さんを殺さなきゃって言ってたわ――それがただ一つの道だって。
ジェラール　（ジネヴラに近づきながら）誰がそんなことを言ってたんだ？（ジネヴラの両手を握る）
ジネヴラ　家族の誰かがやるんだって――みんなのために。
ジェラール　誰がそんなことを言った？
ジネヴラ　レノックスとレイモンドよ。
ジェラール　君はまた作り話をしているね。
ジネヴラ　いいえ、本当のことよ。
ジェラール　じゃあ、君はほかの話は本当じゃないと言うんだね？
ジネヴラ　（怒って）あなたなんか嫌い、もう行くわ。行かせてちょうだい。

ジネヴラはジェラールの手を振りほどき、走り去って下手へ退場。

ジネヴラの退場と入れ違いに、ナディーンが下手から登場。

ナディーン　（中央に向かいながら）ジニーはどうしたの？

ジェラールはナイフを取り上げ、ナディーンに見せる。

ナディーン　なんなの、それ？　ナイフね。困ったこと、ほんとに困ったことだわ。

ジェラール　ええ、症状はますます重くなっていますよ。（ナイフをテーブルに置く）

ナディーン　（中央上手へ歩きながら）でも、まだ手遅れじゃない。治療は受けられるわ。

ジェラール　ええ、まだ時間はあります。でも、あなたはまだ、よくわかっていない。

ナディーン　（下手手前へ歩きながら）悪魔の存在を信じますか、ジェラール先生？

ジェラール　つまり、悪の存在を信じるか、ということですか？　現実の悪を？　ええ、信じますよ。

ナディーン　私もです。

ジェラールとナディーンはボイントン夫人を見上げる。

ジェラール　でも、我々には打つ手がない。

ナディーン　そう決めてかかることはありませんわ。

コープが下手から登場し、中央に向かう。表情が晴れ晴れとしている。

コープ　そろそろ夕食の時間だね。
ジェラール　ええ、手を洗いに行かなきゃ。（医薬品ケースを手に持ち、下手へ向かう）
コープ　あの暑さのあとだと、なにやら寒いくらいですね。
ジェラール　ええ、日が沈むと急激に冷えるんですよ。

ジェラールが下手へ退場。

コープ　（ナディーンのもとに行きながら）上着を持ってこようか、ナディーン？
ナディーン　いいえ、いいわ。大天幕の中は暑いでしょうから。ジェフ、ちょうど今、ジェラール先生とジニーのことを話していたの。
コープ　（心配そうな表情になり）ああ、ジニーか。私も昨日、ジェラール先生と話したよ。彼のサナトリウムで治療すれば、完治できると断言してた。有名なサナトリウムだし、評判もいい。私からボイントン夫人にもだいたい同じ話をしたよ。
ナディーン　じゃあ、母にそのことを話したのね。なんて言ってた？
コープ　母親の介抱のほうが、新手の医者の療法なんぞより効果があると言ってたよ。
ナディーン　（中央下手へ歩きながら）あの人はジニーの母親じゃないわ。
コープ　なんだって。ああ、確かに。（中央上手に向かう）でも、夫人はひたすらジニーの回復を願ってると思うけどね。

ナディーン　（いら立ちながらも、優しく）ああ、ジェフ。あなたのようなお人よしの一番悪いところよ。あなたは――信用しすぎるわ。

コープ　君のことなら信じてるよ。

ナディーン　だめよ。

コープ　君は、心変わりしたんじゃないだろうね？

ナディーン　（彼に近づきながら）どうして私が心変わりしたと思うの？　レノックスと一緒にいて、なんの意味があるっていうのよ？　私は新しい生活をはじめたい――あなたと一緒に。（彼に手を差し出す）

コープ　きっと幸せな生活にするよ。約束する。

ナディーン　どうして約束できるの？

レイモンドが下手から登場。下手手前のデッキチェアに座り、ぼんやりと考え込む。

コープ　レノックスと話さなきゃ。この件についてはうやむやにしたくないんだ。

ナディーン　だめ、ジェフ、お願い。後生だから。

通訳ガイド　（舞台外で、呼びかける）夕食の用意、できたよ。

ナディーン　行ってちょうだい。

コープはためらうが、大天幕へと退場。
レノックスが下手から登場し、ナディーンに近づく。

レノックス　ナディーン。

ナディーン　はい。

レノックス　今日の午後は不意をつかれたよ。エルサレムに戻るまで待ってくれないか。その頃には状況も変わっているかもしれない。

ナディーン　（振り向いて彼を見る）変わるですって？　どう変わるって言うの？

通訳ガイドが大天幕から登場。銅鑼を持ち、嬉しげにそれを打ち鳴らす。

通訳ガイド　夕食の用意、できたよ。

ナディーンは大天幕へと退場。レノックスもそのあとに続いて退場。
アラブ人のボーイが大天幕から登場。飲み物の載った盆を持ち、それをテーブルに置くと、大天幕へと退場。
ヒッグスが下手から登場。

ヒッグス　（通訳ガイドに）おい、静かにしてくれよ。わしらは耳が聞こえんわけじゃない。

通訳ガイド　夕食の用意、できたよ。
ヒッグス　わかっとる。さっきから聞こえとるよ。

レディー・ウェストホルムが下手から登場。
通訳ガイドはすれ違いに下手へと退場。

レディー・ウェストホルム　（テーブルの右手にある椅子に座り）まったく野蛮だこと！　ほんとにこの土地の連中ときたら、子どもと同じなんだから。
ヒッグス　（テーブルのうしろにまわり）まあ、うちのガキどもも銅鑼を鳴らすのは好きだがな。（レディー・ウェストホルムに飲み物を注ぎ、自分にも注ぐ）あんたには子どもはいるのかね、レディー・ウェストホルム？
レディー・ウェストホルム　おりませんわ。
ヒッグス　きっとおらんだろとは思っとったがね。（テーブルの左手にある椅子に座る）

ジェラールが下手から登場し、レイモンドのもとに向かう。

レディー・ウェストホルム　まあ！

レディー・ウェストホルムとヒッグスはそれぞれ飲み物をすする。

ジェラール　（レイモンドに）もの思いに耽ってたのかね？
レイモンド　今朝の探検のことを考えてたんです――犠牲の場所に行ったことを。
ジェラール　ほう。
レイモンド　こう思うんです。命を重く考えすぎることもあるんじゃないかってね。死は、ぼくらが考えるほど重大なことじゃない。ときには、犠牲も必要じゃないかと。
ジェラール　つまり――人の命を犠牲に捧げることをかい？
レイモンド　そうです。
ジェラール　一人の人間が民に代わって死ぬのは好都合だと？（新約聖書「ヨハネによる福音書」第十一章五十節）それが君の考えかね？
レイモンド　ええ、その言葉は優れた真実ですよ。

アラブ人のボーイが下手の岩の上に登場し、ボイントン夫人を起こそうとするが、夫人は起きない。

ジェラール　人が自分の命を捨てるのと、強制的に人の命を奪うのは別のことだ。人の命を奪うことで、人類の進歩や福祉が促進されたとは思えないね。
レイモンド　（興奮して立ち上がり）そんなことはない。そうするしかないことだってある。死がよい結果だけをもたらすこともあるんだ。死が人々を自由にし、死が苦悩と悲惨を解き放つことも。そういう死は、ただ時計を少し進めて時期を早めるだけのことさ。必要なのは勇気だけ――そう、勇気なんだ。

アラブ人のボーイがジェラールのもとに降りてきて、何か耳うちする。ジェラールとアラブ人のボーイは下手へ退場。ジェラールが下手奥の岩の上に登場し、ボイントン夫人にかがみ込む。同時進行で、レディー・ウェストホルムが飲み物を飲みほし、大天幕へ退場。

レノックスが下手から登場し、レイモンドのもとに行く。

ヒッグス （レイモンドに）勇気とはおかしなものさ、君。機関銃には立ち向かえても、継母からは逃げる男どももいるんだからな。

ミス・プライスが下手から登場。

ミス・プライス あら、私を待っていたんじゃなければいいけど。

ヒッグス （立ち上がって、ミス・プライスに椅子を勧めながら）頭痛はどうかね？（ミス・プライスに飲み物を注ぐ）

ミス・プライス （テーブルの右手の椅子に座り）すっかりよくなりましたわ。ありがとう。

ヒッグス 今日の午後は、あなたが帰ってしまって残念だったよ。（再び椅子に座る）だが、たいして見逃したものはない――あの気取った奥方と父祖アブラハムのちょっとした言い争いがあっただけさ。

ミス・プライス　あら、何を言い争ってましたの？

ヒッグス　いろんなことさ。彼女は常に正しく、彼は常に間違っていたというわけでな。

ミス・プライス　あなたもそう思いますの、ヒッグスさん？

ヒッグス　わからんね。古代史はわしの得意分野じゃない。わしは、一〇六六年（ノルマン征服のあった年）からはじめて、違う分野を学んでいたんでね。

　　サラが下手から登場し、横切ってテーブルのうしろに行く。

サラ　（あくびをしながら）ふう――よく寝たわ。

ヒッグス　いい夢を見たんならいいが。

サラ　夢なんて見なかったわ。

ヒッグス　一度、変な夢を見たことがある。

ミス・プライス　あら、教えてくださらない、ヒッグスさん。

ヒッグス　（クスクス笑いながら）自分が三人おってな、ビールのグラスがたった一つという夢さ。

ミス・プライス　まあ、ヒッグスさんったら！　それなら、私だって変な夢を見たことがありますわ。カンタベリー大司教とお茶を飲むことになって――なぜか、ウォラム・グリーン行きのチケットを買ったの。そしたら、寝巻のままなのに気づいたって夢よ。

ジェラールが岩から降りて、レノックスのもとに向かう。

ジェラール　ボイントンさん。残念だが悪いお知らせがある。お母さんだが――（間を置いて）死んでいる。

幕。

第二幕　舞台配置図

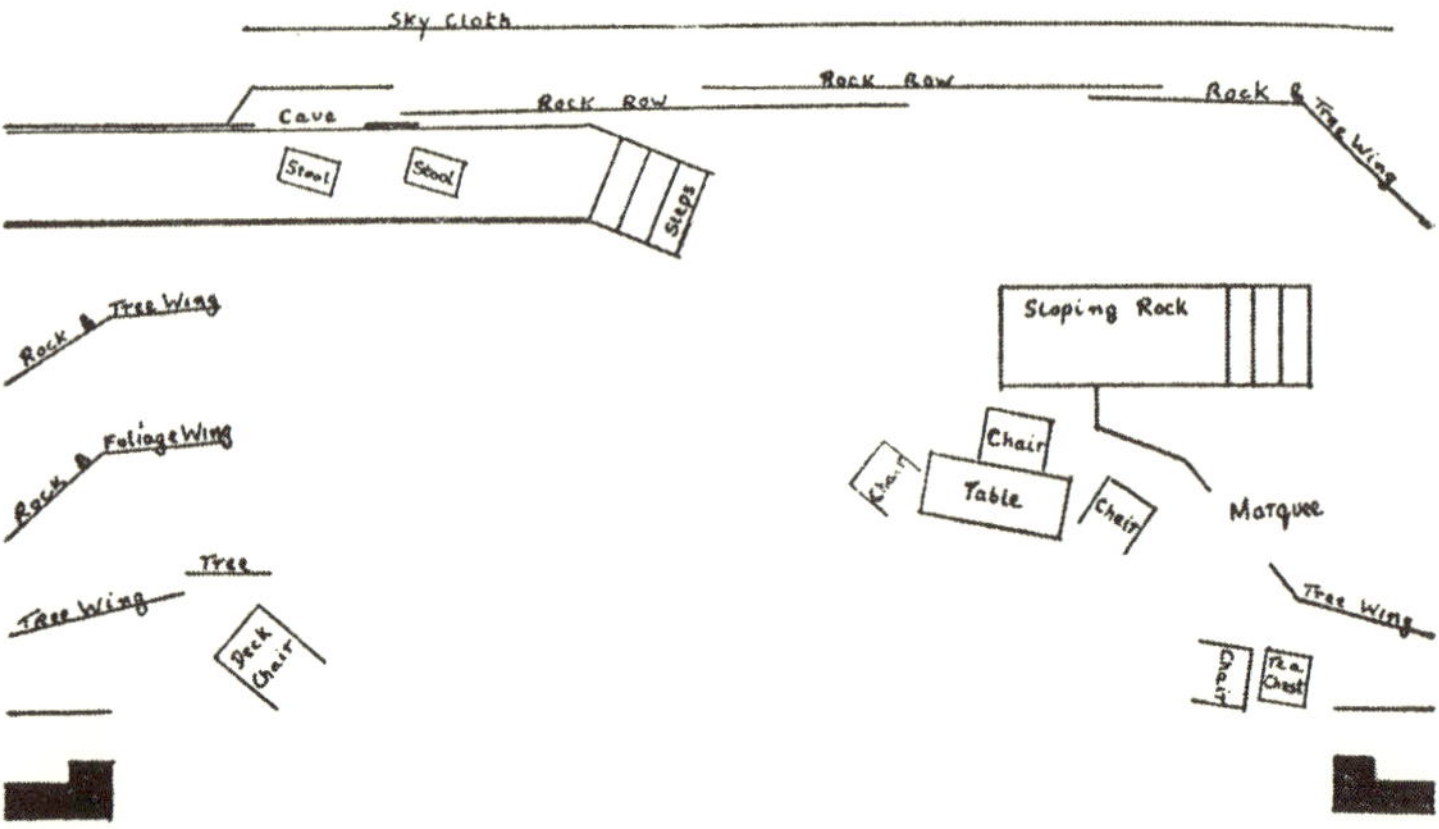
Sky Cloth
Rock Row
Rock Row
Rock & Tree Wing
Cave
Stool
Stool
Steps
Rock & Tree Wing
Sloping Rock
Rock & Foliage Wing
Chair
Chair
Table
Chair
Marquee
Tree
Tree Wing
Tree Wing
Deck Chair
Chair
Tea Chest

第三幕

第一場

場面：同じ場所。翌朝。

幕が上がると、通訳ガイドがテーブルの右手の椅子に座って眠りこけている。アラブ人のボーイが、長いほうきで小さなゴミの山を掃き集めながら、大天幕から登場。ゆく手をよく見ておらず、ほうきが通訳ガイドの足に当たる。通訳ガイドが叫び声をあげて目を覚まし、アラブ人のボーイを追いかけて下手へ退場。そのあいだにサラとレイモンドが上手の斜面を降りてきて登場し、面白そうにその様子を眺めている。二人が中央手前に来ると同時に、通訳ガイドとアラブ人のボーイが大天幕へと退場。

レイモンド　ほんとかい、サラ？　信じていいんだね？　ぼくのことが好きなんだね？

サラ　おばかさんね！

レイモンドはサラを抱きしめ、二人はキスをする。

レイモンド　（テーブルの前へ歩きながら）なにもかもが夢みたいだ。なんだか怖いくらい――昨夜からまだ間がないのに。

サラ　（彼の右手に行きながら）うっとうしいこと言わないの。偽善を装ってなんの意味があるの？

レイモンド　でもね、サラ、人の死を喜ぶなんていけないことだよ。

サラ　わかってるわ。でも、あなたの継母は不愉快な女というだけじゃなくて、危険な女でもあったの。あんなふうに死んでくれたのはありがたいことだったのよ。はっきり言って、ほとんどうまくいきすぎて嘘みたいだわ。

レイモンド　わかるよ。ぼくだって同じ気持ちさ。日陰からお日さまのもとに出てきた気分だよ。（柔らかい声で）ぼくたちは自由――自由なんだ。

サラ　一人の人間がほかの人たちにあんな権力をふるうなんて、とんでもないことよ。

レイモンド　あんなことは許すべきじゃなかった。

サラ　でも、あなたには選択の余地はなかったのよ。あなたたちがまだ小さかった頃にやって来たんですもの。信じて、わかるから言ってるのよ。

二人はテーブルの舞台前方側に寄りかかる。

レイモンド　さすがは学識ある先生だね。
サラ　（不安そうに）私が医者なのを気にしたりしないわよね？
レイモンド　もちろんさ、サラ。ぼくが誰のことを気にかけるって？
サラ　あら、私の夫になる気だと思ってたのに――もちろん、まだ申し込まれてもいないけど。
レイモンド　サラ。（彼女に抱きつく）

サラはレイモンドから身をかわす。
ナディーンとレノックスが下手から登場。彼らは言葉を交わしていないが、幸せそうな様子。

ナディーン　あら、ここにいたのね、サラ。お会いしたかったのよ。ジネヴラのことでジェラール先生とお話ししたの。
サラ　それで？
ナディーン　治療のために、パリの近くにある先生の診療所に入院する手続きを進めてるの。
サラ　まあ、よかった。ジェラール先生は、精神科医として間違いなく最高の方です。あの先生以上の人はいないわ。間違いなく第一人者よ。
ナディーン　必ずよくなるっておっしゃるの――完全に普通の女の子にね。
サラ　私もそう思うわ。ジニーにはもともとおかしなところなんてないんだもの。あの子を妄想に駆り立てていたのは、ただの現実逃避だったのよ。でも、幸い、まだ手遅れじゃない。
ナディーン　そうよ、手遅れじゃないわ。（洞窟の入口を見上げる）影は消えたのよ。

レノックス　夢から覚めたみたいだ。
ナディーン　現実だとすぐには信じられないわね。
レイモンド　でも、現実なんだ。もう母はぼくたちを傷つけることはできない。ぼくたちのやりたいことを邪魔することはできないんだ。

次のセリフを語りながら、サラとレイモンドはゆっくりと中央奥に進む。

レイモンド　（真剣に）そうさ、サラ。ぼくは自分の人生の大事なことをやらなくちゃ。何かに取り組むんだ――何か重要なことにね。自分にどんな能力があるのかわからない。何ができるのかも、そもそも才能があるのかどうかもわからないけど。

サラとレイモンドは上手奥へ退場。

レノックス　（ナディーンの手をとり）ナディーン。ぼくと別れる気じゃないよね？
ナディーン　そう思ってるの？
レノックス　行かせるもんか。
ナディーン　どうしてもっと早くそう言ってくれなかったの？
レノックス　どうして？　どうしてだって？　ぼくにはわからない。（上手に向かう）ぼくの何がいけなかったんだ？　どうしてぼくは、今日のように感じることができなかったんだろう？　母はどうしてあんなことができたのか？　なぜあんな影響をぼくに――ぼくたちみんなに与えたんだろう？　ごく普通の、ちょっと暴君的なお婆さんにすぎないのに。

ナディーン　いいえ、レノックス、彼女はそれ以上の存在だった。彼女は――（言葉を探るように）権力を握っていたのよ。現実の悪というものは存在するの。世界の中にもあるわ――国民に君臨する悪が。私たちの場合は、家族の中で起きた、小さな身内の出来事よ。でも、同じことなの――権力への欲望、残虐と責め苦を加える喜び……。（口をつぐむ）

レノックス　（優しく）ナディーン――もう終わったんだ。ぼくたちは脱出したんだよ。

ナディーン　ええ、脱出したわ。あの人はもう私たちを傷つけることはできない。

カーベリー大佐が下手から岩の上に登場。長身で、制服を着た中年の英国人。うつろな表情をし、狩猟や射撃、釣りが趣味のタイプに見えるが、時おり不気味な鋭さを示す。小さな書類の束を持っている。岩の上のスツールを調べ、洞窟の中を覗き、メモをとる。

通訳ガイドが大天幕から登場。

通訳ガイド　（中央上手寄りへ歩きながら）おはよう、奥様、旦那様。悲しい、いやな事件、あったけど、よく眠れたこと、希望します。お婆さん、暑さに耐えられなかった。そんなに悲しまなくていい。エルサレムで、立派な葬儀、できる。素敵な墓地、ある。値段、高いけど。一流の墓石のあるお店、連れていく。すてきな墓、できる。大きな石でできた、翼のある天使、ほしい？　それとも、エルサレム産の大きな石板、聖書から採ったすてきな聖句、どう？　私の友だち、頼めば、とても安くしてくれる。彼、とても立派な人。いい人死ぬと、みな彼のとこ行く。

ナディーン　（カーベリーを指さしながら）あそこにいるの、誰？

通訳ガイド　あれ、カーベリー大佐。カーベリー閣下《パシャ》。トランスヨルダンの偉い人。トランスヨルダン警察の総監。

カーベリーが下手奥へ退場。

ナディーン　（驚いて）警察ですって。

通訳ガイド　（にっこりしながら）私、夕べ、警官、呼んだ。報告書、作った。人死んだら、みんな報告、必要。

レノックス　何？　ああ、なるほどね。

通訳ガイド　そしたら、カーベリー閣下《パシャ》、来て、みんな手配した。（微笑む）とても実務的、一流。

レノックス　（ゆっくりと）どうやら彼と話したほうがいいな。

ナディーン　そう――そうね。私も一緒に行くわ。

レノックスとナディーンは横切って下手へ退場。

ヒッグスが大天幕からのしのしと登場。

ヒッグス　ほう、どうしたね？

通訳ガイド　お婆さんの死体、回収の手続きする。ほかの人たちには、馬、用意する。今日の午後、キャンプ出る。

ヒッグス　なに、わしらもか？　なあ君、わしは四日分払っているんだぞ。そういうことなら、払い戻しを要求する。

通訳ガイド　とても悲しい事件、状況変える。

ヒッグス　おいおい、わしの見たところ、誰も悲しんじゃおらんぞ。

レディー・ウェストホルムとミス・プライスが下手から登場。レディー・ウェストホルムは中央に向かう。

ヒッグス　（レディー・ウェストホルムに）この男の言うには、わしらは今日の午後、ここを出るんだとよ。

通訳ガイド　（レディー・ウェストホルムとミス・プライスの間に割り込みながら）今朝のうち、二人の奥様、一人の旦那様、すてきな散歩、連れていく。面白い建築物、クシャクシャシダ、見せる。帰る前に、ペトラの一番いいとこ、見せる。

レディー・ウェストホルム　朝のうちの探検なんて悪趣味もいいとこだわ。

通訳ガイド　（心配そうに）なにか味の悪い物、食べたか？　エイブラハムに言いなさい。エイブラハム、料理人、叱る。

ヒッグス　ここでぐずぐずしていても無駄だよ。少しでも観光したほうがいい。行こうじゃないか。

（レディー・ウェストホルムの左側に行き、彼女の手をとる）

レディー・ウェストホルムが手を振り払う。

通訳ガイド　（レディー・ウェストホルの肩をたたき）とても素敵な探検――。

レディー・ウェストホルム　私の考え方に口出しなさらないでちょうだいな、ヒッグスさん。

ヒッグス　あんたも払った金は惜しいはずだ、そうだろ。

レディー・ウェストホルムは通訳ガイドをにらみつける。

通訳ガイド　――（機嫌をとるように）とても古い。紀元前、キリストの前、二百年。

レディー・ウェストホルム　だめよ、マホメッド。

通訳ガイド　とても素敵な探検。登るのも辛くない。全然疲れない。

レディー・ウェストホルム　私は疲れたことなんかないわ。

ヒッグス　なあ、わしに言わせりゃ、見られるもの全部見ておかんのはもったいないというもんだよ。金は払ったんだからな。

レディー・ウェストホルム　残念だけど、そうね。でも、尊重すべき礼儀というものもありますのよ。もっとも、あなたにそんなことを説明しても無駄でしょうけどね、ヒッグスさん。

ヒッグス　わしが理解できんとでも？　もちろんできるさ。わしが言っとるのはただ、わしらは金を払ったということなんだ。
レディー・ウェストホルム　（下手手前のデッキチェアに向かいながら）同じ話を繰り返す必要はないわ。（座る）
ヒッグス　あんたがあの婆さんを気に入っとったとは思えんが。それを言うなら、誰もがそうだ。家族を見ても、深く悲しんどる様子はないしな。見たところ、連中、ちょっとずうずうしくなっとるぞ。
ミス・プライス　つくづく思うんですけど、今度のことは天が与えたもうた解放ですわ。
ヒッグス　連中だって同じように考えとるだろうな。それならなんで、レディー・Wがその問題でそんなに心を痛めたりするのだ……。
レディー・ウェストホルム　そんなわけないわよ。ただ、突然の思いがけない死があったばかりで、観光に出かけたりしたくないだけ。お悔やみの気持ちなんてありません。ボイントン夫人は知り合いでもないし、それに、私が思うに、あの人、お酒が入ってたと思うの。
ミス・プライス　（レディー・ウェストホルムに）違うわ、アレトゥーサ。そんなこと言うなんて、あまりに酷よ――それに事実じゃないわ。
レディー・ウェストホルム　ばかなこと言わないで、アマベル。アルコールの気配ぐらい、見ればわかるわよ。
ヒッグス　わしもさ。（ものほしそうな様子で）今も、少しくらいいただいてもかまわんのだが――ちょっと時間が早いかな。
ミス・プライス　死んだ人を悪く言うものじゃないと思いますわ。ともかく、私はもうこんな話はしたくありません。

ヒッグス　(通訳ガイドに) さあ、エイブラハム、わしは探検に行くぞ。(ミス・プライスに) あんたも一緒に来んかね。

ミス・プライスは実は行きたそうだが、レディー・ウェストホルムが気になる。

通訳ガイド　すてきな散歩、連れていく。ナバテア人の埋葬地、見せる。とても悲しい場所――とてもふさわしい。

ミス・プライス　そうね――どうしよう――たぶん……。

ミス・プライス　墓地ですって？　アレトゥーサ、それならかまわないんじゃないかしら。

レディー・ウェストホルム　あなたがどうしようと、好きになさればいいわ。でも、私はここに残るわよ。

ヒッグス　(ミス・プライスに) さあ、行きましょう。

ミス・プライス　どうしよう……。

ヒッグスはミス・プライスの手をとり、上手の斜面へと引っ張っていく。

ヒッグス　さあ――行こう。わしがあんたの世話をするよ。(斜面で立ち止まり、振り返る) ところで、エイブラハム、わしはクジャクシダなんぞ見たくないからな、垂れていようと反り返っていようとな。

ミス・プライス、ヒッグス、通訳ガイドは、上手の斜面を登って退場。

カーベリーが下手から登場。

レディー・ウェストホルム　ねえ、カーベリー大佐、お話があるんですけど。

カーベリー　(中央下手寄りに向かいながら)なんでしょう、レディー・ウェストホルム？

レディー・ウェストホルム　今度の事件では、不快なことなどないと思ってよろしいわね。

カーベリー　(曖昧に)さて、不快なこととはどういうことですかな、レディー・ウェストホルム？

レディー・ウェストホルム　外交上の視点で申してますの。あの人たちはアメリカ人よ。アメリカ人はとても神経過敏だし、すぐ腹を立てます。役人がしゃしゃり出てきたら、憤慨するかもしれませんわ。

カーベリー　(穏やかに)そうおっしゃいますが、突然の死に加えて――私にも職務がありまして。

レディー・ウェストホルム　そうね。でも、なにもかもがはっきりしてます。ここの暑さときたら、昨日は一段とひどかったし。岩からの放射熱もすごかった。お年寄りのボイントン夫人は見るからに健康がすぐれなかったし。(声を潜める)ここだけの話ですけど、夫人はお酒を飲んでたのよ。

カーベリー　ほんとに？　事実だとはっきり言えますか？

レディー・ウェストホルム　確かですわ。

カーベリー　でも、証拠はないんでしょう？

レディー・ウェストホルム　証拠なんか要らないわ。
カーベリー　残念ですが、私には要るんですよ。
レディー・ウェストホルム　あれじゃ、急性の熱射病になっても不思議じゃないわ。
カーベリー　ええ、ええ。確かに、少しも不思議じゃない。（テーブルのうしろに行く）
レディー・ウェストホルム　じゃあ、私たちはここで足止めをくったりはしませんのね？
カーベリー　ええ、ええ、保証しますよ、レディー・ウェストホルム。今日の午後、馬が来ます。運び出す手配をしますよ。その――死体をね。みんな出発できますよ。

レノックスとナディーンが下手から登場。

カーベリー　お座りください、ボイントンの奥さん。（テーブルの右手の椅子をナディーンに勧め、左手の椅子をレノックスに勧める）

ナディーンは右手の椅子に座り、レノックスは左手の椅子に座る。言葉が途切れる。

カーベリー　（レディー・ウェストホルムのほうを見て）では、これでよろしいですかな、レディー・ウェストホルム。

レディー・ウェストホルムは立ち上がり、下手へどすどす歩いて退場。

カーベリー　（彼女が行くのを見つめ、苦笑しながら）たいした女性だ。（テーブルのうしろにある椅子に座る）自分が大英帝国を切り盛りしていると思ってますな。（態度を変えて）さて、ボイントンさん、詳細をお聞かせ願いたいのですが。（書類を叩く）そう、書類を出さにゃいかんのです。我らが時代の呪わしい産物ですよ。必要以上にお煩わせするつもりはありませんが。
ナディーン　もちろん、よくわかってますわ。
レノックス　そう、わかってますよ。
カーベリー　故人の名前と年齢は？
レノックス　エイダ・キャロライン・ボイントン。六十二歳でした。
カーベリー　（メモをとりながら）健康状態はあまりよくなかったんですね？
ナディーン　うっ血性心不全を患ってました。みんな、いつ亡くなってもおかしくないと承知しておりました。
カーベリー　なかなか専門的なことをおっしゃいますな。
ナディーン　私、結婚前に、ナースの研修を受けましたから。
カーベリー　ああ、なるほど。
レノックス　母は病人でした。重病人だったんです。
カーベリー　（穏やかに、意味深長な物言いで）重病人の女性と一緒では、なかなかきつい旅行だったのではありませんかな？
ナディーン　義母《はは》をご存じないから。こうと決めたら聞かない女性でした。何かをしたいと思ったら

――（肩をすくめる）そう、そのとおり実行に移したんです。私たちは仕方なく来たの。

カーベリー　なるほど、なるほど。こういうお年寄りはひどく頑固ですからな。引かないのでしょうね。（ひと息つく）あきらめるよう手は尽くしたというわけですな？

ナディーン　（すぐに）もちろんですわ。

カーベリー　実に嘆かわしいことです。（二人を横目でちらりと見る）その――さぞ――ショックといいますか、悲しかったでしょうな。

レノックス　ええ、大きなショックでしたよ。

カーベリー　まったく、まったく。

言葉が途切れる。

レノックス　それだけですか？

カーベリー　それだけとは？

ナディーン　しなければならない形式上の手続きはまだありますか？

カーベリー　できるだけ簡単にすませますよ。まずは文明社会に戻らなくてはね。おそらく検死解剖はしなくてはならんでしょう。

レノックス　（立ち上がり、問いただすように）必要なんですか？

カーベリー　まあ、この状況では――突然の死だったし、看取った医師もおりませんし。

ナディーン　でも、このキャンプ場には医師が二人いますよ。

カーベリー　（いかにも曖昧に）まあ、そうですな、確かに。
ナディーン　あの人たちなら、間違いなく死亡診断書が書けるんじゃないの？
カーベリー　（立って上手手前へ歩きながら）さあ、わかりませんな。二人とも、彼女を看取ったわけではないでしょう？
ナディーン　ミス・キングは――義母と健康状態について話していたと思います。
カーベリー　ほう、そうですか？　では、役に立ちそうですな。（あらたまって）検死解剖はお気に召しませんかな？
レノックス　はっきり言えば、好みません。だって、みんな動揺しますよ。
カーベリー　もちろん、お気持ちはわかります。ただ、彼女はあなたの継母にすぎないですよね、ボイントンさん？
レノックス　いや――ええ……。
ナディーン　（立ち上がり）父親が再婚したとき、彼らはまだ小さかったから、本当の母親も同様だったんです。
カーベリー　なるほど、なるほど。
ナディーン　それで、できるだけのことをしていただけるんですね？
カーベリー　できるだけのことはしますよ。

レノックスとナディーンは横切って、下手へ退場。

カーベリー　（テーブルのうしろに行き、眉をつり上げ、唇をすぼめる）どうも妙だ、妙だぞ。興味深い。

レイモンドとサラが話をしながら大天幕から足早に登場。楽しそうで生き生きとしている。

カーベリー　おや、キング先生ですな。
サラ　（カーベリーの左側に近づきながら）そうですが？
カーベリー　ちょっとお話がありまして。（テーブルの左手にある椅子を勧める）

サラは勧められた椅子に座る。

カーベリー　（レイモンドに）お母さんの健康状態についてですがね、ボイントンさん。たぶん、その点でキング先生のお力添えをいただけるんじゃないかと。
レイモンド　（サラの左手に近づきながら）どういうことで？
カーベリー　（テーブルのうしろの椅子に座り、サラに）昨日、ボイントン夫人と健康状態のことで話を交わされたとうかがいましたが。
サラ　え――ええ。でも、それは診察じゃありません。
カーベリー　つまり、夫人が相談してきたのではないのですか？
サラ　ええ。（ひと息つき、戸惑ったように）実は、私のほうからあの人に話しかけたんです。その――あの人に警告したんです。

カーベリー　警告ですと？
サラ　まあ――健康のことについてですけど。その、彼女はあまり深刻に受け取られませんでした。
カーベリー　ということは、深刻な症状だったわけですな？
サラ　ええ。
カーベリー　すると、彼女が死んでも、あなたは驚かなかったと？
サラ　（ゆっくりと）ええ、驚きませんでした――それほどには。
カーベリー　失礼ですがキング先生、「それほどには」とは、どういう意味ですか？
サラ　その、つまり――警告してから、あんなにすぐに亡くなったものだから。
カーベリー　彼女に何を警告されたのですか？　無理しないようにとか、そんなことですか？
サラ　（間を置いて）そうじゃないの。（急き込むように）あなたの命はもう長くないって言ったのよ。

カーベリーは口笛を吹く。

カーベリー　最近の医者は、そんなことを平然と告げるのですか？
サラ　いえ。その、医師の立場で言ったわけじゃないんです。
カーベリー　ほう、何か理由があったと？
サラ　つまり、彼女は知るべきだと思ったんです。
カーベリー　ふむ、もちろん、私は医療上の礼儀作法を云々する立場じゃありませんが……。

ジェラールが下手から足早に登場。慌てている。

ジェラール　（中央下手寄りに向かいながら）カーベリー大佐、話があるんだが。

カーベリー　（立ち上がり、サラとレイモンドに）席を外していただけますか？

サラは立ち上がり、レイモンドと一緒に大天幕へ退場。

カーベリー　（ジェラールの左側に近づき）さて、ジェラール先生、なんでしょうか？

ジェラール　あなたに事実をお話しするのが私の義務、そう、義務だと思ってます。（ひと息つく）私は、薬品類を入れた小さな旅行用の医薬品ケースを持ってきました。

カーベリー　それで？

ジェラール　今朝、中を見てみると、薬が一つないのに気づいたんです。

カーベリー　（問いただすように）何の薬ですか？

ジェラール　ジギトキシンです（うっ血性心不全に使われるジギタリス製剤）。

カーベリー　ジギトキシンというのは心臓に有害なんですか？

ジェラール　ええ。ジギタリス・プルプレア、俗に言う、キツネノテブクロから抽出されるものです。フランスでは公認されていますが、英国では薬として認められていません。

カーベリー　なるほど。（上手に行く）ジギトキシンを人体に投与するとどんな症状が表れるのですか、ジェラール先生？（テーブルに向かう）

ジェラール　大量の――治療に適した量ではなく、致死量ということですが――ジギトキシンを、たとえば静脈注射でいきなり循環器に投与すれば、心臓麻痺で突然死を引き起こします。
カーベリー　しかも、ボイントン夫人は心臓が弱かったと？
ジェラール　そうです。しかも、彼女はジギタリスを含む薬をいつも飲んでいた。
カーベリー　それなら、こういう場合、ジギトキシンは有害じゃなかったでしょう。
ジェラール　いや、とんでもない、それは素人の考えです。今も申し上げたように、致死量と治療に適した量は違うんですよ。しかもジギタリスは、少量ずつ数回服用して初めて、効果が表れる薬なんです。
カーベリー　それは面白い。（テーブルのうしろにまわる）検死解剖ではどう表れますか？
ジェラール　（重々しく）ジギタリスの有効成分は、死に至らしめても、検出可能な痕跡を残さない場合もあります。
カーベリー　それなら、彼女は処方に従って少しずつ投与されたジギタリスの効果で死んだのかもしれないわけだ。つまりは、同じ薬を使えば、陪審員団に納得のいく証明はできないということですな。ふむ、なかなか利口なやつがいたわけだ。
ジェラール　そう思いますか？
カーベリー　あり得ることですな。誰からも愛されない金持ちの婆さんか。（ひと息つく）その薬を最後に見たのはいつですか？
ジェラール　昨日の午後です。ここにケースを置いていきました。（テーブルの右手に行く）地元の患者のためにキニーネを出したんですよ。

カーベリー　そのときは、ジギトキシンは間違いなくそこに入っていたと？
ジェラール　ええ。隙間はありませんでしたから。
カーベリー　それが、今朝はなくなっていた。
ジェラール　ええ。捜索をお願いします。捨てられてしまったら……。
カーベリー　（ポケットから小瓶を取り出しながら）これですか？
ジェラール　（驚いて）ええ。どこにありました？

カーベリーはジェラールに向かって頭を横に振り、大天幕に行き、呼びかける。

カーベリー　（呼びかけて）ボイントンさん。（テーブルの前に行く）

レイモンドとサラが大天幕から登場。カーベリーの左側に近寄る。

カーベリー　（レイモンドに小瓶を手渡す）これを見たことがありますか？
レイモンド　（不思議そうに）いいえ。
カーベリー　だが、私のアラブ人の仲間が、昨日あなたが着ていた服のポケットから見つけたのですがね。
レイモンド　（ぎょっとして）ぼくのポケットから？
カーベリー　（すっかり態度が変わり、あいまいさが消えて）申し上げたとおりですよ。

レイモンド　何を言ってるのか、さっぱりわからない。なんなんですか、これは？
カーベリー　ラベルが貼ってありますよ。
レイモンド　（読みながら）「ジギトキシン」。
カーベリー　ジギトキシンは心臓に有害なんです。
サラ　何がおっしゃりたいの、カーベリー大佐？
カーベリー　私はただ、そのジギトキシンの小瓶が、どうやってジェラール先生のケースからボイントン氏のポケットに入ったのかを知りたいのですよ。
レイモンド　ぼくは何も知らない。
カーベリー　ジェラール先生のケースから取ったことを否定なさるんですね？
レイモンド　もちろんです。そんなものは見たこともない。（小瓶を傾ける）でも、ほとんど空ですよ。
ジェラール　いっぱいだったんだ、昨日の午後には。（レイモンドから小瓶を取り上げ、中央に向かう）
レイモンド　（驚いた顔をジェラールに向けて）と言うと……？
カーベリー　（早口に）キング先生。皮下注射器はお持ちですか？
サラ　ええ。
カーベリー　どこにありますか？
サラ　テントです。取ってきましょうか？
カーベリー　よろしければ。
　サラは横切って、下手へ退場。

レイモンド　何をほのめかしているんだ、あり得ないことだ――絶対にあり得ない。
カーベリー　何もほのめかしていませんよ。
レイモンド　ぼくがそれほどの馬鹿だと思ってるのか？　何を言おうとしているのかは、はっきりしてる。あなたは、母が――（言葉を飲み込む）毒殺されたとでも？
カーベリー　そんなことは申しておりません。
レイモンド　じゃあ、何が言いたいんだ？
カーベリー　私はただ、ジェラール先生の小瓶が、どうしてあなたのポケットにあったのかを知りたいんですよ。
レイモンド　そんなものはなかった。
カーベリー　私の仲間が見つけたのです。
レイモンド　言っとくが、そんなものには触ったことも……。（口をつぐみ、突然何かを思い出してはっとする）
カーベリー　間違いありませんか？

サラが下手から登場し、カーベリーに近づく。注射器のケースを携えている。

サラ　さあどうぞ。（ケースをカーベリーに手渡す）
カーベリー　ありがとうございます、キング先生。（ケースを開けると、レイモンドを見て、次にサラを

見る）

サラ　どうしました……？

カーベリーはケースの中を見せる。

サラ　（ケースが空なのを見る）入ってないの？

カーベリー　空です。

サラ　でも——おかしいわ。私、絶対に……。（口をつぐみ、おびえはじめる）

ジェラール　昨日の午後見せてもらった注射器のケースだね。あのときにケースの中にあったのは確かかい？

サラ　ええ。

カーベリー　（ジェラールに近づきながら）取り出されたのがいつか見当はつきますか、ジェラール？

ジェラール　（気が動転して）信じられん……。（口をつぐむ）

カーベリー　ほう、何が信じられないんでしょう？

ジェラール　（中央下手へ歩きながら）あり得ん《セ・タンポシブル》、あり得ない《セ・タンポシブル》。

サラ　ジニーなの？

カーベリー　ジニー？　妹さんのことですか、ボイントンさん？

レイモンドは答えない。

カーベリー　こちらへ呼んでいただけますかな。
ジェラール　（強く）だめだ。
カーベリー　（やや驚いた顔を彼に向け）妹さんなら状況を明らかにできるかもしれませんよ。連れてきていただけますか、ボイントンさん。

レイモンドは下手へ退場。カーベリーはテーブルのうしろを通って、その左手へ。

ジェラール　わかってないな。そもそもがわかってない。まあ、聞いてください。あの娘は何も明らかにできませんよ。
カーベリー　だが、彼女はこのケースを触っていた――それも昨日の午後です。（ケースをテーブルに置く）そうでしょ？　それがあなたを悩ませているのでは？
ジェラール　ジニーが注射器を使ったなんてあり得ない。あの子の性格と合致しない。つまり――ああ、ちきしょう《モン・デュー》、どうすればわかってもらえるんだ？
カーベリー　（テーブルの左手にある椅子に座り）話していただけますか。
ジェラール　（横切って、テーブルの下手奥に立ちながら）ジネヴラ・ボイントンは精神的にとても不安定な状態にあるんだ。キング医師も私の判断を裏づけてくれるでしょう。
サラ　（中央下手寄りに行きながら）ジェラール医師は精神病理学の最高権威のお一人ですわ。
カーベリー　（愛想よく）知ってますよ。先生のことならよく承知しています。

サラは下手手前のデッキチェアに座る。

ジェラール　ジネヴラ・ボイントンがキング先生のケースから注射器を取ったとしても、あなたがほのめかしているような理由じゃない。

カーベリー　（悲しげに）でも、私は何もほのめかしてませんよ。ほのめかしているのは、もっぱら皆さんのほうだ。

レイモンドとジネヴラが下手から登場。ジネヴラは中央上手に向かう。カーベリーが立ち上がり、テーブルの右手にある椅子を勧める。ジネヴラは鷹揚に頭を少し下げて感謝し、その椅子に座る。

カーベリー　（再び席に座り）お尋ねしたいことがありましてね、ミス・ボイントン。このケースから皮下注射器がなくなったんです。ご存じありませんか？

ジネヴラ　（頭を振りながら）いいえ、まったく。

カーベリー　確かに盗っていないんですね？

ジネヴラ　どうして私が盗ったりするの？

カーベリー　さあ――　（ジネヴラに微笑む）あなたにお尋ねしてるんですよ。

ジネヴラ　（身を乗り出し）あなたは私の味方なの？

カーベリー　（驚いて）はあ、どういうことですか？
ジネヴラ　それとも、連中の仲間なの？

ジェラールは身ぶりで抑えようとする。

ジネヴラ　（素早く振り向き、ジェラールのほうを見る）この方に聞いて。この人なら知ってます。この人はエルサレムから私を追ってきたのよ——私を守るために。敵から私を守るために。
カーベリー　どういう敵なんですか、ミス・ボイントン？
ジネヴラ　言えないわ。だめ、言えない。危険だから。
カーベリー　この注射器のことで、何か知ってますか？
ジネヴラ　誰が盗ったか知ってるわ。（うなずく）
カーベリー　誰ですか？
ジネヴラ　狙いは私なのよ。あいつらは私を殺すつもりだったの。暗くなってからよ。私は眠ってたはずだから。悲鳴を上げないように。そう、私がまだナイフを手に入れてないのを知ってたからよ。
カーベリー　ナイフとは？
ジネヴラ　ナイフを盗んだけど、この人が——（ジェラールを見る）私から取り上げたのよ。持っていればよかったわ、自分を守るために。あいつらは私を殺そうと企んでたの。
ジェラール　（ジネヴラの背後にまわり、彼女の肩を揺すりながら）こんなお芝居はやめるんだ。君が楽しんでいる妄想は現実じゃない。それが現実じゃないことは、君も心の中ではわかっているはずだ。

ジネヴラ　ほんとよ——みんなほんとなのよ。
ジェラール　（彼女のそばにひざまずき）いや、違う。聞いてくれ、ジネヴラ。君のお母さんは死んだ。君はこれから新しい人生をはじめるんだ。闇と妄想の世界から抜け出さなくちゃいけない。君はもう自由だ——自由なんだよ。
ジネヴラ　（立ち上がり）母さんが死んだ。私は自由、自由なのね。（中央右手へ歩く）母さんが死んだ。（不意にカーベリーのほうを向く）私が母さんを殺したの？
ジェラール　（立ち上がり、中央奥へ歩きながら）ああ！　ちくしょう《モン・デュー》！
サラ　（立ち上がりながら、激しく）もちろん、殺してなんかいないわ。
ジネヴラ　（サラに異常なほど愛らしい笑顔を向けて）どうしてわかるの？

ジネヴラは下手へ退場。

サラ　（一瞬呆然としたあと）あの子、自分が何を言ってるのか、わかってないのよ。
カーベリー　（立ち上がり）問題は、自分が何をしたのか、わかっていたかどうかですな。
サラ　あの子は何もしてないわ。（中央下手に行く）
カーベリー　そうですかな。

レノックスとナディーンが下手から登場。不安な表情を浮かべている。

ナディーン　（中央右寄りに向かいながら）ジニーに何をしたの？　あの子が言ってたわ……。
カーベリー　なんと言ってたんですか、奥さん？
ナディーン　こう言ったの。「あの人たち、私が母さんを殺したと思ってるの」って。笑いながらよ。なんてこと！
ジェラール　そういうことか。自分をドラマの人物に仕立てようとする本能が働くんだ。君は彼女に新しい役柄を与えたのさ。それだけだ。
ナディーン　（テーブルの右側に向かいながら）わかってないのね、カーベリー大佐。義妹《いもうと》は具合がよくないのよ。一種の神経衰弱なの。なにもかもが妄想なのよ。義母《はは》が不幸にも亡くなったものだから……。
カーベリー　不幸にも？
ナディーン　何が言いたいの？
カーベリー　こう申してはなんですが、皆さんにとって、さほど不幸な死ではなかったのではありませんか？
レノックス　（ナディーンの右側に近づきながら）何をほのめかしてる？　何が言いたいんだ？
カーベリー　はっきりさせましょう。（ひと息つき、中央上手手前に少し移動し、淡々と実務的な口調で話す）突然死の場合はですな、ボイントンさん、医師が故人を看取って、死亡診断書を出せる状況でなければ、必ず調査をしなければならんのです。ボイントン夫人の場合は、検死審問を開かなくてはならんでしょう。検死審問の目的は、故人がどのようにして死に至ったかを決定することです。可能性はいくつかある。まず、自然死ですな。もちろん、充分あり得ます。ボイントン夫人は心臓病を患っておられた。だが、ほかの可能性もある、事故死です。夫人はジギタリスを服用していた。なにかのミスで——過量摂取したとは考えられないか？　（ひと息つく）あるいは、誤って——（重々しく）過量に投与されたとは考えられないでしょうか？

ナディーン　私は……。

カーベリー　わかってますよ、奥さん。お姑さんにジギタリスを投与していたのはいつもあなただということはね。

ナディーン　ええ。

カーベリー　彼女に過量に投与してしまったと思われますか？

ナディーン　いいえ。（きっぱりと）事故でも、故意でも、あり得ません、カーベリー大佐。

カーベリー　ちょっとちょっと、そんなことはほのめかしてませんよ。

ナディーン　おっしゃりたいのはそういうことだわ。

カーベリー　私はただ事故の可能性を考えていただけです。（中央上手に行く）すると、三つめの可能性になりますな。（鋭い口調で）殺人です。そう、まさに殺人ですよ。しかも、我々はその見解を裏づける証拠も得たのです。まず、ジェラール医師のケースから消え、レイモンド・ポイントンのポケットから現われたジギトキシンです。

ジェラールがテーブルの左手に向かう。

レイモンド　そんなの知らないって言ってるだろ、何も知らないよ。

カーベリー　第二に、キング医師のケースからなくなった注射器です。
サラ　（下手へ歩きながら）ジネヴラが盗ったのなら、ただのお芝居よ。それだけのことだわ。
カーベリー　（レノックスに）第三にボイントンさん、あなたです。
レノックス　（驚きながら）ぼく？
サラ　あなたのアラブ人の仲間が、まだほかにも何か見つけたっていうの？
カーベリー　私のアラブ人の仲間が――あなたが言われたようにね、キング先生、あることを目撃したんですよ。
レノックス　目撃？
カーベリー　そう。昨日の午後、皆さんは散歩に出かけるか、散歩から帰って休んでましたよね、ボイントンさん。近くには誰もいなかった――というか、誰もいないとあなたは思った。あなたは、あそこに座っていたお母さんのもとに行った。（洞窟に向かって顎をしゃくる）あなたは彼女の手をとり、手首のほうにかがみ込んだ。あなたが何をしたのか正確には知りませんよ、ボイントンさん。アラブ人の仲間にはよく見えなかった。だが、お母さんは悲鳴をあげた。
レノックス　（動揺して）説明するよ。母は――母のブレスレットが外れたんだ。母がはめてくれと頼んだから、ぼくはそうした。でも、不器用だから――手首の肉を後部の留め金ではさんでしまった。だから、母は悲鳴をあげたんです。
カーベリー　なるほど。それがあなたの説明というわけですね。
レノックス　本当のことです。
ナディーン　そのブレスレットなら知ってる。きついのよ。はめるのは簡単じゃないの。

カーベリーが黙ってうなずく。

レノックス　（甲高い声で）ぼくが何をしたと言うんだ？

カーベリー　彼女に素早く注射をしたのではないかと思いましてね。（ジェラールに）おっしゃったように、急性心臓麻痺だと、死はあっという間に訪れるんでしょうな。

ジェラール　そのとおりです。

カーベリー　彼女は悲鳴をあげ、立ち上がろうとする――それでおしまいです。

ジェラール　おしまいでしょうな。

レノックス　違う。そんなことは証明できない。

カーベリー　彼女の手首には痕が残っていました。注射針の痕です。ブレスレットの留め金がはさまってできた痕じゃありません。私は殺人は好きではありません、ボイントンさん。

レノックス　母は殺されたんじゃない。

カーベリー　殺されたと思いますな。

サラ　素晴らしいわ。何人かのアラブ人が発見したとか目撃したと言ってるものから、こんな話を作り上げるなんて。みんなきっと嘘をついているのよ。

カーベリー　私の仲間は嘘をついたりしませんよ、キング先生。彼らが発見したと言ったら、そのとおり、その場所でその物を発見したのです。彼らが目撃したと言ったら、そのとおりのことを目撃したんですよ。何かを聞いたのなら、そのとおりのことを聞いたのです。（ひと息つく）

ジェラール　聞いただって？

カーベリー　（上手手前に行き、振り返り）ええ、聞いたのです。憶えていませんか？「ぼくたちの誰かが彼女を殺さなくては」

幕。

第二場

場面：同じ場所。同日の午後

幕が上がると、四人のボイントン家の家族が下手奥の岩の上に座っている。そこは日影になっている。四人は無言のまま、途方に暮れている。ナディーンとジネヴラは、観客に背を向けて、スツールに座っている。レノックスは洞窟の入口の上手側の岩に寄りかかっている。レイモンドは階段の途中で座っている。サラは中央下手を行ったり来たりしている。手を固く握り、見るからに苦悩と疑念のはざまで葛藤している。コープが上手の斜面を降りてくる。疲れて意気消沈している。岩の上の人々を見て、中央へ行く。

サラ　たばこを持ってらっしゃる？
コープ　（サラに近づきながら）ええ、もちろん。（ケースを差し出す）
サラ　（たばこを取り）ありがとう。
コープ　（彼女のたばこに火をつけ）いずれ、ここを去らねばならんでしょう。
サラ　（中央テーブルの右手にある椅子に座り）そうですね。こんなところ、来なければよかったわ。
コープ　（中央テーブルの左手にある椅子に座り）まったく同感ですな。私は引き立て役が似あう運命の男なのだけど。あの老夫人が逝ったとたん、自分の運も尽きたと思いましたよ。なんでまた、あの女は、こんなときに死ななきゃならなかったのか？　そう――こうなっては、ナディーンも夫とは別れないでしょう。彼が何をしたにせよ、彼女はもはや夫から離れないでしょうし。

サラ　（問いただすように）まさか殺《や》ったのは――彼だと思ってらっしゃるの？

コープ　レノックスは変わり者だ。いまだにあの男をまともに理解できたためしがない。あなたなら彼を見て言うでしょうな、あの男に暴力的なことをする度胸などあるはずがないと。だが、まだ、あなたは、男の本性というものを知らない。私は今でも、あの老夫人は自然死だったと思いたい。どのみち、彼女は重病人だったんだから。

サラ　（立ち上がり、ボイントン家の人たちを見上げて）あの人たちを見てよ。

コープ　（ボイントン家の人たちをじっと見つめ）つまり、彼らは自然死とは思ってないと？（立ち上がり、サラの左側に近づく）そうか、あそこにああやって無言のまま座っているから、そう思ったんですね。まるでワーグナーの楽劇だな。神々のたそがれ、というわけだ。影のなかに座っている様子がいかにも象徴的だ。

サラ　あの女の影よ。

コープ　そう、そうですな。何が言いたいのかわかりますよ。

サラ　（上手手前へ歩きながら、途方に暮れて）彼女はまだ彼らを支配しているのよ。彼女は死んでもなお、彼らを自由にしなかったのね。

コープ　（頭を横に振り）誰にとっても、なんともつらい日になったようだな。ふう。どうやら、エイブラハムにナバテア人の埋葬地に案内してもらったほうがよさそうだ。

コープは横切って、下手へ退場。
ジェラールが下手手前から登場。

サラ　（ジェラールに近づきながら）文明社会に戻ったら、何が起きるのかしら？
ジェラール　まあ、検死解剖の結果次第だろうな。
サラ　その結果が決定的なものじゃない可能性だって大いにあり得るわ。
ジェラール　わかってる。
サラ　（途方に暮れて）私たち、何かできないのかしら？
ジェラール　どうしたいんだね？
サラ　簡単なことよ。私はレイモンドが必要なの。だから、あの老いた女悪魔と戦っていたのよ。今朝は、私が勝ったと思ってた。でも今は――彼らを見てちょうだい。

ジェラールはボイントン家の人たちを見上げ、それからサラのほうをじっと見る。

ジェラール　（間を置いて）彼が殺したとでも？
サラ　（激しく）いいえ。（テーブルの左手に向かう）
ジェラール　そうは思ってないけど、確信もないんだろう。
サラ　確信してるわ。

ジェラール　彼らのうちの誰かが殺したんだ。
サラ　レイモンドじゃない。
ジェラール　（肩をすくめながら）やれやれ、君も女《アンファン》だな。（テーブルの右手に行く）
サラ　そんなんじゃないわ。（勇気をふるって）ああ、でも、たぶんそうなのかもしれない。けど、彼らが計画的に彼女を殺したんじゃない。（上手手前に行く）彼女を殺したいと思ったかもしれないけど、それは同じことじゃないわ。誰だって、そんなことを思うものよ。
ジェラール　確かにね。そうは言っても、彼らのうちの一人は思うだけではすまなかったんだ。
サラ　そうね。
ジェラール　問題は、彼らのうちの誰なのか、だ。誰にしても、告発できそうだよ。レイモンドは実際、ジギトキシンを持ってたわけだしね。
サラ　（テーブルの左手にある椅子に座り）それは彼に有利な点なの。もし彼がその薬を使ったとしても、瓶を自分のポケットに入れておくほど間抜けじゃないわ。
ジェラール　わからんね。彼女の死が自然死と見なされると高をくくっていたのかも――小瓶がなくなっていると私が気づかなかったら、そうなっていたさ。
サラ　レイモンドじゃないわ。カーベリー大佐が瓶を出してきたときの彼の顔を見ていたもの。
ジェラール　ほう！《エ・ビヤン》（テーブルの右手にある椅子に座る）次は、ナディーン・ボイントンだ。彼女なら度胸もあるし、要領もいい。物静かな女性だがね。ボイントン夫人の薬に致死量のジギトキシンを加えることなど、彼女には朝飯前だったろう。それから、瓶をレイモンドのポケットに滑り込ませたわけだ。

サラ　彼女をいやらしい人物に仕立てるつもりね。
ジェラール　女というのは良心の痛痒を感じないものさ。彼女は義弟《おとうと》に嫌疑をかぶせて、夫に疑惑が向かないようにしたんだ。
サラ　疑惑は彼にも向けられてるわ。
ジェラール　そうだね。ブレスレットの話は本当なのかな？　私は信じてないよ。
サラ　（立ち上がり）つまり、あなたの大切なジニーでなければいいってことね。
ジェラール　（立ち上がり、興奮して）もちろんジニーじゃないさ。言っとくが、心理学的にあり得ない。
サラ　（下手へ歩きながら）あなたたちフランス人ときたら！　心理学的にジニーが人を殺せないはずはないわ――あなたもわかってるはずよ。
ジェラール　（彼女のあとに続きながら、興奮して）わかってるさ。だが、そういう意味じゃない。彼女が殺したのなら、派手に、目立つように殺しただろう。ナイフを使ってね。そうさ、想像がつくよ。彼女は、自分の行為をドラマ仕立てにせずにいられないはずだ。
サラ　外部の人間の仕業ということはあり得ないのかしら？
ジェラール　（中央上手へ歩きながら）そう考えたいところだがね――だが、君も自分の言ってることに根拠がないって、よくわかってるはずだ。それなら誰だっていうんだい？　あの人のいいジェファースン・コープか。だが、暴君的な婆さんが死んでしまったら、彼は愛する女性も失ってしまうんだぞ。
サラ　そうね、ジェファースン・コープじゃないわ。おっしゃるとおり、彼には動機がないもの。ほかの人たちにもないけど。でも、あなたがいるし——私もいる。そう、ジェラール先生、私には動機があったわ。それに、なくなったのは私の注射器よ。

ジェラール　そしてジギトキシンは私のものだ。だが、我々は殺しちゃいない。

サラ　あなたのご意見にすぎないけど。

ジェラール　我々は医者だ。我々は命を救う——奪ったりはしない。

サラ　「医者が替われば——患者が死ぬ」。エルサレムで私にそうおっしゃったのは、そんなに昔のことだったかしら。

ジェラール　勇気をふるわないと、君《モ・ナンファン》。私にできることがあれば、我々は同業者だということを思い出してくれたまえ。

　　ジェラールは大天幕へ退場。サラは下手奥の岩に向かう。

サラ　レイモンド。（近づいていく。高圧的に）レイモンド。

　　レイモンドは振り返り、サラのほうを見る。

サラ　こっちへ降りてきて。

　　レイモンドは立ち上がるが、降りてこない。態度はそっけなく、サラのほうを見ない。

レイモンド　なんだい、サラ？
サラ　どうして降りてきて話をなさらないの？　なぜ洞窟のそばでみんな座ってるの？
レイモンド　だって、ここがぼくたちにふさわしいからさ。

サラは斜面を登り、レイモンドの手をとる。

サラ　そんなばかな話、聞いたことないわ。
レイモンド　（ため息をつき）君はわかってないんだ。（目をそらす）
サラ　レイモンド――（彼にすり寄る）殺したのはあなただと、私が思ってるとでも？　思ってないわ、思ってない。
レイモンド　ぼくたちの誰かが殺したんだ。
サラ　まだわからないじゃない。
レイモンド　いや、わかってる。（考えながら）みんなもわかってるのさ。
サラ　でも、殺したのはあなたじゃない。あなたじゃないのよ。
レイモンド　そう、ぼくは殺してないさ。（ほかの家族のほうを見る）
サラ　それなら、重要なのはそれだけよ。もちろん、わかるでしょ？
レイモンド　いや、わかってないのは君のほうだ。ぼくは母を殺すことをほのめかした。ぼくたちのうちの誰かが、それにそそのかされて実行に移したんだ。誰なのかはわからない。知りたくもない。

でも、それが事実だ。ぼくたちは皆、一蓮托生なんだよ。

サラ　あなたは戦う気もないの？

レイモンド　（振り向いて、彼女に微笑み）戦える者なんかいないよ。君にはわからないのかい、サラ？　死者と戦うなんてできない。（階段に腰をおろす）

サラ　（中央手前へ歩きながら）ああ、どうしたらいいの？

レディー・ウェストホルム　（上手の舞台外から）言っときますけどね、カーベリー大佐。私は外務省に連絡しますわよ。

サラは疲れたようにテーブルの右手にある椅子に座る。レディー・ウェストホルムとカーベリーが大天幕から登場。彼らは中央に向かう。カーベリーはレディー・ウェストホルムの左側に行く。

カーベリー　ここは私の領分ですぞ、レディー・ウェストホルム。私はこの捜査に責任を負っているんです。あからさまに申せば、老夫人は冷血にも殺害されたんですよ。なのに、あなたは私に捜査から手を引けと言っている。

レディー・ウェストホルム　尊重すべき外交的配慮というものがいろいろありますのよ。なにもかもあきらめてもらわないと。

カーベリー　あなたの指図は受けませんよ、レディー・ウェストホルム。

レディー・ウェストホルム　言っときますけど、私はコネを使いますよ——コネならあるんです。電信局に着いたらすぐに。

カーベリー　明日、電信局に行けますよ。そしたら、首相だろうと、外務大臣だろうと、アメリカ大統領だろうと、どうぞ電信を送ってください。お望みとあらば、農業水産大臣とあやとりしていただいたってかまいませんよ。だが、私は自分の仕事をやらせてもらいます。

レディー・ウェストホルム　あなたが思ってる以上に、私には影響力があることを思い知るでしょうよ、カーベリー大佐。

レディー・ウェストホルムは腹を立てながら下手へ退場。

カーベリー　ふう！　なんという駄々っ子だ！　（テーブルのうしろにまわる）忌々しいことだが、（サラに悲しげに微笑む）あの女の言うとおりだ。

サラ　どういうことですの？

カーベリー　何もかもあきらめなきゃいかんのでしょう。

サラ　なぜですか？

カーベリー　証拠がないからです。彼らのうちの誰かがやった。そのとおり。だが、証拠を見るかぎり、誰なのかを証明できる見込みはまったくない。まあ、警察では、いつものことですがね。わかっていても証拠がないわけです。今度の場合、あのウェストホルムという女性の言うとおり――外交関係の側面もある。充分な証拠もなしにアメリカ国民を告発することはできませんよ。そんな前例はありません。

サラ　（ゆっくりと）じゃあ、何もかもあきらめるの。
カーベリー　ええ。検死審問とかはありますけど。だが、とどのつまりは、必然的な結論が出るだけです。彼らは罰を免れるでしょう。（彼女のほうをちらりと見る）ご満足ですか？
サラ　なんとも言えないわ。
カーベリー　（テーブルの左手へ歩きながら）まあ――（ボイントン家の人たちのほうに親指をぐいと動かし）彼らはさぞ満足でしょうよ。
サラ　そうかしら？
カーベリー　そう思わないんですか？
サラ　（立ち上がり、中央下手に進みながら、激しく）ええ、思わないわ！
カーベリー　はっきりおっしゃいますな、ミス・キング。
サラ　わからないの？――あの人たちに、この上なく悲惨なことが起きてるのが。自分たちの誰が犯人なのか、あの人たちにもわからないのよ――これからも決して。
カーベリー　全員が共犯なのかもしれません。（テーブル左手の椅子に座る）
サラ　いいえ、それはないわ。そのことも悲惨な側面なのよ。彼らのうち、三人は無実――でも、四人みんながそろって影の中にいる――そして、これからもその影から出ていくことはできない。
カーベリー　そう、最悪の評決は、証拠不十分というやつですな。罪なき苦しみ、というわけです。（咳払いをする）どうやら――特別な関心をお持ちのようですな。
サラ　ええ。
カーベリー　お気の毒です。お力になれたらいいのですが。

サラ　わかるかしら――彼は一人では戦えないのよ。
カーベリー　それでは、あなたが彼の代わりに戦うのですか?
サラ　(テーブルの右手へ歩きながら)ええ――これはあの女が生きていたときにはじまったんです。私は彼女と戦った。勝ったとも思ったわ。今朝は勝ったと思ってた。でも今は――あの人たちは元に戻ってしまった――彼女の影の中に。あそこに彼女は座っていたのよ。洞窟の入口に、おぞましい古代の偶像のように。自分の権力と残酷さにひたって、ほくそ笑みながら。今もあの女が彼らをつかまえて、笑いながらあそこに座っているのを感じるわ。ほしいままに彼らをとらえて、彼らが決して自分から逃げられないことを知っているのよ。(洞窟に向かって話しかける)そう、あなたの勝ちよ、年老いた悪魔さん。あなたは死が生よりも強いことを証明してみせた。そんなはずないのに――そんなはずは……。(口をつぐみ、テーブル右手の椅子にどさりと座る)

言葉が途切れる。
カーベリーはなすすべもないと悟り、立ち上がり、大天幕へ退場。
ヒッグスが大天幕から登場。

ヒッグス　やあ、そうは言っても暖かいな。(中央に進む)

通訳ガイドが上手の斜面を降りて登場。

通訳ガイド　馬、こっちへ来る。もうすぐ、ここに来る。
ヒッグス　なら、急いでビールを持ってきてくれ――また汗ダラダラだわい。

通訳ガイドは大天幕へ退場。
ミス・プライスが斜面から降りながら登場。

ミス・プライス　なんて素敵な場所なのかしら。
サラ　忌わしい場所だけど。
ミス・プライス　（中央下手寄りへ歩きながら）あら、そんな――ミス・キング……。
サラ　ごめんなさい。
ミス・プライス　いいえ、よくわかるわ。あんな悲劇的なことが続いたらね。それに、もちろん、あなたはまだお若いし。

ミス・プライスが下手へ退場。

サラ　（苦々しく）そう、私は若いわ。若いことが何か役に立つのかしら？　少しは役に立ってもいいわよね。若さは強さよ。生命でもある。生は死よりも強くなきゃいけないのよ。
ヒッグス　（まじめそうに）そのとおりだな、お嬢さん。その点は間違いない。
サラ　そうでもないわ。（ボイントン家の人たちを指さす）彼らを見て、死の影の中に座っているのよ。

ヒッグス　（彼らをじっと見ながら）おやおや！　終身刑に服しとるみたいだな。
サラ　まさに終身刑を受けたのよ。（立ち上がる）そう、そのとおりだわ。（中央下手に向かう）それこそがあの女の望んでいたことなの。
ヒッグス　どうしたのかね？
サラ　（激しく笑いながら）お日さまの力を感じたみたい。でも、お日さまなら光明をもたらせてくれるわよね？
ヒッグス　（大天幕に向かい、呼びかける）おい、先生、ここにあんたの患者さんがおるぞ。

ジェラールが大天幕から登場。
ヒッグスはサラのほうに親指をぐいと向け、大天幕へ退場。

ジェラール　（中央上手に向かいながら）病気なのかい？
サラ　（ジェラールの右側に近づきながら）いえ、病気じゃないわ。聞いてちょうだい、ジェラール先生。私は誰がボイントン夫人を殺したか知ってるわ。はっきりわかってるの、（自分の額に手をやる）頭の中では。やらなきゃいけないのは——手を貸してほしいのだけど——証拠をつかむことなのよ。
ジェラール　誰が殺したのかわかったのか？
サラ　誰も殺してないわ。

ジェラールは口をはさもうとする。

サラ　待って。何を言おうとしてるのかわかってる――彼らもそう思ってる。これこそ彼女が望んでいたことなの。

ジェラール　どうやって《コマン》？

サラ　聞いてちょうだい。昨日、私はカッとなって、彼女に本当のことを話したのよ。あなたの命はもう長くないって。あなたが死ねば、彼らは自由だって言ったの。彼女がどんな人かわかるでしょ、権力と残酷さを求める欲望に溢れた人よ。彼女は正気とはいえなかったわよね？

ジェラール　彼女はサディストだった――そうさ、彼女は精神的な残酷さをほしいままにしていたんだ。

サラ　彼女は、私の言うことに耐えられなかったのよ。彼らが自由になって、幸せになるなんて考えるのも我慢ならなかった。だから、彼らを永久に刑務所に閉じ込める方法を見つけたの。

ジェラール　なんだって《モン・デュー》。つまり……。

サラ　そう、わからないの？　あなたのケースからジギトキシンを盗ったのは彼女よ。彼女が私の注射器を盗ったの。レイモンドのポケットに空の瓶を滑り込ませたのも彼女よ。レノックスにブレスレットをはめるよう頼んで、誰かに見られてるのを承知の上で悲鳴をあげたのよ。利口よね、恐ろしいほど利口だわ。彼らに疑いが向けられればそれでよかったの。一人が有罪を宣告されるだけじゃだめ。自分たちのうちの誰かが彼女を殺したんだと、一生涯、彼らに信じさせておきたかったのよ。

ジェラール　すると、彼女は自殺したのか。そう、彼女ならそのくらいの勇気はあったな……。

サラ　度胸なら充分にあったわ。それに憎しみも。

ジェラール　（懸命に考え、下手へ歩きながら）注射器に充填して、空の瓶をレイモンドのポケットに滑り込ませた――そうか、洞窟のそばで彼女を立たせようと手を貸していたときに。そのあと、彼女はレノックスを呼んで、ブレスレットが外れたようなふりをした。そう、これも同じだ。だが、ナディーンとジニーには罪をかぶせようとはしなかった。

サラ　ナディーンは、いつも彼女に薬を渡していたから、容疑をかけられると思ったんでしょうね。それに、ジニーなら、途方もない妄想話で罪をかぶってしまうだろうと、高をくっていたのよ。

ジェラール　（サラの左手へ歩きながら）そのとおりだ。それから最後に、誰にも見られていないのを確かめると、針を自分の手首に突き刺し死に至る。だが、だめだ。それじゃうまくいかない。だとすると、注射器はどうなった？　死体のそばにあったはずじゃないか。時間は一、二分しかなかったはずだ。立ち上がって隠す時間はない。そこに推理の穴がある。

サラ　（中央奥へ向かいながら）ねえ、私にはどういうことかわかるのよ。彼女は私を嘲笑っている――どこかで――今も私のことを嘲り笑っているの。私には証明できないからよ、彼に対して。

ジェラール　（サラのあとについて行き）君はただ――レイモンドに証明することだけを考えてるのか？　証拠がなければ、彼が信じないと思ってる。

サラ　信じるとでも？

ジェラール　いや。

サラ　だから、証拠を見つけなくちゃならないの。なんとしてもよ。ああ、神様、なんとしても見つけなくては。

　　馬具のチリンチリンと鳴る音が上手舞台外から聞こえる。
　　ミス・プライスが下手から登場し、上手奥の斜面に行き、舞台外を見る。

ジェラール　神に救いを求めたほうがいいようだね。君が求めてるのは奇跡だよ。（横切って、医薬品ケースの上に腰をおろす）

サラ　奇跡なんて起きないわ。それに、時間がないのよ――時間が。

ミス・プライス　（踵を返して、中央上手に向かい）お話ししてたのは――奇跡のこと？

サラ　（苦々しげに）奇跡なんて起きないと言ってたのよ。

ミス・プライス　あら、起きますわよ。私の友人は、ルルドで汲んだひと瓶の水で素晴らしい成果を得ました――本当に目覚ましい成果ですのよ。

サラ　（自分に向かって）私は戦い続けなくちゃ。あきらめはしないわ。

ミス・プライス　お医者さんたちも本当に驚いてました。彼らの話だと……。（口をつぐむ）どうかしましたの？

サラ　そう、あの女悪魔、ボイントン夫人のことよ。

ミス・プライス　（ぎょっとして）まあ、そんな、ミス・キング。でも……彼女がもう死んだことを忘れてはいけませんわ。

サラ　死者の悪口《デ・モルトゥイス》は言うなかれ、とでも。

ミス・プライス　そう――そのとおりです。
サラ　死は、邪悪な人間を善人に変えたりしないわ。
ミス・プライス　邪悪というのは、ちょっときつい言葉ですわね。麻薬をやってる人は、非難されるより憐れむべきだと、私はいつも思ってますけど。
サラ　わかった上で言ってるつもりだけど……。（口をつぐむ）今なんておっしゃったの？　ボイントン夫人は麻薬なんてやってなかったわ。
ミス・プライス　（困惑して）あら、でもそんなはずは――つまり、あなたもお医者さまなら、きっと症状に気づいていたんじゃないかと。もちろん、あの気の毒なご夫人を告発するようなことは言いたくありませんけど。
サラ　ボイントン夫人は麻薬などやってなかったわ。どうしてそう思うの？
ミス・プライス　あら、でも、彼女は麻薬中毒でしたわ。レディー・ウェストホルムが、彼女は酒を飲んでたって言ってたけど、もちろん、そうじゃなかった。でも、あの方に言い返したくなかったし、だって、麻薬中毒だと言うのはもっと失礼ですからね。
サラ　（ゆっくりと、だが興奮して）どうしてボイントン夫人が麻薬中毒だったと思うの？
ミス・プライス　絶対に言うつもりはありません。

通訳ガイドが上手奥の斜面から降りてくる。

ミス・プライス　キリスト教的な慈悲の心が必要ですわ。

通訳ガイド　エイブラハム、キリスト教徒のいい通訳ガイド。奥様、旦那様、皆、エイブラハムは一流のキリスト教徒の通訳ガイドと言う。さあ、来てください、奥様、馬の用意、できた。

サラはミス・プライスの腕をつかみ、テーブルの右手にある椅子に座らせる。

サラ　どうしてポイントン夫人が麻薬をやってたと思うのか、説明するまで行かせない。想像だけでそんなことをほのめかしてはいけないわ。

ミス・プライス　（憤然として）とんでもない。想像なんかじゃないわ。私、見たのよ……。（口をつぐむ）

サラ　見たって、何を？

通訳ガイド　さあ、来てください。

サラ　（強く）お黙り、エイブラハム。

通訳ガイドは大天幕へ退場。

ミス・プライス　（気が動転しつつも、それなりに堂々と）実は、お話ししたくなかったんです。あまりにぶしつけですもの。でも、私の想像だなんて非難なさるから――そう、あれは昨日の午後のことでした。

サラ　それで？

ミス・プライス　テントから出て――といっても、外に出たわけじゃなくて――幕を開けて、どこに本を置いたのか思い出そうとしていたんです。大天幕の中か、それともデッキチェアに置いたのかって、考えながら。

サラ　そう――それで。

ミス・プライス　そしたら、ボイントン夫人がいるのに気づきました。彼女は一人きりであそこに座ってた。袖をまくり上げて、腕に薬を注射していたの。周囲を見まわしてから、いかにもうしろめたいことをしてる様子で。

ジェラールは立ち上がり、サラと目配せする。

サラ　確かなの？　それからどうしたと？

ミス・プライス　そう、あれはまるで小説みたいでしたわ。夫人はステッキの握りを外して、中に注射器を入れたの。そう、もちろん、それで麻薬だとわかったのよ――レディー・ウェストホルムが言ったように、お酒じゃなかったの。

カーベリーとレディー・ウェストホルムが下手から登場。カーベリーはボイントン家の人たちを手招きする。ナディーンとジネヴラが立ち上がり、下手奥の岩のふもとでレイモンドとレノックスと合流する。

カーベリー　（中央下手寄りへ歩きながら）ミス・キング――ミス・プライス、出発しますよ。
サラ　（カーベリーの左手に行きながら）カーベリー大佐、ミス・プライスがお話があるそうよ。

ミス・プライスが立ち上がる。

サラ　彼女が昨日、キャンプ場に一人でいたとき、ボイントン夫人が自分の腕に何か注射するのを見たんですって。
カーベリー　なんですと？

ナディーンとレノックスが下手手前に進む。

サラ　（ミス・プライスに）そうでしょ？
ミス・プライス　ええ、本当です。
サラ　そのあと、ボイントン夫人は注射器をステッキに隠したの。握りの部分を外して。
カーベリー　（大きな声で呼びかける）アイッサ。

通訳ガイドが大天幕から登場。

カーベリー　（通訳ガイドに）タル・ア・ヒンナ。フェー・バタガ。

通訳ガイドが大天幕へ退場。

サラ　（レイモンドに）ああ、レイ！

レイモンドがサラの左手に行く。

サラ　私たちは真実を見つけたの。

通訳ガイドが大天幕からボイントン夫人のステッキを持って登場。カーベリーにステッキを渡すと、カーベリーは握りを外し、ハンカチで慎重にくるんで、注射器を取り出す。

サラ　彼女は自分でやったのよ。（興奮しながらレイモンドの手を握る）わかる？　彼女は自分でやったの。

カーベリー　うむ、これではっきりしたようですな。注射器の筒にはジギトキシンの痕跡が残っているでしょうし、おそらくは故人の指紋も残っている。これとミス・プライスの証言を合わせれば、決定的でしょうな。ボイントン夫人は自殺です。

レイモンド　サラ！

サラ　（半べそで）奇跡は起きるのね。ミス・プライス、あなたはルルドの水より素晴らしいわ。

カーベリー　さて、我々は出発しなくては。飛行機がアイン・ムーサで待ってますので。（中央奥に向かう）

アラブ人のボーイが天幕から登場。電信をカーベリーに渡す。

ジネヴラ　（ジェラールに近づきながら）ジェラール先生――私――作り話をしてたの。ときどき、（困惑しながら）それが本当じゃないかと思ったりしてた。私に力を貸してくださるわね？

ジェラール　ええ、いとしい人《シェリ》、力を貸しますとも。

カーベリー　（レディー・ウェストホルムに電信を渡し）レディー・ウェストホルム、あなた宛の電信ですよ。

レディー・ウェストホルムが電信を開いて読む。
ヒッグスが大天幕から登場。

レディー・ウェストホルム　まあ、エリック・ハートリー＝ウィザースプーン卿が亡くなったわ。

ヒッグス　アン女王だって亡くなったよ。

レディー・ウェストホルム　（嬉しそうに）これ、とても重要なことなの。すぐに英国に戻らなきゃ。

カーベリー　親戚かね？

レディー・ウェストホルム　赤の他人。エリック卿は、マーケット・スパーリー選出の議員なのよ。

つまり、補欠選挙があるってこと。私は保守党の有力候補なの。私が下院に返り咲いたあかつきには——。

ヒッグス　ずいぶんと自信ありげだな。

レディー・ウェストホルム　マーケット・スパーリーでは、いつも保守党議員を選出してきたのよ。

ヒッグス　ほう——だが世の中は変わっていくし、「いつも」は、ときに「二度と」に変わったりするものさ。あんたの対抗馬は誰かね？

レディー・ウェストホルム　どこかの無所属候補だったと思うわ。

ヒッグス　そいつの名前は？

レディー・ウェストホルム　その人の名前？

ヒッグス　そう、名前さ。

レディー・ウェストホルム　（困惑して）知らない。きっとまったく取るに足らない人よ。

ヒッグス　なら、教えてやろう。その名は——イッグス市参事会員さ——エルサレムで、ホテルの二階からあんたを閉め出すことができたんだから、ふふん、ウェストミンスターの国会議事堂からも、あんたを閉め出してやるよ。

幕。

場面の概要

第一幕　エルサレム、キング・ソロモン・ホテルのラウンジ。午後

第二幕　ペトラの旅行者キャンプ場
　第一場　一週間後。午後の早い時間
　第二場　三時間後

第三幕　同じ場所
　第一場　翌朝
　第二場　同日の午後

時代：現代

「死との約束」ピカデリー・シアター（ロンドン）のプログラム
一九四五年三月三十一日

配役（登場順）
ボイントン夫人　メアリ・クレア

ジネヴラ・ボイントン
レノックス・ボイントン
ナディーン・ポイントン
エレベーター・ボーイ
ヒッグス市参事会員
ホテル係員
ベドゥイン
レディー・ウェストホルム
ミス・プライス
ジェラール医師
サラ・キング
ジェファースン・コープ
レイモンド・ボイントン
通訳ガイド
カーベリー大佐
女性客
ホテルの客
　同右
劇監督はテレンス・デ・マーニー。

デリン・カービー
イアン・ラボック
ベリル・マキン
ジョン・グレノン
パーシー・ウォルシュ
アントニー・ドーセット
　同右
ジャネット・バーネル
ジョーン・ヒクソン
ジェラード・ヒンゼ
カーラ・レーマン
アラン・シジウィック
ジョン・ウィン
ハロルド・ベレンズ
オーウェン・レイノルズ
チェリー・ハーバート
コリンヌ・ホワイトハウス
ジョゼフ・ブランチャード

小道具のリスト

第一幕

フロントのカウンター。宿泊簿、インクスタンド、ペン、キー、宿泊用紙、マッチ
中央のテーブル。灰皿、雑誌、眼鏡
椅子七脚
低いテーブル（下手手前）。灰皿
テーブル（下手奥）。雑誌、新聞
壁際の小卓四つ。それぞれに、花を生けた花瓶
サンシェード付きのテーブル、椅子二脚（テラス）
電灯用ブラケット（中央下手奥と中央上手奥の柱）
手荷物（アラブ人のボーイ）
盆。チンザノの水割り（アラブ人のボーイ）
薬瓶の包み（レイモンド）
盆。マティーニ（アラブ人のボーイ）
小包（サラ）
「タイムズ」紙（レディー・ウェストホルム）
推薦状（通訳ガイド）

骨董品（通訳ガイド）
雑誌（イタリア人の娘）
小包（レイモンド）
盆。チンザノの水割り、ライ・ウィスキー（アラブ人のボーイ）
皮下注射器を隠せる銀の握りの付いたステッキ（ボイントン夫人）
裂いたハンカチ（ジネヴラ）
編み物、はさみ（ナディーン）
本（レノックス）
ハンドバッグ（ミス・プライス）
名刺、新聞（ジェラール）
腕時計（サラ）
長いパイプに付いたたばこ（イタリア人の娘）
錆びた長い釘の爪（通訳ガイド）

第二幕
第一場
キャンプ用テーブル。『ベデカー旅行ガイド』、使用済グラス
キャンプ用椅子三脚

キャンプ用肘掛椅子一脚
デッキチェア
キャンプ用スツール二脚
茶箱
皮下注射器入り金属のケース（サラ）
皮下注射器、薬入り医薬品ケース（ジェラール）
盆（アラブ人のボーイ）
薬の入ったグラス（ナディーン）
本（レノックス）
ライム・ジュースの入ったグラス（レイモンド）
スカーフ（ミス・プライス）
盆。頑丈なカップとソーサー（アラブ人のボーイ）
眼鏡、本、ステッキ（ボイントン夫人）

第二場
盆、カップ、ソーサー、テーブル上の使用済グラスを撤収し、ケースの中の瓶を置き換える。
ナイフ（ジネヴラ）
銅鑼と棒（通訳ガイド）

盆。ライム・ジュースのジョッキ、ジンのボトル、ベルモットのボトル、ブランデーのボトル、グラス（アラブ人のボーイ）
ハンカチ（ヒッグス）

第三幕
第一場
テーブル上のすべてを撤収。
皮下注射器のケース（サラ）
一束の書類、鉛筆、小瓶（カーベリー）

第二場
電信（アラブ人のボーイ）
ボイントン夫人のステッキ（通訳ガイド）
たばこケース、マッチ（コープ）
ハンカチ（カーベリー）

照明

電灯用の壁ブラケット二つ（点灯せず）
エレベーター用の笠付き電灯（点灯）

第一幕　屋内。ホテルのラウンジ。午後。

光は屋外のテラスに通じる中央奥のアーチ門から入ってくるようにする。

主な演技の場は、中央のテーブルと椅子、下手手前の椅子、上手奥のフロント。

開幕時は、まばゆい陽光の効果を出す。上手奥、下手奥、下手手前の出入口は光が充溢。

エレベーターの照明は点灯。

照明は、背景幕の外からの光、下手側（外の道路側）から入る光をできるだけ明るくし、上手側（ホテル内）の光はぐんと落とす。

キューはなし。


第二幕第一場　屋外。砂漠の岩。午後の早い時間。

光は陽光のように見せる。

主な演技の場は、舞台全体。

開幕時は、全体にまばゆい陽光の効果を出す。上手側の大天幕の内側はできるだけ薄暗く保つ。

キューはなし。

第二幕第二場　同じ場所。三時間後。

開幕時は、全体に日没の効果を出す。下手奥の洞窟の入口には、濃い琥珀色のスポットライトを当てる。

キュー1　ナディーン「ジニーはどうしたの？」（二五五頁）、全体をゆっくりと薄暗くし、たそがれが訪れると同時に青い背景幕を入れる。これを第二幕の最後まで続ける。

第三幕第一場　同じ場所。朝。

開幕時は、全照明を点灯。

キューはなし。

第三幕第二場　同じ場所。午後。

開幕時は、全照明を点灯。

キューはなし。

戯曲　ゼロ時間へ

登場人物（登場順）

トーマス・ロイド……………マラヤ帰りの青年
ケイ・ストレンジ……………ネヴィルの二番目の妻
メアリ・オールディン………レディー・トレシリアンの秘書
マシュー・トリーヴズ………元弁護士
ネヴィル・ストレンジ………スポーツマン、冒険家
カミーラ・トレシリアン……通称レディー・トレシリアン、老婦人
オードリー・ストレンジ……ネヴィルの最初の妻
テッド・ラティマー…………ケイの友人
バトル……………………………ロンドン警視庁《スコットランドヤード》犯罪捜査課警視
ジム・リーチ……………………地元警察の犯罪捜査課警部
ベンスン…………………………巡査

第一幕

第一場

場面：コーンウォール州ソルトクリーク、レディー・トレシリアンの邸〈ガルズ・ポイント〉の客間。ある九月の朝。

広く、とても美しい、見るからに趣味のよさそうな部屋。品位と快適さを兼ね備えたしつらい。下手奥に、奥行のあるアーチ形のアルコーヴ。舞台正面にはテラスに面してフランス窓があり、庭とテニスコートが見える。上手奥に、窓腰掛の付いた大きく湾曲した張り出し窓があり、そこからは川が見え、向こう岸にイースターヘッド・ベイが見える。ベイには、崖っぷちに大きなホテルが建っている。この窓は、舞台のほかの部分よりやや高くなっていて、つまり段をのぼったところにある。上手手前のドアは、家のほかの部分に通じている。下手中央には長椅子があり、上手手前と下手手前には安楽椅子が置かれ、中央左寄りと右に肘掛椅子がある。下手奥のアルコーヴには、本棚付きの書き物机、カーバーチェア、カードテーブル、アップライト・チェアがある。書き物机の左手にゴミ箱。下手手前には、小テーブルがあり、その上には、オードリーが写った写真立てが見える。中央左手の肘掛椅子の右側に裁縫箱が置いてある。張り出し窓の下には背の低いバトラートレイがあり、いろんな飲み物やグラスが載っている。中央には大きな円形のコーヒー・テーブルがある。窓の左手には、背の低い本棚があり、その上に卓上スタンドが載っている。窓の右側にはコーナーテーブルがある。窓腰掛の左端には、ポータブル・レコード・プレーヤーがあり、レコードがばらばらに何枚か置いてある。夜、部屋は、上手手前、下手奥のアルコーヴの前後にそれぞれある、壁ブラケットの電灯で照らされる。スイッチは上手手前のドアの手前にある。(場面の舞台平面図と写真を参照)

幕が上がると、部屋には誰もいない。場違いな絨毯掃除機が上手手前の安楽椅子に無造作に立てかけてある。そこにトーマス・ロイドがフランス窓から登場。褐色の肌のいかつい感じだが、ハンサムな中年の男。スーツケースとゴルフ・クラブのセットを手にしている。長椅子の舞台後方の端まで来たとき、上手手前のドアが、誰かが部屋から飛び出したようにバタンと閉じる。ロイドは肩をすくめ、張り出し窓に向かい、その左端にスーツケースとゴルフ・クラブを置く。窓の中央のサッシを開けると、ポケットからパイプとたばこ入れを取り出し、外を眺めながらパイプにたばこを詰める。ケイ・ストレンジが下手から駆け込んでくる。テニス・ウェアを着て、タオルを持っている。見るからに気が動転していて、ロイドのほうを見ようともせず、タオルを長椅子に放り投げ、下手手前のテーブルに置いてある箱からたばこを取るが、オードリーの写真が目に入ると、たばこを落とし、写真を手に取る。フレームから写真をむしり取り、真っ二つに破り、怒ったようにゴミ箱に投げ捨てる。ロイドが驚いて振り向く。ケイは一瞬動きを止めると、周囲を見まわし、ロイドのほうを見る。すぐにばつの悪い子どものようになり、驚きのあまり何も言えない。

ケイ　あら！　どなた？

ロイド　（窓辺を下手へ移動しながら）バス停から歩いてきたところでね、ぼくは……。

ケイ　（話を遮り）あなたのことは知ってるわ。マラヤから来られた方ね。

ロイド　（重々しく）そう、マラヤから来た者です。

ケイ　（中央のコーヒー・テーブルに向かい）ちょっと——たばこを取りに来たの。（コーヒー・テーブルからたばこを取り、フランス窓に向かい、振り返る）ふう、説明して、なんの意味があるのかしら？あなたがどう思おうと、どうだっていいわよね？

ケイは下手へ走り去る。ロイドは彼女をじっと目で追う。
メアリ・オールディンが上手から登場。三十六歳くらいで、黒い髪、感じがよく、物腰も控えめで、とても有能な女性。その一方で、慎ましさのなかにも少々魅力がある。ロイドはメアリのほうを向く。

メアリ　（中央左寄りへ向かいながら）ロイドさんですか？

ロイドはメアリの右側に行き、握手する。

メアリ　レディー・トレシリアンは、まだ降りて来られないんです。私はメアリ・オールディンと申します――レディー・トレシリアンの使い走りですわ。
ロイド　使い走り？
メアリ　表向きには秘書ですけど――速記もできないし、できることといったら、家事だけ。「使い走り」のほうがふさわしい言葉なんです。
ロイド　あなたのことは知ってますよ。レディー・トレシリアンがクリスマスの挨拶状で、あなたが来てからの素晴らしい変化を書いていたから。
メアリ　彼女のことは大好きなんです。魅力的な個性の持ち主ですし。
ロイド　（長椅子の左手へ向かいながら）そりゃ控えめな言い方ですな。（メアリのほうを向く）関節炎の具合はどうなんでしょう？
メアリ　かなり難儀しておられます、お可哀想で。
ロイド　それはお気の毒に。
メアリ　（段をのぼりながら）飲み物はいかがですか？
ロイド　いや、けっこう。（段の右端にのぼり、窓の外を見る）あそこに見える、大きなホテルは何ですか？
メアリ　新しくできたイースターヘッド・ベイ・ホテルです。昨年できたばかりですの――不気味じゃありません？（窓を閉める）レディー・トレシリアンは、この窓が開いているのを好みませんの。誰か落ちるんじゃないかといつも恐れてるんですよ。そう、イースターヘッド・ベイも最近は素晴らしいリゾート地になりました。（長椅子に向かい、ケイのタオルを手に取り、クッションを整える）

あなたが子どもの頃は、河口の反対側には漁民の小屋がいくつかあるだけで、あとは何もなかったでしょう。（ひと息つく）学校が休みのときはここに来られていたんでしたわね。（長椅子の端にタオルをたたんで置く）

ロイド　そうです。モーティマー卿が、よくぼくを舟遊びに連れて行ってくれたものですよ——舟遊びに熱中しておられたから。

メアリ　ええ。それであの川で溺死したんです。

ロイド　レディー・トレシリアンはその現場を見ていたのに、よくそのままここに住んでいられるものだと思いますがね。

メアリ　思い出とともに、この地にとどまりたいんだと思いますよ。でも、ボートは置かなくなりましたね——ボートハウスも取り壊してしまったし。

ロイド　おかげで、舟遊びをしたり、ボートを漕ごうと思ったら、渡船場まで行かなくちゃいけないわけだ。

メアリ　（バトラートレイに向かいながら）さもなきゃ、向こう岸のイースターヘッドに渡らないとね。近頃は、ボートはみんなそっちにありますから。

ロイド　（長椅子のうしろにまわり）ぼくは変化が嫌いでね、いつだってそうなんです。（なにやら照れくさそうに）この邸には、ほかに誰が来ているんですか？

メアリ　トリーヴズさんです——ご存じかしら？

ロイドは頷く。

メアリ　あと、ストレンジご夫妻ですわ。

ロイド　（彼女の右側に近づきながら）ストレンジご夫妻だって？　つまり――オードリー・ストレンジ、ネヴィルの別れた妻かい？

メアリ　そう、オードリーです。でも、ネヴィル・ストレンジと、その――二番目の奥さんも来ていますわ。

ロイド　ちょっと妙な状況じゃないか？

メアリ　レディー・トレシリアンも、とても妙だと思っておられます。

ロイド　やっかいな状況だね――おや？

マシュー・トリーヴズが下手からフランス窓を抜けて登場。旧式のパナマ帽で顔を扇いでいる。年配で、経験豊富、駆け引きに長けた著名な弁護士。数年前にロンドンの法律事務所を引退し、今は鋭い人間観察者。声はカサカサしているが、発音は正確。

トリーヴズ　（登場しながら）今日はテラスの日差しも強いね……。（ロイドのほうを見る）やあ、トーマス。久しぶりじゃないか。（長椅子の左手奥に立つ）

ロイド　（トリーヴズに近づきながら）ここに来られて嬉しいですよ。（トリーヴズと握手する）

メアリ　（ロイドのスーツケースのところに向かいながら）お荷物をお部屋へ運びましょうか？

ロイド　（慌ててメアリのもとへ行き）いやいや、そんなことはさせられないよ。（自分のスーツケース

とゴルフ・クラブを持つ）

メアリは、上手のドアへと先に立ち、掃除機を見つけて手に取る。

メアリ　（腹立たしげに叫ぶ）あらまあ！　バレット夫人ったら……近頃の日雇い家政婦はだめね。あちこち散らかしっぱなしにしたままで、レディー・トレシリアンがきっと怒るわ。

ロイド　（メアリのあとについて上手のドアに向かいながら）ぼくがテラスにいきなり現れたものだから、気の毒なご婦人を驚かせてしまったのかな。（トリーヴズのほうを見る）

トリーヴズは笑みを浮かべる。

メアリ　まあ、そういうことね。

メアリとロイドは上手へ退場。トリーヴズは書き物机に向かい、ゴミ箱の中の引き裂かれた写真を見つけると、やや大儀そうにかがみ込み、断片を拾う。眉を吊り上げ、「チッ、チッ」と小さく舌打ちをする。

ケイ　（上手の舞台外から呼びかける）どこに行くの、ネヴィル？

ネヴィル　（上手の舞台外から）ちょっと家に寄るだけだよ。

トリーヴズは写真の断片をゴミ箱に戻す。

ネヴィル・ストレンジが上手からフランス窓を抜けて登場。テニス・ウェアを着て、レモネードが少し残ったグラスを手にしている。

ネヴィル　（コーヒー・テーブルに行き、グラスを置く）オードリーはいないのかい？

トリーヴズ　いないよ。

ネヴィル　彼女はどこだ？　知らないかい？

トリーヴズ　知らないね。

ケイ　（舞台外から呼びかけて）ネヴィル、ネヴィルったら。

トリーヴズは長椅子の右手手前に向かう。

ネヴィル　（顔をしかめ）ちぇっ、しまった！

ケイ　（舞台外からの声がより近くなる）ネヴィル。

ネヴィル　（フランス窓に行き、呼びかける）わかった——今行くよ。

ロイドが上手から登場。

ロイド　（コーヒー・テーブルの左側に向かい）ネヴィル。
ネヴィル　（コーヒー・テーブルの右側に向かい）やあ、トーマス。

二人はコーヒー・テーブルのうしろで握手する。

ネヴィル　いつ着いたんだい？
ロイド　たった今さ。
ネヴィル　本当に久しぶりだね。前回の帰郷はいつだったかな、三年前かい？
ロイド　七年前だよ。
ネヴィル　ひゃあ、ほんとかい？　時が経つのは早いもんだね。
ケイ　（舞台外から）ネヴィル！
ネヴィル　（長椅子のうしろにまわり）わかったよ、ケイ。

ケイが下手からフランス窓を抜けて登場。

ケイ　（ネヴィルの右側に近づきながら）どうして来ないの？　テッドと待っていたのに。
ネヴィル　オードリーがいないか、見に来たんだけど……。
ケイ　（振り返り）あら、オードリーが心配なの。私たち、うまくやっていけると思うけど……。

ケイとネヴィルはフランス窓を抜け下手へ退場。二人の声が次第に消えていく。

ロイド　ところで、ケイってのは誰だい？

トリーヴズ　（長椅子の前を通って、コーヒー・テーブルの右側に向かいながら）現在のネヴィル・ストレンジ夫人だよ。

レディー・トレシリアンが上手から登場。
メアリが介助するレディー・トレシリアンはつえをついている。白髪で、貴族的な顔立ちをし、トリーヴズより少し若い。メアリはレディー・トレシリアンの編み物を手にしている。

トリーヴズ　おはよう、カミーラ。

レディー・トレシリアン　おはよう、マシュー。（ロイドに親しげにあいさつする）あら、トーマス、こちらにいらっしゃったの。お会いできて嬉しいわ。

ロイド　（なにやらはにかみながら）お目にかかれて嬉しいです。

メアリは編み物を裁縫箱に入れ、中央左手の肘掛椅子のクッションを整える。

レディー・トレシリアン　これまでどうしてたの、すっかり話してちょうだいな。

ロイド　（もごもごと）話すことなどありませんよ。

レディー・トレシリアン　（ロイドをじろじろ見ながら）十四歳の頃からちっとも変わってないのね。相変わらずしかつめらしい顔をして、あの頃と同じように無口で。

トリーヴズは中央奥に向かい、メアリはバトラートレイのところに行く。

ロイド　弁舌の才には恵まれなかったもので。

レディー・トレシリアン　いいかげん、もう学んでいてもよさそうなものよ。シェリー酒はいかが？　マシューは？　トーマスもどう？

ロイド　いただきます。

メアリが二つのグラスにシェリー酒を注ぐ。

レディー・トレシリアン　（ソファを指し示し）それじゃ座りましょうか。誰かゴシップをたんと話して楽しませてくださらない。（中央左手の肘掛椅子に座る）どうしてあなたはエイドリアンに似なかったのかしら？　彼のお兄さんはね、メアリ、ほんとに頭のいい青年だったの。機知に富んで、楽しくて――。

ロイドが長椅子に座る。

レディー・トレシリアン　――トーマスにないものを全部持ってた。私を見てにやにやしないの、トーマス・ロイド。まるで私があなたを誉めてるみたいじゃない、叱ってるのよ。
ロイド　エイドリアンは確かに一家の華でしたよ。
メアリ　（シェリー酒のグラスをトリーヴズに渡しながら）お兄さまって――その――戦争でお亡くなりになったんですか？
ロイド　いや、二年前に自動車事故で死んだんだ。
メアリ　なんておそろしいこと！（シェリー酒のグラスをロイドに渡す）
トリーヴズ　近頃の若者は信じられない運転をするから……。

レディー・トレシリアンが編み物を手に取る。

ロイド　あの事故は、車のハンドルに欠陥があったんだ。（パイプをポケットから取り出し、レディー・トレシリアンのほうを見る）吸ってもよろしいですか？

メアリはもう一杯、シェリー酒を注ぐ。

レディー・トレシリアン　パイプを吸ってないあなたなんて見たことないわ。でも、ここにいるあいだ、ただ座って、悦に入ってふかしていられるとは思わないで。頑張って手助けしてもらわなくては。

ロイド　（驚いて）手助けですって？

トリーヴズは長椅子の左端の肘掛に腰をおろす。

レディー・トレシリアン　当座の懸案事項があるのよ。ここに滞在してる人たちのことは聞いた？

メアリがシェリー酒のグラスをレディー・トレシリアンに渡す。

レディー・トレシリアン　（メアリに）だめ、だめ、まだ時間が早いわ。デカンターに戻してちょうだい。

メアリは仕方なく、シェリー酒をグラスからデカンターに戻す。

ロイド　ええ、今しがた教えてもらったところです。
レディー・トレシリアン　そう、みっともないと思わない？
ロイド　まあね……。
トリーヴズ　もう少しはっきり言いたまえ、カミーラ。
レディー・トレシリアン　そのつもりよ。私が娘の頃には、こんなことはなかったわ。そりゃ、男は浮気もしたけど、それで結婚生活をぶち壊したりはしなかった。

トリーヴズ　当世風のものの考え方がいかに嘆かわしくても、受け入れなきゃならんのだよ、カミーラ。

　　　　メアリは上手手前の安楽椅子の右側の肘掛に腰をおろす。

レディー・トレシリアン　そういう問題じゃないの。ネヴィルがオードリーと結婚したときは私たちも喜んだ。とても素敵な優しい子なのよ。（ロイドに）みんな、彼女が好きだったわよね――あなたも、エイドリアンも、ネヴィルも。結局、ネヴィルが勝利を収めたのよ。

ロイド　そりゃそうさ。彼はいつも勝利を収める。

レディー・トレシリアン　敗者は決まってそう言うのよ……。

ロイド　彼女を責めはしないよ。ネヴィルはなんでも持ってた――ルックスは最高だし、一流のスポーツマンだし――英仏海峡を泳いで渡る挑戦もしたしね。

トリーヴズ　それに、初期のエベレスト登頂の試みという栄誉もね――その栄誉に執着もしなかった。

ロイド　「健全な精神は健全な肉体に宿る《メンス・サナ・イン・コルポレ・サナ》」のさ。

レディー・トレシリアン　時おり思いますけど、あなたたち男は、高いお金を払って教育を受けても、習ってくるのはラテン語のお定まりの格言くらいなのね。

トリーヴズ　なあ、カミーラ、学生寮の寮長は気に入らんことがあると、決まってその格言を引用して説教するのは、君だって知ってるはずだろ。

レディー・トレシリアン　メアリ、肘掛に座らないでちょうだい――私がそういうの嫌いなのは知ってるでしょ。
メアリ　（立ち上がり）すみません、カミーラ。（上手手前の安楽椅子の座部に座り直す）

トリーヴズもばつが悪そうにすぐ立ち、長椅子のロイドより奥に座る。

レディー・トレシリアン　あら、私、なんの話をしてたのかしら？
メアリ　オードリーがネヴィルと結婚した話ですわ。
レディー・トレシリアン　ああ、そうだったわね。そう、オードリーがネヴィルと結婚して、みんな喜んだ。なかでもモーティマーは喜んでいたわ。そうよね、マシュー？
トリーヴズ　そうだったね。
レディー・トレシリアン　二人ともとても幸せそうだった。あのケイという女が現れるまでは。ネヴィルがケイみたいな女のためにオードリーを捨てるなんて、まったく信じられなかったわ。
トリーヴズ　私はそうは思わない――そんなことはよくある。
レディー・トレシリアン　ケイはネヴィルとはまったく不釣り合いよ。たいした経歴もないし。
トリーヴズ　でも、とても魅力的な娘さんだよ。
レディー・トレシリアン　筋が悪いわよ。母親はリヴィエラじゅうで悪名を鳴らした女だし。
ロイド　どんなことで？
レディー・トレシリアン　あなたは知らなくてもいいの。どんな娘の育て方をしたのかしらね。ケイはネヴィルに会ったときから首ったけだったし、ネヴィルがオードリーを捨てて、自分と駆け落ちするまで騒ぎ続けた。私はケイのなにもかもが許せないの。
トリーヴズ　（立ち上がり、コーヒー・テーブルのうしろに行きながら、面白そうに）だろうね。君はネヴィルを溺愛してるからな。
レディー・トレシリアン　ネヴィルも馬鹿よ。くだらない浮気をして、結婚生活をぶち壊したりして。かわいそうなオードリーは、ほとんど胸潰れんばかりだったわ。（ロイドに）彼女は牧師館にいたあなたのお母さんのところに行って、ほとんどノイローゼになりかけたの。
ロイド　ああ——そうでしたね——聞いてますよ。
トリーヴズ　離婚が成立して、ネヴィルはケイと結婚した。
レディー・トレシリアン　自分の主義に忠実だったら、あの二人をここに受け入れたりはしなかったわ。
トリーヴズ　自分の主義に固執しすぎると、誰とも会えなくなるよ。
レディー・トレシリアン　嫌みね、マシューったら。でも、そのとおりだわ。ケイをネヴィルの妻として受け入れはしたけど、彼女を好きになったことは一度もない。でも、ほんと、私は唖然としてしまったし、とても驚いたのよ。そうだったわよね、メアリ？
メアリ　そうでしたわね、カミーラ。
レディー・トレシリアン　ネヴィルが、オードリーとケイが友だち——（馬鹿にしたように）友だちですってよ——になればという口実で、ケイを家に連れて来ていいか、手紙で尋ねてきたんだけど、そんな軽はずみな提案は受け入れられないし、オードリーにあまりに酷だって、私は言ったのよ。

トリーヴズ　（コーヒー・テーブルにグラスを置き）それで、彼はなんと？

レディー・トレシリアン　こう言ったわ。オードリーにはもう相談したし、彼女もいいアイデアだと言ってるって。

トリーヴズ　オードリーがいいアイデアだと言ったって？

レディー・トレシリアン　どうもそうみたいなの。（もつれたシルクの編み物をメアリに放り投げる）ほどいてちょうだい。

メアリ　ええ、彼女もはっきりそう言ってました。

レディー・トレシリアン　でも、間違いなくオードリーは戸惑ってたし、喜んでなかった。あえて言わせてもらうと、ネヴィルはまるでヘンリー八世よ。（ヘンリー八世は生涯で六人の妻と結婚。二番目の妻アンと五番目の妻キャサリンは彼の命令で処刑）

ロイド　（戸惑いながら）ヘンリー八世だって？

レディー・トレシリアン　良心の呵責ね。ネヴィルはうしろめたくて、自己弁護しようとしてるのよ。

メアリは立ち上がり、中央左手の肘掛椅子のうしろにまわり、シルクの編み物を裁縫箱に入れる。

レディー・トレシリアン　ふう！　最近の人のばかげた考えはほんと理解できない。（メアリに）あなたには理解できるの？

ロイドがコーヒー・テーブルにグラスを置く。

メアリ　ある程度は。

レディー・トレシリアン　あなたは、トーマス?

ロイド　オードリーは理解できる――だが、ネヴィルは理解できない。ネヴィルらしくないよ。

トリーヴズ　私もそう思うね。まったくネヴィルらしくない。わざわざもめごとを起こそうというのは。

メアリはロイドとトリーヴズのグラスをバトラートレイに運ぶ。

メアリ　もしかして、オードリーから提案したんじゃないかしら。

レディー・トレシリアン　いえ、そうじゃないの。ネヴィルが自分のアイデアだって言ってたもの。

メアリ　自分のアイデアだと思い込んでるのかも。

トリーヴズがメアリを鋭い目で見る。

レディー・トレシリアン　なんて馬鹿な子なのかしら。自分を愛している女性を二人一緒に連れてくるなんて。

ロイドがレディー・トレシリアンを鋭い目で見る。

レディー・トレシリアン　オードリーは健気にふるまってるけど、ネヴィルは彼女に気を遣いすぎてるし、だからケイが嫉妬してる。ケイには自制心ってものがないから、ほんとにやっかい——（トリーヴズに）でしょ？

トリーヴズはフランス窓のほうを見ていて、話を聞いていない。

レディー・トレシリアン　マシュー？
トリーヴズ　確かに緊張感があるようだね……。
レディー・トレシリアン　わかってるのならけっこうよ。

上手のドアをノックする音。

レディー・トレシリアン　誰かしら？
メアリ　（上手のドアに向かいながら）バレット夫人だと思いますけど、なにか訊きたいことがあるのかしら。
レディー・トレシリアン　（苛立たしげに）あなたも、家政婦がノックするのは寝室のドアだけにするよう教えてやってくれればいいのに。

メアリが上手へ退場。

レディー・トレシリアン　執事がいた時代は、執事がテーブルで給仕しながら、「庭にいらっしゃい、モード」（アルフレッド・テニスンの詩「モード」の一節）と口ずさんだものよ。

メアリが上手から登場。

メアリ　そろそろ昼食の時間ですわね、カミーラ。様子を見てきますわ。

メアリが上手へ退場。

レディー・トレシリアン　メアリがいないとどうしていいかわからないわ。彼女、とても控えめだから、ときどき、自分の意思があるのかしらと思ってしまうのよ。
トリーヴズ　わかるよ。彼女、もう二年近くもここにいるけど、どんな経歴の人なのかね？
レディー・トレシリアン　父親はどこかの教授だったと思うわ。病気で、彼女が何年も看病してたの。気の毒なメアリ、自分の人生などなかったのよ。今となっては、もう手遅れなんだけど。（立ち上がり、裁縫箱に編み物を入れる）
トリーヴズ　どうかな。（フランス窓のほうへ歩いていく）彼ら、まだテニスをしてるよ。

ロイドが立ち上がり、トリーヴズのうしろで立ち止まり、下手の舞台外を見つめる。

レディー・トレシリアン　ネヴィルとケイね？

トリーヴズ　いや、ケイとイースターヘッド・ベイ・ホテルから来た彼女の友人だよ、ラティマー青年さ。

レディー・トレシリアン　あの俳優みたいなルックスの青年ね。（コーヒー・テーブルの左手へ）いかにも彼女がつくりそうな友人だわ。

トリーヴズ　彼は食べてくためにどんな仕事をしてるんだろうね。

レディー・トレシリアン　元手無しの商売よ、きっと。

トリーヴズ　（下手手前にゆっくりと歩きながら）あるいは、自分のルックスで食べてるのかも。美しい青年だからね。（ぼんやりと）面白い形をした頭だね。あんな形の頭をした男を最近見たのは、中央刑事裁判所だったな――初老の宝石商を無残にも襲撃した事件だ。

レディー・トレシリアン　マシューったら！　まさか……？

トリーヴズ　（狼狽して）いやいや、とんでもない、誤解だよ。そんなことは言ってない。私はただ、解剖学的構造について意見を述べただけなんだ。

レディー・トレシリアン　そう、私はまた……。

トリーヴズ　それで思い出したが、今朝、旧友に久しぶりに会ってね。ロンドン警視庁《スコットランドヤード》のバトル警視さ。地元の警察に勤務している甥のところで休暇を過ごすために当地に来てるんだそうだ。

レディー・トレシリアン　犯罪学に対するあなたの関心ときたら。実を言うと、私はすごく神経過敏

なのよ――いつも、何か起こるんじゃないかと感じているんですもの。（窓辺の段をのぼる）

トリーヴズ　（横切って、レディー・トレシリアンの右手手前に立ち）そうさ、火薬の臭いが漂っていて、ちょっと火花が散るだけで爆発を起こしてしまう。

レディー・トレシリアン　ガイ・フォークスみたいなもの言いをしなきゃいけないものなの？（ガイ・フォークスは一六〇五年に起きた火薬陰謀事件の首謀者）もっと楽しい話をしてちょうだいな。

トリーヴズ　（彼女のほうに顔を向けて、微笑みながら）何を話せばいいんだい？「男は次から次へと死に、蛆虫の餌食となるも――愛のためにあらず」（シェークスピア『お気に召すまま』第四幕第一場より）

レディー・トレシリアン　そんな話が楽しいっていうの。ちょっとテラスに出てくるわ。

トリーヴズはフランス窓に向かい、外を見る。

レディー・トレシリアン　（長椅子の左手に向かう。ロイドにひそひそと）今度こそ馬鹿な真似するんじゃありませんよ。

ロイド　なんのことですか？

レディー・トレシリアン　わかってるはずよ。昔、目の前でネヴィルとオードリーが一緒に去っていくのを黙って見ていたじゃない。

ロイド　（長椅子の前に来ながら）彼女がネヴィルよりぼくを選んだとでも？

レディー・トレシリアン　（長椅子のうしろにまわり）かもしれないわよ――あなたがその気にさえなれば。

ロイドはレディー・トレシリアンの左手へ。

レディー・トレシリアン　今度こそ彼女に告白するんでしょうね？

ロイド　（突然激しく）もちろんそうするさ。

オードリーがフランス窓から登場。とても美しく、水の精のような顔をしている。感情を押し殺しているような奇妙な雰囲気がある。ロイドと一緒にいると、くつろいで嬉しそうである。

レディー・トレシリアン　（オードリーが入ってくると）ちょうどよかったわ。

オードリーは手を広げながら、トリーヴズとレディー・トレシリアンの前を横切って、ロイドの右手に来る。

オードリー　トーマス——トーマスね。

ロイドはオードリーの手を取る。レディー・トレシリアンはしばらくロイドとオードリーを見つめる。

レディー・トレシリアン　マシュー、手を貸してちょうだい。

トリーヴズはレディー・トレシリアンを介添して、彼女と一緒にフランス窓から退場。

オードリー　（間を置いて）会えて嬉しいわ。
ロイド　（はにかみながら）こんにちは。
オードリー　（ロイドの前を通って上手へ歩きながら）前回の帰郷から何年にもなるわね。ゴム園の仕事は休暇をもらえないの？
ロイド　二年前も帰郷するつもりだったんだけど……。（気まずそうに口を閉ざす）
オードリー　二年前！　でも、あのときも帰ってこなかった。
ロイド　そう――いろいろわけがあって。
オードリー　（中央左手の肘掛椅子に座り、親しみを込めて）ねえ、トーマス。あなたは昔とちっとも変わってないわ、パイプといい、なんといい。
ロイド　（コーヒー・テーブルの左手に行き、ちょっと間を置いて）そうかな？
オードリー　ああ、トーマス、帰ってきてくれてとても嬉しいわ。やっと話のできる人に会えた。トーマス、なんだかおかしいのよ。
ロイド　おかしいって？
オードリー　この家はどこか変わってしまったの。ここに来てから、どこかおかしいって感じてるの。何か違うと思わない？　でも――あなたにわかるはずないわね。来たばかりですもの。変化を感じてないのはネヴィルだけだわ。

ロイド　ネヴィルなんてくそくらえだ！

オードリー　彼が嫌い？

ロイド　（激しく）あの男の性根が嫌いだ――ずっとそうさ。（すぐに落ち着きを取り戻す）すまない。

オードリー　私、知らなかったわ……。

ロイド　他人のことは――知らないことがたくさんあるものさ。

オードリー　（考え込むように）そうね――たくさん。

ロイド　気になることが一つあるんだが。ネヴィルと彼の新妻と都合を合わせてここに来たのはどうしてだい？　受け入れたのか？

オードリー　（座っていた椅子の左手に立ち）ええ。わかってもらえないと思うけど……。

ロイド　（オードリーのいた椅子の右側に近づきながら）いや、わかるさ。全部わかってるよ。

オードリーはロイドを訝しげに見る。

ロイド　君がどんな目にあってきたのか、よくわかってる――（意味ありげに）だが、すべては過去のことだよ、オードリー。過ぎたことさ。過去は忘れて、未来を考えなきゃ。

ネヴィルがフランス窓から登場し、長椅子の右手奥に向かう。

ネヴィル　やあ、オードリー、今朝はどこにいたんだ？

オードリーは上手手前の安楽椅子の右手に行く。ロイドはコーヒー・テーブルのうしろにまわる。

オードリー　別にどこにも行ってないわ。
ネヴィル　どこにもいなかったじゃないか。昼飯前に、浜辺に泳ぎに行かないかい？
オードリー　（コーヒー・テーブルのほうに歩きながら）行きたくないわ。（テーブルの雑誌類に目をやる）

ロイドは段をのぼる。

オードリー　今週号の「ロンドン・イラストレーテッド・ニューズ」を知らない？
ネヴィル　（オードリーの右側に近寄りながら）知らない。行こうよ――今日は水がとても温かいよ。
オードリー　実を言うと、メアリに、ソールティントンに一緒にお買い物に行きましょうって言っちゃったのよ。
ネヴィル　メアリなら気にしないさ。

オードリーは雑誌を手に取る。

ネヴィル　（オードリーの手を取る）行こう、オードリー。
オードリー　だめ、だめよ……。

ケイがフランス窓から登場。

ネヴィル　（ケイの姿を見ると）オードリーを泳ぎに誘ってるんだ。
ケイ　（長椅子の右手に向かいながら）あら、オードリーはなんて？
オードリー　オードリーの答えは「ノー」よ。

オードリーはネヴィルの手から自分の手を放し、上手へ退場。

ロイド　失礼して、荷解きしに行かせてもらうよ。

ロイドは上手奥の本棚のそばでちょっと立ち止まり、本を一冊取って上手へ退場。

ケイ　それなら仕方ないわよ。行きましょう、ネヴィル。
ネヴィル　さて、どうするかな。（コーヒー・テーブルの雑誌を一冊手に取り、長椅子に座り、背にもたれて、足を投げ出す）
ケイ　（いら立たしげに）ねえ、はっきりしてよ。

ネヴィル　シャワーを浴びて、庭でのんびりするのも悪くないな。
ケイ　泳ぐには最高の日よ。行きましょう。
ネヴィル　ボーイフレンドはどうした？
ケイ　テッドのこと？　浜辺に残して、あなたを探しに来たの。浜辺でものんびりできるわよ。（ネヴィルの髪に触る）
ネヴィル　（彼女の手を払いのけながら）ラティマーと一緒にかい？（首を横に振る）乗り気にならないな。
ケイ　テッドが嫌いなの？
ネヴィル　それほどでもないさ。だが、彼を籠絡するのが君が面白いっていうのなら……。
ケイ　（ネヴィルの耳をつねりながら）妬いてるのね。
ネヴィル　（手を払いのけ）ラティマーにか？　ばかげてるよ、ケイ。
ケイ　テッドは素敵だわ。
ネヴィル　確かにね。ああいう優柔不断な魅力は南米人特有のものさ。
ケイ　見下すもんじゃないわ。彼、女性にとても人気があるのよ。
ネヴィル　とりわけ五十代の女性にはね。
ケイ　（面白そうに）妬いてるのね。
ネヴィル　ねえ、君、ぼくはさして気にとめてないよ、そんな値打もないやつにさ。
ケイ　私の友だちにずいぶんとつれないのね。私はあなたの友だちに我慢しなきゃいけないのに。
ネヴィル　そりゃどういう意味だい？

ケイ　（長椅子のうしろを通って、コーヒー・テーブル右側に向かいながら）あの退屈なレディー・トレシリアンと古めかしいトリーヴズさんに、その他もろもろよ。（コーヒー・テーブルの上に腰をおろしてネヴィルと向き合い）私が彼らといて楽しいと思ってるとでも？（不意に）ネヴィル、私たち、ここにいなきゃいけないの？　出ていけないの？――明日にでも。退屈で仕方ないんだもの……。

ネヴィル　来たばっかりだよ。

ケイ　もう四日もいるのよ――まるまる四日。もう帰りましょうよ、ネヴィル。

ネヴィル　どうして？

ケイ　帰りたいの。口実ぐらいどうにでもつけられるわ、お願いよ……。

ネヴィル　ねえ、君。そりゃ話にならないよ。二週間の予定で来たんだし、二週間はいるのさ。わかってないようだね。モーティマー・トレシリアン卿はぼくの後見人だった。子どもの頃にも休暇でここへ来た。〈ガルズ・ポイント〉はぼくの家も同然なんだ。カミーラがひどく傷つくよ。（にっこり笑う）

ケイ　（立ち上がって、上手奥の窓に向かい、苛立たしげに）そう、わかった、わかったわよ。カミーラ婆さんに取り入らなきゃならないわけね。なにしろ、彼女が死んだら、遺産はみな私たちのものですもの。

ネヴィル　（立ち上がり、段をのぼりながらむっとして）取り入るとかいう話じゃない。そんな見方をしないでくれよ。彼女はなんの権限もないんだ。モーティマーさんは信託財産にして、彼女が死んだら、ぼくと妻が相続するよう遺してくれたんだ。これは愛情の問題だということがわからないのか？

ケイ　私への愛情ではないわね。彼女は私が嫌いなんだから。
ネヴィル　馬鹿なこと言うんじゃない。
ケイ　（中央左手の肘掛椅子の左手に向かいながら）いえ、嫌いなのよ。あの骨ばった鼻の上から私を見下してるの。メアリ・オールディンは、列車で顔を合わせただけみたいな話し方しか私にしないし。
ネヴィル　二人とも、私がここにいるのが苦痛なのよ。あなたは状況がわかってないようね。
ネヴィル　二人とも、君にいつも優しくしてると思うけど。（コーヒー・テーブルの上に雑誌を投げ出す）考えすぎだよ。
ケイ　もちろん、二人とも態度は丁寧よ。でも、どうすれば私を苛立たせられるか、よく知ってるの。私は闖入者。あの人たちはそう思ってるのよ。
ネヴィル　まあ――それは仕方ないだろうね……。
ケイ　あら、そうね、たぶん仕方ないんでしょうよ。あの人たちはオードリーを愛してるものね。（振り返って、上手のドアのほうを見る）かわいくて、育ちもよくて、落ち着いて、個性のないオードリー。カミーラは、オードリーに取って代わった私が許せないのよ。（踵を返して、肘掛椅子のうしろにまわり、その背から身を乗り出す）言っとくけど――私、オードリーにはぞっとするのよ。彼女が何を考えてるのか、あなたにもわからないでしょ。
ネヴィル　（長椅子に座り）なあ、ばかげてるよ、ケイ。そんなことは言わないでくれ。
ケイ　オードリーは、私と結婚したあなたを決して許さないわ。一、二度、あなたのほうを見ている彼女に気づいたけど――あなたを見る目にはぞっとしたもの。
ネヴィル　思い込みだよ、ケイ。オードリーは素敵だ。あんなに人あたりのいい人はほかにいない。

ケイ　見た目はね。でも、本音は違うわ。胸に秘めた思いがあるのよ。（長椅子のうしろを通って、ネヴィルの右手でひざまずく）出ていきましょう――すぐによ――手遅れにならないうちに。

ネヴィル　メロドラマみたいなこと言うんじゃない。君がなんでもないことでむくれてるというだけで、カミーラを困らせるつもりはないよ。

ケイ　なんでもないことじゃないわ。あなたは、あなたの大事なオードリーのことを何もわかってないのよ。

レディー・トレシリアンとトリーヴズがフランス窓から登場。

ネヴィル　（憤然として）ぼくの――ぼくの大事なオードリーなんかじゃない。

レディー・トレシリアンが長椅子のうしろに来る。

ケイ　そうかしら？　みんなそう思ってるわ。あなたが彼女につきまとってるから。（レディー・トレシリアンのほうを見る）

レディー・トレシリアン　泳ぎに行くの、ケイ？

ケイ　（立ち上がり、そわそわと）ええ――そうしようと思って。

レディー・トレシリアン　ほぼ満潮よ。きっと楽しいでしょう。（ステッキで長椅子の脚をたたく）あなたは、ネヴィル？

ネヴィル　（不機嫌そうに）泳ぎたくないんだ。

レディー・トレシリアン　（ケイに）お友だちが向こうで待ってるみたいよ。

ケイはちょっとためらうと、横切ってフランス窓から退場。トリーヴズが下手手前に来る。

レディー・トレシリアン　ネヴィル、あなた、お行儀悪いわね。私が部屋に入ってきたら、立たなくちゃだめでしょ。どうしたっていうの――マナーを忘れたわけ？

ネヴィル　（慌てて立ち）すみません。

レディー・トレシリアン　（中央左手の肘掛椅子に向かいながら）あなたのせいで、みんなの居心地が悪いわ。奥さんは困っているんじゃない。

ネヴィル　奥さんって？　オードリーのこと？

レディー・トレシリアン　今の奥さんはケイでしょ。

ネヴィル　あなたが信じるハイ・チャーチ（英国国教会の中でも典礼を重んじ、性格的にカトリックに近い系統の教会）の教義でも、その事実を認めてくださるんですかね。

レディー・トレシリアン　（肘掛椅子に座り）ネヴィルったら、ずいぶんと無礼な態度ね。

ネヴィルはレディー・トレシリアンの右手に近寄り、彼女の手を取り、頬にキスをする。

ネヴィル　（急に人懐こい愛想よさを見せ）ごめんなさい、カミーラ。許してください。気にかかることが多すぎて、自分でも何を言ってるのかわからなくて。

トリーヴズが下手手前の安楽椅子に座る。

レディー・トレシリアン　（愛情を込めて）まあ、この子ったら、皆を友だちにしようなんてばかな気を起こして、何を期待してるの？

ネヴィル　（じれったそうに）合理的なものの考え方だと思うけど。

レディー・トレシリアン　オードリーとケイみたいな女性の場合は、そうは言えないわ。

ネヴィル　オードリーは気にしてないよ。

トリーヴズ　何がきっかけでこうなったんだい、ネヴィル？

ネヴィルは手を引っ込め、長椅子の左手手前に向かう。

ネヴィル　（熱を込めて）ロンドンでオードリーと出くわしたんだ。ほんとにばったりと。彼女はとても機嫌がよかった――恨んでるような様子もなかったし。彼女と話してるうちに、もし――もし彼女とケイが友だちになって、みんなで仲良くなれたらいいんじゃないかと思いついてね。だったら、ここがぴったりの場所じゃないかと思ったんだ。

トリーヴズ　君が考えたのか――すべて一人で？

ネヴィル　ああ、全部ぼくのアイデアさ。オードリーも喜んでたようだし、乗り気だった。

トリーヴズ　ケイも喜んでるのかい？

ネヴィル　いや――ケイについては悩みの種でね。どうしてなのかわからない。というのも、反対する者がいるとすれば、オードリーだろうと思ってたものだから。

レディー・トレシリアン　（立ち上がり）まあ、どうせ私は年寄りですよ。

トリーヴズも立ち上がる。

レディー・トレシリアン　近頃の人たちの考えることはさっぱりわからないわ。（上手のドアに向かう）

トリーヴズ　（上手のドアへ歩きながら）時勢には従わなきゃいかんものだよ、カミーラ。（ドアを開けてあげる）

レディー・トレシリアン　疲れたわ。昼食の前に休ませてもらいますよ。（ネヴィルのほうを向く）でも、行儀よくしていてちょうだいね、ネヴィル。理由はともかく、ケイは嫉妬してるのよ。（ステッキでカーペットをたたいて、以下の言葉を強調する）私の家で諍い事は許しませんよ。（舞台外に向かって声をかける）ちょっとメアリ、図書室のソファで横になるわ。

レディー・トレシリアンが上手へ退場。トリーヴズがドアを閉める。

ネヴィル　（長椅子に座り）六つの子ども相手の言い様だな。

トリーヴズ　（中央右手に行き、観客に背を向けて立ち）あの歳から見れば、君は確かに六歳なんだよ。
ネヴィル　（努めて冷静さを取り戻し）まあ、そうだろうな。年を取るのはいやなことだ。
トリーヴズ　（ちょっと間を置いて、振り向き）もちろん、代償もあるさ。（そっけなく）思い入れってのがなくなるんだよ。
ネヴィル　（にやりとしながら）それも確かに大切だな。（立ち上がり、長椅子のうしろを通ってフランス窓に向かう）さて、ケイと仲直りしたほうがよさそうだ。でも、どうしてあんなふうに自制心を失うのか、さっぱりわからないよ。オードリーがケイに嫉妬するのは当然だろうけど、ケイがオードリーに嫉妬するのはわけがわからない。だろ？

ネヴィルはにやりと笑い、フランス窓から退場。トリーヴズはちょっと考え深げにあごを掻くと、ゴミ箱から引き裂かれた写真の断片を取り出し、書き物机に向かい、断片を元通りに揃える。
オードリーが上手から登場し、ネヴィルがいないか、なにやら用心深く見まわす。彼女は雑誌を手にしている。

オードリー　（コーヒー・テーブルに向かいながら、驚いて）私の写真に何をしてるの？（雑誌をテーブルに置く）
トリーヴズ　（振り向いて、写真の断片を差し出しながら）破かれたみたいなんだ。
オードリー　誰が破ったの？

トリーヴズ　バレット夫人じゃないか？　この部屋の掃除をしてる、ハンチングをかぶった女の人だよ。私は写真を元通りにしようとしていたんだよ。

トリーヴズの視線が一瞬オードリーの視線と合う。彼は写真の断片を書き物机に置く。

オードリー　バレット夫人じゃないんでしょ？
トリーヴズ　知らないね――だが、たぶんそうじゃないとは思う。
オードリー　ケイなの？
トリーヴズ　言っただろ――知らないって。

言葉が途切れ、そのあいだにオードリーは中央右手の肘掛椅子の右側に向かう。

オードリー　なんてこと。ほんとに不愉快だわ。
トリーヴズ　どうしてここに来たんだい？
オードリー　この時期になると、いつもここに来てたからだと思うわ。（横切って、中央左手の肘掛椅子のうしろに立つ）
トリーヴズ　だが、ネヴィルがここに来ることを考えたら、君の訪問は延ばせばよかったんじゃないかね？
オードリー　できなかったの。仕事があるのよ、食べてかなきゃいけないし。二週間の休暇をもらったんだけど、一度決めたら変更できないの。
トリーヴズ　仕事は面白いかい？
オードリー　それほどでもないけど、給料はなかなかいいのよ。
トリーヴズ　（コーヒー・テーブルの右側に向かい）だが、オードリー、ネヴィルはとても金持ちだ。君との離婚にあたっては、君に然るべき慰謝料を払わなきゃいけないはずだ。
オードリー　ネヴィルからは一ペニーたりとももらっていないわ。そんなの受け取れないもの。
トリーヴズ　そりゃそうだろう、まったくだ。私の依頼人の中にも、そういった考え方をする者が何人もいるよ。そうした連中を思いとどまらせるのも私の仕事でね。結局は常識に従うことになる。君には自分のお金などほとんどないんだから、ネヴィルから然るべき慰謝料をもらって当然だ。彼には充分な余裕があるんだから。君の弁護士は誰だい？　なんなら私から……。
オードリー　（中央左手の肘掛椅子に座りながら）弁護士は関係ないの。ネヴィルからは何も受け取るつもりはない——何もよ。
トリーヴズ　（彼女をじっと見つめ）なるほど——決意は固いというわけか、頑固だな。
オードリー　そういう言い方をなさりたいのなら、そのとおりよ。
トリーヴズ　ここで一堂に会するというのは、本当にネヴィルのアイデアなのかい？
オードリー　（鋭い口調で）もちろんそうよ。
トリーヴズ　で、君も賛同したのか？
オードリー　賛同したわ。いいじゃない。
トリーヴズ　結果は芳しくないね。

オードリー　私のせいじゃないわ。
トリーヴズ　君のせいじゃないさ――見た目はね。
オードリー　（立ち上がり）どういうこと？
トリーヴズ　気になっていたんだが……。
オードリー　ねえ、トリーヴズさん、ときどきあなたのことが少し怖いの。
トリーヴズ　なぜ？
オードリー　わからない。あなたって、とても抜け目のない観察者よ。時おり思うんだけど……。

メアリが上手から登場。

メアリ　オードリー、レディー・トレシリアンのところに行ってくださいますか？　図書室におられます。
オードリー　はい。

オードリーは横切って上手へ退場。トリーヴズは長椅子に座る。メアリはバトラートレイに向かい、使用済のシェリー酒のグラスを片づける。

トリーヴズ　ミス・オールディン、ここに集まるという今回のプランは、誰が仕組んだことだと思う？

メアリ　（バトラートレイの右手に行きながら）オードリーですわ。
トリーヴズ　どうして？
メアリ　（トリーヴズの左手に向かいながら）たぶん――彼のことがまだ好きだからです。
トリーヴズ　ほんとにそう思うのかい？
メアリ　ほかにどう考えろと？　彼はケイのことを本当には愛してませんわ。
トリーヴズ　（とりすまして）あんなふうに一時的にのぼせ上がっていては長続きはしないものだよ。
メアリ　オードリーにもプライドがあると思ってらっしゃるんでしょうね。
トリーヴズ　私の経験だと、プライドという言葉は女性がよく口にするが、恋愛がからむときには、プライドなんぞにほとんどこだわらないものだ。
メアリ　（苦々しく）かもしれませんね。よくわかりませんけど。（フランス窓のほうを見る）失礼いたします。

メアリは上手へ退場。
ロイドがフランス窓から登場。本を持っている。

トリーヴズ　やあ、トーマス。渡船場には行ったのかい？
ロイド　（中央へ歩きながら）いえ、推理小説を読んでたんです。あんまり面白くないんだけど。（本に目を落とす）いつも思うけど、この手の話は間違ったところからはじまりますね。つまり、殺人からはじまる。でも、殺人は本当の発端じゃない。

トリーヴズ　ほう？　じゃあ、どこからはじめればいいと？

ロイド　ぼくの意見では、殺人はストーリーの結末なんです。（中央左手の肘掛椅子に座る）つまり、本当のストーリーは、ずっと前にはじまってる――時には何年も前に。でないとおかしい。特定の場所、特定の日、特定の時間に関係者が一堂に集まるのは、いろんな原因や出来事が集約した結果だ。かくして、クライマックス、つまり――ゼロ時間に至るわけです。

トリーヴズ　（立ち上がりながら）面白い見解だね。

ロイド　（弁解するように）自分でもうまくは説明できないけど。

トリーヴズ　（コーヒー・テーブルのうしろに向かいながら）わかりやすい説明だったよ、トーマス。（コーヒー・テーブルを地球儀に見立てる）いろんな人たちを特定の場所と時間へと向かわせる――全員がゼロ時間へと向かう。（ちょっと間を置いて）ゼロ時間へとね。

　　トリーヴズはロイドを見つめる。照明が暗くなり、暗転。それと同時に……。

　幕。

第二場

場面：同じ場所。四日後の夕食後。

幕が上がると、照明がついている。張り出し窓のカーテンは半分引かれている。フランス窓は開いていて、カーテンは引かれていない。蒸し暑い曇りの夜。ケイは長椅子に座り、たばこをふかしている。イヴニング・ドレスを着て、なにやら不機嫌で退屈そう。テッド・ラティマーが窓辺の段の上に立ち、外を眺めている。色黒で、二十六歳くらいのハンサムな男。タキシードがよく似合っている。

ケイ　（間を置いて）今夜は最高の気分よ、テッド。

ラティマー　（振り向きながら）さっきも言ったけど、君はホテルに来るべきだったよ。（段の手前側の端に行く）ダンスだってやってるし、バンドはいまひとつだけど、楽しいのに。

ケイ　行きたかったんだけど、ネヴィルが乗り気じゃなくて。

ラティマー　なるほど、忠実な妻を演じたわけだ。

ケイ　そう――その見返りで、死ぬほど退屈してるってわけ。

ラティマー　忠実なる妻がたいてい甘んじて受けなければならない運命なのさ。（窓腰掛にあるレコード・プレーヤーのところに行く）ダンスのレコードはないのか？　せめてダンスをしたいな。

ケイ　そんなもの、この家にあるわけないわ。モーツァルトとバッハだけ——みんなクラシックよ。

ラティマー　（コーヒー・テーブルに向かいながら）なんてことだ。まあ今夜は、あのクソババアはいなかったけど。（箱からたばこを一本取る）夕食の席にはいつも来ないのかい？　それとも、ぼくがいたから、避けてたのか？（たばこに火をつける）

ケイ　カミーラはいつも七時に寝るのよ。心臓かどこかが悪いの。夕食は盆で運ばせてるのよ。

ラティマー　君なら、そんなのを楽しい生活とは言わんだろうな。

ケイ　（不意に立ち上がり）この家、大嫌い。（長椅子の前を通って、その下手奥へ）こんなところ、来なきゃよかった。

ラティマー　（彼女の左側に近づきながら）まあ、落ち着いて。どうしたっていうんだい？

ケイ　わからない。（横切って、中央左手の肘掛椅子の前に立つ）なんていうか——ときどき——怖くなるの。

ラティマー　（コーヒー・テーブルの右側に向かいながら）君らしくないな、ケイ。

ケイ　（立ち直り）そうね。でも、何かおかしなことが起きてる。何かわからないんだけど、間違いなくオードリーが企んでるのよ。

ラティマー　ネヴィルのくだらんアイデアのせいさ。君と一緒に、別れた奥さんと都合を合わせるなんて。

ケイ　（肘掛椅子に座りながら）彼のアイデアとは思っていないの。あの女がそそのかしたに違いないのよ。

ラティマー　なんのために？

ケイ　わからない――きっといざこざを起こすためよ。
ラティマー　（ケイのもとに行き、彼女の腕に触れて）君に必要なのは酒さ、ぼくのケイ。
ケイ　（彼の手を払いのけ、いら立たしげに）お酒なんかいらないし、私はあなたのケイじゃないわ。
ラティマー　ネヴィルが現れなければ、ぼくのものだったのに。（バトラートレイに向かい、ウィスキー・ソーダを二杯つくる）ところでネヴィルはどこだい？
ケイ　知らない。
ラティマー　付き合いの悪いやつらだな。オードリーはテラスでトリーヴズなんかと話してるし、ロイドとかいうやつは、ずっと一人でパイプを肌身離さずふかして庭をうろうろしてる。まったく素敵な連中だよ。
ケイ　（不機嫌そうに）全員、海に沈んでも惜しくないわ――ネヴィルは別だけど。
ラティマー　ネヴィルも含めてくれると嬉しいんだけどねえ。（飲み物をケイに渡す）まあ、飲みたまえ。気分がよくなるよ。

ケイは飲み物を受け取り、すする。

ケイ　まあ、強いわ。
ラティマー　もっとソーダを入れるかい？
ケイ　ううん、いい。そんなにあからさまにネヴィルを嫌ってほしくないんだけど。
ラティマー　なんで彼を好きにならなくちゃいけないんだ？　あいつとは合わないんだよ。（苦々しく）理想的な英国人——スポーツが得意で、控えめでハンサム。いつも立派な紳士というわけさ。ほしいものはいつも思いどおりに手に入れる、ぼくの彼女までさらいやがって。

ケイ　あなたとつきあったことはないわ。

ラティマー　（コーヒー・テーブルのうしろに行きながら）いや、そうなるはずだったのさ。ぼくがネヴィルくらい金持ちだったら……。

ケイ　私、お金が理由でネヴィルと結婚したんじゃない。

ラティマー　ああ、もちろん、わかってるさ——地中海の夜、純真なロマンス……。

ケイ　ネヴィルと結婚したのは、彼を愛したからよ。

ラティマー　愛してなかったとは言わないよ。でも、お金も愛するきっかけになっただろ。

ケイ　ほんとにそう思ってるの？

ラティマー　（中央奥に向かいながら）そう思いたいのさ——そうすりゃ、傷ついた虚栄心も癒されるんでね。

ケイ　（立ち上がって、ラティマーの左側に近づきながら）あなたは素敵よ、テッド——ときどき、あなたなしじゃどうしていいかわからないと思うほどよ。

ラティマー　それなら試したらどうだい？　いつも君の近くにいるのに。今こそ知ってほしいね、忠実なる色男の存在を。それとも、間男かな？　きっと、君がどっちの立場なのかによるんだろうな——妻の立場か、夫の立場なのかで。（ケイの肩にキスをする）

メアリが上手から登場。地味なディナー・ドレスを着ている。ケイは慌てて窓辺の左端にのぼる。

メアリ　（問い質すように）トリーヴズさんを見ませんでしたか？　レディー・トレシリアンがお呼びなんですけど。

ラティマー　外のテラスにいますよ、ミス・オールディン。

メアリ　ありがとう、ラティマーさん。（ドアを閉める）空気が息苦しくありませんか？　きっと嵐が来ますわ。（フランス窓に向かう）

ラティマー　ぼくがホテルに戻るまでは来てほしくないね。（メアリの左側に近づき、外をちらりと見る）コートを持ってこなかったんだ。雨が降ったら、渡船場に行くまでにびしょ濡れになっちまう。

メアリ　必要でしたら、傘を貸して差しあげますわ。ネヴィルもレインコートを貸してくれるでしょうし。

メアリがフランス窓から退場。

ラティマー　（中央奥に歩きながら）面白い女だ――ちょっとしたダークホースだな。

ケイ　気の毒な人よ。（中央左手の肘掛椅子に座り、飲み物をすする）あんないやらしい婆さんに黒人奴隷みたいに奉仕させられて。なのに、なんの見返りもない。遺産は全部、私とネヴィルに行くんだもの。

ラティマー　（ケイの右手に向かいながら）たぶん、そのことを知らないいんだよ。

ケイ　それはちょっと滑稽ね。

彼らは笑う。

オードリーとトリーヴズがフランス窓から登場。トリーヴズは昔風のタキシードを着ている。オードリーはイヴニング・ドレスを着て、ラティマーとケイが一緒にいるのに気がつくと、長椅子の前に来る。トリーヴズは入口で立ち止まり、オードリーの肩越しに話す。

トリーヴズ　レディー・トレシリアンとちょっとしたゴシップ話でもして楽しみたいね、ミス・オールディン。たぶん、昔のスキャンダルの思い出話とかになるだろうけど。意地の悪さは、会話に興を添えるものだよ。（上手のドアに向かう）そうだろ、オードリー？

オードリー　彼女なら、話のネタになる人をうまく選ぶし、さながら女王の命のごとく相手を呼び出すわ。

トリーヴズ　うまいこと言うね、オードリー。レディー・トレシリアンのふるまいは、いつも女王のごとき風格を感じるよ。

トリーヴズは上手へ退場。

オードリー　（物憂げに）ひどく暑いわね。（長椅子に座る）

ラティマー　（バトラートレイのほうに一歩寄って）それなら、飲み物はどうだい？

オードリー　（頭を横に振り）けっこうですわ。早めに寝たいんです。

ちょっとした沈黙。
ネヴィルが上手から登場。タキシードを着て雑誌を持っている。

ケイ　今まで何してたのよ、ネヴィル？
ネヴィル　二通ほど手紙を書いてたんだ、胸の内をぶちまけようと思ってね。
ケイ　（立ち上がりながら）ほかのときにすればいいのに。（バトラートレイに行き、グラスを置く）
ネヴィル　（横切って、コーヒー・テーブルのうしろに立ち）思い立ったら、すぐ行動さ。それはそうと、「イラストレーテッド・ニューズ」を持ってきたよ。読みたい人がいたよね。
ケイ　（手を差し出し）ありがとう、ネヴィル。
オードリー　（ほぼ同時に）あら！　ありがとう、ネヴィル。（手を差し出す）

ネヴィルは二人のあいだでためらい、苦笑する。

ケイ　（ヒステリー気味に）私が読みたいのよ、ちょうだい。
オードリー　（手を引っ込め、少し困惑して）あら、ごめんなさい。私にだと思ったの、ネヴィル。

ネヴィルはちょっとためらうと、雑誌をオードリーに差し出す。

ネヴィル　（穏やかに）さあどうぞ、オードリー。
オードリー　あら、でも……。
ケイ　（怒りを抑えつつ、ほとんど叫ぶように）ここ、息が詰まるわ。（足早にコーヒー・テーブルに向かい、イヴニング・バッグを取り上げ、長椅子の前を通って、フランス窓へ走っていく）外に出ましょうよ、テッド。こんな汚い檻に閉じ込められっぱなしなのは、もう我慢ならない。

フランス窓から出るとき、ケイはつまずきそうになる。
ラティマーは、怒りのこもった目でネヴィルを見、ケイのあとを追って退場。ネヴィルは雑誌をコーヒー・テーブルに放り投げる。

オードリー　（立ち上がりながら、責めるように）あんなことすべきじゃないわ、ネヴィル。
ネヴィル　いいじゃないか。
オードリー　（コーヒー・テーブルの前を通って、上手手前に立ち）ばかね。ケイのあとを追って、謝るべきよ。
ネヴィル　どうしてぼくが謝らなきゃいけないんだ。
オードリー　謝るべきだわ。奥さんに失礼よ。

メアリがフランス窓から登場し、長椅子のうしろに立つ。

ネヴィル　（小さな声で）君がぼくの妻さ、オードリー。これからもね。（メアリを見る）おや――ミス・オールディン――レディー・トレシリアンのところに行くのかい？

オードリーは段の左端にのぼる。

メアリ　（中央左寄りに歩きながら）ええ。トリーヴズさんが降りてこられましたらね。

ロイドがフランス窓から登場し、長椅子の右手に立つ。
ネヴィルは一瞬、ロイドを見つめると、フランス窓から退場。

メアリ　（疲れたように）ふう！　こんなに疲れたのははじめてですわ。レディー・トレシリアンの呼び鈴が今夜鳴っても、絶対に応答しませんから。（中央左手の肘掛椅子に座る）
オードリー　（踵を返して、段の手前側の端に行きながら）呼び鈴って、なんですか？
メアリ　私の部屋で鳴るんです――夜にレディー・トレシリアンのご用命があるときに。旧式の呼び鈴で、ばね式のワイヤーで動くやつです。ジャラジャラとひどい音を立てるんですけど、レディー・トレシリアンが電気式のよりいいと譲らなくて。（あくびをする）ごめんなさい、ひどく蒸し暑いですわね。
オードリー　横になったほうがいいですわ、メアリ。お疲れのようだし。

メアリ　そうしますわ――トリーヴズさんとレディー・トレシリアンの話が終わったらすぐ。そしたら、レディーをベッドに押し込んで、私も寝室に参ります。ふう、とても骨の折れる一日だわ。

ラティマーがフランス窓から登場し、下手手前に来る。

ロイド　確かにそうだね。
オードリー　（ラティマーのほうを見てから）トーマス！　テラスに行きましょうよ。（フランス窓に向かう）
ロイド　（オードリーのもとに歩きながら）ああ――君に今読んでる推理小説の話を聞かせたいな……。

オードリーとロイドはフランス窓から退場。言葉が途切れ、ラティマーはしばらくロイドとオードリーを目で追う。

ラティマー　ぼくらは仲間はずれのようだね、ミス・オールディン。お互いに慰め合おう。（バトラートレイに行く）飲み物はどうだい？
メアリ　いいえ、けっこうです。
ラティマー　（飲み物を注ぎながら）バラの園にて夫婦は和解し、忠実なる色男は勇を奮って問いを発する。我らが行くべき場所は？　どこにもない。のけ者というわけだ。（段の手前側の端に立ち、グラスを掲げる）のけ者に乾杯――そして、垣根の中にいる連中にくそくらえだ。（飲む）

メアリ　辛辣ですわね。
ラティマー　君もさ。
メアリ　（間を置いて）そうでもありませんわ。
ラティマー　（コーヒー・テーブルの前を通って、その右手へ歩きながら）どんな感じなんだい、何か取りに行ったり持ってきたり、階段を駆け上がったり降りたり、ずうっと婆さんにお仕えするのってさ？
メアリ　世の中にはもっと嫌なことだってありますわ。
ラティマー　そうかな。（振り向いて、テラスのほうを見る）
メアリ　（間を置いて）あなたって不幸なんですね。
ラティマー　そうじゃないやつがいるとでも？
メアリ　あなた――（間を置いて）ずっとケイに恋心を？
ラティマー　まあね。
メアリ　彼女も？
ラティマー　（中央右手へ歩きながら）と思ってた――ネヴィルが現れるまではね。金もあれば、スポーツの記録も持ってるネヴィルがだ。（長椅子の左手に行く）金さえあれば、ぼくだってヒマラヤ山脈に登るさ。
メアリ　そんなこと、する気もないくせに。
ラティマー　だろうな。（鋭い口調で）人生に何を求める？
メアリ　（立ち上がり、間を置いて）ほとんど手遅れです。

ラティマー　そうでもないさ。

メアリ　そう——そうでもないわね。（段をのぼる）私がほしいのは、ちょっとしたお金、それで充分。たくさんは要りませんわ。

ラティマー　どう充分なんだい？

メアリ　手遅れになる前に自分のしたいことをするには充分ってこと。それすらできなかったんですもの。

ラティマー　（メアリの右側に近づきながら）君も垣根の中にいる連中が嫌いかい？

メアリ　（激しく）嫌いって——私は……。（あくびをする）いえ、とんでもない。疲れて、人を嫌う気力もありません。

トリーヴズが上手から登場。

トリーヴズ　やあ、ミス・オールディン、レディー・トレシリアンが来てほしいとさ。眠いみたいだよ。

メアリ　よかった。ありがとう、トリーヴズさん。すぐ行きますわ。（上手のドアに向かう）もうここには戻りませんから、今、おやすみを言っておきます。おやすみなさい、ラティマーさん。おやすみなさい、トリーヴズさん。

ラティマー　おやすみ。

メアリは上手へ退場。トリーヴズは段の左端にのぼる。

ラティマー　ぼくも走っていかなきゃ。嵐が来る前になんとか渡船場から川を渡ってホテルに戻らないと。（長椅子のうしろに行く）

ロイドがフランス窓から登場。

ロイド　行くのか、ラティマー？　レインコートは要らないのかい？

ラティマー　いや、いいよ。一か八かさ。

ロイド　（段をのぼりながら）すごい嵐が来そうだぜ。

トリーヴズ　オードリーはまだテラスに？

ロイド　知らない。（上手のドアに向かう）ぼくも寝るよ、おやすみ。

ロイドが上手へ退場。稲光が走り、低い雷鳴が舞台外から聞こえる。

ラティマー　（意地悪く）どうやら真の愛の道のりはかんたんじゃなさそうだ。あれは雷かい？　まだ遠いな――（フランス窓に向かう）まあ、なんとかなるだろう。

トリーヴズ　私も一緒に行って、庭の門に閂《かんぬき》をかけよう。（フランス窓に向かう）

ラティマーとトリーヴズがフランス窓から退場。

オードリー　（舞台外から、ラティマーに）おやすみなさい。

オードリーがやや足早にフランス窓から登場。稲光が走り、雷鳴が聞こえる。オードリーはしばらく部屋の中を見まわすと、ゆっくりと段をのぼって、窓腰掛に座り、夜の外を見る。ネヴィルがフランス窓から登場し、長椅子のうしろに向かう。

ネヴィル　オードリー。

オードリー　（慌てて立ち、段の左端に移動しながら）もう寝るわ、ネヴィル。おやすみなさい。

ネヴィル　（段にのぼりながら）まだ行かないでくれ、話があるんだ。

オードリー　（そわそわと）やめてちょうだい。

ネヴィル　（彼女の右手に近づきながら）どうしても話したい、話さなきゃいけないんだ。聞いてくれ、オードリー。

オードリー　（張り出し窓の左手の壁にあとじさりながら）困るわ。

ネヴィル　つまり、ぼくが何を言うつもりか、わかってるんだね。

オードリーは答えない。

ネヴィル　オードリー、よりを戻さないか？　過去のことはみんな忘れてさ。
オードリー　（少し振り向き）ケイも——一緒にってこと？
ネヴィル　ケイもわかってくれるさ。
オードリー　どういうこと？——わかってくれるって。
ネヴィル　（熱を込めて）本当のことを言うつもりだ。ぼくが愛した女性は君だけだって。本当だよ、オードリー。信じてくれ。
オードリー　（途方に暮れて）ケイと結婚したときは、彼女を愛してたはずよ。
ネヴィル　ケイと結婚したのは、ぼくの人生の最大の過ちだ。自分がいかに馬鹿だったか、今は気づいてるよ。ぼくは……。

ケイがフランス窓から登場。

ケイ　（中央右手へ歩きながら）感動のシーンにお邪魔して悪いけど、そろそろ登場すべきだと思って。
ネヴィル　（段の中央に移動しながら）ケイ、聞いてくれ……。
ケイ　（憤然として）聞けですって！　聞きたいことはみんな聞いたわよ、もうたくさん。
オードリー　（ほっとして）もう寝かせていただくわ。（上手のドアに向かう）おやすみなさい。
ケイ　（オードリーの右側に近づきながら）そうね、行きなさい！　やりたい放題の意地悪をしたんですもの。でも、この件ではそう簡単に逃げられないわよ。ネヴィルと別れたら、今度はあんたを始末してやる。

オードリー　（冷たく）私には関係のないことよ。おやすみなさい。

オードリーは上手へ退場。稲光が走り、舞台外から雷鳴が聞こえる。

ケイ　（オードリーを目で追いながら）このクソアマ……。

ネヴィル　（コーヒー・テーブルの右手に行きながら）ねえ、ケイ。オードリーはこの件とはなんの関係もないんだ。彼女が悪いんじゃない。責めるのなら、ぼくを……。

ケイ　（興奮しながら）そうね。あなた、自分がどういう人間だと思ってるの？（ネヴィルのほうを向き、声を荒らげる）奥さんを捨てて、私にこれ見よがしに迫ったあげく、奥さんと離婚したのよ。私に夢中になったと思ったら、次の瞬間には飽きてしまったのね。そして今度はよりを戻したいなんて。あんな――（上手のドアを見る）血色の悪い、めそめそした、盗っ人猫のところに……。

ネヴィル　（怒って）やめるんだ、ケイ。

ケイ　（段をのぼりながら）それがあの女よ。ずるくて、悪賢くて、腹黒い、あの……。

ネヴィル　（ケイの腕をつかみながら）やめろ！

ケイ　（手を振りほどき）ほっといてよ！（ゆっくりと長椅子の左側に向かう）どうしてほしいの？

ネヴィル　（舞台後方へ振り向いて）今のままではだめだ。ぼくを人でなしと言うなら、好きに言ってくれればいい。でも、無理なんだ、ケイ。今のままではいられないんだ。

ケイは長椅子に座る。

ネヴィル　（振り向いて）たぶんぼくは——本当は——オードリーをずっと愛してた。ようやくそのことに気づいたんだ。君への愛は、いわば一時の熱狂みたいなものだった。でも、もう無理だ、君とぼくは合わない。過ちは断ち切るほうがいい。（長椅子のうしろを通って、その右手に行く）

ケイ　（わざとらしく静かな声で）いったい何が言いたいの、ネヴィル？

ネヴィル　離婚してほしい。配偶者遺棄を理由にぼくと離婚できるよ。

ケイ　それは三年かけないとだめなのよ。

ネヴィル　待つさ。

ケイ　そして、優しくて素敵な、いとしいオードリーに、またぞろ結婚してくれと求愛するわけね？　そういう魂胆なわけ？

ネヴィル　彼女がぼくを受け入れてくれるなら。

ケイ　きっと受け入れるわ。それで私はどうなるの？

ネヴィル　もちろん、慰謝料はちゃんと払うよ。

ケイ　（自制心を失いながら）金で解決なんてごめんだわ。（立ち上がり、ネヴィルと向きあう）いいこと、ネヴィル。私は離婚なんてしないわよ。（彼の胸に手を当てる）あなたは私に恋して、結婚したのよ。あなたを籠絡した、あの小ずるい尻軽女とよりを戻させるつもりはないわ。

ネヴィル　（ケイを長椅子に押し倒して）黙れ、ケイ。頼むよ。そんな醜態をここで演じないでくれ。

ケイ　あの女が企んだのね。あの女が演出したことだわ。今頃は首尾よく行ったってほくそ笑んでるのよ。でも、そうは問屋が卸さない。どうするか見てるがいいわ。（長椅子にうつ伏して、ヒステリ

ックに激しくすすり泣く）

ネヴィルは途方に暮れた素振りをする。

トリーヴズがフランス窓から登場し、突っ立ったまま見ている。同時に、まばゆい稲光が光り、ゴロゴロと雷鳴が轟き、嵐の到来を告げる。これと同時に……。

幕。

第二幕

第一場

場面：同じ場所。翌日の早朝。

幕が上がると、天気のいい朝で、張り出し窓から陽光が差し込んでいる。フランス窓は開いている。バトラートレイは撤去されている。部屋には誰もいない。ロイドがフランス窓から登場。パイプをくわえているが、灰が詰まっている様子。灰皿を探し、コーヒー・テーブルにあるのを見つけ、そこにパイプの灰を叩き落とす。まだ灰が詰まっているので、ポケットからペンナイフを取り出し、火皿を慎重に掃除する。トリーヴズが上手手前から登場。

トリーヴズ　おはよう、トーマス。

ロイド　（コーヒー・テーブルのうしろへ歩きながら）おはよう。どうやら、やっと天気がよくなるみたいですね。
トリーヴズ　ああ。（段の左端にのぼり、外を見る）嵐が晴天の魅力をぶち壊してしまったと思ったが、あの蒸し暑さを打ち消してくれただけだったようで、実にけっこうなことだ。（段の右端に移動する）いつものようにだいぶ前に起きたんだろ？
ロイド　六時過ぎくらいです。崖沿いを散歩してたんですよ。実を言うと、今戻ったばかりでして。
トリーヴズ　まだ誰も起きてこないみたいだね、ミス・オールディンもだ。
ロイド　そのようですね。
トリーヴズ　もしかして、レディー・トレシリアンに付きっきりだったのか。昨夜のあの嫌な出来事のあとでは、ちょっと気が動転しているのかもしれんしな。（長椅子の左手に向かう）
ロイド　（パイプをふかしながら）ちょっとした騒ぎでしたね。
トリーヴズ　（下手手前へ歩きながら）君は控えめな表現を選ぶ名人だな、トーマス。ネヴィルとケイが演じた、あの醜態ときたら……。
ロイド　（驚いて）ネヴィルとケイですって？　ぼくが聞いたのは、ネヴィルとレディー・トレシリアンの口論ですが。
トリーヴズ　（長椅子の右手へ歩きながら）いつのことかね？
ロイド　十時二十分頃でしたね。激しい口論でした。いやでも聞こえましたよ。ぼくの部屋は彼女のほぼ真向かいですから。
トリーヴズ　（長椅子のうしろにまわり、不安そうに）なんとまあ、そりゃ初耳だよ。
ロイド　そのことだと思いましたが。

トリーヴズ　（ロイドの右側に近づきながら）いやいや。私が言ったのは、その前にこの部屋で起きた、ひどい醜態のことさ。その一部を、私は図らずも目撃してしまってね。あの気の毒な娘――そう、ケイがすごいヒステリーを起こしたんだ。
ロイド　どんな口論だったんですか？
トリーヴズ　あれはネヴィルが悪いと思うが。
ロイド　別に驚きませんよ。愚かなふるまいばかりしてますからね。（段をのぼる）
トリーヴズ　まったく。実に不埒な行為ばかりだよ。（ため息をつき、長椅子に座る）
ロイド　オードリーも――その口論に関係しているんですか？
トリーヴズ　彼女が原因だったのさ。

ケイが上手から足早に登場。気落ちして疲れている様子。ハンドバッグを持っている。

ケイ　あら！　おはよう――ございます。
トリーヴズ　（立ち上がり）おはよう、ケイ。
ロイド　おはよう。
ケイ　（中央左手へ向かうが、そわそわと落ち着かない）あら、起きてきたのは私たちだけ？
トリーヴズ　みたいだね。ほかには誰も見てない。朝食も――その――一人ぼっちで食べたよ。
ロイド　ぼくはまだだ。何か食べる物を探してくるよ。（ケイに）朝食は摂ったのかい？
ケイ　ううん。起きたばかりだから。私、朝食はいらない。最悪な気分なの。

ロイド　そうかい――ぼくはお腹ぺこぺこだ。（ケイの前を通って、上手のドアに向かう）じゃあまた。

ロイドが上手へ退場。

ケイ　（トリーヴズに一、二歩近寄る。少し間を置いて）トリーヴズさん、私――昨夜はちょっとひどい態度を――。
トリーヴズ　君が怒るのも無理はないよ。
ケイ　カッとなってしまって、いろいろと――その、馬鹿なことを言って。
トリーヴズ　誰しも時にはそんなふうになるものさ。君もいろいろ挑発されたわけだし。私に言わせれば、悪いのはネヴィルだ。
ケイ　あの人もそそのかされたのよ。私たちがここに来てから、オードリーはネヴィルと私を仲違《なかたが》いさせようとしていたの。
トリーヴズ　（コーヒー・テーブルのうしろに移動し）それは彼女に対して不当だと思うが。
ケイ　彼女が仕組んだのよ。ネヴィルがずっと――ずっと彼女への仕打ちをすまないと感じてたのをいいことに。
トリーヴズ　（ケイの右側に近づきながら）いやいや、君は間違ってるよ。
ケイ　いいえ、間違ってないわ。だって、トリーヴズさん、夕べ一部始終聞いたの。オードリーは、私たちをここに来させて――（コーヒー・テーブルの右手に行く）親しげで殊勝な顔をしていれば、彼を取り戻せると思ったのよ。彼の良心の呵責《かしゃく》につけ込んだの。青白い顔して、よそよそしくて、まるで――まるで幽霊みたいに忍び寄って。そういうのがネヴィルにどんな効果があるのか、わかってたのよ。彼女にひどい仕打ちをしたと思って、彼、いつも自分を責めてた。（長椅子に座る）最初から、少なくとも来た当初から、オードリーの影が私たちにつきまとってたわ。ネヴィルは彼女のことを忘れられなかったし、彼女のことは、いつも彼の心のどこかにあったのよ。

トリーヴズ　そのことで彼女を責めるわけにはいかないよ。

ケイ　あら、わからないの？　彼女はわかってたのよ、ネヴィルがどう思ってるのかを。彼とまた会って一緒にいれば、どうなるのかわかってたの。

トリーヴズ　彼女のことを実際以上に狡賢いと決めてかかってるようだね。

ケイ　みんな、彼女の味方なのね。そう――みんな。

トリーヴズ　おいおい、ケイ！

ケイ　（立ち上がり）みんな、ネヴィルとオードリーのよりを戻させたいのよ。私は闖入者――なじまないの――ネヴィルが夕べそう言ったわ。そのとおりよ。カミーラはずっと私を嫌ってた。ネヴィルのために私に我慢してたのよ。私はみんなの気持ちを気遣わなきゃいけないの。私の気持ちや考えはどうでもいいのよ。私の人生がめちゃくちゃになっても、気の毒と思われるだけで、たいしたことじゃない。重要なのはオードリーのことだけなのよ。

トリーヴズ　いや、違う。それは違うよ。

ケイ　（声を荒らげ）そう、彼女に私の人生をめちゃくちゃになんてさせない。阻止するためになんだってやるし、阻止してみせる。ネヴィルとよりを戻すなんて絶対にさせない。

ネヴィルが上手手前から登場。

ネヴィル　（その場の様子を見てとり）今度はなんだい？　またもめ事か？

ケイ　夕べ、あんな態度を取ったのに、何を期待していたわけ？（長椅子に座り、バッグからハンカチを取り出す）

トリーヴズが段の右端にのぼる。

ネヴィル　（ゆっくりと横切って、ケイの左手後方に立ち）騒ぎを起こしてるのは君のほうだよ、ケイ。ぼくは穏やかに話し合いたいと思ってるのに……。

ケイ　穏やかにですって！　離婚話を私が受け入れて、オードリーのためにすんなり譲ってやるとでも思っているの？　まるで――まるであなたがダンスに誘ってくれたときみたいに？

トリーヴズは段の左端に移動する。

ネヴィル　思ってないさ。だがせめて、人の家にいるときぐらい、そんなヒステリックな態度を取ることはないじゃないか。頼むから落ち着いて、態度をわきまえてくれ。

ケイ　あの女みたいに、ということ？

ネヴィル　どのみち、オードリーは醜態を演じるようなまねはしない。

ケイ　あなたと私を敵対させようとしてるわ——まさに思惑どおりに。

ネヴィル　ねえ、ケイ、これはオードリーのせいじゃない。昨夜もそう言っただろ。事情は説明したじゃないか。ぼくは率直に正直に話した。

ケイ　（ばかにしたように）率直に正直にですって！

ネヴィル　ああ、自分の気持ちは偽れない。

ケイ　私の気持ちはどうなるの？　そんなこと気にもかけてくれないじゃない。

トリーヴズ　（中央手前に行き、間に割って入り）ネヴィル、なんというか——この問題で君がとっている態度についてはよくよく考えたほうがいいと思う。ケイは君の奥さんだ。彼女にだってそれなりの権利がある。君がこんな——こんな傲岸なやり方で奪い取れない権利が。

ネヴィル　そのとおりだ。だが、ぼくは正しいと思うことをやるつもりだ。

ケイ　正しい、ですって！

トリーヴズ　言わせてもらえば、レディー・トレシリアンの家でこんな言い争いをするのは、その——適切なやり方ではないよ。きっとひどく彼女の気を動転させる。（ネヴィルの前を通ってケイの左手へ）私はもっぱらケイに同情しているが、君たちは二人とも、家の主《あるじ》や客たちに対して果たすべき義務がある。これは提案だが、この滞在が終わるまで、議論を先延ばししてはどうだい。

ネヴィル　（ちょっとばつが悪そうに）おっしゃるとおりです、トリーヴズさん——そう、確かにそのとおりだ。そうしますよ。どう思う、ケイ？

ケイ　オードリーが仕掛けてこないのなら……。

ネヴィル　（鋭い声で）オードリーは何も仕掛けてない。

トリーヴズ　（ケイに）シーッ！　ねえ君、私の提案を受け入れてくれないのかね。せいぜいあと二、三日のことじゃないか。

ケイ　（立ち上がりながら、不愛想に）そう、それならわかったわ。（フランス窓に向かう）

ネヴィル　（ほっとして）よし、これで決まりだ。朝食を摂りにいくよ。（上手のドアに向かう）あとで、みんなで舟遊びに出かけないか。（段の左端にのぼり、窓の外を見る）いい風が吹いてるし。（トリーヴズのほうを見る）行きませんか？

トリーヴズ　その手のことには、私はちょっと年を取りすぎてるよ。（上手のドアに向かう）

ネヴィル　君は、ケイ？

ケイ　（中央右手に移動しながら）テッドはどうするの？　今朝、一緒に行こうって約束したのよ。

ネヴィル　もちろん、一緒に来ればいいさ。ロイドとオードリーにも知らせて、どうするか聞いてみよう。湾に出るのはきっと気持ちいいよ。

オードリーが上手から登場。困っている様子。

オードリー　（不安げに）トリーヴズさん――どうしたらいいかしら、メアリが目を覚まさないのよ。

ケイが長椅子の右手手前に来る。

ネヴィル　目を覚まさない？（段から降りて中央に進む）どういうことだ？

オードリー　言ったとおりよ。バレット夫人がいつもどおり朝のお茶を持っていったの。（ゆっくりと中央左手へ）メアリはぐっすり眠ってた。バレット夫人はカーテンを開けて、声をかけたけど、メアリは起きなかったの。それで、お茶をそばのテーブルに置いていったわけ。メアリが起きてこなくても、そんなに気にはしなかったんだけど、いつまでたってもカミーラのお茶を運びに降りてこないものだから、バレット夫人はもう一度部屋に行ったのよ。そしたら、メアリのお茶はすっかり冷たくなっていて、まだぐっすり眠ってるの。

トリーヴズ　（中央左手の肘掛椅子の左手手前に行きながら）彼女、昨夜はずいぶん疲れてたんだよ、オードリー。

オードリー　でも、普通の眠り方じゃないのよ、トリーヴズさん。そうじゃないの。バレット夫人が彼女を揺すって——それも激しく揺すったんだけど——やっぱり起きないのよ。私もメアリの部屋に行って起こそうとしたんだけど。彼女、絶対におかしい。

ネヴィル　つまり、意識がないのか？

オードリー　わからない。血の気が引いてて、なんというか——ぴくともせずに寝てるの。

ケイ　睡眠薬を飲んだんじゃないの。

オードリー　（中央へ歩きながら）私もそう思ったわ。でも、メアリが薬を飲むなんて考えられない。

（トリーヴズのほうを向く）どうしましょう？

トリーヴズ　医者を呼んだほうがいい。病気かもしれないよ。

ネヴィル　（上手のドアに向かいながら）レイゼンビーに電話して、すぐ来てもらうよ。

ネヴィルが足早に上手へ退場。

トリーヴズ　（中央左手へ歩きながら）レディー・トレシリアンには話したのかい、オードリー？

オードリー　（中央右手に移動しながら、首を横に振り）いえ、まだよ。起こしたくなかったから。今、彼女に出す朝のお茶を台所でいれてるところなの。私が持って行くわ、そのときにお話しします。

トリーヴズ　おお事でないことを祈るよ。

ケイ　きっと睡眠薬を飲みすぎたのよ。（下手手前の安楽椅子に座る）

トリーヴズ　それならおお事になるかもしれん。

オードリー　メアリがそんなことするとは思えないけど。

ロイドが上手から登場。

ロイド　（トリーヴズとオードリーのあいだに向かいながら）ストレンジがレイゼンビー先生に電話してるのが聞こえたけど、どうかしたのか？

オードリー　メアリがね、眠ったままで、起きないのよ。ケイは薬かなにかの飲みすぎって言うんだけど。

ケイ　どうせそんなことよ。でなきゃ、起きるはずだわ。

ロイド　つまり、睡眠薬を飲んだのかい？　昨夜の彼女がそんなものが必要だったとは思えない。ひどく疲れていたからね。

トリーヴズ　彼女がそんな薬を飲むはずがない。ほら——呼び鈴が鳴るかもしれなかったんだから。
ケイ　呼び鈴ですって？
ロイド　部屋に呼び鈴があるんだ。レディー・トレシリアンは、夜中に用があるときに、いつも呼び鈴を鳴らすんだよ。（オードリーに）昨夜、彼女がそう言ってたのを憶えてるだろ。
オードリー　メアリなら、いざというときに呼び鈴が聞こえなくなる薬を飲むはずがないわ。

ネヴィルが足早に上手から登場。

ネヴィル　レイゼンビーはすぐ来るそうだ。
オードリー　（上手のドアに向かいながら）そうだわ。お医者さんが来る前に、カミーラにお茶を持っていかなくちゃ。何が起こったのかと思うでしょうから。
ネヴィル　手伝おうか？
オードリー　いいわ。一人でやるから。

オードリーが上手へ退場。ケイが立ち上がり、長椅子の右手奥に行く。

ロイド　（長椅子へ向かい）心臓発作でも起こしたのかな。（長椅子に座る）

トリーヴズが中央左手の肘掛椅子に座る。

ネヴィル　（横切って、段の右端にのぼり）推測ばかりしていても仕方ないさ。レイゼンビーが本当のところを教えてくれるよ。かわいそうなメアリ。ほんとに病気なら、どうしたらいいだろう。

トリーヴズ　やっかいなことになるな。レディー・トレシリアンは彼女に頼りきってるから。

ケイ　（ネヴィルの右側に近づきながら、期待を込めて）私たち、荷造りして出ていったほうがいいんじゃない？

ネヴィル　（ケイに微笑みながら）たぶん、たいしたことじゃないとわかるよ。

ケイは下手手前に行く。

ロイド　彼女が起きなかったら、やっかいなことになるぞ。

トリーヴズ　レイゼンビー先生が来るのにそんなにはかからないし、来たら、すぐにわかるだろう。先生の家はすぐ近くだ。

ネヴィル　おそらく十分ほどで来るよ。

トリーヴズ　たぶん、私たちを安心させてくれるよ、きっとね。

ネヴィル　（努めて明るい様子で）ともかく、物事を悲観的にばかり考えるのはよくない。

ケイ　（長椅子の右手へ歩きながら）いつもほんとに楽観的ね、ネヴィル。

ネヴィル　まあ、物事は、たいていはうまくいくものさ。

ロイド　君にはいつだってそうなんだろうな。

ネヴィル　（ロイドの左側に近づきながら）どういう意味だ、トーマス。
ロイド　（立ち上がり）意味は自明だと思うが。
ネヴィル　何を言いたいんだ？
ロイド　何も言いたくないさ。事実を述べてるだけだ。
トリーヴズ　（立ち上がり）シーッ！　（中央に行き、慌てて話題を変える）その——何か手伝えることがないか、見に行かないかね。レディー・トレシリアンだって……。

ロイドが皆のうしろを通って、段の左端に立つ。

ネヴィル　カミーラがぼくらに用があれば、すぐにそう言うはずさ。ぼくなら、言われないかぎり、口をはさんだりはしない。

オードリーが上手の舞台外で叫び声を上げている。
ロイドが急いで上手へ退場。間。
オードリーがロイドに支えられ、上手から登場。めまいを起こしている様子。

オードリー　カミーラ——カミーラが……。
トリーヴズ　（心配そうに）おい君！　どうした？
オードリー　（うわずった声で）カミーラよ——。

ネヴィル　（驚いて）カミーラ？　彼女がどうかしたのか？
オードリー　死んでる――。
ケイ　（長椅子にへたり込み）まあ、うそ。
ネヴィル　心臓だな。
オードリー　違う――心臓じゃない。（目を手で覆う）

全員、彼女を見つめる。

オードリー　（叫ぶ）頭が――血だらけなの。（いきなりヒステリックに叫びだす）彼女は殺されたのよ。わからないの？　殺されたのよ。

オードリーは上手手前の安楽椅子にどさりと座り込み、照明が暗くなり、暗転。それと同時に……。

幕。

第二場

場面：同じ場所。二時間後。

家具は、警察が尋問の場を設けやすいように動かしてある。コーヒー・テーブルは下手のアルコーヴに、長椅子は段の上に移動している。カード・テーブルは、アップライト・チェアと一緒に、上手奥のアルコーヴから中央右手に移動している。中央左手の肘掛椅子は、今はカード・テーブルのうしろにあり、上手手前の安楽椅子は、今は中央左手にある。カード・テーブルには小さな盆が置かれ、盆には水差しと二個のグラスが載っている。カード・テーブルにはほかに、たばこ、灰皿、マッチが置いてある。「タイムズ」紙が半開きで窓腰掛に置いてある。

幕が上がると、トリーヴズがカード・テーブルの左手に立ち、部屋の中を見まわしている。しばらくして、段の中央にのぼる。バトル警視が上手から登場。大柄で、およそ五十歳、質素な身なりをしている。顔つきはいかついが知的。

トリーヴズ　やあ、バトル。

バトル　うまく話がまとまりましたよ。

トリーヴズ　首尾よく行ったんだね、バトル？

バトル　（中央へ歩きながら）ええ。警察本部長がロンドン警視庁《ヤード》に連絡してくれましてね。ちょうど私が現地にいたものですから、ご要望に応じて私が事件を担当することになりました。（下手手前に行き、振り向いて、部屋の中を見まわす）

トリーヴズ　（中央手前へ歩きながら）嬉しいよ。知らない人じゃなく、君が来てくれたんで、やりやすい。まあ、休暇を潰してしまって申し訳なかったがね。

バトル　いいえ、気にしてません。甥っ子に手を貸してやれますしね。あいつは、これが初めての殺人事件なんですよ。

トリーヴズ　（書き物机の椅子に向かいながら）そうか――彼もきっと、君の経験に大いに助けられるだろう。（カード・テーブルの右手の椅子に向かう）

バトル　（中央右寄りに向かいながら）やっかいな事件です。

トリーヴズ　まったく、ぞっとするような事件だよ。（横切って、中央左手の安楽椅子の前に立つ）

バトル　医師とも話しました。打撃は二度です。最初の一撃が致命傷でした。殺人犯は確実を期したのか、激情に駆られて、もう一撃を加えたに違いありません。

トリーヴズ　恐ろしいな。（安楽椅子に座る）この家の誰かがやったとは信じられん。

バトル　残念ですが、そうなんです。その点はすべて確認しました。押し入った形跡はありません。（フランス窓のほうに向かう）ドアも窓も、夜はいつもどおり、すべて鍵がかかっていました。それに、ミス・オールディンが薬を盛られている――これは間違いなく内部の者の犯行ですよ。

トリーヴズ　彼女の具合は？

バトル　まだ薬の影響で眠っています。相当な量を盛られたんですな。何者かが念入りに計画したもののようです。（中央に戻る）レディー・トレシリアンは、危険を感じたら、ミス・オールディンを呼ぶために呼び鈴を鳴らす可能性があった。その可能性に対処しなくてはならなかったから、ミス・オールディンは薬を盛られたんですよ。

トリーヴズ　（困った様子で）いまだに信じられんよ。

バトル　必ず真相を突き止めてみせます。（カード・テーブルの左手に行く）医師の所見では、死亡推定時刻は十時半から零時のあいだです。十時半より早くも、零時より遅くもありません。これは手がかりになります。（カード・テーブルの左手の肘掛椅子に座る）

トリーヴズ　そう、確かに。凶器は九番アイアンなんだな？

バトル　はい。ベッドのそばに捨ててありました。血と白髪が付着していました。

トリーヴズは嫌悪の身ぶりを示す。

バトル　外傷からは九番アイアンとはわかりませんでしたが、どうやらクラブの鋭角部分で殴ったのではなく、医師の見立てでは、クラブの丸い部分で殴ったようです。

トリーヴズ　凶器を残していくなんて、その――殺人犯はえらく間の抜けたやつだと思わんかね？

バトル　たぶん慌てていたんでしょう。よくあることです。

トリーヴズ　かもな――うん、そうだろう。指紋はなかったんだね？

バトル　（立ち上がって、中央右寄り奥に向かいながら）ペンジェリー巡査部長が今調べています。そう都合よく出るか、あやしいものですが。

リーチ警部が上手から登場。およそ三十八から四十歳、細身で色黒のやや若い男。わずかにコーンウォール地方のなまりがある。九番アイアンのゴルフ・クラブを手にしている。

リーチ　（トリーヴズが座る安楽椅子のうしろを通って、バトルの左側に近寄りながら）見てください、叔父さん。ペンジェリーがこいつから見事な指紋を検出しましたよ——実にくっきりと出てます。

バトル　（警告するように）扱いには気をつけてくれよ。

リーチ　大丈夫です。写真は撮りましたし。血と髪のサンプルも採りました。（クラブをバトルに見せる）この指紋をどう思われます？　実にきれいに付いているでしょう。

バトルはクラブの柄に付いた指紋を調べると、トリーヴズの右側に近づく。

バトル　実に明瞭だ。間が抜けてるな！（クラブをトリーヴズに見せる）

リーチ　まったくです。

バトル　とりあえずやらなきゃいかんのは、全員から指紋を採取させてもらえるよう、一人ひとりに丁重かつ愛想よく頼むことだ——むろん、強制などもってのほかだ。全員がうんと言ってくれれば、結果は二つに一つ。誰の指紋も合致しないか、あるいは……。

リーチ　確実に仕留める、でしょ？（上手のドアに向かう）

バトルはうなずく。

トリーヴズ　どうも妙だと思わんか、バトル？　その——殺人犯が犯行現場に、こんな致命的な証拠を残していくほど間抜けだというのが。

バトル　これくらい間の抜けたことをやる連中はいくらでも知ってますよ。（クラブを長椅子に置く）ともかく、仕事を進めましょう。関係者の皆さんはどこに？

リーチ　（上手奥に行きながら）図書室です。ポロックが彼らの部屋を調べています。もちろん、ミス・オールディンの部屋は別ですが。例の薬の影響でまだ眠っておられますので。

バトル　一人ずつここに呼び入れていこう。（トリーヴズに）殺しを発見したストレンジ夫人は、どっちでしたっけ？

トリーヴズ　オードリー・ストレンジ夫人だ。

バトル　ああ、そうでしたね。ストレンジ夫人が二人もいると、実にややこしい。オードリー・ストレンジ夫人は別れたほうの奥さんでしたっけ？

トリーヴズ　そうだ。その——事情は説明したと思うが。

バトル　ええ。ストレンジ氏のおかしなアイデアでしたね。普通に考えれば、男なら……。

ケイが上手から足早に登場。とても気が動転し、少しヒステリックになっている。

ケイ　（フランス窓に向かいながら、バトルに）あんな図書室にこれ以上押し込められたくないわ。新鮮な空気が吸いたいし、外に出たいのよ。調べたいことがあったら、なんでも調べてちょうだい。

リーチが上手手前に来る。

バトル　ちょっとお待ちください、ストレンジ夫人。

ケイは立ち止まり、フランス窓のそばで振り返る。

バトル　お望みなら、外に出ていただいてもかまいませんが、今はお待ちください。
ケイ　今出たいのよ。
バトル　申し訳ありませんが、だめです。
ケイ　（ゆっくりと下手手前へ歩きながら）私をここに足止めする権利なんかないはずよ。私は何もしてないわ。
バトル　（なだめるように）ええ、ええ、もちろん、何もされてません。ただ、お尋ねしたいことが、一つ二つあるんです。
ケイ　質問って、何？　お役には立てないわ。何も知らないんだもの。
バトル　（中央手前へ歩きながら、リーチに）ベンスンを呼んで来てくれないか、ジム？

リーチはうなずき、上手へ退場。

バトル　まあ、そこにお掛けください、ストレンジ夫人——（カード・テーブルの左手にある椅子を勧める）お楽になさってください。

ケイ　（勧められた椅子に座り）だから、私は何も知らないわよ。知らないのに、なんであれこれ質問されなきゃいけないの？

バトル　（カード・テーブルのうしろを通って、その右手手前に立ちながら、申し訳なさそうに）全員に質問しなきゃならんのです。捜査の決まりでして。ご不快でしょうが、我々だってそうだし、仕方ありません。

ケイ　まあ、そうね——わかったわ。

ベンスン巡査が上手から登場。

リーチがそのあとに続く。ベンスンはやや若い男で、色白で寡黙。長椅子の左手に立ち、手帳と鉛筆を取り出す。

バトル　（カード・テーブルの右端に腰をおろし）さて、昨夜のことをお話しいただけますか、ストレンジ夫人。

ケイ　昨夜のどんなことですの？

バトル　あなたの行動についてです——そう、夕食以降ですね。

ケイ　頭痛がしたの。だから――早いうちに寝室に引きあげました。
バトル　時間は？
ケイ　正確には憶えてないわ。十時十五分前くらいかしら。
トリーヴズ　（目立たないように口をはさみながら）十時十分前ですね。
ケイ　そう？　分刻みでなんか憶えてないわ。
バトル　十時十分前としておきましょう。（ベンスンに合図する）

ベンスンは手帳にメモする。

バトル　ご主人も一緒に？
ケイ　いいえ。
バトル　（間を置いて）ご主人が寝室に引きあげられたのは何時ですか？
ケイ　知らないわ。彼に聞いてちょうだい。
リーチ　（ケイの左手に移動しながら）あなたの部屋とご主人の部屋のあいだのドアには鍵がかかっていました。あなたが寝室に向かわれたときもかかってましたか？
ケイ　ええ。
リーチ　かけたのは誰ですか？
ケイ　私よ。
バトル　いつもかけるのですか？

ケイ　いいえ。
バトル　（立ち上がり）どうして昨夜はそうなさったんですか、ストレンジ夫人？

ケイは答えない。リーチは中央下手へ行く。

トリーヴズ　（間を置いて）私から話すよ、ケイ。
ケイ　私が話さないと、あなたが話すのね。そう、わかったわ、お話しします。ネヴィルと私は喧嘩したのよ――猛烈なやつを。

リーチがベンスンに目配せし、ベンスンはメモする。

ケイ　あの人に激怒したの。ドアに鍵をかけたのは、まだ彼に腹を立ててたからよ。
バトル　なるほど――喧嘩の原因はなんですか？
ケイ　そんなことが重要なの？　どんな関係があるのかわからないけど……。
バトル　話したくなければ答える必要はありませんよ。
ケイ　まあ、いいわ。夫はきわめつけの馬鹿な態度をとったの。でも、みんなあの女のせいよ。
バトル　女と言いますと？
ケイ　オードリー――あの人の最初の奥さんよ。そもそも夫をここに来させたのは彼女なの。
バトル　ストレンジ氏のアイデアとお聞きしましたが。

ケイ　いいえ、違うわ。彼女のアイデアよ。

バトル　だが、なぜオードリー・ストレンジ夫人がそんな提案をなさったと?

続く会話と同時並行で、リーチがゆっくりと上手のドアに向かう。

ケイ　もめ事を起こすためでしょうよ。ネヴィルは自分のアイデアだと言ってるけど——あの人はなにも悪くない。ネヴィルだって、あの日、ロンドンのハイド・パークでオードリーと出合わなきゃ、そんなこと考えもしなかったわよ。彼女があの人にそんな考えを吹き込んで、あの人が自分が考えたように思い込ませたの。あの女が最初っから黒幕だってわかってたわ。私のことは絶対に受け入れられないのよ。

バトル　なぜ彼女は、あなた方をここに来させようとしたのでしょう?

ケイ　(息もつけないほど早口に)ネヴィルを取り戻したかったからよ、そうに決まってるでしょ。私と一緒になったのが許せなかったの。これは復讐なのよ。彼にちょっかい出すために、私たちと合流する手配を彼にさせたの。あの女は、私たちが到着してからずっとそうしてきたわ。

バトルはカード・テーブルのうしろを通って、中央へ。

ケイ　狡賢いったらないじゃない。自分を哀れっぽく見せておけば、ごまかせると思ってるのよ。気の毒でかわいい——爪もなにもかももがれた、傷ついた子猫ちゃんてわけ。

トリーヴズ　おいおい、ケイ……。
バトル　なるほど。そうはっきりわかっておられたのなら、来るのに反対なされればよかったのに？
ケイ　私がそうしなかったとでも？　ネヴィルの決心は固かった。譲らなかったのよ。
バトル　だが、これは彼のアイデアではないと確信しておられると？
ケイ　もちろん。あの血色の悪い子猫ちゃんが、なにもかも仕組んだのよ。
トリーヴズ　そう断定できる、はっきりした証拠などないだろ、ケイ。
ケイ　（立ち上がって、トリーヴズの右側につめ寄り）知ってるのよ、教えてあげるわ。あなたにもわかるはずよ。認めたくないでしょうけど、オードリーは……。
バトル　まあ、お座りください、ストレンジ夫人。

ケイはしぶしぶ元の椅子に戻り、座る。

バトル　レディー・トレシリアンはこの計画を認めていたんですか？
ケイ　彼女は私のことは、何も認めてくれなかった。オードリーは彼女のペットだったのよ。私がオードリーに代わってネヴィルと一緒になったものだから、私を嫌ってたわ。
バトル　あなたは――レディー・トレシリアンと仲違いでもなさったんですか？
ケイ　いいえ。
バトル　あなたが寝室に引きあげられたあと、何か物音を聞きましたか、ストレンジ夫人？　奇妙な音とか？

ケイ　何も。気が立っていたから、睡眠薬を飲んだの。すぐに眠ってしまったわ。
バトル　（カード・テーブルの右手へ行き）どんな睡眠薬ですか？
ケイ　小さくて青いカプセルよ。成分は知りません。

バトルがベンスンに目配せし、ベンスンがメモする。

バトル　（長椅子に向かい）寝室に引きあげられたあとのご主人は見てないんですね？
ケイ　見ていないったら。さっき言ったでしょ、ドアに鍵をかけたって。
バトル　（九番アイアンを取り上げ、ケイの左手に持って行き）これを見たことはありませんか、ストレンジ夫人？
ケイ　（体を引き）まあ——なんて恐ろしい。これで——これでやったの？
バトル　そう考えています。誰の物かご存じですか？
ケイ　（頭を横に振り）この家には、ゴルフ・クラブのバッグはいくつもあるわ。ロイドさんのに——ネヴィルのに——私の……。
バトル　これは男物のクラブです。あなたのではないでしょう。
ケイ　だったら……、知らないわ。
バトル　そうですか。（長椅子に行き、九番アイアンを戻す）ありがとうございました、ストレンジ夫人。とりあえずこれでけっこうです。

ケイは立ち上がり、下手手前へ。

リーチ　もう一つだけ。

ケイは振り返る。

リーチ　（ケイの左側に近づき）恐れ入りますが、あなたの指紋をペンジェリー巡査部長に採取させていただけませんか？

ケイ　私の——指紋ですって？

バトル　（淡々と）ただの形式です、ストレンジ夫人。全員にお願いする予定ですので。

ケイ　かまわないけど——あの図書室にいる連中のところに戻らなくてもいいのなら。

リーチ　食堂で採取するよう、ペンジェリー巡査部長に手配させましょう。

ケイはリーチの前を通って中央左手に向かい、一瞬、トリーヴズを見つめ、上手へ退場。リーチも上手へ退場。ベンスンは手帳を閉じて、ぼうっと待っている。

バトル　ベンスン。ストレンジ夫人の部屋に小さな青いカプセルがあったか、ポロックに確認してくれ——ケイ・ストレンジ夫人のほうだぞ。現物を手に入れてほしい。

ベンスン　承知しました。（上手のドアに向かう）

バトル　（中央へ歩きながら）手に入れたら、ここに戻ってきてくれ。
ベンスン　承知しました。

ベンスンは上手へ退場。

トリーヴズ　（立ち上がり）同じ薬が使われたと思ってるのかね？　その――ミス・オールディンにも？
バトル　（段の右端にのぼりながら）確認したほうがいいでしょう。ところでお聞きしますが、レディー・トレシリアンの死によって利益を得るのは誰になりますか？
トリーヴズ　レディー・トレシリアンには、ほとんど財産はない。故モーティマー・トレシリアン卿の財産は、彼女が生きているあいだは信託財産になっている。彼女が死ねば、その財産は、ネヴィルと彼の妻が均等に分割して相続することになる。
バトル　どちらの妻ですか？
トリーヴズ　最初の妻だ。
バトル　オードリー・ストレンジですか？
トリーヴズ　ああ。遺贈については、はっきりと文書になっている。「ネヴィル・ヘンリー・ストレンジとその妻、オードリー・エリザベス・ストレンジ、旧姓スタンディッシュ」と。その後に離婚しても、遺贈に変更は生じない。
バトル　（下手手前へ歩きながら）オードリー・ストレンジ夫人も、当然、その事実を承知しているんですね？

トリーヴズ　もちろんだ。

バトル　それでは、現在のストレンジ夫人は――何ももらえないことを知っているんですか？

トリーヴズ　さあ、わからんね。（訝しげな口調で）おそらくネヴィルが説明してるんじゃないか。

（カード・テーブルの左側に向かう）

バトル　説明してないとしたら、自分がもらえるものと思い込んでいるのではありませんか？

トリーヴズ　あり得るね――確かに。（カード・テーブルの左端に腰をおろす）

バトル　かなりの金額なのですか？

トリーヴズ　かなりの額だ、十万ポンド近い。

バトル　ほう！　近頃の相場でも相当なものだ。

リーチが上手から登場。くしゃくしゃのディナー・ジャケットを手にしている。

リーチ　（中央上手へ歩きながら）さあ、これをご覧ください。ポロックが、ネヴィル・ストレンジの洋服だんすの底に押し込まれているのを見つけたんですよ。

バトルはリーチの右手にまわる。

リーチ　（袖を指さす）このシミを見てください。これが血でないというなら、私がマリリン・モンローってことになります。

バトル　（リーチからジャケットを受け取り）君は確かにマリリン・モンロージャないよ、ジム。袖全体に飛び散っているな。部屋にはほかに服はあったのかね？

リーチ　ダークグレイのピンストライプの服が椅子に掛けてありました。洗面台の床は水浸しで——ほとんど水溜りですよ。どうやらこぼしたようですね。

バトル　慌てて手に付いた血を洗い流そうとしたら、そんなふうになるということか？

リーチ　そうです。（ポケットから小さなピンセットを取り出し、襟の内側に付いた毛を数本つまみ取る）

バトル　髪の毛か！　襟の内側に女の金髪とは。

リーチ　袖にも付いてますよ。

バトル　こっちは赤毛だな。ストレンジ氏は一人の奥さんを腕に抱き、もう一人の奥さんの頭を肩で抱いたようだな。

リーチ　まるでモルモン教徒ですな（モルモン教の創始者ジョゼフ・スミスは一夫多妻を容認した）。彼には不利な証拠ですね？

バトル　この血がレディー・トレシリアンと同じ血液型か、あとで検査させなくてはならんな。

リーチ　手配しましょう、叔父さん。

トリーヴズ　（立ち上がり、下手手前へ歩きながら、ひどく動揺して）信じられん。子どもの頃から知っているネヴィルが、こんな恐ろしいことをしたとは信じられんよ。なにかの間違いだ。

バトル　（長椅子に行き、ジャケットを置く）むろん、そうならいいのですが。（リーチに）次はロイド氏を呼んでくれ。

リーチはうなずき、上手へ退場。

トリーヴズ　そのシミの付いたジャケットについては、きっと、潔白を証明する説明があるはずだよ、バトル。動機はないわけだし、ネヴィルには……。

バトル　思うに、五万ポンドは立派な動機です。

トリーヴズ　だが、ネヴィルは金持ちだ。金に困っていない。

バトル　我々の知らないことがあるのかも知れません。

小さな丸い箱を持ったベンスンが上手から登場し、バトルの左側に近づく。

ベンスン　ポロックが飲み薬を見つけました。（バトルに箱を手渡す）これです。

バトル　（箱の中を覗き）そうか。ミス・オールディンに盛られた薬と同じ成分のものか、医師に確認させるとしよう。（下手奥に向かう）

ロイドが上手から登場。

ロイド　（中央左寄りに向かいながら）私に用ですか？

バトル　（中央右手手前に行き）ええ、ロイドさん。（カード・テーブルの左手にある椅子を勧める）どうぞお掛けください。

ロイド　立ったままでいい。
バトル　お好きなように。

ベンスンが手帳と鉛筆を取り出す。トリーヴズは下手手前の安楽椅子に座る。

バトル　ご異議がなければ、いくつか質問をさせていただきたいのですが。
ロイド　異議はないさ。隠すことなどない。
バトル　（カード・テーブルの前を歩きながら）マラヤから戻ってきたばかりだそうですね、ロイドさん。
ロイド　そのとおり。七年ぶりの帰郷だよ。
バトル　レディー・トレシリアンとは古くからのお知り合いですか？
ロイド　ぼくが子どもの頃からさ。
バトル　彼女が殺される原因について思い当たる節は？
ロイド　ないね。
バトル　（カード・テーブルの右手奥にまわり）ネヴィル・ストレンジ氏とは知り合ってどれくらいですか？
ロイド　ほぼ生まれてこのかたさ。
バトル　（中央右手奥へ歩きながら）彼が金に困っていたかどうか、ご存じですか？
ロイド　よく知らんが、困っていたとは思えない。いつもたっぷり持ってる感じだよ。

バトル　もしそんな悩みがあっても、あなたに打ち明けはしないでしょうね？
ロイド　まず打ち明けないな。
バトル　（カード・テーブルの左手手前にまわり）昨夜は何時に寝室に引きあげられましたか、ロイドさん？
ロイド　九時半頃かな。
バトル　ずいぶんとお早いですな。
ロイド　いつも早いんだ。早起きするのが好きでね。
バトル　なるほど。お部屋はレディー・トレシリアンの部屋のほぼ真向かいでしたね？
ロイド　ほぼね。
バトル　寝室に戻られて、すぐおやすみになったんですか？
ロイド　いや。読みかけの推理小説を読み終えたよ。たいした出来じゃなかった――思うんだが、彼らはいつも……。
バトル　ええ、ええ。十時半頃はまだ起きておられた？
ロイド　ああ。
バトル　（カード・テーブルの左端に腰をおろし）これはとても重要なことなんですがね、ロイドさん――その頃、何か異常な物音をお聞きにならなかったですか？

ロイドは答えない。

バトル　もう一度お聞きしますが、あなたは……。
ロイド　繰り返す必要はない、聞こえてるよ。
バトル　（間を置いて）それで、ロイドさん？
ロイド　屋根裏から音が聞こえたよ、たぶんネズミだな。だが、それはもっとあとの時間だ。
バトル　私がお聞きしているのはそういうことではありません。
ロイド　（トリーヴズのほうを見ながら、しぶしぶと）ちょっとした騒ぎがあったよ。
バトル　どんな騒ぎですか？
ロイド　その――議論だ。
バトル　議論？　誰と誰が議論していたと？
ロイド　レディー・トレシリアンとストレンジさ。
バトル　レディー・トレシリアンとストレンジ氏が言い争いを？
ロイド　まあ、そういうことだ。そういう言い方をしたければ。
バトル　（立ち上がり、ロイドの右手にまわり）言い方の問題じゃありませんよ、ロイドさん。あなたもそう思っているんですね？
ロイド　ああ。
バトル　そうですか。で、何をめぐる言い争いだったんでしょう？
ロイド　よく聞こえなかった。ぼくの知ったことじゃないし。
バトル　だが、言い争いをしていたのは確かなんですね？
ロイド　そう感じたね。二人の声がかなり大きかったから。

バトル　時間は正確にわかりますか？
ロイド　十時二十分頃だと思う。
バトル　十時二十分ですね。ほかに何か聞こえましたか？
ロイド　ストレンジが部屋を出るときにドアをバタンと閉めた音だ。
バトル　そのあとは何も聞こえなかったと？
ロイド　（バトルの前を通って、カード・テーブルに向かいながら）ネズミだけさ。（パイプの灰を灰皿に叩き落とす）
バトル　（長椅子に向かい）ネズミのことは気にしないでください。（九番アイアンを手に取る）

ロイドはたばこを詰めて火をつける。

バトル　（ロイドの左側に行く）これはあなたの物ですか、ロイドさん？

ロイドはパイプに夢中になっていて答えない。

バトル　ロイドさん！
ロイド　（九番アイアンを見ながら）いや。ぼくのクラブにはすべて、柄の部分に「T・R」とイニシャルを刻んでいる。
バトル　誰の物かわかりますか？

ロイド　知らんね。（下手奥に向かう）

バトル　（九番アイアンを長椅子に戻し）あなたの指紋を採取させていただきたいのですが、ロイドさん。ご異議は？

ロイド　異議を申し立てたって仕方ないだろ？　どうせ君の部下は、ぼくの指紋などもう採ってるんだろ。

ベンスンが静かに笑う。

バトル　ありがとうございます、ロイドさん。とりあえず、これでけっこうです。

ロイド　ちょっと外に出てもかまわないか？　新鮮な空気が恋しくてね。用があるようなら、テラスに出るだけだから。

バトル　もちろんかまいませんよ。

ロイド　ありがとう。

ロイドはフランス窓から退場。ベンスンは窓腰掛に座る。

バトル　（中央へ歩きながら）ストレンジに不利な証拠が積み重なっていくようですね。

トリーヴズ　（立ち上がり、カード・テーブルの右側に向かいながら）信じられん――信じられんよ。

リーチが上手から登場し、中央左寄りに向かう。

リーチ　（嬉しそうに）指紋は間違いなくネヴィル・ストレンジのものでした。

バトル　これで決まりのようだな、ジム。凶器を遺し――指紋を遺しているわけだ。名刺を遺さなかったのが不思議なほどだよ。

トリーヴズ　あっけなかったですね。

リーチ　ネヴィルのはずはない。なにかの間違いだ。（グラスに水を注ぐ）

バトル　すべて辻褄は合っていますよ。ともかく、ストレンジ氏がなんと言うのか聞いてみましょう。こちらへ連れてきてくれ、ジム。

リーチが上手から退場。

トリーヴズ　わからんな。きっとなにかの間違いだよ。

バトルが中央左手手前に行く。

トリーヴズ　ネヴィルは底抜けの馬鹿じゃない。こんな凶行に及ぶことがあったとしても――それ自体信じられんことではあるが――、こんなわかりきった証拠をうっかりあちこちに遺したりするか？（下手奥に向かう）

バトル　ですが、実際そうしたようですよ。（中央左手にある安楽椅子の右手へ）事実から目をそらすことはできません。

ネヴィルとリーチが上手から登場。ネヴィルは悩んでいる様子で、少しそわそわしている。ドア口でちょっと立ち止まる。

バトル　（カード・テーブルの左手にある椅子を勧める）どうぞお掛けください、ストレンジさん。
ネヴィル　（勧められた椅子に向かいながら）ありがとう。（座る）

トリーヴズがゆっくりとほかの人たちのうしろを通り、上手手前に立つ。

バトル　質問にお答えいただきたいのですが、職務上あらかじめ申し上げますと、答えたくない質問に答える必要はありませんよ。
ネヴィル　どうぞ。なんでもご質問ください。
バトル　（中央へ歩きながら）あなたの発言はすべて記録され、法廷で証拠として用いられることもあります、おわかりですね？
ネヴィル　ぼくを脅す気かい？
バトル　いえ、そうではありませんよ、ストレンジさん。ご注意申しあげているのです。
トリーヴズ　（中央左手の安楽椅子の前に行きながら）バトル警視は規則に従わなくてはならんのだ、

ネヴィル。嫌なら何も言わなくていいんだぞ。
ネヴィル　なぜ嫌なんです？
トリーヴズ　何も言わんほうが賢明かもしれん。
ネヴィル　ばかばかしい！　どうぞ警視。なんでも聞いてください。

トリーヴズはお手上げという身ぶりをし、中央左手の安楽椅子に座る。ベンスンが立ち上がる。

バトル　（ネヴィルの前を横切り、下手手前に立ち）進んで供述なさるということですね？
ネヴィル　そういう言い方をしたいんならね。だが、残念ながら、ぼくはあまりお役には立てないよ。
バトル　まずは、昨夜の行動について正確にお話しいただけますか？　夕食後からです。（カード・テーブルの右端に腰をおろす）
ネヴィル　ええっと。夕食が終わるとすぐ自分の部屋に行き、手紙を二通書いた——長いことほったらかしといたんで、書き終えたほうがいいと思って。書き終えて、ここに戻ってきたんだ。
バトル　それは何時でしたか？
ネヴィル　九時十五分頃だったかな。まあ、違ってもたいしたことはない。

バトルはたばこを自分用に一本取る。

バトル　（ネヴィルにたばこを勧め）気づきませんでしたな。

ネヴィル　いや、いいよ。
バトル　そのあとは？（たばこに火をつける）
ネヴィル　話をしたんだ、その――妻のケイと。それと、テッド・ラティマーと。
バトル　ラティマー――それは誰ですか？
ネヴィル　イースターヘッド・ベイ・ホテルに泊まっている我々の友人ですよ。夕食でこっちに来てたんだ。彼はそのあとすぐ帰って、ほかのみんなは寝室に引きあげた。
バトル　奥さんもですか？
ネヴィル　ああ。ちょっと気分がすぐれなくてね。
バトル　（立ち上がり）つまり、その――なにかご不快だったと？
ネヴィル　まあね――（トリーヴズを見る）その話はもう聞いてるんだろ？　ただの夫婦喧嘩さ。こんなおぞましい事件とはなんの関係もない。
バトル　なるほど。（テーブルの前を横切り、中央奥へ。間を置いて）ほかの皆さんが寝室に引きあげたあと、あなたは何をなさっていたんですか？
ネヴィル　ちょっと退屈だったんでね。まだ時間も早かったし、川向こうのイースターヘッド・ベイ・ホテルまで行くことにした。
バトル　嵐の中をですか？　その頃にはもう嵐は来てたでしょうに？
ネヴィル　ええ、そうです。でも、気にならなかったんですよ。着替えをしに上に行って……。
バトル　（足早にネヴィルのもとに行き、すぐさま話をさえぎり）何に着替えたんですか、ストレンジさん？

ネヴィル　ディナー・ジャケットを着てたのでね。渡し船で川を渡るつもりだったし、雨も激しくなってたんで、着替えたんだ。グレーのピンストライプの――（ひと息つく）こんなことに興味があるのなら話すけど。

バトル　（間を置いて）続けてください、ストレンジさん。

ネヴィル　（次第にそわそわして）今言ったように、着替えをしに上に行った。レディー・トレシリアンの部屋の前を通りすぎると、ドアが半開きになっていて、彼女が「あなたなの、ネヴィル？」と声をかけてきて、中に入るよう言われた。それで、中に入って、その――ちょっとおしゃべりをしたよ。

バトル　どのくらい話をしたんですか？

ネヴィル　二十分ぐらいだろうな。部屋を出たあと、自分の部屋に行って着替え、急いで出かけた。帰りが遅くなると思ったから、鍵を持っていったよ。

バトル　何時頃でしたか？

ネヴィル　（思い出すように）十時半頃だと思うな。十時三十五分の渡し船に乗って、向こう岸のイースターヘッドに渡ったからね。ホテルでラティマーと一、二杯飲んで、ダンスを観たよ。それから、ビリヤードのゲームをした。結局、最終の渡し船に乗り損ねてしまって。一時半に出るやつにね。ありがたいことにラティマーが車を出してくれて、送ってくれたんだ。道を使うと十五マイルあるんだけど。（ひと息つく）二時にホテルを出て、二時半にここに着いた。ラティマーを一杯誘ったけど、断わられて、ぼくだけ家に入って、そのまま上の寝室に引きあげたよ。

バトルとトリーヴズは目配せする。

バトル　（ネヴィルの前を横切って、カード・テーブルの右手へ歩きながら）レディー・トレシリアンと話しているとき——彼女の様子はいつもと変わりはありませんでしたか？（カード・テーブルの灰皿にたばこを押し付ける）

ネヴィル　まあ、そう、普通だったよ。

バトル　（カード・テーブルの前を横切りながら）なんの話をなさったんですか？

ネヴィル　あれやこれやさ。

バトル　（ネヴィルの背後にまわり）親しくですか？

ネヴィル　もちろんさ。

バトル　（中央左手の手前に行き、淡々と）激しい口論をなさったんじゃないですか？

ネヴィル　（腹を立てて立ち上がり）そりゃいったい、どういう意味だい？

バトル　本当のことをおっしゃったほうがいいですよ、ストレンジさん。忠告しておきますが——お二方の会話は聞かれていたんです。

ネヴィル　（ゆっくりとカード・テーブルの前を通って、その右手に行きながら）そう、確かにぼくたちには意見の相違があった。彼女は気に入らなかったんだ。ケイと——そのう——最初の妻に対するぼくのふるまいがね。ぼくもちょっとカッとなったかもしれないが、最後にはとても友好的に別れたよ。（テーブルをこぶしでバンとたたく。いきなり癇癪を起して）カッとなったからといって、彼女の頭を殴ったりしない——そうあなたが考えているとして。

バトルは長椅子から九番アイアンを手に取ると、カード・テーブルの左側に向かう。

バトル　これはあなたの物ですか、ストレンジさん？

ネヴィル　（九番アイアンを見ながら）ああ。「セント・エグバート」のウォルター・ハドスンで作った九番アイアンだ。

バトル　我々は、これがレディー・トレシリアン殺害に使われた凶器と考えています。グリップにあなたの指紋が付いていることを説明できますか？

ネヴィル　だって——もちろん付いてるだろうよ、ぼくのクラブだもの。年じゅう触っているからね。

バトル　私が申し上げているのは、この指紋が、クラブに触った最後の人物があなただと示している点について説明できるか、ということです。

ネヴィル　それは違う。そんなはずはない。ぼくが触ったあとに誰かが触ったんだ——手袋をはめたやつが。

バトル　そんなふうに触れませんよ。あなたの指紋を乱さないで——打つつもりで振り上げるなんてことは。

ネヴィル　（急に気づいたように、アイアンを見つめながら）そんなはずはない！（カード・テーブルの右端に腰をおろし、顔を手で覆う）なんてことだ！（間を置いて、顔から手を離し、上目遣いに）違う！あり得ない。ぼくが殺したと思っているようだが、ぼくは殺してない。誓って殺してなんかいないよ。とんでもない間違いだ。

バトルはアイアンを長椅子に戻す。

トリーヴズ　（立ち上がり、カード・テーブルの左側に向かいながら）その指紋について、ほかに説明は思いつかないのかい、ネヴィル？

バトルはディナー・ジャケットを取り上げる。

ネヴィル　いや――だめだ――何も思いつかない。

トリーヴズはカード・テーブルのうしろにまわる。

バトル　（カード・テーブルの左手に行き）このディナー・ジャケット――あなたのディナー・ジャケットですね――この袖と袖口に血のシミがついている理由を説明できますか？

ネヴィル　（恐怖に駆られたかすれ声で）血だって？　そんなはずはない。

トリーヴズ　たとえば、自分の手を切ったりしなかったかね？

ネヴィル　（立ち上がり、椅子を激しくうしろに押しやり）いや――もちろん切ってない。ばかげてる――まったくばかげてるよ。嘘に決まってる。

バトル　事実は嘘をつきませんよ、ストレンジさん。

ネヴィル　だが、どうしてぼくがそんな恐ろしいことをするんだ？　考えられない――まったく考えられないよ。レディー・トレシリアンのことは子どもの頃から知ってるんだぞ。（トリーヴズの右側に行く）トリーヴズさん――こんなこと信じないでしょ？　ぼくがこんなことをしたなんて、信じたりしないですよね？

バトルはジャケットを長椅子に戻す。

トリーヴズ　ああ、ネヴィル。信じないよ。
ネヴィル　ぼくはやってない。絶対にやってないよ。なぜぼくがこんなことを……？
バトル　（段の上にのぼり）レディー・トレシリアンが亡くなれば、莫大な財産を相続なさるはずですね、ストレンジさん。
ネヴィル　（下手手前に移動しながら）つまり――あなたはなぜそんなことを……？　ばかげてる！　ぼくは金など必要ない。ぼくには充分な金がある。ぼくの銀行口座を調べてもらえれば……。

トリーヴズはカード・テーブルの右端に腰をおろす。

バトル　口座に関してはのちほど調べます。だが、なんらかの理由で急に多額の金が必要になったとも考えられる。あなたしか知らないなんらかの理由でね。
ネヴィル　そんな事実はない。

バトル　その点についても――のちほど調べますよ。
ネヴィル　（ゆっくりとカード・テーブルの前を通って、バトルの右手に向かいながら）ぼくを逮捕する気ですか？
バトル　今はまだです――疑わしきは相手の利益に、ということですよ。
ネヴィル　（苦々しく）つまり、ぼくがやったと内心思っているが、ぼくを逮捕する根拠を固めるために、動機をはっきりさせたいというわけだな。（中央右手の肘掛椅子のうしろにまわる）そうか、そういうことだな？　（肘掛椅子の背を固く握る）なんてことだ！　まるで悪夢だ。罠にはめられて抜け出せないのか。（ひと息つく）これ以上ぼくに用はあるのかい？　できれば――一人になって――この件をよく考えてみたい。ショックだ。
バトル　とりあえずは、これでけっこうですよ。
ネヴィル　ありがとう。
バトル　（中央左手手前へ歩きながら）もっとも、遠くには行かないでください。
ネヴィル　（フランス窓に向かいながら）ご心配なく。逃げようなんて考えてないよ――そういう意味ならね。（下手の舞台外をちらりと見て）なるほど、すでに用心はしてあるわけだ。

ネヴィルはフランス窓から退場。ベンスンは窓腰掛に座る。

リーチ　（バトルの左側に近づきながら）やつが殺《や》ったんですよ。
バトル　（中央へ歩きながら）私にはわからない、ジム。これが真実というなら、どうにもこいつは気に入らん。なにもかもが気に入らんよ。彼に不利な証拠があまりに多すぎる。それに、どうにも辻褄が合わない。レディー・トレシリアンが彼を部屋に呼び入れたとき、彼はたまたま九番アイアンを手に持っていたことになる。なぜだ？

リーチ　彼女の頭を殴るためですよ。

バトル　つまり、事前に計画したものだったというのか？　いいだろう。彼はミス・オールディンに薬を盛ったわけだ。だが、彼女がそんなにすぐに寝つくとは思ってなかったはずだ。ほかの者についても、そんなに早く寝てしまうとは確信が持てなかったはずだよ。

リーチ　それなら、これはどうです。彼はクラブを磨いていた。レディー・Tが彼を部屋に呼ぶ。二人は諍いを起こす。彼はカッとなり、たまたま手に持っていたクラブで彼女を殴る。

バトル　それでは、ミス・オールディンに薬を盛ったことが説明できない。彼女は薬を盛られたんだよ――医師の所見だ。もちろん――（考えながら）みずから薬を飲んだとも考えられるが。

リーチ　なぜですか？

バトル　（カード・テーブルの左手に行き、トリーヴズに）ミス・オールディンを疑う動機はありますかね？

トリーヴズ　レディー・トレシリアンは彼女に遺産を遺している。たいした額ではない――年数百ポンドだ。さっきも言ったが、レディー・トレシリアンは自分自身の財産はほとんどなかった。

バトル　年数百ポンドか。（カード・テーブルの左端に腰をおろす）

トリーヴズ　（立ち上がり、下手手前に行きながら）そう。動機としては不十分だ。

バトル　（ため息をつき）さて、最初の奥さんと話すとするか。ジム、オードリー・ストレンジ夫人を呼んでくれたまえ。

リーチは上手へ退場。

バトル　この事件には、どこかおかしなところがある。緻密な事前計画と衝動的な暴力とが混在している。だが、この二つは一緒になるはずがない。

トリーヴズ　そのとおりだ、バトル。ミス・オールディンに薬を盛ったことは、事前計画を意味している……。

バトル　そして、殺人が行われた状況は、突発的な激情に駆られたもののように見える。そうですね。なにもかもがおかしい。

トリーヴズ　気づいたかい？　彼が——「罠」と言ったのを。

バトル　（じっと考えながら）「罠」か。

リーチが上手から登場し、ドアを開けたまま押さえる。オードリーが上手から登場。ひどく青ざめているが、しっかり落ち着いている。ベンスンが立ち上がる。トリーヴズが下手奥に行く。リーチが上手へ退場し、ドアを閉める。

オードリー　（中央に行き）私にご用ですか？

バトル　（立ち上がり）ええ。（カード・テーブルの左手にある椅子を勧める）どうぞお掛けくださいい、ストレンジ夫人。

オードリーは足早に勧められた椅子に座る。

バトル　発見の経緯はすでにお聞きしましたので、その点は繰り返しお聞きすることはしません。
オードリー　ありがとうございます。
バトル　（下手手前に行きながら）ただ、申し訳ありませんが、ご不快と思われる質問をいくつかしなければなりません。答えたくなければお答えになる義務はありません。
オードリー　かまいませんわ。お役に立てればと思います。

トリーヴズはゆっくりと上手手前に行く。

バトル　ではまず、昨夜、夕食後の行動についてお話していただけますか？
オードリー　しばらくテラスに出て、トリーヴズさんとお話ししていました。それから、ミス・オールディンが来て言うには、レディー・トレシリアンが彼に用があるとのことでした。それからこの部屋に入りました。ケイとラティマーさんとおしゃべりして、あとからロイドさんとネヴィルが加わりました。それから、寝室に引きあげました。
バトル　寝室に戻られたのは何時ですか？

オードリー　九時半頃だったと思います。正確には憶えていません。もうちょっとあとだったかもしれません。

バトル　ストレンジ氏と奥さんのあいだでもめ事があったようですね。あなたも巻き込まれたんですか？

オードリー　ネヴィルったら、ほんとに馬鹿な態度をとったの。ちょっと興奮して緊張していたみたい。二人を置いて、私は寝室に引きあげました。もちろん、そのあとのことは知りません。

トリーヴズは中央左手の安楽椅子に座る。

バトル　すぐにおやすみになられたんですか？

オードリー　いえ。しばらく本を読んでました。

バトル　（段をのぼりながら）夜中に異常な物音などは聞かなかったんですね？

オードリー　いいえ、何も。私の部屋はカミ――レディー・トレシリアンの上の階ですから。聞こえるはずがありません。

バトル　（九番アイアンを手に取り）申し訳ありませんがストレンジ夫人――（オードリーの左手に行き、アイアンを見せる）これがレディー・トレシリアン殺害に用いられた凶器と思われます。ストレンジ氏は、これを自分の所有物と認めました。彼の指紋も付いています。

オードリー　（激しく息をのみ）まあ、それじゃ――まさか――ネヴィルがやったとでも……。

バトル　驚かれますか？

オードリー　もちろんです。それが事実と思っていらっしゃるのなら、とんでもない間違いよ。ネヴィルはそんなことはしないわ。それに、動機がありません。
バトル　緊急に金が必要だったとしたら？
オードリー　そんなはずありません。金遣いの荒い人じゃないし――過去にもそんなことはありません。ネヴィルが犯人だと思っているんでしたら、まったくとんでもない見当違いですわ。
バトル　彼は、カッとなっても、暴力はふるわないとおっしゃるんですか？
オードリー　ネヴィルが？　ええ、もちろんそうよ！
バトル　（長椅子にアイアンを戻し）あなた方の個人的問題に立ち入りたくはありませんがね、ストレンジ夫人、この家に来られた理由をお尋ねしてもよろしいですか？（オードリーの左手に向かう）
オードリー　（驚いて）理由ですって？　私はいつも、この時期にはこの家に来てます。
バトル　だが、別れたご主人と同じタイミングではなかったんでしょう？
オードリー　彼が私に持ちかけてきたんです。
バトル　彼からの提案だったんですか？
オードリー　ええ、そうです。
バトル　あなたではなくて？
オードリー　私じゃありません。
バトル　だが、同意なさったと？
オードリー　ええ、同意しました――断りにくかったものですから。
バトル　どうして？　やっかいな状況になると気づきそうなものでしょ？

オードリー　ええ——気づきました。
バトル　傷ついたのはあなたのほうでしょ？
オードリー　どういう意味ですか？
バトル　ご主人と離婚された奥さんは、あなたのほうですから。
オードリー　ああ、なるほど——そうです。
バトル　ご主人を恨んでますか、ストレンジ夫人？
オードリー　いえ——全然。
バトル　ずいぶんと寛大ですな。

オードリーは答えない。

バトル　（下手手前に行き、立ち止まる）今のストレンジ夫人とはうまく付き合っておられるのですか？
オードリー　彼女は私のことが気に入らないようです。
バトル　あなたのほうは彼女がお好きですか？
オードリー　彼女のことはよく知らないんです。
バトル　（カード・テーブルの右手に行き）ここで一堂に会することは——ほんとうにあなたのアイデアではないんですね？
オードリー　そうです。

バトル　以上です、ストレンジ夫人。ありがとうございました。
オードリー　（立ち上がりながら、穏やかに）ありがとうございました。（上手のドアまで行くと、ためらいを見せ、踵を返して、中央左寄りに向かう）

トリーヴズが立ち上がる。

オードリー　（そわそわと早口で）申し上げたいことがあるのですけど——ネヴィルがやったと——お金のために殺したと思っておられるんですか？　それは絶対に違います。ネヴィルはお金のことなど気にかけたことはありません。私はよく知ってます。私は何年も彼と結婚生活を送ったんですよ。絶対にネヴィルじゃありません。私の言葉に証拠としての価値などないのはわかってます——でも、信じてほしいんです。

オードリーはすぐさま踵を返し、上手へ退場。ベンスンが窓腰掛に座る。

バトル　（中央右寄りへ歩きながら）彼女を理解するのは難しいですな。あれほど感情を表に出さない人に会ったのは初めてですよ。
トリーヴズ　（中央左寄りへ歩きながら）ふうむ。確かに出さんね、バトル。だが、心の底には——強い感情が潜んでる。私の見るところ——間違ってるかもしれんが……。

メアリがリーチに支えられて上手から登場。メアリは部屋着を着たまま。かすかに震えている。

トリーヴズ　（メアリのもとに行く）メアリ！（彼女を中央左手の安楽椅子へ連れていく）

メアリはその安楽椅子に座る。

バトル　ミス・オールディン！　何なさっているんですか……。

リーチ　どうしても警視と話したいとおっしゃるんですよ、叔父さん。（上手のドアの奥に立って）

メアリ　（か細い声で）大丈夫です。ちょっと――少しめまいがする程度ですわ。

トリーヴズはカード・テーブルのグラスに水を注ぐ。

メアリ　どうしてもお話が。ネヴィルをお疑いだと聞いたものですから。そうなんですか？　ネヴィルを疑っておられるの？

トリーヴズが水の入ったグラスを持ってメアリの右側に行く。

バトル　（中央右手手前に歩きながら）誰がそんなことを？

メアリ　料理人ですわ。お茶を持ってきてくれて。彼女が部屋で、ほかの人たちが話しているのを聞いたんです。それで私は――下に降りて――オードリーに聞きました――そしたら、まさにそのとおりだと教えてくれたの。（一人ひとりの顔を見る）

バトル　（下手手前に行きながら、はぐらかすように）逮捕は考えていません――少なくとも今のところはね。

メアリ　でも、ネヴィルのはずがありません。それでお話ししに来たんです。誰かがやったとしても、ネヴィルじゃありません。私は知ってるんです。

バトル　（中央に来ながら）何を知ってるんですか？

メアリ　だって、彼女を――レディー・トレシリアンを見たからよ。ネヴィルが出かけたあとに、まだ生きていたのを。

バトル　なんですって？

メアリ　呼び鈴が鳴ったの。ひどく眠くて、なんとか起き上がるのが精いっぱいでした。十時半の一、二分前でしたわ。部屋を出たら、ネヴィルが下の玄関ホールにいました。手すり越しに彼の姿が見えたんです。正面玄関から外に出て、ドアを閉めるのを。そのあと、私はレディー・トレシリアンの部屋に行ったんです。

バトル　そのとき、彼女はピンピンしていたと？

メアリ　ええ、もちろん。ちょっと気が動転していて、ネヴィルが自分に向かって怒鳴ったんだっておっしゃってましたわ。

バトル　（リーチに）ストレンジ氏を呼んでくれ。

リーチは横切って、フランス窓から退場。メアリはトリーヴズからグラスを受け取り、水を口に含む。

バトル　(カード・テーブルの左手の椅子に座る)　レディー・トレシリアンは、正確にはなんとおっしゃったんですか?

メアリ　奥さまは――　(考え込む)　ああ、なんておっしゃったのかしら?　そう、こうおっしゃいましたわ。「呼び鈴で呼んだ?　覚えがないけど。ネヴィルがひどい態度でね――カッとなって――私を怒鳴ったりしたのよ。すっかり気が動転してしまったわ」って。アスピリンと、魔法瓶に入っていたホット・ミルクを差し上げたら、落ち着かれました。そのあと私は寝室に戻りました。とても眠くて。レイゼンビー先生が、睡眠薬を飲んだんじゃないかとおっしゃいましたけど……。

バトル　ええ、存じてます……。

ネヴィルとリーチがフランス窓から登場。ケイがそのあとに続き、カード・テーブルの右手手前に、リーチは下手奥に立つ。

バトル　(立ち上がり、中央左寄りに)　あなたは実に運のいい人だ、ストレンジさん。

ネヴィル　(カード・テーブルのうしろに行きながら)　運がいい?　どうしてですか?

バトル　ミス・オールディンがレディー・トレシリアンを目撃してたんですよ。あなたが家を出たあとに、生きていた姿をね。しかも、あなたが十時三十五分の渡し船に乗ったことも確認できました。

ネヴィル　（戸惑いながら）じゃあ——ぼくは無罪放免なのか？　でも、血の付いたジャケットは——
（長椅子の右側に向かい）ぼくの指紋の付いた九番アイアンは……？

ケイは下手手前の安楽椅子に座る。

バトル　（長椅子の左手に行きながら）なすりつけられたんですよ。実に巧みになすりつけられたんです。血と髪の毛はアイアンのヘッドにこすりつけられたものでしょう。何者かがあなたのジャケットを着て犯行に及び、そのあと、あなたの洋服だんすに押し込んだ。あなたに罪を着せるためにね。
ネヴィル　（カード・テーブルの左手にある椅子のうしろに行き）でもなぜ？　信じられない。
バトル　（重々しく）あなたを憎んでいるのは誰ですか、ストレンジさん？　犯してもいない殺人の罪を着せて、縛り首にさせたいと思うほど憎んでいる者です。
ネヴィル　（ひと息ついたあと、震えながら）いません——そんなやつは……。

ロイドがフランス窓から登場し、ゆっくりとカード・テーブルのほうに向かう。それと同時に……。

幕。

第三幕

第一場

場面：同じ場所。翌朝。

家具の大半は元の位置に戻されているが、コーヒー・テーブルは中央奥の段の上にあり、裁縫箱は撤去されている。

幕が上がると、十一時頃になっている。太陽は明るく輝き、張り出し窓とフランス窓は開いている。ロイドは段の上に立ち、外を眺めている。メアリがフランス窓から登場。少し青ざめ、不安そうな様子。長椅子のうしろに行き、ロイドを見る。

メアリ　あらまあ！

ロイド　（窓を閉め、振り向きながら）どうかしましたか？

メアリ　（少しヒステリックな調子で笑いながら）そんなこと言うのはあなただけですわ、トーマス。家の中で殺人が起きたというのに、出てくる言葉が「どうかしましたか？」なんて。（長椅子の左端に腰をおろす）

ロイド　なにか新たな事態でも起きたのか、という意味ですがね。

メアリ　ええ、どういう意味かはわかりますわ。あなたのように、見事なほどいつもと変わらない方がおられるって、ほんとに気の休まること。

ロイド　やきもきしたところで仕方ないでしょう？

メアリ　そう。もちろん、おっしゃるとおりですわ。これがあなたの対応の仕方なのね。かないませんわ。

ロイド　（中央左手の手前へ歩きながら）私はそれほど――あなたほど事件に深くかかわってませんから。

メアリ　それはそうね。あなたがおられなかったら、私たち、どうしていいかわからなかった。あなたって、いざという時に頼れる方なのね。

ロイド　人間防波堤というわけですか？

メアリ　この家には、まだ警官がいっぱいいます。

ロイド　いやまったく。今朝は浴室にもいましたよ。髭を剃るのに追い払わにゃならなかった。（中央左手の肘掛椅子に座る）

メアリ　ほんとに――思いもかけない場所で出くわしますわね。（立ち上がる）きっとなにか探してるんです。（身震いして、下手奥に向かう）ネヴィルは危ないところでしたわ。

ロイド　ああ、危ういところだったな。（顔をしかめて）少しばかり手厳しくやられて、ざまみろと思わんでもないがね。いつも腹立たしいほど自己満足なやつだから。

メアリ　それは彼の性格なのよ。

ロイド　悪運の強いやつさ。運の悪いやつだったら、あれだけ証拠を積み上げられれば、望みはなかっただろうよ。

メアリ　外部からの侵入者に違いありません。

ロイド　違うね。警察はすでに裏を取っている。夜は、家じゅうすべて戸締りされてて、閂《かんぬき》もかけられていたんだ。

メアリは張り出し窓の中央に行き、掛け金を調べる。

ロイド　それと、君に薬を盛った件はどうだ？　それも屋内の人間でなきゃできない。

メアリ　（頭を横に振りながら）私にはとても信じられません。そんなことをしたのが――この家の誰かだなんて。（段の右端に移動する）

ラティマーがフランス窓から登場。ジャケットを持っている。

ラティマー　（長椅子の右側に向かいながら）やあ、ロイド。おはよう、ミス・オールディン。ケイを探してるんだが。どこにいるか知ってるかい？

メアリ　上の部屋にいると思いますわ、ラティマーさん。

ラティマー　（上着を長椅子の左端に掛け）彼女、ホテルで昼食を摂りたいんじゃないかと思ってね。ここにいても、こんな状況じゃ気分もよくないだろうし。

メアリ　あんなことが起きたあとじゃ、気分よくなんて無理というものですよ。

ラティマー　（下手手前へ歩きながら）まさにそういうことさ。だが、ケイにとってはそうでもないだろう。あの婆さんは、ケイにとって特別な存在ではなかった。

メアリ　そりゃそうですよ。私たちほど長くレディー・トレシリアンとお付き合いしてないですもの。

ラティマー　嫌な事件さ。今朝はホテルにも警察が来たよ。

メアリ　目的は何かしら？

ラティマー　ストレンジの行動の確認だろうな。ありとあらゆる質問をされたよ。彼は十一時過ぎから二時半まで、ぼくと一緒だったと答えておいた。彼らはそれで納得したようだ。あの夜、ホテルにいるぼくを訪ねることにしたとは、彼も運がよかったね。

ロイド　（立ち上がり）実に運がいい。（上手のドアへ行く）上の部屋に行くよ、ラティマー。ケイがいたら、君が来てると話しておこう。

ラティマー　ありがとう。

ロイドは上手へ退場。

ラティマー　（しばらく上手のドアを見つめると、上着のポケットからたばこを取り出す）変なやつだ。いつも自分の本音を隠して、ボロを出さないよう気を遣ってるみたいだな。オードリーは結局、生涯にわたる一途な献身であいつに報いてやるつもりなのかね？（たばこに火をつける）

メアリ　（上手のドアへ歩きながら、困ったように）わかりませんわ。私たちにはかかわりのないことですし。（ためらいながら振り返る）警察が来たとき、あの人たち何か言ってました？　つまり——警察が誰を疑っているのか、思い当たる節はありますか？（中央左手にある肘掛椅子の左手に進む）

ラティマー　なにも打ち明けてくれなかったよ。

メアリ　そりゃそうでしょうけど、もしかして、彼らがした質問とかから……。

ケイが上手から登場。

ケイ　（ラティマーに近づきながら）こんにちは、テッド。来てくれて嬉しいわ。

ラティマー　少しは元気になったかと思ってね、ケイ。

ケイ　あら、このとおりよ。この家にいても、前はひどいことばかりだったけど、今は……。

ラティマー　ちょっとドライブして、ホテルで昼食でもどうだい？　それとも、ほかに行きたいところがあったら……。

メアリは上手手前に進む。

ケイ　ネヴィルの都合が……。

ラティマー　ネヴィルを誘うつもりはない――君を誘ってるんだよ。
ケイ　ネヴィルと一緒でなきゃだめよ、テッド。彼にとってもしばらくここから離れたほうがいいと思うの。
ラティマー　（肩をすくめながら）わかった――お望みとあらば、彼も連れてくればいいよ、ケイ。ぼくはかまわないさ。
ケイ　ネヴィルはどこなのかしら、メアリ？
メアリ　知りませんわ。庭かどこかにいると思いますけど。
ケイ　（フランス窓に向かい）探してくるわ。そうかからないわよ、テッド。

ケイはフランス窓から退場。

ラティマー　（下手奥へ歩きながら、腹を立てて）彼女、やつのことをどう思ってるのか、さっぱりわからんよ。ないがしろにされてたのに。
メアリ　（中央左手にある肘掛椅子の左側に向かい）彼女なら許すと思いますわ。
ラティマー　許すべきじゃない――彼女はもう、あの婆さんの遺産の取り分を得たんだ――好きな所へ行けるし、なんでもやれる。自分の人生を生きるチャンスを得たんだから。
メアリ　（中央左手の肘掛椅子に座り、なんともいえない気持ちで）自分の人生を生きることのできる人なんているのかしら？　そんなものにあこがれるなんて、ただの幻想じゃありません？　実現しもしない未来を考えたり――計画したりするなんて。

ラティマー　前の晩に、あなたが言っていたこととはずいぶん違いますね。
メアリ　わかっています。でも、あれはもうかなり前のことみたい。あれからいろんなことが起きましたもの。
ラティマー　なにより、殺人がね。
メアリ　殺人について、そんなに軽々しくおっしゃらないで。もし……。
ラティマー　もし、なんだい、ミス・オールディン？（メアリの右手に行く）
メアリ　もしあなたが私のように殺人現場の近くにいたら、よ。
ラティマー　今度ばかりは部外者でよかったよ。

ケイとネヴィルがフランス窓から登場。ケイは少し困っている様子。

ケイ　（登場しながら）だめなの、テッド。（段の右端にのぼる）ネヴィルが行かないって言う以上、私たちは行けないわ。
ネヴィル　（下手手前へ歩きながら）そんな気になれるのが信じられないね。まことにご親切なことだけど、ラティマー、あんな事件のあとで、よくそんなことができるな？
ラティマー　（長椅子のうしろにまわり）なにがまずいのかわからんな。昼食に出かけるだけだろ――どのみち食べなきゃならんのに。
ネヴィル　ここで食べられるさ。（ケイの右手のほうに行く）いい加減にしろ、ケイ。町はずれへの気軽なドライブにしゃれこむなんてできないよ。検死審問もまだ開かれてないんだぞ。

ラティマー　君がそんなふうに考えているのなら、やめたほうがいいだろうな、ストレンジ。（自分の上着を取り上げ、フランス窓に向かう）
メアリ　（立ち上がりながら）私たちとここで昼食をご一緒なさらない、ラティマーさん？
ラティマー　ほう、そりゃありがたいけど、ミス・オールディン……。
ネヴィル　（長椅子のうしろに行きながら）そうしろよ、ラティマー。
ケイ　（段の左端へ移動しながら）そうなさいよ、テッド。
ラティマー　（長椅子の右手に向かい）ありがとう、お言葉に甘えるよ。
メアリ　ありあわせで我慢してもらわなきゃいけませんけど。警察が二分おきに台所を出たり入ったりするものだから、家がちょっとごたごたしてますので。
ラティマー　もしご迷惑なら……。
メアリ　（上手のドアへ向かいながら）あら――迷惑だなんてとんでもない。

オードリーが上手から登場。ケイはコーヒー・テーブルに載った雑誌に目を向ける。

オードリー　今朝、トリーヴズさんを見かけた方はいます？
ネヴィル　朝食のあとは見てないね。

ラティマーが下手手前に行く。

メアリ　三十分ほど前に、庭で警部と話してましたよ。あの方にご用でも？
オードリー　（中央上手へ歩きながら）いえ、その——どこにおられるのか気になっただけ。
ネヴィル　（下手の舞台外のほうを見ながら）こっちへ来るようだよ。いや、トリーヴズじゃない。バトル警視とリーチ警部だ。
メアリ　（そわそわと）今度は何かしら？

全員、そわそわしながら待つ。
バトルとリーチがフランス窓から登場。リーチは包装紙にくるまれた大きな包みを持ち、長椅子の右手に行く。

バトル　（中央右手へ歩きながら）お邪魔でなければよろしいのですが。お尋ねしたいことが、一つ二つありまして。
ネヴィル　もう聞くことも尽きたんじゃないかと思ってたんだけどね、警視。
バトル　そうでもありませんよ、ストレンジさん。（小さなセーム革製の手袋をポケットから取り出す）たとえば、この手袋です——これは誰の物ですか？

全員、何も答えずに手袋を見つめている。

バトル　（オードリーに）あなたのですか、ストレンジ夫人？

オードリー　（頭を振り）いいえ、私のじゃありません。（中央左手の肘掛椅子に座る）
バトル　（手袋をメアリのほうに差し出しながら）ミス・オールディンはどうです？
メアリ　いいえ、そんな色のは持っておりません。（上手手前の安楽椅子に座る）
バトル　（ケイに）あなたは？
ケイ　いいえ、絶対に私のじゃありません。
バトル　（ケイのもとに行き）ちょっとはめてみていただけますか？　これは左手です。

ケイは手袋をはめようとするが、小さすぎて入られない。

バトル　（メアリのもとに行く）はめてくれますか、ミス・オールディン？

メアリもはめようとするが、小さすぎる。

バトル　（オードリーの左手に行き）あなたにはぴったりなんじゃありませんか。あなたの手は、ほかのお二人より小さいようですから。

オードリーは仕方なく手袋を受け取る。

ネヴィル　（中央右手に歩きながら、咎めるように）彼女は自分の手袋じゃないと言ったじゃないか。

バトル　（平然と）勘違いか――お忘れになったのかもしれません。
オードリー　私のかも――よく似た手袋なので。
バトル　はめてみてください、ストレンジ夫人。

オードリーは左手に手袋をはめる。ぴったりと合う。

バトル　どうやらあなたの手袋のようですね――いずれにしても、あなたの部屋の窓の外で見つかりました。ツタの中に――右手袋と一緒に押し込まれて。
オードリー　（かろうじて）私――なんのことか――さっぱりわからない。（急いで手袋をはずし、バトルに返す）
ネヴィル　おいおい、警視、何が狙いなんだ？
バトル　（ネヴィルの左手のほうへ歩きながら）あなたお一人とだけで話がしたいのですが、ストレンジさん。
ラティマー　（フランス窓に向かいながら）行こうか、ケイ。庭に出よう。

ケイとラティマーがフランス窓から退場。

バトル　皆さんをお煩わせする必要はありませんので。（ネヴィルに）ほかに話のできる場所はありませんか……？

メアリ　（慌てて立ち上がり）あの、私はちょうど行くところでしたので。（オードリーに）一緒にいらっしゃいませんか、オードリー？

オードリー　（ひどく呆然として）え――ええ。（目がくらみ、おびえながらうなずき、ゆっくりと立ち上がる）

メアリはオードリーを抱きかかえるようにして、二人は上手へ退場。

ネヴィル　（長椅子に座りながら）さて、警視？　オードリーの部屋の窓の外にあったという、そのくだらん手袋の話とはなんですか？

バトル　くだらん話ではありませんよ。この家で、とても奇妙な物を見つけたんです。

ネヴィル　奇妙だって？　奇妙とはどういう意味だ？

バトル　お見せしろ、ジム。

リーチはバトルの左側に行き、包みから、重い、頭部が鋼鉄の火搔き棒を取り出し、バトルに手渡すと、中央左手に行く。

バトル　（火搔き棒をネヴィルに見せる）旧式のヴィクトリア朝時代の火搔き棒ですよ。

ネヴィル　つまり、これが――。

バトル　――本物の凶器だと？　そのとおりです、ストレンジさん。

ネヴィル　だが、なぜ？　そんな痕跡は……。
バトル　いや、洗って元の部屋の暖炉に戻してあったのですよ。だが、血痕というものは、そう簡単にきれいに消すことはできない。痕跡をしっかり見つけました。（段をのぼり、窓腰掛に火掻き棒を置く）
ネヴィル　（かすれた声で）誰の部屋のですか？
バトル　（ネヴィルのほうを素早く見て）いずれその点に触れますが、まず一つ質問があります。昨夜あなたが着ておられたディナー・ジャケットですが、襟の内側と肩に金髪の毛が付いていました。どうして付いたかご存じですか？（段の左端に移動する）
ネヴィル　いや。
バトル　（段の右端に移動して立ち止まる）これは女性の髪です。金髪ですね。袖には赤毛も付いていました。
ネヴィル　妻の——ケイのものだろう。もう一つの毛はオードリーのものだとでも？
バトル　ええ、そうです。間違いなくね。彼女のブラシから採取した毛と比べてみました。
ネヴィル　きっとそうだろう。それがどうかしたのか？　カフスボタンが彼女の髪に触れたのは憶えているよ。夜、テラスにいたときだ。
リーチ　それでしたら、髪の毛は袖口に付きますね。でも、襟の内側には付きませんよ。
ネヴィル　（立ち上がり）何が言いたい？
バトル　ジャケットの襟の内側には、白粉《おしろい》の痕跡もありました。〈プリマヴェーラ・ナチュレール〉です。とても素敵な香りのする、高価な白粉です。あなたがそんなものを使っているとは言わせませんよ、ストレンジさん。そんなことは信じられませんから。ケイ・ストレンジ夫人は〈オーキッド・サン・キス〉を使っています。〈プリマヴェーラ・ナチュレール〉を使っているのはオードリー・ストレンジ夫人です。

ネヴィル　だとしたらなんだと？

バトル　どうやら明らかに、オードリー・ストレンジ夫人が、どこかであなたのディナー・ジャケットを着ていたようですね。髪の毛と白粉が襟の内側に付くには、普通それしか考えられない。彼女の部屋の窓の外でツタに押し込まれていて見つかった手袋はご覧になりましたね。確かに彼女のです。さっきのは左手でした。右手はここにあります。（ポケットから手袋を取り出し、差し出す。くしゃくしゃに丸められ、乾いた血が付いている）

ネヴィル　（かすれ声で）これは――そこに付いてるのは何だ？

バトル　血ですよ、ストレンジさん。（手袋をリーチに差し出す）

リーチは段をのぼり、バトルから手袋を受け取る。

バトル　レディー・トレシリアンと同じ血液型です。珍しい血液型なんですよ。

ネヴィル　（ゆっくりと下手手前へ歩きながら）なんだって！　オードリーが――オードリーが――こんな手の込んだ細工をして、長年付き合った年寄りの女性を、ただの金ほしさから殺したりするとでも？　（声がうわずる）オードリーが？

ロイドが急ぎ足で上手から登場。

ロイド　（長椅子の左側に向かいながら）邪魔してすまないが、その件で話がある。

ネヴィル　（困った様子で）遠慮してくれないか、トーマス。これは内密な話なんだ。

ロイド　そんなことは気にしていられない。オードリーの名が聞こえたじゃないか……。

ネヴィル　（長椅子の右手へ歩きながら、腹を立てて）オードリーが君となんの関係があるんだ？

ロイド　それを言うなら、君となんの関係がある？　ぼくは彼女に結婚を申し込むためにここに来たし、彼女もそれは知っているだろう。そう、ぼくは彼女と結婚するつもりだ。

ネヴィル　まったく、ずうずうしいやつだな……。

ロイド　どう思おうと君の勝手さ。これ以上は何も言わない。

バトルが咳払いをする。

ネヴィル　ああ、失礼！　話の腰を折って申し訳ない、警視。（ロイドに）警視は、オードリーが――オードリーがカミーラに暴行を働いて殺したんじゃないかと言うんだ。動機は――金だよ。

バトル　（中央左手手前へ歩きながら）動機が金とは言ってませんよ、そうは思いません。もちろん、五万ポンドはけっこうな金ですが。いえ、この犯罪の目的は、あなたにあると思っています、ストレンジさん。

ネヴィル　（驚いて）ぼくだって？

バトル　昨日お尋ねしましたね――あなたを憎んでいるのは誰か、と。その答えは、オードリー・ストレンジでしょう。
ネヴィル　あり得ない。なぜ彼女が？　理解できない。
バトル　あなたがほかの女と一緒になるために彼女と別れてからというもの、オードリー・ストレンジはあなたへの憎しみをくすぶらせていた。私の見るところ――これはあくまでオフレコですが――彼女は精神的に不安定になったのだと思います。たぶん、一流の医者なら、難しい言葉をたくさん費やして説明するでしょうがね。あなたを殺すだけでは、自分の憎しみを納得させることはできなかった。そこで、あなたを殺人の罪で縛り首にすることにしたのです。

ロイドは下手奥に行く。

ネヴィル　（震えながら）そんなことは信じないぞ。（長椅子の背につかまる）
バトル　彼女はあなたのディナー・ジャケットを着て、あなたのアイアンにレディー・トレシリアンの血と髪の毛をなすりつけて遺した。あなたを救ったのは、彼女がまったく予測していなかったことでした。レディー・トレシリアンは、あなたが出ていったあと、ミス・オールディンを呼び鈴で呼んだ……。
ネヴィル　嘘だ――そんなことはあり得ない。あなたはまったく勘違いをしている。オードリーはぼくを恨んだことはない。彼女はいつも優しくて――寛大だった。
バトル　あなたと論じあうつもりはありませんよ、ストレンジさん。内密でお話をさせていただいたのは、これからの展開に心の準備をお願いしたかったからです。残念ですが、オードリー・ストレンジ夫人に法的な警告を告げて、同行を願わねばなりません……。

ネヴィル　（立ち上がり）つまり――彼女を逮捕するということですか？

バトル　そうです。

ネヴィル　（長椅子の前を通って、バトルの右側に近づき）できるはずがない――逮捕なんて――ばかげている。

ロイドがネヴィルの左手に行く。

ロイド　（ネヴィルを長椅子に押しやって、座らせ）落ち着けよ、ストレンジ。こうなったら、オードリーを救うには、君が騎士道精神など捨てて、本当のことを言うしかないのがわからないのか？

ネヴィル　本当のこと？　どういうことだ……？

ロイド　オードリーとエイドリアンのことさ。（バトルのほうを向く）申し訳ないが、警視、あなたは少し誤解をしている。ストレンジは、ほかの女と一緒になるためにオードリーと別れたわけじゃない。彼女のほうから彼と別れたんだ。彼女は、ぼくの兄のエイドリアンと駆け落ちしたのさ。そのあと、エイドリアンは彼女に会いに行く途中、自動車事故で死んでしまった。ストレンジは、オードリーにとても寛大に対応したよ。離婚手続きも進めてくれたし、離婚原因の責任も自分が負うことにしたんだ。

ネヴィル　彼女の名を辱めるようなことはしたくなかったんだ。この件を知ってるやつがいるとは思わなかったよ。

ロイド　エイドリアンがぼくに手紙を寄こしてきたんだ。事故死する直前にすべてを教えてくれたのさ。（バトルに）どうです、これであなたの言う動機は崩れてしまったんじゃないですか？（中央右手奥に進む）オードリーには、ストレンジを憎む理由などない。それどころか、彼に感謝して当然なんだ。

ネヴィル　（立ち上がり、熱を込めて）ロイドの言うとおりだよ。そのとおりさ。これで動機の線は消えてしまっただろ。オードリーがそんなことをするはずがないんだ。

ケイがフランス窓から足早に登場。

ラティマーがゆっくりとケイのあとに続き、下手手前に立つ。

ケイ　彼女がやったのよ。もちろん、彼女よ。

ネヴィル　（腹を立てて）立ち聞きしていたのか？

ケイ　もちろん。オードリーがやったと言ってるでしょ。彼女がやったって、はじめからわかってたわ。（ネヴィルに）わからないの？　彼女はあなたを縛り首にしようとしていたのよ。

ネヴィル　（バトルの右側に近づきながら）これで逮捕はとりやめでしょ――ひとまずは。

バトル　（ゆっくりと）勘違いがあったようですな――動機についてはね。だが、金の問題が残っている。

ケイ　（長椅子の手前へ歩きながら）お金ってなんのこと？

バトル　（ネヴィルの前を通って、ケイの左側に向かい）レディー・トレシリアンが亡くなったので、オードリー・ストレンジ夫人は五万ポンドを手に入れられるのです。
ケイ　（啞然として）オードリーが？　私でしょ。遺産はネヴィルと彼の妻が受け取るのよ。私が妻よ。遺産の半分は私のものだわ。

ネヴィルはゆっくりと上手手前に行く。

バトル　はっきり確かめましたが――遺産はネヴィル・ストレンジと「彼の妻、オードリー・ストレンジ」へ信託財産に遺されたのです。遺産を受け取るのは彼女で、あなたではありませんよ。（リーチに合図をする）

リーチは足早に上手へ退場。ロイドはゆっくりと上手奥に行って立ち止まる。

ケイ　（ネヴィルのほうに一歩近づき）でも、あなた、言ったわよね――私にそう思わせておいたの……。
ネヴィル　（反射的に）君も知ってると思ってたんだ。ぼくたちは――ぼくが五万ポンドもらう。それで充分じゃないか？（長椅子の左手に行く）
バトル　動機の問題は別としても、事実は事実ですよ。事実は彼女が有罪だと物語っています。

ケイは長椅子に座る。

ネヴィル　昨日は、あらゆる事実がぼくの有罪を物語っていた。

バトル　（ちょっとまごつく）そのとおりです。（中央奥に少し移動する）だが、あなたたち二人をともに憎むような者がいると、本気で信じろと言えますか？　あなたを陥れる計画が失敗したら、オードリー・ストレンジに二の矢を放つ者が？　あなたと前の奥さんを同時に、ここまで憎むほどの人物について思い当たる節がありますか？

ネヴィル　（打ちのめされたように）いや――ない。

ケイ　オードリーがやったに決まってるじゃない。彼女が計画したことなのよ……。

オードリーが上手から登場。夢遊病者のように歩いている。リーチが彼女のあとに続く。

オードリー　（中央左手奥へ歩きながら）私にご用ですか？　警視。

ロイドがそっとオードリーのうしろに行く。ネヴィルはオードリーと向き合い、観客に背を向ける。

バトル　（実務的な口調で）オードリー・ストレンジ、さる九月二十一日木曜日、カミーラ・トレシリアンを殺害した容疑で逮捕する。警告しておきますが、あなたの話すことはすべて記録され、裁判の証拠として用いられることもあります。

ケイは立ち上がり、ラティマーのところへ行く。リーチは手帳と鉛筆をポケットから取り出し、じっと待つ。オードリーは茫然としたようにネヴィルのほうをまっすぐ見つめる。

オードリー　そう――とうとうこうなったのね。とうとう――。

ネヴィル　（振り返り）トリーヴズはどこだ？　何も言うんじゃない。トリーヴズを探してくる。

ネヴィルはフランス窓から退場。

ネヴィル　（舞台外で、呼びかける）トリーヴズさん。

がたがたと震えるオードリーをロイドが抱きしめる。

オードリー　ああ――逃げ道はないのね――どこにも。（ロイドに）トーマス、とても嬉しいわ――これで終わった――すべて終わったのよ。（バトルのほうを見る）私はいつでもよろしいですわ。

リーチはオードリーの言葉を書き留める。バトルは無表情のまま。ほかの者たちはオードリーを見つめ、凍りついている。バトルはリーチに合図し、リーチは上手のドアを開ける。オードリーは踵を返し、ゆっくりと上手へ退場。バトルとほかの者たちがあとに続く。照明がだんだん暗くなり……。

幕。

第二場

場面：同じ場所。同日の夕方。

幕が上がると、窓とカーテンは閉まっていて、部屋は暗い。ネヴィルは上手手前に立っている。フランス窓に向かい、カーテンを開け、窓を開けて空気を入れ替える。それから長椅子のうしろに行く。上手のドアが開き、光の筋がネヴィルを照らす。トリーヴズが上手手前から登場。

トリーヴズ　やあ、ネヴィル。（照明のスイッチを入れ、ドアを閉め、中央左手に行く）

ネヴィル　（熱を込めて早口で）オードリーに会ってくれましたか？

トリーヴズ　ああ、今会ってきたところだ。

ネヴィル　彼女、どうでした？　必要なものはみんなありましたか？　今日の午後、面会に行ったけど、会わせてくれなかったんだ。

トリーヴズ　（中央左手の肘掛椅子に座りながら）彼女は当面、誰にも会いたくないそうだ。

ネヴィル　かわいそうに。さぞ恐ろしいに違いない。なんとかして釈放させなくては。

トリーヴズ　私もできるかぎりのことはしてるよ、ネヴィル。

ネヴィル　（下手手前へ歩きながら）なにもかもがとんでもない間違いだ。まともな頭の人間なら信じるはずがない。オードリーが――（長椅子の右をまわり、中央右手奥に立つ）あんなふうに人を殺すなんて。
トリーヴズ　（警告するように）彼女に不利な証拠は実に強固だ。
ネヴィル　証拠なんてどうだっていい。
トリーヴズ　残念だが、警察はかなり現実的だよ。
ネヴィル　あなたはまさか信じちゃいないですよね、まさか……。
トリーヴズ　そもそも何を信じていいのかわからない。オードリーはいつも――謎の女だった。
ネヴィル　（長椅子に座り）ふん、ばかげている！　彼女はいつだって優しくて、なによりしとやかだよ。
トリーヴズ　確かに彼女は、いつもそんなふうに見える。
ネヴィル　そう見える、だって？　実際にそうなのさ。オードリーと暴力行為は、なんであれ相容れないよ。バトルみたいな間抜けだけが違う考え方をするんだ。
トリーヴズ　バトルは間抜けなんかじゃないよ、ネヴィル。彼はいつだって実に抜け目がない。
ネヴィル　ふん、この件については、まだ抜け目のないところを実証してはいないな。（立ち上がり、下手奥に行く）まさか、あなたは、あの男と同じ意見なんじゃないでしょうね？　あんなばかげた途方もない話を信じちゃいけない――ケイと結婚したぼくに復讐するために、オードリーがこんなことを計画したなんて話を。あまりにばかげている。
トリーヴズ　そうかい？　愛は簡単に憎しみに変わるものだよ、ネヴィル。
ネヴィル　だが、彼女にはぼくを憎む理由はない。（中央右手に行く）そんな動機は、ぼくがあいつの

――エイドリアンのことを説明したときに吹き飛んでしまったさ。
トリーヴズ　正直言えば、あれは驚きだったよ。君のほうからオードリーと別れたとばかり思っていたから。
ネヴィル　もちろん、みんなにそう思わせておいたのさ。ほかにどうしろと？　女性にとってはあまりにつらい話だ。一人でそんなみじめな状況に直面するはめになるなんて――ありとあらゆるゴシップと中傷にさらされてだよ。そんなことはさせられない。
トリーヴズ　実に寛大だな、ネヴィル。
ネヴィル　（長椅子に座り）誰だって同じことをするさ。それに、ある意味、ぼくも悪かったんだ。
トリーヴズ　なぜだい？
ネヴィル　そう――ぼくはケイに出会った、カンヌにいたときに――彼女に惹かれたのは事実さ。彼女といちゃついたりもした、罪のない形でだけどね。それでオードリーは悩んでいたんだ。
トリーヴズ　つまり、彼女が嫉妬したと？
ネヴィル　まあね――だと思うよ。
トリーヴズ　（立ち上がり）それが事実なら、彼女はエイドリアンのことを――本気では――愛していなかったことになる。
ネヴィル　そう思うね。
トリーヴズ　じゃあ、彼女は腹立ちまぎれに君と別れてエイドリアンと一緒になろうとしたのか？　君がケイに――その――ご執心だったことに憤慨して？
ネヴィル　そんなところだね。

トリーヴズ　（ネヴィルに近づきながら）それが事実だとしたら、やっぱり最初の動機が正しいということになるぞ。
ネヴィル　どういうことだ？
トリーヴズ　オードリーが君のことを愛していて、腹立ちまぎれにエイドリアンと駆け落ちしたのだとしたら――やっぱり彼女は君がケイと結婚したことを恨んでいたのかもしれない。
ネヴィル　（咎めるように）違う！　彼女がぼくを憎んだことはない。なにもかも納得していたんだ。
トリーヴズ　表向きはそうかもしれないが、本音ではどうだったのかな？
ネヴィル　（立ち上がりながら、ささやくような声で）彼女がやったと思ってるのか？　彼女がカミーラを殺したと――それもあんな恐ろしいやり方で？（口をつぐみ、中央左手の肘掛椅子に向かう）オードリーじゃない。絶対にオードリーじゃないよ。ぼくにはわかってる。四年も一緒に暮らしたんだ。そんなことは信じられないし、人としてあり得ない。でも、あなたまでもが彼女が犯人だと思うのなら、どこに希望があるんですか？
トリーヴズ　率直な意見を言わせてもらうよ、ネヴィル。希望があるとは思えない。むろん、最高の弁護士に依頼するが、弁護側が拠り所にできる証拠はほとんどない。精神疾患を理由にすれば別だが。それでいつまでももつとは思えないよ。

ネヴィルは肘掛椅子にドスンと座り、顔を手で覆う。

ネヴィル　（ほとんど聞こえないほどの小声で）なんてことだ！

メアリが上手から登場。とても静かで、明らかに緊張している。

メアリ　（ネヴィルがいることに気づかずに）トリーヴズさん！（ネヴィルに気づく）あら——あの、よろしかったら、食堂にサンドイッチがございます。（ネヴィルの左手へ）

ネヴィル　（振り返り）サンドイッチだって！

トリーヴズ　（中央右手奥に歩きながら、穏やかに）人は生きていかなきゃならんのだよ、ネヴィル。

ネヴィル　（メアリに）君も彼女がやったと思ってるのか、メアリ？

メアリ　（長めの間）いいえ。（ネヴィルの手を取る）

ネヴィル　ぼく以外に彼女のことを信じてくれる人がいるのはありがたいよ。

ケイがフランス窓から登場。

ケイ　（長椅子の右手に向かい）テッドもいま来るわ。車寄せに車を入れているところよ。私は庭を通ってきたの。

ネヴィル　（立ち上がって、長椅子のうしろへ向かい）ラティマーは何しに来るんだ？　あいつは五分と離れていられないのか？

トリーヴズ　私が呼んだんだ、ネヴィル。ケイに用件を伝えてもらってね。バトルにも来てもらうよう頼んだ。細かいことはあとで説明しよう。言うなればネヴィル、最後のはかない希望にかけてみようと思うんだ。
ネヴィル　オードリーを救うために？
トリーヴズ　そうだ。
ケイ　（ネヴィルに）あなた、オードリーのことしか考えられないの？
ネヴィル　ああ、考えられない。

ケイは下手手前の安楽椅子に向かう。
ラティマーがフランス窓から登場し、トリーヴズの右手に行く。

ラティマー　取り急ぎやってきましたよ、トリーヴズさん。ケイは緊急だと言うだけで、何のご用なのか、教えてくれなかったもので。
ケイ　（安楽椅子に座りながら）伝えてくれと言われたことを伝えただけよ。何なのか、私も全然知らないんだから。
メアリ　（長椅子に行って座り）みんなわからないのよ、ケイ。今の話のとおり、トリーヴズさんはオードリーを救おうとしているの。
ケイ　オードリー、オードリー、オードリー。いつだってオードリーばかり。残りの人生、ずっと彼女の亡霊につきまとわれそうね。
ネヴィル　（長椅子の下手手前へ行く）ひどいことを言うよな、ケイ。
ラティマー　（腹を立てて）彼女の神経もずたずたになってるのがわからないのか？

ネヴィル　それはみんな同じさ。

ラティマーがケイのうしろに行って立ち止まる。
ロイドが上手から登場。

ロイド　バトル警視が来られたよ。（トリーヴズに）求めに応じて来たそうだ。
トリーヴズ　入ってもらってくれ。

ロイドは振り返り、舞台外に向かって手招きする。
バトルが上手から登場。

バトル　こんばんは。（問いただすようにトリーヴズを見る）
トリーヴズ　（中央手前へ歩きながら）来てくれてありがとう、警視。時間を割いてもらって感謝するよ。
ネヴィル　（苦々しく）獲物を捕まえるときはいつだってそうさ。
トリーヴズ　そんな口のきき方をしても、何も得るものはないと思うよ、ネヴィル。バトルは警察官の職務を果しに来ただけだ。
ネヴィル　（下手奥へ歩きながら）ああ――すまない、バトル。
バトル　いいんですよ。

トリーヴズ　（中央左手の肘掛椅子を勧めながら）座ってくれたまえ、バトル。
バトル　（肘掛椅子に座りながら）ありがとう。
トリーヴズ　先日、ロイドさんが私にあることを話してくれてね、バトル。それからずっと、そのことを考え続けていた。
ロイド　（驚いて）ぼくが？
トリーヴズ　そうさ、トーマス。読書中の推理小説のことを話してくれたね。君はこう言った。推理小説はいつも間違ったところから始まる、と。殺人はストーリーの最初ではなく、最後に来なくてはならない。そう、君の言うとおりだ。殺人とは、多くのさまざまな条件がある時点、ある場所に集約した最後の到達点なんだ。面白いことに、君はこれを「ゼロ時間」と呼んだ。
ロイド　憶えてるよ。
ネヴィル　（じれったそうに）それがオードリーとなんの関係がある？
トリーヴズ　大いに関係がある——今こそが「ゼロ時間」なんだ。

なにやら気まずそうな間。

メアリ　でも、レディー・トレシリアンは三日前に殺されたんですよ。
トリーヴズ　私が言ってるのはレディー・トレシリアンの殺害じゃない。別の殺人があるのだ。バトル警視、以前話したように、オードリー・ストレンジに不利な証拠はすべて捏造された可能性があると、君も認めるね？　凶器は、彼女の部屋の暖炉から取ってきたものだし、彼女の手袋は、血を付けられて、彼女の部屋の窓の外にあるツタに隠してあった。彼女の白粉は、ネヴィルのディナー・ジャケットの内側に付けられていた。髪の毛も、やはり彼女のブラシから取ってきて付けられたものと考えられないかい？

バトル　（居心地悪そうに体を揺すりながら）その可能性もあるとは思います。でも……。

ケイ　でも、彼女は罪を認めたわ――みずからよ――あなたが逮捕なさったときに。

ロイド　（上手手前へ歩きながら）いや、認めてはいない。

ケイ　逃げ道はないと言ってたわ。

メアリ　すべて終わってよかったとも。

ケイ　これ以上何が必要だっていうの？

トリーヴズは片手を挙げる。人々は口を閉ざす。ネヴィルはゆっくりと室内を横切り、段をのぼり左端に立つ。

トリーヴズ　（段の中央をのぼりながら）憶えているかい、トーマス？　警視がここで、君に殺人のあった夜に何か物音を聞いたかと質問したとき、君がネズミのことを口にしたのを。屋根裏のネズミ――君の部屋の天井裏のさ？

ロイド　（上手手前の安楽椅子に座りながら）ああ。

トリーヴズ　君のその発言が気になっていたんだ。で、私は屋根裏に行ってみた――実は、特にはっきりした考えがあったわけじゃない。君の寝室の真上にある屋根裏はね、トーマス、物置部屋として使われていたんだよ。ガラクタと言っていい物でいっぱいだった。無用のガラクタばかりだった。そこかしこに埃が積もってた。ある一つを別にして。（書き物机に向かう）そう、一つだけ、埃が付いていなかったんだ。（書き物机の右手すみに隠してあった、ひと巻きの細く長いロープを出して見せる）これさ。（バトルの右側に近づく）

バトルがロープを受け取る。眉が驚きで吊り上がる。

バトル　湿っている。

トリーヴズ　そう、まだ湿っている。埃も付いていないし――湿っている。見つかるはずがないと思った誰かが、物置部屋に投げ入れたのさ。

バトル　これが何を意味するとおっしゃるんですか？（ロープをトリーヴズに返す）

トリーヴズ　（段をのぼりながら）つまり、殺人のあった嵐の夜に、このロープが邸の窓から垂れていたということさ。窓から下の川まで垂れていたんだろう。（ロープをコーヒー・テーブルに放り投げる）警視、君の話では、あの夜、殺人を犯すために外からこの家に入れた者はいなかった。だが、それは必ずしも事実じゃない。外から入れた者がいたのだ――。

ラティマーが非常にゆっくりと長椅子のうしろに行く。

トリーヴズ　――河口から登ってこられるように、このロープを垂らしておいたのだとすれば。

バトル　つまり、何者かが川の対岸からやってきたと？　イースターヘッドから？

トリーヴズ　そうさ。（ネヴィルのほうを向く）君は十時三十五分の渡し船で対岸に行った。十一時十五分前には、イースターヘッド・ベイ・ホテルに着いていたはずだ――だが君は、しばらくラティマー氏を見つけられなかったね？

ラティマーは何か言おうとする身ぶりをするが、口をつぐむ。

ネヴィル　ああ、そうだよ。探したんだけどね、彼は部屋にいなかった――フロントから電話してもらったんだ。

ラティマー　実を言うと、ガラス囲いのテラスに出ていて、ランカシャー出身のデブなおしゃべり女と話してたんだ。（すらすらと）彼女はダンスをしたいと言ったけど――なんとか言い繕って追い払ったよ。足の痛みがひどいとか言ってね。

トリーヴズ　（中央へ歩きながら）ストレンジは十一時半にやっと君を見つけた。その間、四十五分だ。時間はたっぷりあった……。

ラティマー　なに、どういう意味だ？

ネヴィル　つまり、彼が……？

ケイは激しく動揺し、立ち上がってラティマーのもとに行く。

トリーヴズ　たっぷり時間があった。服を脱ぎ、川——ここはちょうど川幅が狭い——を泳いで渡り、ロープをよじ登り、目的を果たすとまた泳いで戻り、服を着て、ホテルのラウンジでネヴィルと顔を合わせるまでの時間が。

ラティマー　窓からロープを垂らしたままにしてか？　君は頭が変だ——なにもかもが狂ってる。

トリーヴズ　（ケイのほうをちらりと見て）君のためにロープを用意した者が、ロープを引き上げて、屋根裏に隠したんだ。

ラティマー　（怒り狂って）ぼくにこんな仕打ちはできないぞ。ぼくをはめることなんかできない——やめとけよ。ぼくはそんなロープをよじ登ったりなんかできない。それに——どのみち、ぼくは泳げない。そう、泳げないいんだ。

ケイ　そうよ、テッドは泳げないの。本当よ。彼は泳げないの。

トリーヴズ　（優しい口調で）そう、君は泳げない。それは確かめてある。（段をのぼる）

ケイは舞台手前に行く。

トリーヴズ　（ネヴィルに）だが、君は泳ぎの名人だったよね、ネヴィル？　登山の達人でもある。君なら、川を泳いで渡り、あらかじめ用意しておいたロープをよじ登るのは朝飯前だろう——。

ラティマーは長椅子の右手に行く。

トリーヴズ　――それから、レディー・トレシリアンの部屋に行き、彼女を殺し、来た道を戻ったというわけだ。二時半に家に戻ってから、ロープを始末する時間もたっぷりあった。君は、十時四十五分から十一時半まで、ホテルでラティマーを見なかった――だが、彼のほうも君を見なかったんだ。お互い様なのさ。

バトルは立ち上がり、上手のドアの前に立つ。

ネヴィル　こんなたわごとは聞いたことがない！　泳いで渡って――カミーラを殺すなんて。どうしてぼくがそんな途方もないことをするんだ？

トリーヴズ　君を捨てて、ほかの男と一緒になった女を縛り首にしたかったからさ。

ケイは下手手前の安楽椅子にくずおれる。メアリが立ち上がり、ケイのところに行って介抱する。ロイドが立ち上がり、中央左手にある肘掛椅子の左側に向かう。

トリーヴズ　彼女は罰せられねばならない――君の自意識はずっと膨れ上がっていった。誰であろうと自分に逆らうことは許されない、と……。

ネヴィル　ぼくが自分に不利な証拠をばらまいたりするとでも？

トリーヴズ　（ネヴィルの左側に向かい）それこそが君のやったことさ――君は用心のため、レディー・トレシリアンの部屋の外にある旧式の呼び鈴のワイヤーを引っ張って、呼び鈴を鳴らした。君が家から出るのをメアリが確実に目撃するようにね。レディー・トレシリアンは呼び鈴を鳴らした覚えはなかった。鳴らしたのは君だったんだ。

ネヴィル　（フランス窓へ歩きながら）実にくだらん嘘のかたまりだ。

リーチがフランス窓に姿を見せる。

トリーヴズ　レディー・トレシリアンを殺したのは君だ――だが、真の殺人、君がひそかにもくろんでいた殺人は、オードリー・ストレンジの殺害だった。君は彼女をただ死なせるだけでは物足りなかった――苦しめたかったんだ。君は彼女を恐怖に陥れたかった。彼女は――君を恐れた。君は彼女が苦しむのを想像して楽しんでいたんだろ？

ネヴィル　（長椅子に座りながら、しわがれた声で）なにもかも――嘘ばかりだ。

バトル　（ネヴィルの左側に向かい）そうですかな？　あなたのような人にはこれまでも会ったことがありますよ――精神のゆがんだ人たちです。あなたの虚栄心は、オードリー・ストレンジがあなたを捨てたときに傷つけられたんですね？　あなたは彼女を愛してやったというのに、彼女はふてぶてしくも、ほかの男を選んだ。

ネヴィルの顔に一瞬、同意を示す表情が表れる。

バトル　（ネヴィルをじっと見つめる）あなたは趣向を凝らしたかった――狡猾で、常軌を逸したことをしたかったのです。そのために、自分にとって母親同然の女性を殺すことになっても、あなたはなんとも思わなかった。

ネヴィル　（憤然として）彼女はぼくを子どもみたいにあしらっちゃいけなかったんだ。だが、嘘だ——みんな嘘だよ。ぼくの精神はゆがんだりしてない。

バトル　（ネヴィルを見つめ）いや、ゆがんでいますよ。奥さんがあなたを見捨てたとき、彼女はあなたの痛いところを突いてしまったんですね？　ほかならぬ、やんごとなきネヴィル・ストレンジのね。あなたは、自分のほうから彼女を捨てたように装って、プライドを守った——そして、ほかの女と結婚して、その筋書きを補強したわけです。

ケイ　まあ。（メアリのほうを向く）

メアリはケイを抱きとめる。

バトル　だが、あなたは、オードリーに何を仕掛けるか、ずっと計画を練っていた。うまくやり遂げるだけの知恵が回らなかったのは残念ですな。

ネヴィル　（すすり泣きながら）嘘だ。

バトル　（容赦なく相手に攻めかかり）オードリーが自分を嘲笑っている——あなたは自分に誇りを持ち、自分の賢さに自信を持っているというのに。（声をはり、呼びかける）お入りください、ストレンジ夫人。

オードリーが上手から登場。ネヴィルは振り絞るような叫び声をあげ、立つ。ロイドがオードリーのもとに行き、彼女を抱きとめる。

バトル　彼女は逮捕されていなかったんですよ。あなたの魔手から遠ざけておきたかっただけです。自分の愚かで幼稚な計画が失敗に帰しつつあると知ったら、あなたが何をするか、わかったものではありませんからね。

ベンスンがフランス窓に姿を見せる。リーチは長椅子のうしろにまわる。

ネヴィル　（泣きくずれ、怒りで叫びながら）愚かな計画じゃない、賢い計画だ——賢かったんだ。細部まですべて考え抜いた。ロイドがオードリーとエイドリアンのことを知ってたなんて、どうやってわかるんだ？　オードリーとエイドリアンは……。（突然、自制心を失い、オードリーに向かってわめきたてる）なぜぼくよりエイドリアンを選びやがった？　死ね、このアマ、縛り首になっちまえ。お前は縛り首にならなきゃいけないんだ。絶対にな。（オードリーに向かって突進する）

バトルはリーチとベンスンに合図し、二人はネヴィルの両脇に向かう。オードリーはロイドにしがみつく。

ネヴィル　（半べそになりながら）ぼくに触るな。あの女を恐怖の中で死なせたいんだ——恐れおのののいて死ぬがいい。あの女が憎い。

オードリーとロイドはネヴィルに背を向け、上手奥に行く。

メアリ　（長椅子に座りながら、ほとんど聞こえない小さな声で）なんてこと！

バトル　連行しろ、ジム。

リーチとベンスンはネヴィルを両脇から捕まえる。

ネヴィル　（突然、穏やかになる）あなたはとんでもないミスを犯している。ぼくはまだ……。

リーチとベンスンはネヴィルを上手のドアに連れていく。ネヴィルはいきなりベンスンのすねを蹴り、リーチのほうに押し付けると、上手の舞台外へと突進する。リーチとベンスンはネヴィルを追って舞台外に去る。

バトル　（警告して）気をつけろ！　やつを捕まえろ。

バトルは上手の舞台外へと突進する。

バトル　（舞台外で叫ぶ）やつを追いかけろ、逃がすなよ。

トリーヴズとロイドは上手へと走り去る。オードリーはゆっくりと段の中央をのぼる。

ロイド　（舞台外で叫ぶ）食堂にこもったぞ。
バトル　（舞台外で叫ぶ）ドアを破れ。

木製ドアに激しくぶつかる音が舞台外から聞こえる。ケイが立ち上がる。

ケイ　（ラティマーの肩に顔をうずめ）テッド——ああ、テッド……。（すすり泣く）

舞台外でガラスの割れる音がし、続いてドアが破られる音が聞こえる。

バトル　（舞台外で叫ぶ）ジム——君は道路のほうから行ってくれ。私は崖の道から行く。

バトルは上手から素早く登場し、急いでフランス窓に向かう。困った表情をしている。

バトル　（息を切らしながら）食堂の窓から飛び降りた。下の岩場までまっさかさまだ。助かる見込みはあるまい。

バトルはフランス窓から退場。
ベンスンが上手から登場し、横切ってフランス窓へ退場。甲高く三度鳴らすホイッスルが聞こえる。

ケイ　（ヒステリックに）ここから離れたい。私、もう……。
メアリ　（立ち上がって、中央へ歩きながら）彼女をホテルに連れていってくださいませんか、ラティマーさん？
ケイ　（熱を込めて）ええ。テッド、お願い――どうしてもここから離れたいの。
メアリ　連れていってあげてください。荷造りは私がして、お送りいたしますから。
ラティマー　（優しく）行こう。

ケイはラティマーとフランス窓から退場。
メアリはうなずき、上手へ退場。オードリーは長椅子に行って座る。張り出し窓に背を向けてすすり泣く。少し間を置いてから、張り出し窓のカーテンが少し開く。ネヴィルが張り出し窓の敷居を超えて静かに入ってくる。髪はくしゃくしゃで、顔と手には泥が付いている。残虐で悪魔めいた笑みを浮かべながら、オードリーを見つめ、音もなく彼女に近づいていく。

ネヴィル　オードリー！

オードリーは素早く振り向き、ネヴィルを見る。

ネヴィル　（低い張りつめた声で）戻ってくるとは思わなかっただろ？　ぼくはあいつらよりずっと賢いのさ、オードリー。あいつらがドアを破ろうとしているあいだに、椅子を窓から放り投げておいて、窓をまたいで石棚に降りたんだ。登山慣れした男でなきゃ、こんなことはできない――強い指を持った男でないと――そう、ぼくのように。（じりじりとオードリーに近づいていく）強い指さ、オードリー、そして、柔らかい喉。あいつらは、ぼくが望んだように君を縛り首にはしてくれないよな？　だが、君は結局、同じように死ぬのさ。（ネヴィルの指が彼女の喉にからみつく）君はぼく以外の誰にも渡さない。

リーチが上手から飛び込んでくる。
ベンスンがフランス窓から飛び込んでくる。リーチとベンスンは、ネヴィルをオードリーから引き離し、彼を連行してフランス窓から退場。オードリーは、長椅子で喘いでいる。
ロイドが上手から登場。戸惑ったようにフランス窓のほうを見つめ、窓に向かう。長椅子のうしろを通りすぎようとしたとき、オードリーがいるのに気づく。

ロイド　（立ち止まって、オードリーを見て）やあ、大丈夫かい？

オードリー　大丈夫か、ですって？　ああ、トーマス！（笑う）

ロイドが腕を広げてオードリーに近寄るのと同時に……。

幕。

舞台配置図

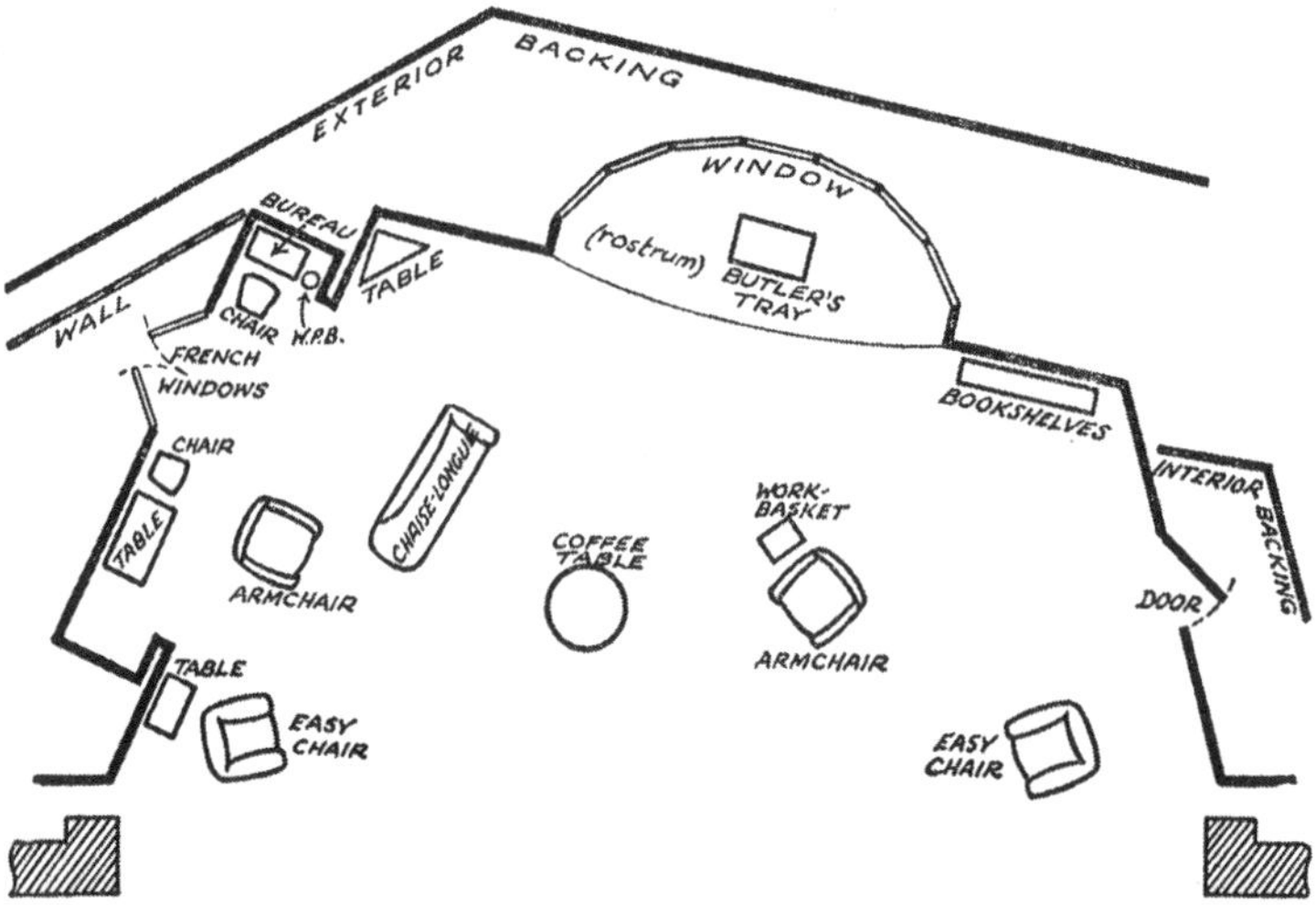
EXTERIOR BACKING
WINDOW
(rostrum)
BUTLER'S TRAY
BUREAU
TABLE
WALL
CHAIR
H.P.B.
FRENCH WINDOWS
BOOKSHELVES
INTERIOR BACKING
CHAIR
TABLE
ARMCHAIR
CHAISE-LONGUE
COFFEE TABLE
WORK-BASKET
ARMCHAIR
DOOR
TABLE
EASY CHAIR
EASY CHAIR

場面の概要

コーンウォール州ソルトクリーク、レディー・トレシリアンの邸〈ガルズ・ポイント〉の客間。

第一幕
　第一場　九月の朝
　第二場　四日後の夕食後
第二幕
　第一場　翌日の早朝
　第二場　二時間後
第三幕
　第一場　翌朝
　第二場　同日の夕方

時代：現代

「ゼロ時間」セント・ジェームズ・シアター（ロンドン）のプログラム

一九五六年九月四日

配役（登場順）

トーマス・ロイド	シリル・レイモンド
ケイ・ストレンジ	メアリ・ロー
メアリ・オールディン	ジリアン・リンド
マシュー・トリーヴズ	フレデリック・レスター
ネヴィル・ストレンジ	ジョージ・ベイカー
レディー・トレシリアン	ジャネット・バロウ
オードリー・ストレンジ	グウェン・チャーレル
テッド・ラティマー	マイケル・スコット
バトル　ロンドン警視庁犯罪捜査課警視	ウィリアム・ケンドール
リーチ　地元警察の犯罪捜査課警部	マックス・ブリンメル
ベンスン巡査	マイケル・ナイティンゲール
プロデュース	ピーター・ソーンダーズ
監督	マーレイ・マクドナルド
舞台装置	マイケル・ウェイト

小道具のリスト

第一幕第一場

フランス窓と窓のカーテンは開けておく。電気器具はスイッチをオフ
長椅子、クッション
安楽椅子二脚、クッション
肘掛椅子二脚。その上にクッション
カーバーチェア
アップライト・チェア
本棚付きの書き物机。散らかった手紙、請求書等、ペンギン・ブック、灰皿
ゴミ箱
カードテーブル（アルコーヴ内）、花を生けた花瓶、灰皿
小テーブル（下手手前）、オードリーの写真、たばこ、灰皿、マッチ
コーナーテーブル（中央奥）、花を生けた花瓶
窓腰掛、背当て、レコード・プレーヤー、レコード、雑誌
バトラートレイ、盆、シェリー酒のデカンター、ウィスキーのデカンター、ソーダのサイホン、シェリー酒のグラス三つ、ウィスキーグラス二つ、灰皿
裁縫箱。その中に縫い物
コーヒー・テーブル（中央）、たばこ、灰皿、マッチ、花の入った鉢、雑誌

背の低い本棚、卓上スタンド、灰皿
壁棚（窓の左手）、本、装飾品
カーペット
窓のカーテン二組
壁に掛けた絵
電灯用壁ブラケット三組
絨毯掃除機
上手のドアの手前に電灯スイッチ
スーツケース、ゴルフクラブ（ロイド）
タオル（ケイ）
スカッシュのグラス（ネヴィル）
つえ（レディー・トレシリアン）
編み物（メアリ）
雑誌（オードリー）
本、たばこ入れ、マッチ（ロイド）

第二場
引き裂かれた写真とフレーム、タオル、使われたグラスを撤去する。
コーヒー・テーブルにケイのイヴニングバッグを置き、フランス窓を開けておく。張り出し窓のカーテンは半分引いておく。電気器具はスイッチをオン。
雑誌（ネヴィル）

第二幕第一場
バトラートレイと、付属物を撤収する。
フランス窓と、窓のカーテンは開けておく。電気器具はスイッチをオフ。
パイプ、ペンナイフ（ロイド）
ハンドバッグ、その中にハンカチ（ケイ）

第二場
長椅子（中央奥の段の上）
カード・テーブル（中央右手）、小さな盆、水差し、グラス二つ、たばこ、灰皿、マッチ
肘掛椅子（中央左手からカード・テーブルのうしろへ）
アップライト・チェア（アルコーヴからカード・テーブルの左手へ）
安楽椅子（上手手前から中央左手へ）
コーヒー・テーブル（下手のアルコーヴ内に）
窓腰掛の上に、半開きの「タイムズ」紙。
フランス窓と、窓のカーテンは開けておく。電気器具はスイッチをオフ。
九番アイアンのゴルフ・クラブ（リーチ）

手帳と鉛筆（ベンスン）
ディナー・ジャケット（リーチ）
錠剤の箱（ベンスン）
ピンセット（リーチ）
パイプ、たばこのパウチ、マッチ（ロイド）

第三幕第一場
カード・テーブル、水差し、グラス、灰皿、たばこ、マッチ、「タイムズ」紙、九番アイアン、ディナー・ジャケットを撤収する。
安楽椅子（中央左手から上手手前へ）
肘掛椅子（テーブルのうしろから中央左手へ）
アップライト・チェア（アルコーヴへ）
長椅子を下手中央。
デスクの椅子を書き物机に。
コーヒー・テーブルを中央に。
フランス窓、張り出し窓、窓のカーテンは開けておく。電気器具はスイッチをオフ。
火掻き棒の入った包み（リーチ）
手袋（バトル）
たばこ、ライター（ラティマー）

手帳と鉛筆（リーチ）

第二場
火掻き棒を撤収する。
書き物机の左手のすみにロープ一巻きを隠し置く。
フランス窓、張り出し窓、窓のカーテンは閉めておく。電気器具はスイッチをオフ。

照明の手配
卓上スタンド、電灯用壁ブラケット三つ（実際に点くもの）。
屋内。客間。同一場面では常に。
主な照明箇所は、下手、中央右手、中央、中央左手、上手。

第一幕　第一場　朝
見かけの光源は、下手のフランス窓と上手奥の大きな張り出し窓。
開幕時は、九月の陽光の効果を出す。
電気器具はオフ、上手のドアが開いた時の外側はオン。
キュー1　場の終わりに全照明を溶暗。

第一幕第二場　夕方

見かけの光源は、下手手前、中央奥、上手手前の壁ブラケットと上手奥の卓上スタンド。
開幕時は、電気器具はオン、窓の外は夜。
上手側のドアが開いた時の外側はオン。
キュー2　ロイド「ぼくも寝るよ、おやすみ」（三八四頁）、稲光
キュー3　オードリー（舞台外で）「おやすみさない」（三八五頁）、稲光
キュー4　オードリー「おやすみなさい」（三八七頁）、稲光
キュー5　トリーヴズの登場（三八九頁）、稲光

第二幕第一場　朝
開幕時は、まばゆい朝の陽光の効果を出す。
電気器具はオフ、上手側のドアが開いた時の外側はオン。
キュー6　場の終わり、全照明を溶暗。

第二幕第二場
開幕時は、前の場面の終わりに同じ。
キューはなし。

第三幕第一場　朝
開幕時は、前の場面の終わりに同じ。

キュー7　場の終わり、全照明を溶暗。

第三幕第二場　夕方

開幕時の部屋は暗い。窓の外は夜。

上手のドアが開いた時、外側には光が充満。電気器具はオフ。

キュー8　トリーヴズが照明のスイッチをオン（四六九頁）、電気器具、舞台表の照明がともにパッとつく。

ポワロとレガッタの謎

アイザック・ポインツ氏は、口から葉巻を離し、満足げに言った。

「素敵なところだな」

こうしてダートマス港に合格のお墨付きを与えると、また葉巻をくわえ、辺りを見まわした。そこには、自分自身と、自分の容姿と、自分の環境と、要は人生そのものを楽しんでいる男の雰囲気が漂っていた。

最初の点、つまり、彼自身のことを言えば、五十八歳のアイザック・ポインツ氏は、ちょっと肝臓に負担がかかるきらいはあるかもしれないが、健康状態も調子もいい。でっぷりとは言わないが、恰幅がよく、今着ているヨット操舵用の服は太り気味の中年男には普通はしっくりこないものだ。だがポインツ氏は服の着こなしも見事で――折り目もボタンもみなきちんとし、色黒でちょっと東洋風の面差しで、ヨット帽の下で微笑を湛えていた。環境という点では、仲間たちのことを言わなくてはなるまい。共同経営者のレオ・スタイン氏、ジョージ・マロウェイ卿夫妻、アメリカ人の仕事関係者――サミュエル・レザーン氏、その娘で女学生のイヴ、ラスティントン夫人、それに、エヴァン・リユウェリンの面々だ。

一行は、ポインツ氏のヨット、〈メリーメイド〉号から今しがた上陸したところだ。午前中はヨット・レースを観覧して、今は、祭りの余興――〝標的落とし〟〝太っちょ女〟〝人間蜘蛛〟〝メリー・ゴー・ラウンド〟――にしばし参加するために上陸していたのだ。こうした娯楽を一番喜んだのがイヴ・レザーンなのはまず間違いない。ポインツ氏が、そろそろ〈ロイヤル・ジョージ〉で夕食をとろうと口にしたとき、彼女だけが不満の声を発した。

「ええっ、ポインツさん、私、〈本物の幌馬車のジプシー〉に運命をみてもらいたかったのに」

ポインツ氏は、それが本物のジプシーなのか怪しいと思っていたが、つい甘やかしてゆるしてしまった。

「イヴは祭りにすっかり夢中だな」父親は申し訳なさそうに言った。「だが、もう行くのなら、どうぞおかまいなく」

「時間はたっぷりあるさ」とポインツ氏は鷹揚に言った。「お嬢さんには好きなだけ楽しんでもらうがいい。ダーツをしに行こうじゃないか、レオ」

「二十五ポイント以上取れれば、賞品がもらえるよ」ダーツ担当の係員が鼻にかかったかん高い声で叫んでいた。

「総得点で君を負かすほうに五ポンド賭ける」とポインツは言った。

「よし」とスタインはすぐさま応じた。

二人はすぐに得点争いに夢中になった。

レディー・マロウェイがエヴァン・リュウェリンにささやいた――「この中で子どもなのは、イヴだけじゃなさそう」リュウェリンは笑顔で同意を表したが、なにやらうわの空だった。彼はその日、ずっとぼんやりしていた。返答が的外れなことも一、二度あった。

パメラ・マロウェイは彼から離れると、夫に言った。

「あの青年、何かに気を取られてるようね」

ジョージ卿がささやき声で応えた。「それとも、誰かにかな？」

そう言うと、ジャネット・ラスティントンのほうを素早く一瞥した。

レディー・マロウェイはかすかに眉をひそめた。彼女は身嗜《みだしな》みのきちんとした長身の女性だ。真っ赤なマニキュアがダークレッドのサンゴの耳飾りとよくマッチしている。黒い目は用心深そうだ。ジョージ卿は、不用心な〝心優しき英国紳士〟らしくふるまってはいたが、きらきらした青い目は妻と同じ用心深さを湛えていた。

アイザック・ポインツとレオ・スタインはハットン・ガーデンのダイヤ商だが、ジョージ・マロウェイ卿夫妻は違う世界――アンティーブとジュアン・レ・パン（どちらもフランスの避暑地）の世界――に属していて、サン・ジャン・ド・リュズでゴルフをしたり、冬にはマデイラ島で岩場から飛び込んで泳ぐのを楽しむ人たちだ。

表向きは、彼らは働くことも紡ぐことも知らない野の百合のようだ（新約聖書「マタイによる福音書」第六章第二十八節）。だが、必ずしもそうとも言えまい。働くにも紡ぐにも、やり方はいろいろあるというものだ。

「あの子、戻ってきたよ」エヴァン・リュウェリンがラスティントン夫人に言った。

彼は黒髪の青年。女性が好む、ちょっと飢えた狼のような容貌をしている。

ラスティントン夫人もそう思ったかどうかはよくわからない。心中を表に出すことはしないのだ。若くして結婚したが――一年足らずで破局に終わった。それ以来、ジャネット・ラスティントンが他人や物事をどう思っているのかをうかがい知ることは難しくなった。彼女の態度はいつも同じで、魅力的なのだがよそよそしい。

イヴ・レザーンは、長く柔らかなブロンドの髪を激しく揺らしながら、踊るように彼らのところに戻って来た。彼女は十五歳、手のかかる子どもだが元気いっぱいだ。

「十七歳までに結婚するんだって」彼女は息をはずませながら叫んだ。「すごいお金持ちとよ。それから子どもが六人できるの。火曜と木曜が私のラッキー・デーで、いつもグリーンかブルーの服を着ろって。エメラルドが私のラッキー・ストーンだから――」

「おい、おまえ、そろそろ行かないと」と父親が言った。

レザーン氏は長身でブロンド、なにやら悩ましげな表情で、消化不良気味に見える男だ。

ポインツ氏とスタイン氏がダーツ場から出てきた。ポインツ氏はにんまりし、スタイン氏はなにやら悔しがっている。

「ツキに恵まれただけさ」とスタイン氏は言った。

ポインツ氏は機嫌よくポケットを叩いた。

「まんまとあんたの十ポンドをせしめてやったぞ。腕だよ、腕。親父は一流のダーツプレーヤーだったからね。さて、そろそろ行くか。運命はみてもらえたかい、イヴ？ 黒髪の男に気をつけろと言われなかったか？」

「黒髪の女よ」イヴは訂正した。「少しやぶにらみの女で、隙を見せるとひどいめにあわされるって。それから私、十七歳までに結婚して……」

一行が〈ロイヤル・ジョージ〉に向かうあいだも、彼女は楽しそうにしゃべり続けた。

夕食はポインツ氏があらかじめ気を利かせて注文してあり、ウェイターが恭しくお辞儀をし、二階の個室に案内してくれた。円テーブルが用意されていた。港が見える大きな弓形の張り出し窓が開け放ってある。祭りの喧騒が聞こえ、三つの回転木馬の賑やかな音が、それぞれ違う音色を騒々しく奏でていた。

「会話が聞こえるようにしたいのなら、窓を閉めたほうがいい」ポインツ氏がそっけなく言い、そのとおりにした。

彼らはテーブルを囲んで座り、ポインツ氏は客たちに愛想のいい笑顔を向けた。彼は、うまくもてなしていると感じていたし、もてなすのが好きだった。皆の顔を代わるがわる見つめた。レディー・マロウェイ――素敵な女性だ。むろん、いいところばかりではない。それはわかっている。マロウェイ夫妻は、これまで〝最上流〟と呼んできたものとは程遠い夫妻なのも先刻承知。だが、それを言うなら、〝最上流〟のほうは自分の存在に見向きもしてくれない。ともかく、レディー・マロウェイはとても粋な感じの女性だし――ブリッジで少々いかさまをしたとしても大目にみてやる。ジョージ卿はちょっと虫が好かない。胡散臭い目をしているし、儲けることに血道を上げすぎだ。だが、このアイザック・ポインツから巻き上げさせるわけにはいかんぞ。そこはよく目を光らせていよう。

レザーンは悪いやつじゃないが、いかにもアメリカ人にありがちで、くどくどと――いつまでも長話をするのを好む。正確な情報を求めたがる悪癖もある。ダートマスの人口は？　海軍大学校ができたのは何年？　等々。ホスト役は歩く旅行ガイドであらねばとでも思ってるようだな。イヴはなかなか元気のいい子だ――からかうのも楽しい。ウズラクイナみたいな声でしゃべるが、自分をよくわきまえている。頭のいい子だ。

リュウェリン青年は――ちょっとおとなしいな。何か気にかかることがあるようだ。たぶん金に困っているな。こういう物書きはだいたいそうだ。ジャネット・ラスティントンにご執心らしい。素敵な女性だし、魅力的で賢そうだ。だが、彼女は自分の作品を他人に押し付けることはしない。なかなか知的なことを書いているのに、それを人前で口にしたりもしない。

それから、レオだ！　あいつは相も変わらずじじむさいし腹が出ている。おめでたいことに、相手がそのとき、まったく同じことを自分に対しても思っているとは露知らず、ポインツ氏は、イワシはコーンウォール州ではなくデボン州の産だと、レザーン氏の認識の誤りを正してから夕食にとりかかった。

「ポインツさん？」熱々の鯖の料理が客の前に出され、ウェイターが出ていくと、イヴが話しかけてきた。

「ああ、何かな？」

「あの大きなダイヤ、今も持ってらっしゃるの？　夕べ見せてくださったとき、肌身離さず持ってるとおっしゃってたから」

ポインツ氏はクスクスと笑った。

「そうさ。いわば、わしのお守りだよ。そう、ちゃんと持ってるさ」

「物騒ね。祭りの人ごみに紛れて、誰かが盗っちゃうかもよ」

「大丈夫だよ」ポインツ氏は言った。「しっかり気を張ってるさ」

「でも、万一のことだってあるし」とイヴは言い張った。「私たちの国だけじゃなく、英国にもギャングはいるでしょ？」

「〈明けの明星〉は盗めんよ」とポインツ氏は言った。「なぜなら、特別な内ポケットに入っているんだ。それに、どのみち――このポインツは自分をわきまえてるさ。〈明けの明星〉は誰にも盗ませはしない」

イヴは笑い声をあげた。「あら、私なら盗めてよ！」

「できないほうに賭けるよ」ポインツ氏はいたずらっぽく目を輝かせた。

「じゃあ、できるほうに賭けるわ。昨日テーブルでみんなに回して見せてくれたあと――夜ベッドで考えたの。とっても上手な盗み方を考えたのよ」

「ほう、どんな手かな？」

イヴは小首を傾げ、ブロンドの髪を激しく揺らした。

「教えない――まだよ。できないほうに何を賭ける？」

ポインツ氏は若き日の感覚がむくむくと心によみがえってきた。

「手袋半ダースだ」と言った。

「手袋ですって」イヴはあきれたように叫んだ。「手袋なんか、誰がはめるのよ？」

「じゃあ、シルクのストッキングでどうだい？」

「いいわね。今朝、一番いいのが伝線しちゃったのよ」

「じゃあ、決まりだ。最高級のシルク・ストッキングを半ダース――」

「うわあ」イヴは嬉しそうに言った。「それじゃ、あなたのほうは何を？」

「そうさな、新しいたばこ入れがほしい」

「いいわ、取引成立ね。でも、たばこ入れは手に入らないわよ。じゃあ、やってほしいことを言うわね。夕べと同じようにダイヤをみんなに見せてちょうだい――」

彼女が口をつぐむと同時に、ウェイターが二人、皿を片づけに入ってきた。彼らが次のチキン料理を並べはじめると、ポインツ氏は言った。

「言っとくがね、お嬢さん、もしこれが本当の窃盗だったりしたら、警察を呼んで、君を身体検査させるぞ」

「あら、けっこうよ。でも、警察呼ぶほどマジになる必要はないわ。レディー・マロウェイかラスティントン夫人に納得いくまで身体検査させればいいじゃない」

「まあ、そのときはそのときだ」とポインツ氏は言った。「君は将来何になるつもりだ？　一流の宝石泥棒かな？」

「生業にしてもいいわ――ほんとうに儲かるんなら」

「〈明けの明星〉をまんまと盗めたら、充分儲かるさ。カットし直したって、あの石なら三万ポンド以上の価値はあるからな」

「まあ！」イヴは感に堪えたように言った。「ドルだといくらになるの？」

レディー・マロウェイは感嘆の声を漏らした。

「そんな宝石を身に着けてらっしゃるの？」彼女は咎めるように言った。「三万ポンドだなんて」黒く染めた睫毛《まつげ》が震えた。

ラスティントン夫人が穏やかに言った。「大金ね……。宝石そのものも魅力的だけど……。なんて美しい」

「ただの炭素の塊さ」エヴァン・リュウェリンが言った。

「宝石強盗で難しいのは、〝故買屋〟の存在だと、ずっと思ってたんだがね」ジョージ卿は言った。「相手の足元を見て利益をせしめる――なあ、そうだろ？」

「さあ」イヴは興奮気味に言った。「はじめましょう。ダイヤを出して、夕べと同じ説明をしてちょうだい」

レザーン氏は物憂げな声で言った。「娘の非礼を許してくれ。もっときちんとしつけるよ」

「もういいわよ、パパ」イヴは言った。「さあ、ポインツさん――」

ポインツ氏は微笑しながら内ポケットをまさぐった。何かを引っ張り出し、手のひらに載せると、照明があたりきらめいた。

ダイヤだ……。

ポインツ氏はやや堅苦しく、昨夜、〈メリーメイド号〉で一席ぶった口上を憶えている範囲で繰り返した。

「紳士淑女の皆さん、ご覧ください。実に美しい宝石です。〈明けの明星〉と呼ばれるもので、これは私のお守り――どこへ行くにも一緒です。さあ、ご覧になりますかな？」

レディー・マロウェイに手渡すと、彼女はその美しさに感嘆し、レザーン氏に手渡した。氏は「素晴らしい、実に素晴らしい」となにやらわざとらしく言ってから、次のリュウェリンに手渡した。

そのとき、ウェイターたちが入ってきて、流れがちょっと滞った。彼らが出ていくと、エヴァンは「素敵な宝石だな」と言い、レオ・スタインに手渡した。レオは何も言わず、すぐさまイヴに手渡した。

「ほんとに見事だこと！」イヴは甲高い気取った声で叫んだ。

「あら！」宝石が手から滑り落ちたとたん、驚きの叫び声を上げた。「落としちゃった」

彼女は座っていた椅子を引き、身をかがめてテーブルの下を探した。右手に座っていたジョージ卿も同じく身をかがめた。コップが一つ、混乱の中でテーブルから払い落とされた。スタイン、リュウェリン、ラスティントン夫人もそろって捜索に協力した。最後に、レディー・マロウェイも捜索に加わった。

ポインツ氏だけは捜索に加わらなかった。座ったまま、ワインをすすりながらニヤニヤ笑っていた。

「まあ」イヴが相変わらずわざとらしい口ぶりで言った。「なんてこと！　どこへ転がっていったのかしら？　どこにもないわ」

捜索に加わっていた者たちが一人ずつ立ち上がった。

「影も形もないよ、ポインツ」ジョージ卿が微笑みながら言った。

「うまいことやったな」ポインツ氏は称賛するように頷いた。「いい女優になれるよ、イヴ。さて、質問だが、どこに隠したのか、それとも身に着けているのかな？」

「身体検査すればいいわ」イヴは芝居がかって言った。

ポインツ氏は部屋の隅の大きなついたてを探るように見た。

その方向に顎をしゃくると、レディー・マロウェイとラスティントン夫人のほうを見た。

「ご婦人方には恐縮だが――」

「ええ、もちろん」レディー・マロウェイが微笑みながら言った。

二人の女性は立ち上がった。

レディー・マロウェイが言った。

「心配いりませんわ、ポインツさん。私たちが彼女をしっかり調べますから」

三人はついたてのうしろに向かった。

部屋は暑かった。エヴァン・リュウェリンが窓を開け放った。新聞売り子が外を通りかかった。エヴァンは硬貨を投げ与え、男は新聞を投げ飛ばしてきた。

リュウェリンは新聞を開いた。

「ハンガリーの情勢は芳しくないね」と言った。

「地方紙かね？」とジョージ卿が尋ねた。「注目してる馬がいてね。今日、ホールドンのレースに出たはずだが――ナッティ・ボーイという馬さ」

「レオ」ポインツ氏は言った。「ドアに鍵をかけてくれ。この一件が終わるまで、ウェイターにうろうろ出入りされたくない」

「ナッティ・ボーイなら、三倍の配当で勝ったよ」とエヴァンが言った。

「たったそれだけか」ジョージ卿が言った。

「ほとんどはレガッタのニュースだ」エヴァンは紙面に目をやりながら言った。

三人の女性がついたての陰から出てきた。

「影も形もないわ」ジャネット・ラスティントンは言った。

「保証してもいいけど、彼女、宝石は持っていないわ」レディー・マロウェイが言った。

ポインツ氏は彼女の保証を受け入れてよかろうと思った。彼女の言葉には確信に満ちた響きがあったし、徹底した身体検査が行われたことは疑いなかった。

「まさかイヴ、飲み込んだんじゃ?」レザーン氏は心配そうに聞いた。「そんなことしたら、体によくないからね」

「それなら目撃したはずだよ」レオ・スタインが穏やかに言った。「じっと見てたんだ。何も口に入れてないよ」

「あんなゴツゴツした大きな物、飲み込めるわけないわ」とイヴは言った。彼女は腰に手を当て、ポインツ氏のほうを見た。「さあどう、おじさま？」彼女は聞いた。

「そのままじっとしていたまえ」と問われた紳士は応えた。

二人が見守る中、男たちはテーブルにあるものを取りのけ、テーブルをひっくり返した。ポインツ氏はテーブルをすみずみまで調べ、イヴが座っていた椅子とその両隣の椅子も調べた。

これ以上の捜索は望むべくもなかった。ほかの男四人も女性たちも捜索に加わった。イヴ・レザーンはついたてのそばの壁際に立ち、いかにも楽しげに笑い声をあげた。

五分後、膝をついて調べていたポインツ氏は小さく唸りながら立ち上がり、悲しげにズボンの埃を払った。非の打ちどころのない清潔さも少々損なわれてしまった。

「イヴ」と彼は言った。「シャッポを脱ぐよ。私の知るかぎり、君はとても見事な宝石泥棒だ。君が宝石を隠した手腕には恐れ入った。君が持っていないとすると、きっとこの部屋の中にあるはずだね。おそれいったよ」

「ストッキングをくださるのね？」イヴは問い直した。

「差し上げるよ、お嬢さん」

「イヴ、いったいどこに隠したの？」ラスティントン夫人は好奇心もあらわに尋ねた。

イヴは身を乗り出した。

「お見せするわ。きっと地団太踏んで悔しがるわよ」

彼女は、ディナーテーブルから下げた皿が無造作に重ねてあるサイドテーブルに近づき、自分の小さな黒いハンドバッグを手に取った。

「こんな近い所にあったのよ。ほら……」

生き生きと勝ち誇るような声が不意に途切れた。

「まあ！」と言った。「そんな！……」

「どうしたんだ、おまえ？」父親が尋ねた。

イヴが消え入りそうな声で応えた、「ないの！　ないのよ……」

「どういうことだ？」ポインツ氏が歩み寄りながら言った。イヴは彼のほうに激しく振り返った。

「どういうことかと言うと、このバッグには留め金の真ん中に大きな模造宝石がついているの。その石が夕べ取れてしまったんだけど、ダイヤを回覧してくれたときに、ちょうど同じ大きさなのに気づいたの。だから、工作用粘土を使って、石が取れた穴にあのダイヤを嵌め込んだら、うまく盗めるんじゃないかって夕べ思いついたのよ。きっと誰も気づきっこないって。それが今夜してみた手よ。まず、宝石を落として——バッグを持ちながら宝石を探して身をかがめ、隠し持っていた粘土でダイヤを穴に押し込んで、バッグをテーブルに置いてから、ダイヤを探すふりをし続けたの。『盗まれた手紙』——ご存じでしょ——みたいに、これ見よがしに目と鼻の先にあっても、ただの模造ダイヤにしか見えないだろうって。いい計画だったわ、誰も気づかなかったし」

「そうかな」とスタイン氏が言った。

「なんだって？」

「別に」とレオ・スタインは言った。

ポインツ氏はバッグを手に取り、粘土が少し付いた空虚な穴を見ると、ゆっくりと言った、「床に落ちたのかもしれない。もう一度探してみよう」

捜索が繰り返されたが、今度は黙々と行われた。緊張した空気が部屋を支配していた。

結局、あきらめることになり、彼らは互いの顔を見あわせた。

「この部屋にはないな」とスタインは言った。

「しかも、誰も外に出ていない」とジョージ卿が重々しく言った。

一瞬言葉が途切れた。イヴがわっと泣きはじめた。

「まあまあ」とポインツ氏がぎこちなく言った。

ジョージ卿がレオ・スタインのほうを向いた。

「スタインさん。さっき、小声で何かおっしゃっていましたね。聞き返したら、別に、とおっしゃった。だが、実はなんと言っていたのか聞こえてたんだ。ミス・イヴが言ったように、彼女がダイヤを隠した場所には誰も気づかなかった。あなたが小声で言った言葉は『そうかな』だった。我々が直視すべき事実は、誰か気づいた者がいて――その人物は今この部屋にいる可能性が高いということだ。ダイヤがこの部屋から出ていった可能性はない」

提案だが、唯一公明正大なやり方は、ここにいる全員が身体検査を受けることだ。ダイヤがこの部屋から出ていった可能性はない」

ジョージ卿が年季の入った英国紳士ぶりを演じてみせると、誰も真似のできる者はいない。その声には誠意と怒りがともにこもっていた。

「まったく、不愉快だな」ポインツ氏は残念そうに言った。

「みんな私のせいなの」イヴはすすり泣いた。「こんなことになるなんて……」

「元気を出したまえ、君」スタイン氏は優しく言った。「誰も責めちゃいないよ」

レザーン氏は訳知り顔にゆっくりと言った。

「なるほど、確かに、ジョージ卿のご提案には誰も異論はあるまい。私もだ」

「ぼくも賛成だ」とエヴァン・リュウェリンが言った。

ラスティントン夫人がレディー・マロウェイのほうを見ると、彼女も同意のしるしに軽く頷いた。

二人は再びついたてのうしろに行き、イヴもすすり泣きながら一緒に行った。

ウェイターがドアをノックしたが、入ってこないように言われた。

五分後、八人の人々は信じられない様子で互いを見つめあった。

〈明けの明星〉は影も形もなかった……。


エルキュール・ポワロは、向かいに座る青年の暗く沈んだ顔をじっと見つめていた。

「さてと？」と彼は言った。「何をお求めですかな？」

エヴァン《エ・ビヤン》・リュウェリンは、間髪を入れず電光のように答えを返した。「真実です」

ポワロはじっと考えながら、堂々たる口髭を撫でた。

「間違いありませんね？」

「もちろんです」

「重ねてお尋ねしたのは」とポワロは説明した。「今のは決まって返ってくる答えだからです。そう、実に多くの人たちがそう答える。なのに、私が真実を明らかにすると、ちっとも喜んでもらえないことがあるのです。狼狽したり、困惑したり、完全に――ええっと、そうそう、驚愕に打ちひしがれてしまうこともあるという具合でして。驚愕とは、すごい言葉ですな！　私には実に楽しい言葉ですが」

「ぼくが求めるものは真実です」エヴァンは繰り返した。

「しかし、失礼ですが盗まれたのはあなたのダイヤじゃない、ムッシュー・リュウェリン。取り戻してくれと望んでおられるのは、他人の財産ですよ。それも、おそらくはあなたに必ずしも好意を持っていない人の財産だ」

「ぼくが気にかけているのはポインツのおやじのことじゃありません」

ポワロは問いかけるように彼を見た。エヴァンは話を続けた。

「ここに来たのは、あなたが以前おっしゃった——というか、おっしゃったとされる言葉を聞いたからです。その言葉を伝えてくれた人がいたので」

「で、その言葉とは？」

「肝心なのは罪ある者ではなく——罪なき者のほうだ、と。その言葉に、一縷の望みを抱いたんです」

ポワロは穏やかに頷いた。

「ほう、なるほど、わかってきましたよ……ようやく……」

「ぼくは潔白です！　でも、真実が明らかにならないと、誰もそうは思ってくれない」

ポワロはちょっと口を閉ざすと、静かに言った。

「間違いありませんか、事実はご説明いただいたとおりだと。省略してないですね？」

エヴァンはちょっと考えた。

「言い落としたことはないと思います。ポインツがダイヤを取り出して回覧し——あの忌々しいアメリカ人の小娘が、馬鹿げたバッグに貼り付けた。バッグを確かめると、ダイヤは消えていた。誰も持っていませんでした。ポインツ本人も身体検査された——彼自身がそうしてくれと言い張ったので。

誓ってもいいけど、あの部屋にはなかった！　それに誰も部屋から出ていかなかった」

「ウェイターは？　給仕頭は？」ポワロは示唆を与えた。

リュウェリンは首を横に振った。

「彼らは娘がダイヤに細工しはじめる前に部屋から出ていったし、そのあと、彼らが入ってこられないように、ポインツがドアに鍵をかけました。いや、やったのは我々の中の誰かですよ」

「確かにそう見えますな」とポワロは言った。「面白い問題だ」

「あの夕刊さえなかったら！」エヴァン・リュウェリンは苦々しげに言った。「みんなそう思ったとわかりましたよ――それしか手は考えられないと――」

「もう一度正確に説明してくれますか」

「実に単純です。ぼくは窓を開けて新聞売り子に口笛で合図して小銭を投げ落とし、彼は新聞を投げて寄こしました。そう、だから、ダイヤが部屋から持ち出された唯一可能な方法――それは、下の道で待ち構えていた共犯者にぼくが投げ与えたというものです」

ポワロは首を横に振った。

「唯一可能な方法とは言えませんな」

「ほかにどんな方法があり得ると？」

「投げ与えなかったとご自身で言ってるわけですから、ほかに方法がなくては！」

「ああ、そりゃそうです。もっと明快なお考えでもあるのかと思いましたよ。まあ、ぼくに言えるのは、自分が投げたんじゃないということだけです。信じていただけるとは期待してません――どのみち誰も信じちゃくれないですし！」

「いやいや、信じますとも」ポワロは少し苦笑しながら言った。

「ほんとですか？　なぜ？」

「心理学の問題ですよ」ポワロは言った。「あなたは宝石の類《たぐい》を盗むような人じゃない。もちろん、あなたがやるかもしれない犯罪もあるでしょうが——その問題には踏み込みますまい。ともかく、〈明けの明星〉を盗んだのがあなたとは思えない」

「でも、みんなそう思ってますよ」リュウェリンは苦々しく言った。

「みんな、ですと？」

「みんな、そのとき奇妙な目つきで私を見たんです。マロウェイは新聞を拾い上げて窓のほうに目を向けただけで、何か言ったわけじゃない。でも、ポインツはすぐにピンときましたよ！　みんなが何を思ったかは、ぼくにもわかった。あからさまに告発する者はいませんでした。そこが問題なんです」

　ポワロは同情するようにうなずいた。

「告発されるより始末が悪いですな」と彼は言った。

「ええ。ただの疑惑です。いろいろ質問しにきたやつもいた——お決まりの調査だと言って。私服刑事でしょう。実に巧みで——何もほのめかさなかったけど。それまで懐が苦しかったのに、急に少しばかり羽振りがよくなった事実に目をつけたんですよ」

「そうなんですか？」

「ええ——競馬で一、二度、当てましてね。間の悪いことに、馬券は競馬場で買ったので——その金をどうやって得たのか証明のしようもなくて。もちろん、反証することもできませんが——金の出所を明らかにできないから、いかにもこしらえそうな安直な嘘ってわけです」

「なるほど。だが、警察もそれだけでは動けんでしょう」

「ともかく、ほんとに逮捕されて、盗みで告発されることを恐れてはいません。むしろ、そのほうがましだ――白黒はっきりしますから。我慢ならないのは、盗ったのはぼくだとみんなが信じてることです」

「みんな？　まさか、あなたのおっしゃってるのは、本当にそこにいたみんなということですか？」

リュウェリンは目をむいた。「おっしゃる意味がわかりませんが」

「みんなではなく、特定の人のことを考えておられるのではと思いましてね」

エヴァン・リュウェリンは顔を赤らめると、再び口を開いた。「何をおっしゃってるのかな」

ポワロは内緒話をするように身を前に乗り出した。

「でも、そうでしょう？　まさに特定の人がいたのでは？　そう――ラスティントン夫人じゃありませんか？」

リュウェリンの浅黒い顔がますます赤黒くなった。

「なぜ彼女だと？」

ポワロは両手を挙げた。

「明らかに、あなたにとって重要な存在の方がいる――おそらく女性だ。その場にいたどの女性か？アメリカ人の小娘か？　レディー・マロウェイか？　だが、こんな悪企みをやり遂げれば、レディー・マロウェイなら、あなたの株は下がるどころか上がるはずだ！　噂を聞いたことがあるんです。そのご婦人のことは！　となれば、あとはラスティントン夫人だけです」

リュウェリンはやや辛そうに言った。

「彼女は――気の毒な過去があるんですよ。夫はろくでなしで落ちぶれていた。そのせいで、彼女は人を信用できなくなってしまった。彼女は――もしも彼女が――」

彼は話を続けられなくなった。

「でしょうな」ポワロは言った。「だから、彼女が思いを寄せてくれていたとしても、見限られてしまう。だから疑惑を晴らさなくてはと」

エヴァンは軽く笑い声をあげた。「言うのは簡単ですよ」

「やるのも実に簡単です」ポワロは自信ありげに言った。

エヴァンは信じられないとばかりに目をみはった。

「そうなんですか？」

「もちろん《メ・ウィ》――この問題は実にはっきりしている！　可能性の多くは排除できる。答えはきわめて単純なはずです。それどころか、私はすでに糸口をつかんでいます――」

リュウェリンは相変わらず目をみはっていた。

ポワロはメモ帳を引き寄せ、ペンを取り上げた。

「全員の特徴を簡潔におっしゃっていただけますか？」

「さっき申し上げたじゃないですか？」

「つまり、個々人の容貌です――髪の色とか、そういった」

「でも、ムッシュー・ポワロ、それが事件とどんな関係が？」

「大いに関係があるのです、君《モナミ》、大いにね。占い師の告げる運命を聞いたことはありませんか――黒髪の男が現れる、といったような」

　エヴァンは半信半疑で、ヨットに乗船していた人たちの容貌を説明した。

　ポワロは少しだけメモをとり、メモ帳を脇に押しやりながら言った。

「けっこうです。それはそうと、ワイン・グラスが一つ割れたとおっしゃいましたね？」

　エヴァンは再び目をみはった。

「ええ、テーブルから払い落とされて、踏みつけられたんです」

「いやですな。ガラスの破片が散らばるのは」ポワロは言った。「誰のワイン・グラスでしたか？」

「あの子のグラスだったと思います――イヴですよ」

「ほう！　グラスのあったほうの彼女の隣に座っていたのは？」

「ジョージ・マロウェイ卿です」

「テーブルから払い落としたのが誰かは見なかったんですね？」

「残念ながら。それが重要だとでも？」

「いや、別に。余計な質問でした。けっこうです《エ・ビヤン》！」彼は立ち上がった。「では、リュウェリンさん。三日後にまたお越しいただけますか？　それまでに、すべて首尾よく解決していますよ」

「ご冗談でしょう、ムッシュー・ポワロ？」

「仕事のことで冗談は言いませんよ」ポワロは厳粛に言った。「これはまじめな話です。金曜の十一時三十分はいかがですか？　けっこうです」

　エヴァンは、金曜の午前に複雑な心境のままやってきた。希望と猜疑心がせめぎあう心境だ。

ポワロはにこやかに微笑みながら立ち上がって迎えた。

「おはようございます、リュウェリンさん。お座りください。たばこはいかがですか？」

リュウェリンは差し出された箱を身ぶりで断った。

「それで？」と聞いた。

「うまくいきましたよ」ポワロはにこやかに応えた。「警察は昨夜、犯罪者一味を逮捕しました」

「犯罪者一味ですって？　何の一味ですか？」

「アマルフィ一味です。お話をお聞きしたとき、すぐに連中のことが頭に浮かびました。連中のやり口だと気づき、皆さんの容貌を説明してもらって、そう《エ・ビヤン》、すぐに確信しましたよ！」

「でも――その――アマルフィ一味って、誰なんです？」

「父親に、息子と嫁――ピエトロとマリアが本当に結婚しているのなら――ここだけの話《アントレ・ヌー》ですが、その点は疑問もある」

「さっぱりわからない」エヴァンは戸惑いながら言った。

「単純なことですよ！　名前はイタリア系だし、出自は間違いなくイタリアですが、父親のアマルフィはアメリカ生まれです。やつのやり口はいつも同じです。業界で名の知れた本物の実業家を装い、ヨーロッパのどこかの国で、大物宝石取引商に自分を売り込み、罠を仕掛ける。今回の事件では、最初から〈明けの明星〉を狙っていたのです。ポインツの風変わりな言行は業界でもよく知られていた。マリア・アマルフィは、娘の役を演じたのです（驚くべき女ですよ。少なくとも二十七歳なのに、いつだって十七歳の役を演じてみせるのですから）」

「まさか、イヴが！」リュウェリンが息をのんだ。

「そのとおり《プレシセマン》。かわいいイヴ。アメリカ人の無邪気な娘です。すごいじゃありませんか《セ・エパタン・ネ・ス・パ》？　一味の三人目は、〈ロイヤル・ジョージ〉の臨時雇いのウェイターに化けていたのです――ほら、休暇の時期で、臨時職員が必要だったでしょうし、正規職員に金をつかませて追い払ったのかもしれません。こうしてお膳立ては整った。イヴは女学生っぽい無邪気さでポインツ氏を巧みに挑発し、彼は賭けに応じる。前の晩と同じようにダイヤを回覧する。ウェイターたちが部屋に入ってきて皿を片づけ、レザーン氏は、彼らが出て行くまで宝石を手元にとどめておく。彼らが出て行くと、ダイヤも一緒に出ていくというわけです。ピエトロが手にした皿の下に、チューインガムで見事に貼り付けられてね。実に単純ですよ！」

「でも、そのあともダイヤを見ましたよ」

「いやいや、あなたが見たのは模造品だったのです。なにげなく見ている分には気づかないくらいよくできたものです。スタインはただ一人、すり替えを見抜けたはずの人物でしたが、お話にあったように、ほとんど石を見なかった。イヴが石を落とし、グラスも払い落として、石もグラスも一緒に力いっぱい踏み砕く。かくしてダイヤは奇跡のように消えてなくなる！　イヴもレザーンも、進んで身体検査に応じてみせるというわけです！」

「じゃあ、ぼくは――」

　エヴァンは言葉を失って首を横に振った。

「ぼくの説明から犯罪者一味を特定したと言われるのですね？　連中は今回の事件以前にもこんなトリックを？」

「というわけでもありませんが、いかにも連中らしい手口なのです。当然のことながら、私はまずイヴに注目しました」

「なぜです？　ぼくは彼女を疑わなかった——ほかのみんなも。彼女はそれこそ、ただの子どもにしか見えなかった」

「そこがマリア・アマルフィの特別な才能なのです。彼女は本当の子どもよりも見事に子どもを演じてみせるのですから！　でも、工作用粘土のことを忘れないでください！　賭けはごく自然の成り行きで行われたように見えますが、彼女は工作用粘土をちゃっかり手元に用意していた。そこから、事前に計画されたものだとわかる。すぐに彼女を疑いましたよ」

リュウェリンは立ち上がった。

「ムッシュー・ポワロ。ぼくは——その——なんと感謝申し上げていいか。実に——お見事です」

ポワロは相好を崩した。

「たいしたことじゃありません」とつぶやいた。「なんのこれしき」

「料金をお教えいただけますか——その——」リュウェリンは少し口ごもった。

「私の料金は実にささやかなものですよ」ポワロは目をきらめかせながら言った。「そう——競馬で儲けたお金にさほど穴をあけはしません。それはともかく、これからは競馬に手を出すのはおやめなさい。あまり当てにならぬ動物ですよ、馬はね」

「わかりました」エヴァンは言った。「もう絶対にやりません」

彼はポワロと握手をし、部屋から勇ましく出ていった。

タクシーを止めると、ジャネット・ラスティントンのアパートの住所を告げた。

前途洋々の気分だった。

訳者あとがき

ミステリの女王アガサ・クリスティは、ロングランの世界記録を今なお更新し続ける『ねずみとり』、映画化により不朽の古典となった『検察側の証人』をはじめ、戯曲作家としても多くの傑作を残した。この分野での彼女の業績は、現在でも熱心な研究の対象となっており、Chimneys（『チムニーズ荘の秘密』の戯曲版）、ジュリアス・グリーンの Curtain Up Agatha Christie: A Life in the Theatre（二〇一五）が存在を明らかにした The Last Séance（「死の猟犬」の戯曲版）、Someone at the Window（「死んだ道化役者」の戯曲版）など、未刊行の作品にも注目が集まっている。

クリスティの戯曲には、『蜘蛛の巣』、『評決』、『招かれざる客』などのオリジナル作品のほかに、もともとは長編小説として発表した作品を戯曲に書き改めた作品が幾つかある。そのタイプに属する作品だけを抜き出して列挙すれば、以下のとおりである。

十人の小さなインディアン（Ten Little Niggers、別題：Ten Little Indians、And Then There Were None）（一九四三年初演、一九四四年刊。元の長編（『そして誰もいなくなった』）は一九三九年刊）

死との約束（Appointment with Death）（一九四五年初演、一九五六年刊。元の長編は一九三八年

刊）
ナイルの殺人（Murder on the Nile）（一九四六年初演、一九四八年刊。元の長編（『ナイルに死す』）は一九三七年刊）
ホロー荘の殺人（The Hollow）（一九五一年初演、一九五二年刊。元の長編は一九四六年刊）
ゼロ時間へ（Towards Zero）（一九五六年初演、一九五七年刊。ジェラルド・ヴァーナーとの共作。元の長編は一九四四年刊）
殺人をもう一度（Go Back for Murder）（一九六〇年初演、一九六〇年刊。元の長編（『五匹の子豚』）は一九四二年刊）

『十人の小さなインディアン』と『ゼロ時間へ』を除く四作品は、いずれも元の長編にはエルキュール・ポワロが登場するが、クリスティは、これらの戯曲では、いずれもポワロを登場人物から省き、違う人物――すでに小説版に登場していた人物の場合もあれば、新たに設けた登場人物の場合もあるが――を探偵役に設定している。『ナイルの殺人』のペネファーザー司祭、『ホロー荘の殺人』のカフーン警部、『殺人をもう一度』のフォッグ弁護士などがそうだ。

戯曲版に見られるもう一つの特徴として、作品によっては、元の小説版からプロットを大きく変更していることが挙げられる。なかでもよく知られているのは、『そして誰もいなくなった』で、有名なルネ・クレール監督の映画化作品は戯曲版をベースにしたものだ。

『ナイルの殺人』も、大団円の設定が長編と大きく異なるが、これらの作品の中で、最も大きなプロットの変更を行っているのは、『死との約束』であろう。舞台や登場人物の設定は小説版と概ね共通しているが、内容的には、むしろまったく別の作品と言ったほうがいい。

『ホロー荘の殺人』以降は、戯曲版ならではのツイストを加えつつも、さほど斬新なプロットの変更は見られなくなるが、変更の顕著な『十人の小さなインディアン』、『死との約束』、『ナイルの殺人』の三作品が、いずれも一九四〇年代という、クリスティにとって最も脂の乗った時代に書かれた戯曲であることを考えると、同じ設定や背景を用いながらも、新たなバリエーションに挑む女史の実験精神と創作意欲が感じられる。

その後の作品でも、プロットの根幹に大きな変更は加えていないが、例えば『ゼロ時間へ』では、元の小説版ではマイナーな役割だった登場人物をふくらませて捜査の一翼を担わせたり、スリラー・タッチの場面を付加して戯曲独自の魅力を創り出しているし、『殺人をもう一度』では、新たに設定した探偵役に依頼人とのロマンスを演じさせることで、『五匹の子豚』とはまったく異なるオチをつけている。

こうしたことからもわかるように、クリスティの戯曲は単なる長編の脚色ではなく、それぞれが独立した作品としての意義を持つものなのである。これらの戯曲については、しばしば小説版の焼き直しのように見なされ、元の小説版のほうを紹介すれば、戯曲版には言及する意義はないとばかりに、リファレンスブックなどでもしばしば無視されてきたのは、いかにも不当な扱いと言わなくてはならない。

本書は、『そして誰もいなくなった』の戯曲版『十人の小さなインディアン』と、これまで邦訳のなかった『死との約束』と『ゼロ時間へ』を訳出し、戯曲作家としてのクリスティの魅力の一端をご紹介するものである。これまでの邦訳の類書では省かれがちだった小道具リストや照明の手配等も収録した。
また、この機会に、これまで単行本に未収録だったポワロものの短編「ポワロとレガッタの謎」を収録した。
なお、随所に出てくる聖書からの引用は、日本聖書協会の新共同訳を使わせていただいた。

※以下の解説では、戯曲版と元となった小説版それぞれのプロットに触れているので、未読の読者は御留意ください。

（一）十人の小さなインディアン

「知ってるだろ。〈十人の小さなインディアン〉の童謡には、もう一つの結末があることを。『インディアンの少年が一人だけ残った。ぼくらは結婚して——誰もいなくなった！』」

長編『そして誰もいなくなった』は、最も人気の高いクリスティ作品だが、タイトルとテクストの変遷には複雑な経緯がある。

一九三九年の英初版は、『十人の小さな黒人（Ten Little Niggers）』というタイトルで発表されたが、'nigger' が差別用語だという理由で、一九四〇年の米初版では『そして誰もいなくなった（And Then There Were None）』と改題され、一九六四年の米ペーパーバック版では『十人の小さなインディアン（Ten Little Indians）』というタイトルも用いられたことはよく知られている。現在の版のタイトルは、英米ともに、And Then There Were None が一般的だ。'nigger' はタイトルだけでなく、本文にも島の名前や童謡などで出てくるため、これらの言葉は、のちの版ではほぼ 'Indian' に改められた。ちなみに、早川文庫の旧版（清水俊二訳）は、これに従って、島の名前も「インディアン島」、童謡も「十人のインディアンの少年」になっている。ところが、最近では、「インディアン」も差別用語と見なされるようになり、現在のペーパーバックでは、さらに 'soldier' と改められた。早川文庫の新版（青木久恵訳）は、ハーパー・コリンズ社のペーパーバックを底本にしているため、これに従って、島は「兵隊島」、童謡は「小さな兵隊さんが十人」と改められている。

英初版で用いられた童謡は、フランク・J・グリーンが一八六九年に作った「十人の小さな黒人の少年（Ten Little Nigger Boys）」が基になっているが、これは本来、一八六八年、セプティマス・ウィナーがミンストレル・ショー向けに作った歌「十人の小さなインディアン（Ten Little Injuns）」が原形とされる。この童謡の最後の節は、「彼が結婚して、誰もいなくなった（He got married, and then there were none.）」というバージョンが一般的だが、クリスティは長編において、「彼が出ていって首を吊り、誰もいなくなった（He went out and hanged himself and then there were none.）」というバージョンを採用している。

長編の好評を受け、クリスティは舞台化を計画し、二年かけて戯曲版を完成。紆余曲折を経て、『アクロイド殺害事件』の劇化作品『アリバイ』（一九二八年）以来、クリスティ作品のプロデューサーを務めてきたバーティー・マイヤーが上演に同意。英国では、一九四三年九月二十日に、ウィンブルドン・シアターで試験興行が行われたあと、一九四三年十一月十七日、ロンドンのセント・ジェームズ・シアターで『十人の小さな黒人（Ten Little Niggers）』というタイトルで上演を開始。劇場が爆撃を受けて中断のやむなきに至る一九四四年二月二十四日までに二百六十回の公演を数えた。その後、二月二十九日からケンブリッジ・シアターに場所を移し、五月六日まで公演が続いたあと、再建なったセント・ジェームズ・シアターに再び戻り、五月九日から七月一日まで続いたという。

米初演は、一九四四年六月二十七日、ニューヨークのブロードハースト・シアターで『十人の小さなインディアン（Ten Little Indians）』のタイトルで上演。一九四五年一月九日から、プリマス・シアターに場所を移して公演が続けられ、同年七月三十日まで、ブロードウェイでの公演は通算四百二十六回に及んだという。クリスティの劇作品としては、『ねずみとり』に次ぐ成功を収めた作品といえるだろう。

クリスティは自伝の中でこう述べている。「小説の作家としてだけでなく、戯曲作家としての道を歩ませてくれたのは、『十人の小さな黒人』である。そのとき、これからは自分の小説を脚色するのは自分以外の誰にも任せないと決めたのだ。どの小説を脚色するかを選ぶのは自分だし、脚色にふさわしい小説しか選ばない、と」。作者にとっても大変な自信作であったことがうかがえる。同じく小説と戯曲の両分野で成功したアイラ・レヴィンも、The Mousetrap and Other Plays に寄せた序文において、『検察側の証人』、『ねずみとり』と並んで、本作をクリスティの戯曲の三大傑作の一つとして挙げている。

この戯曲の初版は、英サミュエル・フレンチ社から一九四四年に『十人の小さな黒人（Ten Little Niggers）』のタイトルで刊行されたが、一九四六年に、同じフレンチ社から米版が刊行され、ブロードウェイ初演時の公演を反映して『十人の小さなインディアン（Ten Little Indians）』と改題された。その際、テクストや舞台平面図等もクリスティ自身の手で改訂され、冒頭の初演データも、米初演のデータに差し替えられた。テクストの改訂は主にト書きに集中しており、実際の上演経験を踏まえ、役者への指示をさらに詳細にしたり、動きが合理的になるよう工夫しているようだ。現在刊行されている版は、The Mousetrap and Other Plays などの戯曲集を含め、すべてこの改訂版をベースにしている（他方、これまでの邦訳は、いずれも旧英版を底本にしている）。なお、現行のフレンチ社版では、タイトルは小説版に倣って、『そして誰もいなくなった（And Then There Were None）』となり、島の名前も「兵隊島（Soldier Island）」に改められている。また、戯曲集版は、舞台平面図や小道具リストなどを省いている。

本書の翻訳では、改訂版である一九四六年の米サミュエル・フレンチ社版を底本とし、明らかな誤植や脱落は英初版を参照して訂正した。また、参考として、英初版に掲載されていた英初演のデータと舞台写真を併録した（写真の左側の壁には『十人の小さな黒人』の童謡が貼ってあり、その下に黒人の少年の人形が十体並べてある）。邦題は、底本を反映して『十人の小さなインディアン』としたが、時代背景等も考慮し、あえて「インディアン」という表現をそのまま用いたのでご了承願いたい。

先述したように、ストーリーのモチーフとなる童謡の最後の節には、異なる二つのバージョンがあるが、クリスティは小説版とは違う一般的なバージョンを戯曲版のほうに採用してプロットを変更している。この点について、クリスティは自伝でこう述べている。「やがて私はもう一歩踏み出した。これを劇にできたらすばらしいと思ったのだ。はじめは無理だと思えた。説明する者が誰も残らないので、かなり変更を加えなくてはならないからだ。元のストーリーを一点変更すれば、完全に筋の通った戯曲を作れそうだと思った。登場人物の二人を無実に設定し、結末で二人の関係を回復させ、審判を免れさせる。これは元の童謡の精神に反するものではあるまい。というのも、〈十人の小さな黒人の少年〉のバージョンの一つは、結びが『彼が結婚して、誰もいなくなった』となっているからだ」。（もっとも、ジュリアス・グリーンの前掲書によると、必ずしも著者自身の発案ではなく、プロデューサー側からも結末変更の示唆があったようだ。）

小説版の結末では、文字通り誰もいなくなってしまうが、その結末は、クリスティ自身が述べているように、小説ではうまく描写できても、人の動きで成り立つ舞台で表現するのは困難だ。だが、戯曲における変更の理由はそれだけではあるまい。プロットの変更に伴って、ヴェラとロンバードは、罪のない存在となり、登場人物たちの中でも特に魅力的な個性を与えられている。クリスティは、この二人に感情移入していくなかで、ハッピーエンドを用意してやりたいと思ったのではないだろうか。ジャネット・モーガンの『アガサ・クリスティーの生涯』（早川書房刊）によれば、クリスティは、戯曲版で生き残ったヴェラとロンバードが再会して夕食をともにするという設定で、続編を構想したこともあったようだ。この構想は結局立ち消えになったが、二人のその後を描きたいという意欲を抱いたことがわかるし、この作品が具体化していたら、どんなストーリーになっていたのか、興味深い。

『十人の小さなインディアン』は、これまで繰り返し映画化・ドラマ化されているが、最もよく知られているのは、一九四五年のルネ・クレール監督による映画（邦題：「そして誰もいなくなった」）で、バリー・フィッツジェラルド、ウォルター・ヒューストンらが出演している。そのプロットは、小説版ではなく、戯曲版をベースにしており、その後の映画化作品の多くも戯曲版をベースにしていることはよく知られている。

（二）死との約束

「あなたは約束されてるのよ――守らなければいけない約束なの――死との約束よ。あなたが死ねば、家族は自由になる。そう、生と同じく、死も私の味方なの。」

まず、ストーリーの背景について若干説明しておく。

エルサレムは、紀元前一千年頃、イスラエル王国のダビデ王がエブス人から奪取し、首都に定めた町であり、王自身の保有地としたため、「ダビデの町」と呼ばれた。北方のイスラエルと南方のユダに諸部族の勢力が分かれていた当時、ダビデは、南方のヘブロンから、ほぼ中央に位置し、どの部族にも属さないこの町に首都を移すことで、統一国家としての支配を可能にしたとされる。ダビデ王の子、ソロモン王は、「ソロモンの栄華」と呼ばれる繁栄を実現し、エルサレムに神殿を建設したことで知られる。紀元三十年頃にナザレのイエスが十字架刑に処せられたのもこの町である。今日に至るまで、ユダヤ教、キリスト教、イスラム教の共通の聖地であり、歴史上しばしば争奪の的となり、紛争の中心地となってきた。

ペトラは、現在のヨルダンにある古代ナバテア人の都市の遺跡である。一九八五年に世界遺産に登録された。砂岩の断崖に刻まれた精緻な建築物で、一世紀初頭のナバテア人の王の墳墓とされる「エル・カズネ（宝物殿）」が有名だ。本編に出てくる「高き所」もペトラの観光名所の一つであり、ナバテア人が動物を生け贄に捧げた、岩山の頂上にある犠牲祭壇の遺跡である。

作中で言及されるモロク神（モレクとも表記）は、ヨルダン東部に住んでいた古代のアンモン人が崇拝した神である。雄牛の頭部と人間の体をした偶像で表され、人々はこの像に新生児を生きたまま焼き殺して捧げたとされる。旧約聖書「レビ記」第十八章二十一節に「自分の子を一人たりとも火の中を通らせてモレク神にささげ、あなたの神の名を汚してはならない」とあるように、これは古代イスラエル人からも忌避された儀式だった。

また、この戯曲が上演された一九四五年当時は、パレスチナおよびトランスヨルダンは英国の委任統治下にあり、ヨルダンが独立するのは翌一九四六年、イスラエルの独立は一九四八年のことである。したがって当時は、英本国から高等弁務官が派遣され、実質的な統治を行っていた。高等弁務官の存在が言及されたり、英国人であるカーベリー大佐が事件の捜査に当たるのはこのためだ。

先述したとおり、『死との約束』の小説版と戯曲版は、同じ設定をベースにしながら異なるプロットを用いた、別の作品と見なすべきものである。小説と戯曲のどちらに軍配を上げるかはそれぞれの読者の判断だが、大胆な推測を交えれば、戯曲『死との約束』は、小説版で消化不良に終わった要素を消化しきった発展形と見ることができるだろう。

登場人物も、ポワロのほか、小説版のキャロル・ボイントンを省き、小説ではボイントン夫人の実子という設定だったジネヴラも含め、子ども全員を夫人の継子に設定するという単純化を図っただけでなく、小説版のマフムードをさらに膨らませた、通訳ガイドのアイッサ、ヒッグス市参事会員を新たに登場させてやりとりに起伏を与えている。

小説版では、元女看守のボイントン夫人が、かつての受刑者と見抜いたレディー・ウェストホルムを脅迫し、自分の過去の暴露を恐れる彼女に毒殺されるプロットだった。ところが戯曲では、レディー・ウェストホルムは「喜劇的息抜き」（The Mousetrap and Other Plays のアイラ・レヴィンの序文より）の役割を演じるだけで、ヒッグスやアイッサとのコミカルな掛け合いで最後まで楽しませてくれる。

ボイントン夫人は、小説版と異なり、余命の限られた不治の病人という設定であり、この点が戯曲のプロットの要《かなめ》となっている。「死との約束」というタイトルは、小説版ではストーリーとの関連がいま一つよくわからないが、この解説の冒頭にも引用したサラ・キングのセリフからも明らかなように、戯曲では明確な意味を持っている。（なお、小説版『死との約束』は、単行本化に先立ち、一九三八年に『デイリー・メイル』紙に連載されたが、その際のタイトルは A Date with Death となっていた。）

子どもたちを囚人同然に隷属させ、権力欲をほしいままにするボイントン夫人の造形は、小説版でもある程度描かれてはいるが、比較的早い段階で殺されてしまうので、さほど強い印象を残さない。まして、地位のある女性の過去を世間に暴露しようともくろんでいたというのは、悪意といってもいかにも底が浅く、ボイントン夫人のカリスマ的な魔性といまひとつそぐわない。ある意味、悪の造形としては幻滅である。プロットとしても、ロバート・バーナードは『欺しの天才』の中で、誰がいつどこにいたかに重きを置いた謎解きが（関係者への退屈な尋問シーンが多い）ナイオ・マーシュに似ているし、動機の設定にも曖昧さがあると注文を付けている。

ところが戯曲では、夫人は、自分の命を賭してまでも、その悪の愉悦を徹底して満たそうとし、死してなお他者を支配する魔性のオーラを放ち続ける。読み終えて印象に残るのは、子どもを生け贄に求めるモロク神にもなぞらえられる、ボイントン夫人の強烈な個性だろう。ボイントン夫人の造形については、ト書きの指示からも明らかなように、古代のおぞましい偶像を連想させるように様々な工夫がこらされている。これに加えて、エルサレムやペトラという舞台設定はもちろん、登場人物たちのさりげないセリフも古代の宗教や犠牲の習慣を連想させるモチーフとして活用され、小説版では特に必然性のなかったばらばらのファクターが、戯曲版では、ボイントン夫人の個性を際立たせる目的のために集約して用いられていることがわかる。元女看守と囚人同然の子どもたちという、核となる登場人物の設定を一貫性のあるプロットとして活かしきったのが戯曲版『死との約束』なのである。

むしろ、人物造形の豊かさとプロットの一貫性を考えれば、長編小説として発展させたほうがふさわしかったのは戯曲版のプロットのほうではないかと思えるほどだ。性格描写に重心を移した結果、グリーンが前掲書で述べているように、戯曲版では〝ホワイダニット〟が〝フーダニット〟に優先するようになったと言える。ボイントン家の人々だけでなく、サラ・キング医師も、強靭な意志を持った女性として小説版以上に造形を彫琢され、実質的にポワロに代わる謎解き役を担っている。ボイントン夫人とキング医師との精神的な格闘という構図も戯曲版ならではの見せ場だ。その一方で、ややもするとシリアスに傾きすぎる雰囲気を、ヒッグスとアイッサというコミカルな存在を新たに設けることで和らげてもいる。いずれにしても、内容も知られないままに、戯曲版が小説版の焼き直しのように見なされ、あまり注目されてこなかったのは、惜しんでも余りあることだ。

さらにもう一つ、この戯曲版を理解する上で重要な点は、上演された一九四五年という時代背景だろう。「現実の悪というものは存在するの。世界の中にもあるわ——国民に君臨する悪が」というナディーン・ボイントンのセリフにも示されているように、権力の不当な行使と残虐性を体現するボイントン夫人のイメージを現実の圧政者と重ね合わせることで、ヨーロッパを席巻した全体主義に対する批判をさりげなく表明している。一九三七年に執筆された戯曲『アクナーテン』が、長らく上演されることも刊行されることもなかったのは、当時の政府による対独宥和政策への批判が込められていたためだというチャールズ・オズボーンの見解も、こうした点から顧みれば、あながち穿った見方ではないのかもしれない(『アガサ・クリスティー生誕百年記念ブック』(早川書房刊、七四頁)。『NかMか』、『予告殺人』、『フランクフルトへの乗客』など、ナチスへの言及が出てくる作品はほかにもあるが、この二つの戯曲は、時の政治や国際情勢に対する著者の見解が反映された珍しい作品といえるだろう。

ところで、クリスティは、明らかに小説版を読んだ読者が観客にいることを意識していたと思われる節がある。ト書きには、ボイントン夫人が意味ありげにレディー・ウェストホルムを見つめるよう指示する箇所がところどころ出てくるからだ。おそらくは、長編をすでに読んでいて、犯人が誰なのかを知っていると思い込んでいる観客をミスリードし、思わぬサプライズをもたらそうとレッド・ヘリングをちりばめたのだろう。

ただ、実際の公演においては、『死との約束』は成功とは言えなかったようだ。一九四五年一月二十九日にグラスゴーのキングズ・シアターで初演が行われ、同年三月三十一日からウェスト・エンドのピカデリー・シアターで公演が開始されたが、出だしは客の入りもよかったものの、評判は必ずしも芳しくなく、同年五月五日にわずか四十二回の公演で打ち切られた。原因はいろいろ考えられるだろうが、当時の『オブザーヴァー』紙が「図書室も居間も出てこないアガサ・クリスティ」と評したように、パレスチナ～ヨルダンという雄大でエキゾチックな背景設定と、実際に目に映る限られた舞台空間とのギャップが観客に受けなかったのかもしれない。エジプトという同様の背景設定をした

『ナイルの殺人』もやはり公演では失敗している。しかし、視覚に訴える舞台では無理もないが、読み物としては、小説と同様に、頭の中で背景を思い描きながら読むことができるだろうし、そうしたハンディもさほど感じられない。エルサレムやペトラのガイドなどを片手に、小説版と読み比べてみるのも一興だろう。

なお、ウェスト・エンドでの初演時にミス・プライスを演じたのは、のちにBBCのシリーズでミス・マープルを演じたジョーン・ヒクソンだった。この時のヒクソンの演技に注目したクリスティが、いつかミス・マープルを演じてほしいとヒクソンに宛てた手紙に書いたエピソードもよく知られている（『アガサ・クリスティー生誕百年記念ブック』四三頁）。

この戯曲の初版は、初演の十一年後の一九五六年、英サミュエル・フレンチ社から刊行されたが、フレンチ社の台本版の初版と現行版、ハーパー社等の戯曲集版には、テクストにかなりの異同がある。台本版初版と比べて現行版はト書きを著しく簡略化するなどの改変が加えられている。セリフもカットされた箇所があるし、写真、舞台平面図も載せていない（誤植も多い）。戯曲集版は、ト書きは台本版初版とほぼ同じだが、セリフに幾つか省略や改変がある。また、写真、舞台平面図はもとより、台本版巻末に収録されている小道具や照明の手配も載せていない。明らかに最も信頼性が高いのは初版であり、このため、この翻訳では、フレンチ社の台本版初版を底本とし、適宜他の版を参照した。

『死との約束』は、一九八八年にマイケル・ウィナー監督により映画化されたが（日本公開名は「死海殺人事件」）、これは小説版をベースにしたものである。ポワロをピーター・ユスティノフ、ボイントン夫人をパイパー・ローリー、レディー・ウェストホルムをローレン・バコール、ナディーン・ボイントンをキャリー・フィッシャー、カーベリー大佐をジョン・ギールグッドが演じている。

（三）ゼロ時間へ

「あいつらは、ぼくが望んだように君を縛り首にはしてくれないよな？　だが、君は結局、同じように死ぬのさ。……君はぼく以外の誰にも渡さない。」

まず、ストーリーの背景から説明すれば、舞台となるソルトクリークは、一般に、リゾート地として知られるデヴォン州サルクームをモデルにしたと考えられているが、戯曲版ではコーンウォール州と記されている。グレート・ブリテン島の南西端に位置する州で、海食崖の荒々しい海岸が美しく、気候も温暖なため、リゾート地として人気がある。人口は州全体でも五十三万人、州都トゥルーロも二万人ほどの小さな町であり、ケルト系の言語や文化を今も残す。まさに作品の舞台とマッチした土地柄であり、クリスティらしい〈メイヘム・パーヴァ〉の典型でもある。小説版には、冒頭にソルトクリークの地図も掲載されているので、こちらも参照すれば、さらにイメージが描きやすいかもしれない。

元となった小説版『ゼロ時間へ』は、著者自身や江戸川乱歩などにより、クリスティのベストテンの一つに選ばれてきた長編であり、ロバート・バーナードも『欺しの天才』の中で、「秀逸。錯綜したプロットで非凡」と称賛している。ジュリアン・シモンズが「探偵小説であることに加えて、異常心理学の研究でもある」（Agatha Christie: The Art of Her Crimes）と述べているように、独創的な動機の設定をベースに人物描写を練り上げた傑作である。

本書収録の戯曲版『ゼロ時間へ』は、この長編をベースに、著者がジェラルド・ヴァーナーとの共作により脚色したものとされているが、グリーンの前掲書によれば、クリスティ自身が脚色した『ゼロ時間へ』の未刊行の戯曲版が別に存在している（一九四四年執筆）。その設定は、バトル警視が登場せず、反対にマクワーターが登場し、リーチ警部が謎解きをするなど、本書のバージョンと大きく異なっているようだ。同戯曲については、プロデューサー側がクライマックスの設定に難色を示して改訂を求めたが、多忙なクリスティにその余裕がなく、アメリカ人作家のロバート・ハリスが改訂した版（この改訂版のテクストは残っていない）により、一九四五年九月に、米マサチューセッツ州のマーサズ・ヴィンヤード・プレイハウスで試験興行が行われたらしい。この興行は失敗に終わり、著者自身による改訂も行われることなく、同戯曲が日の目を見ることはなかった。

本書の版は、まずヴァーナーが初稿を執筆し、クリスティがそれに手を加えたようだが、グリーンは、ほぼヴァーナーの単独作であり、クリスティは名貸ししただけではないかと推測している。もっとも、共作の事実に言及したクリスティ自身の書簡があり、彼女自身の書き込みのあるタイプ打ち原稿が残っている一方で、クリスティとヴァーナーの間でやりとりした草稿や通信は残っておらず、両者の具体的な共作過程や関与の程度は正確には確認できないようだ。微に入り細を穿つようなト書きは、むしろクリスティ自身の戯曲に典型的なものに思える。

ヴァーナーは、本名をジョン・ロバート・スチュアート・プリングルといい、生涯に百二十作以上の作品を書いたイギリスのスリラー作家（一八九七―一九八〇年）。エドガー・ウォーレスの影響の強い、通俗タッチのスリラーを大量に書き、大勢の作者が書き継いだセクストン・ブレイク物も多数手がけたようである。彼の作品には、ＢＢＣラジオのシリーズ、演劇や映画、テレビ・ドラマになったものもあり、自身、ピーター・チェイニーの作品の戯曲化に携わったこともある。

本書の戯曲版のプロットは、基本的に小説版と同じだが、登場人物を絞り込んだ結果、小説版で重要な役割を演じるマクワーターは登場していないし、名前だけ言及されるバレット夫人を除けば、メイドや料理人も一切登場しない一方で、バトル警視はそのまま探偵役として登場している。

バトル警視は、『チムニーズ館の秘密』、『七つの時計』、『ひらいたトランプ』、『殺人は容易だ』、『ゼロ時間へ』の五長編に登場するが、主役を務めるのは『ゼロ時間へ』だけであり、あとは脇役に甘んじている。『ひらいたトランプ』ではポワロと共演し、小説版『ゼロ時間へ』でも作中でポワロに言及しているし、ポワロ物の長編『複数の時計』では、明らかにバトル警視の子息と考えられる、コリン・ラムという青年が登場する。また、小説版『ゼロ時間へ』では、子どもが五人いるとされ、末っ子の娘シルヴィアとバトル夫人も登場している。

バトル警視の風貌としては、「顔にはなんの表情も表れていなかった。もともと表情というものを持っていないのだ。木彫りの面のような顔つきだった。硬く動じないが、ある意味、印象的な顔だ。バトル警視から聡明さは感じられなかった。確かに聡明な男ではなかったが、それとは違った、はっきりとは説明できない、なにか強力な個性を持っていた」と小説版では描写されているが、この戯曲では、「大柄で、およそ五十歳、質素な身なりをしている。顔つきはいかついが知的」と特徴を指定されている。

登場人物の一人、トリーヴズ弁護士は、小説版では、ストーリー半ばで心臓発作により死んでしまい、バトル警視の事件現場への登場と入れ違いになって、両者は出会わないままという設定だが、戯曲では、年配ではあるが、健康不安を抱えた高齢者という側面は影を潜め、バトル警視とも旧知の間柄という設定で、最後まで捜査に協力して重要な役割を演じている。名前もマシューというファースト・ネームが明かされている。ただ、小説版では、殺人はさまざまな前提や条件が一点に集約する結果だという、推理小説における「ゼロ時間」の意味を語るのはトリーヴズ弁護士だが、戯曲版ではトーマス・ロイドである。

小説版では、トリーヴズ弁護士の死とエレベーターの「故障中」の札、被害者の傷から推定される加害者の利き腕、加害者の身体的な特徴など、副次的な謎が幾つも盛り込まれているが、これらは戯曲版では省かれている。また、マクワーターを登場人物から省いたことに伴い、その目撃証言も謎解きの場面から省かれている。これはプロットの単純化を図ったというだけでなく、脚色にあたって、小説版の設定の弱さを反省した面もあるのではないだろうか。いくら心臓が弱い老人とはいえ、階段をのぼらせただけで確実に心臓発作を起こさせることができるのか、バックハンドによる打撃で左利きのように見せかけることにどこまで現実性があるのか、いずれも疑わしいからだろう。マクワーターの目撃証言にしても、犯罪露見のきっかけとしては僥倖めいていて、かえって謎解きのシャープさを弱める効果を生んでいるからだ。

戯曲版では、これらの副次的なファクターを省くことで、「ゼロ時間」のプロットを一層際立たせると同時に、バトル警視とトリーヴズ弁護士のコンビに探偵役を振ることで、カリスマ的な名探偵が場をさらってしまうことのないように配慮しつつ、謎解きの見せ場づくりをしたと見ることもできる。その意味では、この戯曲版『ゼロ時間へ』も小説版の発展形と言えるかもしれない。

さらに、チャールズ・オズボーンが、「戯曲では最後の幕が降りる寸前に小説にはまったく書かれていない緊迫した場面が書き加えられている」と言及しているとおり（『アガサ・クリスティー生誕百年記念ブック』七五頁)、この戯曲版のクライマックスでは、冒頭に掲げたネヴィルのセリフに象徴されるように、捜査陣の手を逃れたネヴィルがオードリーに迫る、まさにスリラー・タッチの場面が描かれている。ネヴィルの異常性格をさらに浮き彫りにするとともに、劇的なクライマックスを演出する効果を上げているといえるだろう。

なお、小道具リストには、書き物机に置いてある本を「ペンギン・ブック」と指定している。ペンギン・ブックからはクリスティ自身の作品も多数出ていたし、一九五三年には、新たな序文を付した自選ベストの十冊を出すなど、著者にとって関わりの深い叢書だ。なかでも、「ペンギン・クライム」と呼ばれた緑色の表紙のペーパーバックは、クリスティだけでなく、マージェリー・アリンガム、マイケル・イネス、エドマンド・クリスピン、ジョセフィン・テイなど、黄金期の著名なミステリ作家たちの作品が目白押しに刊行されていた。もしロイドが読んでいた推理小説が、この「ペンギン・クライム」だったとすれば、いったい誰のどんな作品を読んで「ゼロ時間」の発想に思い至ったのかと、ミステリ・ファンの想像を刺激するのは間違いない。穿った見方かもしれないが、これ見よがしにペンギン・ブックを観客に示すことで、そんな連想を引き起こす効果を狙ったのかもしれない。

初演は、一九五六年九月四日、『ねずみとり』のプロデューサーとしても知られるピーター・ソーンダーズのプロデュースにより、ロンドンのセント・ジェームズ・シアターで行われた。ある夕刊紙の批評家が公演期間中に犯人の名前を公表して物議を醸したらしいが(『アガサ・クリスティー読本』(早川書房刊、一八三頁以下)、リチャード・ダルビーの Spotlight on Agatha Christie (Book and Magazine Collector Sep. 1998) によれば、公演は半年続いたというから、まずまずの成果を収めたようだ。

本作の初版は、一九五七年にアメリカのドラマティスツ・プレイ・サービスから刊行され、翌一九五八年に英サミュエル・フレンチ社からも刊行された。ドラマティスツ・プレイ・サービス版とフレンチ社版との間には多少の異同がある。この翻訳では、フレンチ社初版を底本にしつつ、ドラマティスツ・プレイ・サービス版を参照して、フレンチ社版で欠落している箇所を補った。

なお、『ゼロ時間へ』は、二〇〇七年にフランスのパスカル・トマ監督によって映画化された（日本公開名は「ゼロ時間の謎」）。プロットは小説版をベースにしている。ネヴィルをメルヴィル・プポー、オードリーをキアラ・マストロヤンニ（マルチェロ・マストロヤンニとカトリーヌ・ドヌーヴの娘）、カミーラ・トレシリアンをダニエル・ダリュー、バトル警視をフランソワ・モレルが演じているが、登場人物名は「バタイユ警視」、「トレヴォーズ弁護士」という具合にフランス名に変更されている。

（四）ポワロとレガッタの謎

「ポワロとレガッタの謎」（Poirot and the Regatta Mystery）は、「ストランド誌」一九三六年六月号に掲載されたポワロものの短編である。その後、一九三九年に米ドッド・ミード社から"The Regatta Mystery and Other Stories"の収録作として刊行された際に、パーカー・パインものの短編「レガッタ・デーの事件」（The Regatta Mystery）に改稿された。特にパーカー・パイン氏が登場してからの後半部分が大きく書き改められている。

なぜ探偵役を代えたのか理由は定かではないが、クリスティはほかにも、「黄色いアイリス」というポワロ物の短編をノン・シリーズものの長編『忘られぬ死』（一九四五年）に書き改めるなど、探偵役を変更した例はほかにもある。

密室からのダイヤ消失という、クリスティにしては珍しい一種の不可能状況を扱ったもので、解決の鮮やかさも見事だ。短いながらも、ポワロの魅力を堪能できる好編といえるだろう。

黒髪の青年エヴァンが事件解決の〈運命〉を担うという伏線にも気づいていただきたい。これは改稿版では曖昧になった伏線だからだ。

劇作家としてのクリスティ

数藤康雄（アガサ・クリスティ研究家）

アガサ・クリスティが亡くなったのは１９７６年1月。すでに死後四十年以上経っているものの、クリスティが〝過去の人〟とは、到底言えないだろう。中規模以上の書店に行けば赤表紙のクリスティ文庫が何十冊と並んでいるし、テレビのゴールデン・タイムでは彼女の原作『パディントン発4時50分』や『鏡は横にひび割れて』、『アクロイド殺し』の翻案ドラマが放映されるほどの人気があるからだ。

英米でも似たようなもの。アメリカでは昨年（２０１７年）ケネス・ブラナーの製作・監督・主演による映画「オリエント急行殺人事件」がヒットし、「ナイル殺人事件」も製作される予定とか。さらに本国イギリスでは、上演回数の世界最長記録を毎日更新している劇『ねずみとり』が六六年目に突入しているし、クリスティ劇の最高作『検察側の証人』が何度目かの興行をロンドンのCountry Hallで実施したところ、これが大盛況。２０１７年10月に始まって２０１８年の3月に終了する予定が、役者を入れ替えた第二陣の投入で２０１９年3月末まで延長されたのである。

もちろんこのような現象は、クリスティのひ孫ジェームズ・プリチャードが精力的に展開している著作権ビジネスの成果であろうが（ちなみにクリスティの著作権は２０４６年に切れる）、クリスティ作品の魅力が今でも現代人に十分通じるからこそ可能となるのであろう。

本書は本邦初訳の二本の戯曲『死との約束』と『ゼロ時間へ』、そして新訳『十人の小さなインディアン』からなるクリスティの戯曲集である（さらにボーナスとして単行本未収録のポワロ物短編一本を含む）。文庫本で百冊近くの翻訳書が出ているのに未訳作品がまだあるのかと驚く読者もいようが、クリスティは若い頃より戯曲に関心を持っており、調べてみると未訳の戯曲は思いのほか残っていることが分かった。本解説では未訳・既訳にとらわれず、クリスティが創作した戯曲と彼女の原作を他の人が脚色した戯曲のすべてを紹介し、劇作家クリスティの実績を考えてみよう。

なお本稿を書く上では、ジャネット・モーガン著の『アガサ・クリスティーの生涯』（早川書房）を始めとしてさまざまな著作を参照したが、一番頼りにしたのはJulius Green著の“Curtain Up”（HarperCollins,2015）である。この原書は“Agatha Christie A Life in the Theatre”という副題からもわかるようにクリスティ戯曲の研究書で、主にACA（The Agatha Christie Archive）の膨大な資料を丁寧に調べて書かれている。ここで注釈を加えるとACAとは、クリスティが書いた原稿やメモ類はもちろん、クリスティが出した手紙のコピーや届いた手紙、契約書類などを保管しているアーカイブ。現在はChristie Archive Trustが管理しているが、私が昔クリスティに送った五通のファンレターさえも保管しているようだ。というのも、ジョン・カランがACAの資料を参照して書いたクリスティの研究書“Murder in the Making”（2011）の中に、私の手紙に対するクリスティの返事（内容はクリスティ自選ベストテンが書かれている）を引用しているのを見つけたからである。私のファンレターがクリスティ研究に多少とも貢献していたとは、まさにファン冥利につきると言うべきか。

ACAの話はさておき、以下のリストは、クリスティが関与したすべての戯曲を執筆年代順に並べている。ただし草稿だけ残っていて、初演記録も脚本出版もない戯曲は除いている。また当時のイギリスの演劇界では、まず地方巡業を行って出来栄えを判断し、修正を加えて最後にロンドンのウェスト・エンド地区で興行するのが一般的なようである。そのため初演については、ロンドンでの初演日だけでなく、可能な限り地方での初演日も追記した。地方とロンドンでの初演日の差が大きい戯曲は、地方での上演が不評なために手直しに時間が掛かり、ロンドンでの上演が遅れた戯曲と考えられる。さらに脚本（原書）の出版は原則として最初の版を、翻訳については入手しやすい直近のものを掲載している。

（1）"Alibi"（別題 "The Fatal Alibi"）（1928）
初演：1928年5月15日、ロンドン
内容：『アクロイド殺し』（1926）をマイクル・モートンが脚色した作品
原書：Samuel French（1929）
翻訳：『アリバイ』（長沼弘毅訳、早川書房、1954）
付記：ベストセラー『アクロイド殺し』に注目したある劇団マネージャーが1927年4月に戯曲化の権利を買い取り、ベテラン脚本家のマイクル・モートンに脚色を依頼して実現したもの。初代のポワロ役者は若き日のチャールズ・ロートンだが、その彼が後年クリスティの傑作映画「情婦」にも弁護士役として出演しているのは因縁めいていて面白い。ロンドンなどでの総上演回数は二五〇回に達し劇は成功といってよいが、クリスティは、ポワロが若い女性に魅かれるなどの人物描写には失望したようだ。さらに原作に登場するお気に入りのキャロライン（語り手の姉）が除外されたことも不満で、このことがキャロラインの性格を引き継ぐミス・マープルの誕生につながったようである。

（２）"Black Coffee"（1930）

初演：１９３０年12月８日、ロンドン

内容：クリスティのオリジナル脚本

原書：Alfred Ashley（1934）

翻訳：『ブラック・コーヒー』（麻田実訳、早川書房文庫、２００４）

付記：クリスティ自身が脚本を書き上げて上演まで漕ぎ着けた最初の劇。当時の人気俳優フランシス・Ｌ・サリヴァンがポワロ役を演じたこともあり、ロンドンのウェスト・エンドでの上演は六七回を数え、二ヵ月以上の興行となった。クリスティがオリジナル脚本を書いた理由は、間違いなく『アリバイ』の出来に不満があったことが一因だが、それ以上に若い頃から戯曲を書きたいと思い続けてきた創作意欲が表出した結果であろう。というのも、クリスティはすでに十代で「不運な青髭」という素人劇団向けの戯曲を書いているし、その劇に出演したハーレム・パンツをはいた美少女クリスティの写真も残っているからだ。

また前述のＡＣＡには、正確な時期は特定できていないものの、二十代に書いたと考えられる戯曲が八作ほど残されている。題名だけを記すと"The Conqueror", "Teddy Bear", "Eugenia and Eugenics", "The Clutching Hand", "The Last Séance", "Ten Years", "Marmalade Moon",

“The Lie”の八本。多くは短い一幕物で、習作程度の作品と思われるが、この事実からも、中年のクリスティが突然戯曲に目覚めたと考えるのは間違いだろう。

（3）“Chimneys”（1931）
初演：2003年10月16日、カナダのカルガリ
内容：『チムニーズ館の秘密』（1925）をクリスティが脚色した作品
原書：未出版
付記：『アリバイ』や『ブラック・コーヒー』に登場する舞台のポワロと原作のポワロとのイメージが違いすぎるのに嫌気がさしたのか、次作はポワロ非登場の戯曲と決めて完成させた作品。本戯曲はタイムズに1931年12月に公演との記事が載ったそうだが、劇場の確保や俳優のスケジュール調整ができず、最終的には忘れ去られてしまった幻の劇であった。まあ、当時のクリスティは新進劇作家の一人に過ぎず、脚本の完成度もイマイチであったためと思われる。その後、本戯曲の権利所有者がどのように行動したかは不明だが、七十年以上経った2003年にカナダで初演が実現したわけである。これこそ〝チムニーズの謎〟ではないか。

（4）“Love from a Stranger”（1936）
初演：1936年3月31日、ロンドン
内容：短編集『リスタデール卿の謎』（1934）収録短編「ナイチンゲール荘」をフランク・ヴォスパーが脚色した作品。前半は短編小説には描かれていない、初対面の男女が短期間で結婚に至る

までの経緯を創作している。
原書：Collins（1936）
翻訳：「見知らぬ人からの愛」（小堀久子訳、クリスティ・ファンクラブ機関誌「ウィンタブルック・ハウス通信」No.63（2002）～No.68（2004））
付記：公式にはフランク・ヴォスパーが脚色した作品になっているが、１９３２年頃にクリスティが"The Stranger"と題して単独で書いた三幕物が初稿である。その初稿に興味を示した俳優兼劇作家で犯罪学にも造詣の深いヴォスパーが劇の上演権を買い取り、脚本に手を入れるとともに題名を"Love from a Stranger"に変更した。問題は、ヴォスパーが単独で脚色したと納得できるほどクリスティの初稿を書き換えたかどうかだが、どちらにも判断できるような変更で、最終的に'by Frank Vosper, based on a story by Agatha Christie'と本の表紙に書くことで落着した。ウェスト・エンドでの上演は一四九回に及び、翌年には映画も制作されるほど評判になった。脚本を読んでの私の感想は、サイコパスの描写は迫力あるものの前半の恋愛場面は紋切り型で平凡。本戯曲の著者名をヴォスパーとの共同執筆にする案にクリスティが固執しなかったのは正解と思われる。

（５）"Akhnaton"（1937）
初演：１９８０年1月、ロンドン
内容：クリスティのオリジナル脚本。古代エジプトのファラオ（王）が主人公の歴史物語
原書：Collins（1973）

翻訳：『アクナーテン』（中村妙子訳、早川書房文庫、２００４）
付記：クリスティは１９３６年に『ナイルに死す』を出版しているが、その頃、エジプトの歴史に深い関心を寄せていたので本戯曲を書き上げたのだろう。ただしミステリーではないうえに内容が難解すぎることと製作費が掛かりすぎるという判断から、最終的にはお蔵入りとなってしまった。ただクリスティはこの作品を気に入っていたので、コリンズ社に頼み込み、彼女が生前に書いた最後の作品『運命の裏木戸』（１９７３年）との抱き合わせで出版して貰ったようだ。とはいえこの劇はクリスティ生存中に上演されることはなかった。

（６）"Tea for Three"（1937）
初演：１９３７年?、アメリカのボストン
内容：短編集『リスタデール卿の謎』（1934）収録短編「事故」をマージョリー・ヴォスパーが脚色した一幕物の作品
原書：Nelson & Sons, USA（1939）
翻訳：「三人でお茶を」（小堀久子訳、クリスティ・ファンクラブ機関誌「ウィンタブルック・ハウス通信」No.59（2000））
付記：翻訳家の中村妙子さんは、かつてニューヨーク市立図書館でクリスティの図書カードを調べていて、クリスティの別名がメアリー・ウェストマコットであることに気付いた。そしてこの発見が『春にして君を離れ』などのクリスティの普通小説六冊の翻訳に結び付いたわけである。私は中村さんのこの時の驚きと喜びを追体験したくて、１９７４年のアメリカ出張時に、寸暇を惜しんでニューヨーク市立図書館に駆けつけ、カードを調べてみた。カードは確かに存在していたうえに、なんと嬉しいことに本戯曲のカードも見つけたのである。さっそくコピーを取ってもらったが、ペイパーバックスの大きさで本文は一六頁の小冊子。主としてアマチュア劇団向けにアメリカで出版されたものであった。

（7）"Peril at End House"（1940）
初演：1940年5月1日、ロンドン
内容：『邪悪の家』（1932）をアーノルド・リドレイが脚色した作品
原書：Samuel French（1945）
翻訳：未訳
付記：脚本家のリドレイは、クリスティと同じ著作代理人コークと契約していた関係で『邪悪の家』の戯曲化の話が進み、完成させたもの。当時のリドレイは劇作家・脚本家としてかなり認められていた存在であり、クリスティは簡単に了承したようだ。その後『ブラック・コーヒー』でポワロを演じたフランシス・L・サリヴァンが上演権を買い取り、彼自身が再びポワロに扮した。原作に忠実な脚本で批評は好意的であったが、ウェスト・エンドでの公演は二三回で終了してしまった。

（8）"Ten Little Niggers"（別題"Ten Little Indians"/"And Then There Were None"）（1943）
初演：1943年11月17日、ロンドン

内容：『そして誰もいなくなった』（1939）をクリスティが脚色した作品
原書：Samuel French（1944）
翻訳：『そして誰もいなくなった』（福田逸訳、新水社、１９８３）
『そして誰もいなくなった』（麻田実訳、早川ミステリマガジン、２０１７年3月号）
『十人の小さなインディアン』（渕上痩平訳、論創社、２０１８）**本書**
付記：翻訳作品を敢えて三冊挙げたのは、前二冊はSamuel French版（英版）からの翻訳で、本書はSamuel French（米版）の“Ten Little Indians”（1946）からの翻訳という違いがあるからだ。

『そして誰もいなくなった』は、クリスティが自他ともに認める傑作ミステリー。このため出版後には、クリスティの知人や著作代理人コークを介して戯曲化の申し込みが何件かあった。しかしクリスティは「だれかがあれを戯曲にするのなら、わたしがいの一番にやってみせます」と反論し、コークもその意見を尊重していた。だがクリスティは１９３８年にグリーンウェイ（クリスティ自身が「世界で一番素晴らしい土地」と絶賛している別荘地）を六千ポンドで購入したので、自分で戯曲化した方が稼げるという経済的理由も多少あったようだ。

戯曲化で問題になった点は、どのような結末にするかであった。当初は原作と同じものを考えていたようだが、当時は第二次世界大戦中で、明るい結末の方がふさわしいとして同じ童謡の別バージョンを採用することにしたようだ。またアメリカでは本劇の公演に際して“Nigger”という差別語が問題となり、“Nigger”は“Indian”に、題名は“And Then There Were None”に変更された。

戦争中にもかかわらず、この劇はロンドンのウェスト・エンドで上演された。興味深いことに、オーケストラ・ピットの上部に赤と緑の信号が取り付けられ、赤信号が点灯した時は防空壕へ避難することになっていたとか。当時の日本では考えられない興行だが、そのような悪環境でも観客には好評で、同地区での公演は二五〇回を越えた。イギリス人の演劇好きには恐れ入るものがある。

　前述したようにその後、この劇はニューヨークのブロードウェイでも公演され、欧米を股に掛けたヒットとなった。この結果、クリスティは劇作家としても一流であることが認められたわけだが、私見では劇作家としての手腕より、この劇の独創的なプロットの方が高く評価されたと言うべきだろう。

（９）"Hidden Horizon"（別題"Murder on the Nile"）（1944）

初演：１９４４年1月17日、ダンディ　１９４６年3月19日、ロンドン

内容：『ナイルに死す』（1937）をクリスティが脚色した作品

原書：Samuel French（1948）

翻訳：未訳

付記：クリスティは、初期の戯曲『アリバイ』や『ブラック・コーヒー』を見ての反省として、紙上の人気に依存しすぎて安易にポワロを登場させた点を挙げているが、それとともに「わたしの小説の舞台化が失敗したのは、主として原作にあまりにも忠実すぎたところにあるとわたしには思われた。（中略）極めてこみ入った筋があり、普通多くの人物と偽りの手掛かりとがあって、事が混乱し荷が積みすぎたことになってしまう。必要なのは単純化である」（『アガサ・ク

リスティー自伝』（早川書房））と述べている。

『ナイルに死す』の戯曲は、『邪悪な家』の上演が不調に終わったフランシス・L・サリヴァンの失地回復のために書かれた。当初サリヴァンはポワロの登場を希望したため、ポワロ嫌いになっていたクリスティとは意見が合わなかったが、ポワロの登場しない初稿"Moon on the Nile"は１９４２年末に完成した。その初稿を元にサリヴァンの邸宅で意見交換が行われ（ちなみに、この邸宅にはプールがあり、これが『ホロー荘の殺人』を創作するヒントになった）、題名や結末の変更などを行って最終的に１９４４年の上演に漕ぎ着けた。この劇は地方巡業後、さらに一部書き直されてウェスト・エンドでも上演されたが、絶賛された『そして誰もいなくなった』の余韻が残っていたためか、それほど高い評価は得られず六週間ほどの公演で幕を閉じた。さらに題名を代えてアメリカでも上演されたが、ブロードウェイでも人気を得ることはできなかった。

（10）"Appointment with Death"（1945）

初演：１９４５年1月29日、グラスゴー　１９４５年3月31日、ロンドン

内容：『死との約束』（1938）をクリスティが脚色した作品

原書：Samuel French（1956）

翻訳：『死との約束』（渕上痩平訳、論創社、２０１８）**本書**

付記：興行主バーティ・メイヤーの依頼で、クリスティは『ナイルに死す』の初演直後から脚本を書き始めた。『ナイルに死す』と同様ポワロを排除し、プロットの単純化を図ったが、初稿では

まず登場人物が多すぎる点が指摘された。また第一幕はエルサレムのホテル、第二、第三幕はペトラの発掘現場なので、スムーズな場面転換が可能かということも問題となった。だがクリスティは劇の完成度には自信があったようで、初演を見るためにわざわざスコットランドのグラスゴーまで出向いている。

その自信の表れか、初演は『ナイルに死す』より一年遅れたにもかかわらず、ウェスト・エンドでの劇場デビューは、『そして誰もいなくなった』に続く第二弾となった。とはいえ『そして誰もいなくなった』と並行して上演された関係で、両者を比較した批評が多く、評価は賛否こもごもであった。戦争末期という時期も悪かったからか、残念ながら四二回の上演で終了となった。

本戯曲について最も興味深いエピソードは、ロンドンでの初演を見たクリスティが、ミス・プライス役を演じた若い女優に「親愛なるミス・プライス。芝居は良かったと思います――テレグラフとヘラルドの劇評は芳しくありませんが。（中略）いつか、あなたにわたしの〝ミス・マープル〟をやっていただきたいものです」（『アガサ・クリスティー生誕１００年記念ブック』（早川書房））という手紙を出していること。そのミス・プライス役を演じた女優こそ若き日のジョーン・ヒクソンであり、後年最高のミス・マープル役者と評された女優なのである。クリスティの未来を見通す目の素晴らしさを示す好例か。

なお本邦では劇『死との約束』はこれまで一度も上演されていない。本書の出版を契機に、ぜひ本国で上演してほしいものである。

(11)"Murder at the Vicarage"(1949)
初演:1949年10月17日、ノーサンプトン　1949年12月16日、ロンドン
内容:『牧師館の殺人』(1930)をモイ・チャールズとバーバラ・トイが脚色した作品
原書:Samuel French(1950)
翻訳:未訳
付記:1940年代前半のクリスティ(五十代前半)は年二冊の長編を上梓していたうえに、年一本ほど戯曲を書いている。さらに死後出版を条件に『カーテン』と『スリーピング・マーダー』の二冊も秘かに書き上げているのだから、その創作力は驚異的といってよいだろう。しかし戯曲は『そして誰もいなくなった』に続く大きなヒットはなく、さすがに一休みしたかったのか、1948年に入ると『牧師館の殺人』の戯曲化を許す権利をモイ・チャールズとバーバラ・トイに与えている。二人は短期間で初稿を書き上げてクリスティの助言を得て最終稿にしたようだ。初演のマープル役は女優バーバラ・マレンが演じた。原作に比較的忠実な脚本であり、合計で一二六回上演された。

(12)"The Hollow"(別題"The Suspects")(1951)
初演:1951年2月5日、ケンブリッジ　1951年6月7日、ロンドン
内容:『ホロー荘の殺人』(1946)をクリスティが脚色した作品
原書:Samuel French(1952)
翻訳:『ホロー荘の殺人』(瀬戸川猛資訳・松坂晴恵補訳、早川ミステリマガジン(2010年4月

号））

付記：１９５０年に夫マックスのニムルド（イラク）発掘が始まると、クリスティも六十歳になって心機一転ができたのか、ミス・マープル物の代表作『予告殺人』を発表するとともに『ホロー荘の殺人』の脚色を単独で行った。これまで同様ポワロは排除したが、より一層単純化に成功したためか（その上ユーモアも適度に含まれていたので）、地方巡業でも好評であった。そして配役を少々入れ替えてウェスト・エンドに進出すると、一一ヵ月連続公演の人気劇となった。

おそらくこの時点で、クリスティはユーモア・サスペンス・謎解きをどのように組み合わせれば、観客に喜ばれるかという創作術を自家薬籠中の物にしたのであろう。そしてそのような創作術は〝長編を単純化〟するよりも〝短編を複雑化〟する方が確実に上手くいくと気付いたのではないか。ここから劇作家としてのクリスティの快進撃が始まったのである。

（13）"The Mousetrap"（1952）

初演：１９５２年10月6日、ノッティンガム　１９５２年11月25日、ロンドン

内容：短編集『愛の探偵たち』（1950）収録短編「三匹の盲目のねずみ」をクリスティが脚色した作品

原書：Samuel French（1954）

翻訳：『ねずみとり』（鳴海四郎訳、早川書房文庫、２００４）

付記：上演回数がゆうに二万回を越え、初演以来六六年を経過した現在でも興行されている世界一ロングランの劇。戯曲を書いたクリスティの秀でた才能とこの劇は絶対ヒットすると信じた興行主ピーター・ソーンダーズの強い信念とが驚異的な成功を招いた。解説としてはこれ以上の贅

言は不要なのだが、私事を少しだけ追加させてもらうことにする。

私が初めてこの劇を見たのは、1972年の8月上旬。幸運にもクリスティから別荘グリーンウェイ・ハウスに招待されていたので、数日後のクリスティとの会見のネタ捜しで、当時展示されたばかりのマダム・タッソー館のクリスティの蠟人形とこの「ねずみとり」を見たわけだった。小さなアンバサダー劇場で上演されており、すでに二十年もロングランしているにもかかわらず客席はほぼ満員。最後に意外な犯人が明かされるシーンでは大きなどよめきが起きたので驚いたものだった。

その後『ねずみとり』は二一世紀に入ってから二回見ている。公演は隣のセント・マーチンズ劇場に移っており、二回とも客の入りは六、七割であったが、結末時の大きなどよめきは以前と同じであった。観客の多くは、どうやらこの芝居の結末を知らないで見ていたようなのだ。

興行主ソーンダーズの優れた点は、この劇の面白さは演劇に馴染みのない人や観光客にも確実に受け入れられると早い段階で気付いたことだろう。そこで宣伝費の多くはそれらの人向けに使い（劇の〝一周年記念〟などと称する派手な話題作りに精を出して）、この劇をバッキンガム宮殿やロンドン塔のようなロンドン観光名所の一つに祭り上げてしまったのだ。その結果、毎年ある程度の観客を確保できる見通しが立つので、人件費の安い新人や無名の役者を使えば、六、七割の観客の入りでも赤字にならないというビジネス・モデルが成り立ち、半永久的な長期公演を可能にしているわけである。演劇の成功・失敗は脚本の良否だけでなく興行主のセンスも問われるわけだが、クリスティとソーンダーズのコンビは『ホロー荘の殺人』からであり、劇作家クリスティの快進撃はその『ホロー荘の殺人』から始まっているので、ソーンダーズの功績は実に大きなものと言えよう。

（14）"Witness for the Prosecution"（1953）

初演：1953年9月28日、ノッティンガム　1953年10月28日、ロンドン

内容：短編集『死の猟犬』（1933）収録短編「検察側の証人」をクリスティが脚色した作品

原書：Samuel French（1954）

翻訳：『検察側の証人』（加藤恭平訳、早川書房文庫、2004）

付記：クリスティ戯曲の最高傑作である。『ねずみとり』の上演にめどがついた1952年の春から着手し、結末などはソーンダーズと相談しながら修正したようである。ソーンダーズは脚本の出来栄えから、この劇は成功すると確信していたが、問題は中央刑事裁判所の複製が大掛かりになることと出演者が三十人と多いので制作費が掛かることであった。しかしロンドンでの初演は大成功で、クリスティが初日を心から楽しんだ唯一の芝居となった。千六百人も入る大劇場での興行であったにもかかわらず連日大入り。ロンドンでの上演は四六八回続いたそうだ。

日本でのクリスティ劇の公演は1950年代から小劇場で行われるようになったが、私が初めて見たクリスティ劇は、演出が市川崑、出演が岸恵子・細川俊之で話題となった1980年10月の西武パルコ劇場の『情婦』（原作邦題「検察側の証人」）である。大物監督が演出し、岸恵子が主演するというのでマスコミの評判となり、公演期間が延長されるほどの大入りとなった。私は、もっぱら一人二役をやる岸恵子が実際に見分けられるかという点ばかりが気になったが、そこはプロらしく巧みに変装していたのを今でも記憶している。

（15）"Spider's Web"（1954）

初演：1954年9月27日、ノッティンガム　1954年12月13日、ロンドン

内容：クリスティのオリジナル脚本

原書：Samuel French（1957）

翻訳：『蜘蛛の巣』（加藤恭平訳、早川書房文庫、2004）

付記：1953年9月に人気女優マーガレット・ロックウッドからの要請で書き上げられた、私の最も好きなクリスティ戯曲。とある昼食の席でロックウッドを紹介されたクリスティは、一目でロックウッドを気に入ってしまい、約一ヶ月でこの戯曲を完成させたそうだ。軽いコメディ・タッチのミステリー劇だが、ロックウッドに最適なヒロインを創造しただけでなく、ロックウッドの一四歳の娘に適した役まで組み入れたのだから、クリスティのサービス精神もたいしたものである。上演されるとたちまち大ヒットし、1955年5月にはエリザベス女王一家も観劇している。そしてロックウッド主演の劇だけでも一五ヶ月続き、最終的に七四四回というロングランを記録した。

なおクリスティは1962年の春にもロックウッドと会食した記録が残っているが、その頃はロックウッドのためにもう一本戯曲を書くつもりだったらしい。その証拠として、ACAにはクリスティがロックウッドのために自身でタイプしたと思われる"Miss Perry"という表題の初稿が残されているが、それ以上の具体化はなかった。

私が最初に見た『蜘蛛の巣』は、1993年3月に池袋のサンシャイン劇場で上演された

剣幸《つるぎみゆき》がクラリサを演じたものだが、すっかり魅了されてしまい、以来最も好きな作品になったというわけである。

（16）"A Daughter's a Daughter"（1956）

初演：1956年7月9日、バース

内容：クリスティのオリジナル脚本

原書：戯曲としては出版されず、メアリー・ウェストマコット名義の長編"A Daughter's a Daughter"（Heinemann（1952））として上梓された。小説の翻訳は『娘は娘』（中村妙子訳、早川書房文庫、2004）

付記：初稿は1930年代末に書かれたようだが、1950年に入ってクリスティが古い書類を調べていて、たまたまウェストマコット名義のこの原稿を見つけた。ソーンダーズに送ったところ色よい返事はなかったものの、指摘された点を直してバースで試演することになった。クリスティがウェストマコット名義で普通小説を書いているという事実は長らく秘密にされていたが、第二次大戦後にアメリカのジャーナリストが暴露した結果、イギリスでもクリスティ＝ウェストマコットという事実は多くの人に知られていた。

このためバースでの試演はウェストマコット作との告知であったにもかかわらず、クリスティ・ファンで満員になった。だが劇の出来栄えは芳しくなく、クリスティ自身もその不出来に納得したようで、ロンドンで上演されることはなかった。

（17）"Towards Zero"（1956）

初演：１９５６年9月4日、ロンドン

内容：『ゼロ時間へ』（1944）をジェラルド・ヴァーナーが脚色した作品

原書：Dramatists Play Service, USA（1957）

翻訳：『ゼロ時間へ』（渕上痩平訳、論創社、２０１８）**本書**

付記：本書の『ゼロ時間へ』は、ジェラルド・ヴァーナーの脚本から翻訳されているが、初稿はクリスティ自身が１９４４年に書き上げた。アメリカの興行主リー・シューバートが、同国での戯曲『そして誰もいなくなった』の成功に注目し、クリスティに『ゼロ時間へ』の戯曲化を新たに依頼したからである。だがその後、上演権を買い取ったシューバートは多くの変更を要求してきた。まずこの劇はフーダニット中心であるために観客には煩わしく感じられるので、もっと軽いスリラーへの書き直しを希望したこと。もう一つは舞台設定が三幕すべてで異なるので修正してほしいというもの。特に後者の変更は経費削減のために重要という指摘であった。

そして１９４５年９月のアメリカでの試演興行でそれらの問題点が確認された。ダメが出されたうえに原作とは異なる結末の変更も要求されたのだ。だが当時は戦後の混乱期でクリスティも忙しい時であったからか、改稿は五年近くもほったらかしにされていた。さらにその間にシューバートは亡くなるという不幸があり、契約は自然と破棄されることになったようだ。

再び『ゼロ時間へ』が取り上げられたのは、ソーンダーズと知り合いになる前にクリスティが頼っていた興行主バーティ・メイヤーが、改稿が可能なら自分の手で舞台に掛けたいと提案してきたからだった。クリスティも初稿の不手際には気付いていたからその提案を了承し、メイヤーは最終的にジェラルド・ヴァーナーに脚本を依頼した。そしてヴァーナーは三幕すべての舞台設定をレディ・トレシリアンの居間に変更し、またクリスティの脚本に登場した一一人のうち引き継いだのは六人だけと大幅に改稿したため、脚本の著者は単独表記になったと考えられる。ウェスト・エンドでの上演は二百回を越えるヒットとなったが、クリスティは大過なく興行できたことに安堵したようであった。

なお日本での初演は、２００６年５月に武蔵野市の吉祥寺シアターで行われた「ゼロ時間へ」（製作：Theater Harmony East）。期待に胸をふくらませて見に行ったが、その期待は裏切られず、予想もしなかった結末には驚いた。本書が契機となってさらなる公演が行われることを期待したい。

（18）"Verdict"（1958）

初演：１９５８年２月25日、ウォルバーハンプトン　１９５８年５月22日、ロンドン

内容：クリスティのオリジナル脚本

原書：Samuel French（1958）

翻訳：『評決』（『ブラック・コーヒー』（麻田実訳、早川書房文庫、２００４）に収録）

付記：１９５０年代は劇作家クリスティの絶頂期であったが、この劇は唯一の失敗作となった。もっともそれは興行的な失敗であり、作品そのものが失敗作というわけではない。ミステリーでもスリラーでもないのに、批評家・観客がそれを期待したためのミスマッチと言えようか。ウェスト・エンドでの興行はクリスティ劇最少の三六回で幕を下ろしてしまった。

（19）"The Unexpected Guest"（1958）

初演：１９５８年８月４日、ブリストル　１９５８年８月12日、ロンドン

内容：クリスティのオリジナル脚本

原書：Samuel French（1958）

翻訳：『招かれざる客』（深町眞理子訳、早川書房文庫、２００４）

付記：『評決』が失敗に終わったことにより、クリスティが劇作に嫌気を覚えることを恐れたソーンダーズは、直ちに新たな作品を依頼した。それが『招かれざる客』で、クリスティの兄モンティを彷彿させる人物が登場している。冒頭の霧が暗示するような幕切れが印象的なミステリー劇で、ウェスト・エンドでの公演は一年半以上続いた。前作の悪評を完全に相殺し、ソーンダーズの目論みは見事成功したわけだった。

話は変わるが、かつて光文社が発行していたミステリー雑誌「ＥＱ」に、私は書評担当者の一人として創刊号（１９７８年1月号）より参加していた。もとより編集には一切タッチしていなかったが、それでもある時編集部から「雑誌掲載に相応しいクリスティの未訳作品を教えてほしい」と頼まれ、推薦したのがこの作品である。翻訳は無事１９７９年1月号の「ＥＱ」に掲載され、読者には好評であった。なおこの時の雑誌の表紙には、『招かれざる客』の内容をほのめかす、車椅子に乗った男性の死体（？）写真を載せているが、その車椅子も私の勤務先から秘かに貸し出したものであった。深町さんの翻訳はその後早川書房の文庫本になり、何度も公演に利用されたことを考えると、多少はクリスティへの恩返しになったかと嬉しくなる。

（20）"Go Back for Murder"（1960）
初演：1960年2月22日、エディンバラ　1960年3月23日、ロンドン
内容：『五匹の子豚』（1942）をクリスティが脚色した作品
原書：Samuel French（1960）
翻訳：『殺人をもう一度』（深町眞理子訳、光文社文庫、1988）
付記：久し振りにクリスティが自書を自分で脚色した作品。原作はポワロ物だが、劇には当然ポワロは登場していない。エディンバラでの初演の批評はそう悪くはなかったものの、ウェスト・エンドでの興行では酷評され、上演回数は『評決』より一回多いだけの三七回で終わってしまった。失敗した理由は、一部の俳優の演技力不足にあったとされるが、八年目に入った『ねずみとり』と比較されたのも損をしたようだ。さらに当時のウェスト・エンドではアメリカで大人気のミュージカル『マイ・フェア・レディ』や『ウェストサイド物語』なども同時期に興行されていて、もはや地味なミステリー劇は時代遅れになっていたと思われる。
『招かれざる客』と同じくこの作品も、深町さんの訳で1986年1月号の「ＥＱ」に掲載された。私が解説を書いているものの推薦した記憶はないので、編集部がクリスティ特集に合わせて独自の判断で載せたのであろう。

（21）"Rule of Three"（"The Rats", "Afternoon at the Seaside", "The Patient"）（1962）
初演：1961年11月6日、アバディーン　1962年12月20日、ロンドン

内容：クリスティのオリジナル脚本（一幕物）を三作合わせた作品集
原書：Samuel French（1963）
翻訳：『海浜の午後』（深町眞理子・麻田実訳、早川書房文庫、２００４）
付記：一幕物の劇を三作一挙に上演するというアイディアは興行主ソーンダーズの発案だった。彼は、クリスティの短編を劇化した方が長編を劇化したより観客の受けが良いと感じていたため、一度に三本のクリスティ劇を上演するなら確実にヒットすると考えたようだ。クリスティは必ずしもこのアイディアに賛成ではなかったものの、昔の短編を劇化したいと思っていたからか、簡単に同意した。完成した三本の脚本は、「海浜の午後」が一部短編「ラジャのエメラルド」（短編集『リスタデール卿の謎』（1934）に収録）に似ていたが、残り二本（「患者」と「ねずみたち」）はオリジナルなものであった。

アバディーンでの初演は不評で、特に「患者」の結末は大幅な改稿が行われた。その結果ロンドンでの興行も一年遅れとなったが、結局九二回の上演で終了している。そしてこの劇がロンドンのウェスト・エンドで公演されたクリスティの最後の新作となった。

（22）"Fiddlers Five"（別題"Fiddlers Three"）（1971）
初演：１９７１年６月７日、サウスシー
内容：クリスティのオリジナル脚本
原書：未出版
付記："This Mortal Coil" と題した初稿は１９７１年の年初に完成した。著作代理人コークはこの原稿を断ったが、この劇を上演したいという座長がいたため、題名を“Fiddlers Five”と変更した初演がサウスシーで実現した。そのことをクリスティは喜んだが、初演では手直しの注文が相次ぎ、大幅な改稿が行われて題名も“Fiddlers Three”に変わった。そしてギルフォードで蓋を開けた地方巡業は数週間続いたものの、ついにウェスト・エンドにたどり着くことはなかった。

私がクリスティに会った1972年の8月は、この劇の巡業がちょうど始まった時期に当たっていたようだ。“Fiddlers Five”という題名しか知らなかったので内容について質問したところ、クリスティからすぐに“Fiddlers Three”ですよと訂正されてしまった。結果として、この作品がクリスティ最後の戯曲となったが、クリスティの素早い訂正は戯曲への関心を最後まで失っていなかった、というささやかな証拠か。

（23）“Murder is Announced”（1977）
初演：1977年9月21日、ロンドン
内容：『予告殺人』（1950）をレスリー・ダーボンが脚色した作品
原書：Samuel French（1987）
翻訳：未訳
付記：クリスティ亡き後に他の人が脚色した最初の劇だが、戯曲化の許可はクリスティから生前に得ていた。原作はマープル物の代表作で、初演のマープル役はダルシー・グレイという女優が演じた。比較的原作通りに脚色されているそうだ。

（24）"Cards on the Table"（1981）

初演：1981年12月9日、ロンドン

内容：『ひらいたトランプ』（1936）をレスリー・ダーボンが脚色した作品

原書：Samuel French（1982）

翻訳：未訳

付記：原作はポワロ物で、戯曲化ではこれまで同様ポワロは除外されたが、レイス大佐も除かれた。ただしオリバー夫人は含まれている。劇は二幕七場もあり、パーティーの招待主で被害者のシャイタナ氏の居間を始めとして、さまざまな登場人物の部屋を背景にして劇が演じられる。その結果スムーズな舞台進行を促すためか、脚本では回り舞台の利用を勧めている。

（25）"Murder is Easy"（1993）

初演：1993年2月23日、ロンドン

内容：『殺人は容易だ』（1939）をクライブ・エクストンが脚色した作品

原書：未出版

付記：脚本を担当したエクストンは、デヴィッド・スーシェ主演の「アガサ・クリスティのポワロ」TVシリーズのシナリオを一八本も書いているイギリスでは有名なシナリオ・ライターのようだ。そのせいか、この劇はロンドンで六週間も上演された。ただし脚本の原書は出版されていないので、これ以上の詳しいことはわからない。

以上二五本のクリスティ劇を概観してきたが、このうち評価が高く興行が一年以上も継続した、いわゆる大成功した劇を挙げると、『ねずみとり』（1952）、『検察側の証人』（1953）、『蜘蛛の巣』（1954）、『招かれざる客』（1958）の四本になる。

まず気付くのは、前者二本はいずれも短編ミステリーを複雑化した劇で、後者の二本はオリジナル脚本に基づく劇ということ。つまり長編ミステリーを脚色した劇はひとつもないのだ。長編を単純化した戯曲では、どうしても原作の複雑なフーダニットの謎を再構築するだけで手一杯となってしまうが、短編を複雑化した戯曲やオリジナル戯曲の場合は謎解きを根幹においても、ユーモアやサスペンスを十分に盛り込む余裕があるということだろう。この結果、クリスティ劇の特徴である謎解き・ユーモア・サスペンスを巧みに織り交ぜた傑作戯曲が生まれたと思われる。

次に注目すべきは、それらの戯曲がすべて１９５０年代にほぼ連続して書かれていることだ。クリスティ六十代の時期にあたるが、圧巻は１９５２年から５４年にかけて『ねずみとり』と『検察側の証人』、『蜘蛛の巣』の三本が並行して上演されていること。ロンドンのウェスト・エンドでは、当時四十館前後の劇場がさまざまな劇を競って上演していたが、そのなかで三劇場を独占するという見事な〝ハット・トリック〟を成し遂げたのである。そして『ねずみとり』は前人未到の世界最長公演記録を毎日更新している。

１９５０年からの十年間は、すでに〝ミステリーの女王〟として君臨していたクリスティが〝演劇界の女王〟としても認められ、劇作家としてのクリスティがもっとも光り輝いた時代であったのだ。

〔著者〕

アガサ・クリスティ

1890年、英国デボン州生まれ。本名アガサ・メアリ・クラリッサ・ミラー。別名義にメアリ・ウェストマコットなど。1920年、アガサ・クリスティ名義で書いたエルキュール・ポワロ物の第一作「スタイルズ荘の怪事件」で作家デビュー。ミステリを中心に幅広い分野で長きに亘って活躍した。76年死去。

〔編訳者〕

渕上痩平（ふちがみ・そうへい）

元外務省職員。海外ミステリ研究家。訳書に、ヘレン・マクロイ『あなたは誰？』『二人のウィリング』、R・オースティン・フリーマン『オシリスの眼』（以上、筑摩書房）、J・J・コニントン『九つの解決』、ジョン・ロード『代診医の死』（以上、論創社）など。

十人《じゅうにん》の小《ち》さなインディアン

——論創海外ミステリ 210

2018年6月20日　初版第1刷印刷

2018年6月30日　初版第1刷発行

著　者　アガサ・クリスティ

編訳者　渕上痩平

装　丁　奥定泰之

発行人　森下紀夫

発行所　論　創　社

〒101-0051 東京都千代田区神田神保町2-23 北井ビル

電話 03-3264-5254 振替口座 00160-1-155266

印刷・製本　中央精版印刷

組版　フレックスアート

ISBN978-4-8460-1722-4